生死营救

24小时

张月星 / 著

中国华侨出版社

·北京·

图书在版编目（CIP）数据

生死营救24小时 / 张月星著. —— 北京：中国华侨出版社，2021.12
ISBN 978-7-5113-8668-7

Ⅰ.①生… Ⅱ.①张… Ⅲ.①长篇小说 – 中国 – 当代 Ⅳ.①I247.5

中国版本图书馆CIP数据核字（2021）第233162号

生死营救24小时

著　　者	/ 张月星
责任编辑	/ 滕　森　桑梦娟
策划编辑	/ 刘　可
封面设计	/ 东合社-安宁
经　　销	/ 新华书店
开　　本	/ 710mm×1000mm　1/16　印张 / 22.75　字数 / 370千字
印　　刷	/ 北京金特印刷有限责任公司
版　　次	/ 2021年12月第1版　2021年12月第1次印刷
书　　号	/ ISBN 978-7-5113-8668-7
定　　价	/ 45.00元

中国华侨出版社　北京市朝阳区西坝河东里77号楼底商5号　邮编：100028
发 行 部：（010）64443051　　传　真：（010）64439708
网　　址：www.oveaschin.com　　E-mail: oveaschin@sina.com

如发现印装质量问题，影响阅读，请与印刷厂联系调换。

目 录

第一章	15:00 连环谋杀	1
第二章	16:00 七种可能	14
第三章	17:00 大战在即	29
第四章	18:00 正面交锋	41
第五章	19:00 酒吧疑云	62
第六章	20:00 再次交锋	77
第七章	21:00 天降女尸	92
第八章	22:00 疑云再起	109
第九章	23:00 原来是你	130
第十章	00:00 支教往事	143
第十一章	01:00 故人重逢	163
第十二章	02:00 身中埋伏	177
第十三章	03:00 疑云重重	195
第十四章	04:00 意外遇袭	209
第十五章	05:00 遭遇暴民	220
第十六章	06:00 死里逃生	232
第十七章	07:00 阴差阳错	246
第十八章	08:00 渡尽劫波	257
第十九章	09:00 生死抉择	269
第二十章	10:00 最佳跑路	280
第二十一章	11:00 灵魂至暗	291
第二十二章	12:00 真相大白	305
第二十三章	13:00 魔鬼真容	321
第二十四章	14:00 最后的审判	338

第一章　15:00　连环谋杀

- 1 -

"她是怎么死的？"路彦盯着草丛里那具尸体疑惑道。

没有人能回答他，大约一个小时前，市局接到群众报案，有人在秦河公园东北角的一处草丛里发现一具女尸。尸体的出现吸引了一大群围观的人，市局赶到现场的时候，现场已经遭到了严重的破坏，便向省厅发出了技术求助。考虑到年关将近，重要时期，省厅刑侦大队的副队长秦纬亲自出动，带着萧瑶、路彦等人赶到了现场。

刑警路彦抬起头看向不远处，他正身处省会临江城的秦河公园，此时下午3点多，警戒线外的围观群众越来越多。而不远处的萧瑶在案发现场寻找了一圈之后，走到路彦身边摇摇头道："这尸体的头不在现场！"

路彦赶到现场后，发现那女性尸体身上穿着崭新的休闲装，脑袋不翼而飞，颈上绑的是一个塑料模型人头，那逼真的五官看上去像是真人一样。除此之外，死者十个手指头都是血糊糊的，身上倒是没有其他明显的伤痕。当发现尸体的脑袋不见了后，痕检师萧瑶和同事们连忙开始了搜寻，然而一番努力寻找后，并没有在现场发现尸体脑袋的下落。

路彦又仔细检查了尸体周围的痕迹。半晌，他阴着脸说道："凶手在别的地方作案，然后抛尸到这里。从伤口来看，尸体上已经出现了尸斑，死亡时间应该已经有两三小时了。从伤口处的流血情况来看，死者的头应该是死后被砍掉的。"

"死后还要砍掉死者的头？"秦纬疑惑地走了过来。路彦点点头。秦纬转向痕检师萧瑶问道："可有什么发现？"

"毛发和指纹都没找到，死者身上什么线索也没有。"作为痕检师的萧瑶摇摇头，她和其他痕检员一到现场就开始搜查血液、毛发、纤维、指纹等微量物证，然而一番苦战之后也没有找到有用的微量物证线索，"这个死者身上被清理过，她的衣服是被人换上的崭新衣服，十个手指的指纹都被人扒掉了，我猜是凶手不想让我们知道这死者的身份。"

秦纬正寻思着路彦和萧遥的话，检查尸体的警察突然惊呼一声："这里面有东西！"

众人连忙上前。那警察一边从死者身下草堆里取出一块硬物，一边解释道："这东西被压得真深，我们一开始还没发现。"

秦纬、路彦等人都看着那血迹斑斑的硬物，那东西长、宽、高都只有三四厘米，体积不大，法医简单处理之后，把它放进透明袋里展示给众人。

众人围了过来，只见透明袋中放着一个小塑料盒子，里面像是装着什么东西，侧面还有一个金属扣。路彦戴上手套，小心翼翼地解开金属扣，将塑料盒打开，众人这才发现，盒子里躺着一个小小的老式 MP3 播放器。

"看来凶手想跟我们说些什么。"路彦将 MP3 拿出来，开机后果然发现里面有一个音频文件。他毫不犹豫地按下播放键，紧接着，MP3 里传来一个嘶哑而又苍老的声音，像是饱经了岁月的风霜……

"这个城市有太多的恶人，既然法律没有审判他们，那我就代表法律来裁决他们。我是这个城市的'审判者'，未来 24 小时内，我将用'六芒星'的轨迹带走这个城市中七个罪恶的生命。无论人们阻止与否，它都必将发生。"

- 2 -

临江城北山区的明珠小区楼下，赵钱把自己的丰田车停在小区里一偏僻角落里，接着，他戴着手套拉起后备箱的门，拿出里面的两个装着球形物体的塑料袋。他提起血糊糊的塑料袋，紧张地向四周一阵打量，发现周围无人后，他一阵快步走到小区楼下的垃圾箱旁，将手中的装着球形物体的塑料袋扔进了垃圾箱里。

赵钱把它们扔进垃圾箱后，再次紧张地打量了下四周，见无人发现自己的行动后不禁神情放松下来。他慢悠悠地从垃圾箱边走开，把手套摘下来放进兜里，接着从兜里拿出手机，点开了一条录音："我是这个城市的'审判者'，未来 24 小时内，我将用'六芒星'的轨迹带走这个城市中七个罪恶的生命……"

听着手机里那嘶哑的声音，赵钱微笑了起来。录音仍在继续播放，赵钱抬头看向面前3号楼的五层，顿了片刻，赵钱走上前，轻轻地踏上了公寓一单元的楼梯，走到四楼时，他听到五楼门口传来了一阵争吵声。赵钱停在了原地，透过楼梯间的缝隙看向楼上，发现门口处是散落一地的行李，而自己要找的人正站在五楼房间的门口。

那人叫李菁，此时正站在门外怒视着一个身材肥胖的男人："就算你是房东，也不能这样把我们的行李都扔出来吧？"

"你还好意思嚷嚷？"那胖房东也毫不示弱，抵着门口怒喝道，"上个月我就没收到房子的租金了，让你们继续住了一个月已经算仁至义尽，难道你们还想在我这儿免费住一辈子？"

"可是我的信用卡每个月都在扣租金啊！"李菁是一个二十多岁的男青年，身材高大，戴着黑色的全框眼镜，梳着土气的中分，头发有些凌乱，长相有些超乎年龄的老成。他一身程序员的打扮，上身穿着灰蓝相间的格子衫，套着一件厚厚的毛衣，下身穿着蓝色牛仔裤。此时他正满脸焦急地看向周围，他和女朋友英子的衣物、生活用品被扔得满地都是，水瓶也摔碎了，里面的水流了一地。

"那你找那租房公司讨理去！这个跟我没关系！"房东不耐烦地摆手。

"等等！"李菁拉住房东。他压抑着心中的怒火，尽量在言语上保持着客气，"那家租房公司消失了，老板都人间蒸发了，我上哪儿找去？您再通融一段时间，好吗？"

"那你就去找政府解决，别来烦我，我也是受害者！"房东挣扎着想甩掉李菁的手。

"我和其他租客已经找到了律师，我女朋友正在律师事务所帮忙整理证据和材料，很快就能解决的，看在我们还在积极追查的情况下，再给我们一些时间好吗？"

房东终于甩掉了李菁的手，将李菁往后推了一把："我给你时间，那谁给我租金？"

被推开的李菁再次上前，拽住房东的胳膊："找到那家公司，就可以让他们把拖欠的租金赔给您啊！"

"等你找到那家公司再说！再过几天就要过年了，我急着要把这房子收拾好了租出去呢！"房东生气地打掉李菁的手，再次狠狠地把李菁往后一推，"挡人钱财，就是杀人父母懂不？"

"等等！"李菁感觉心中的怒火有些压抑不住，音量也抬高了，"和你签合同的是那家租房公司，违约的也是那家公司，不是我！我咨询过律师，我没有任何过错，从法律上讲，就算你是房东，也没有权利让我走！"

"你跟我讲法律？真是笑话！在我这里，我就是法律！"房东不屑地说着，转过身向屋内走去，不料却突然迈不开脚步。紧接着，他感觉肩膀传来一阵钻心的疼痛，扭过头才发现李菁的手正紧紧抓着他的肩膀，指甲都陷进了他的皮肉里。

"你要干吗？"房东怒火中烧地看向李菁，却见李菁面部涨红，正咬牙盯着自己。房东心中忽然闪过一丝惊慌，下意识地挥起了拳头。

"你说我要干吗？"李菁粗声粗气地说着，一手挡开房东的拳头，另一只手揪住他的衣领，将他猛地往墙上推搡而去。与此同时，李菁另一只手也紧握成拳，将房东抵在墙上，居高临下地说："别逼我……"

房东想挣脱，却发现李菁的力气大得吓人，揪住衣领的那个拳头此时正抵着他的胸口，疼得他浑身上下都没有力气。房东看着咬牙切齿的李菁有些发怵，他没想到这个年轻小伙子也是个暴脾气，此时不由得心颤起来。这个李菁身强体壮，年轻易冲动，要是动起手来，自己就吃大亏了……

"好，好吧……那你就再住……住一些天吧……"房东结结巴巴地说道。

李菁见房东服软，怒火消了一些，揪住房东衣领的手也逐渐松开了。

赵钱在楼下观战良久，见房东在李菁的威吓下已经服软，于是挪动脚步，走上了五楼。他轻轻地走到李菁身后，咳嗽两声后拍了拍他的肩膀："我们又见面了。"

- 3 -

秦河公园里，树林和湖面相映成趣，此时正人声鼎沸，警方听完录音的众人抬起头，面面相觑。半响，秦纬哭笑不得地说了一句："这个凶手这么大把年纪了，还有这中二病啊！"

一旁的法医不敢置信地说:"还'审判者'?动画片和电影看多了吧?"

"对,我家大宝和小宝在家就喜欢看这些漫画电影,天天念叨着复仇者、死神什么的。"一个叫吴勇的老刑警笑道。他家里刚生二胎没几年,经常把他的两个孩子挂在嘴上。

"玩这种恶作剧,凶手到底想干什么?"秦纬皱着眉头,继续说道,"这个苍老的声音应该是用了变声器,这种MP3用的人已经很少了,根据它的来源恐怕很难找到凶手,不过这个盒子倒是可以下下功夫,追查一下它的出处和来源。"

秦纬从路彦手中接过MP3,和众人一起又听了几遍录音,都没发现别的有用信息。秦纬没想到,刑警队精锐一起出动,也没能在现场发现多少有价值的线索,看来这个案子很棘手。秦纬想了想,追问道:"死者的死因可看出来了?"

路彦摇摇头:"死者除了头被砍掉之外,身上并没有其他的伤口,目前我还看不出死因是什么,只能等法医回去仔细检查了。"

一般刑警会对死因有个初步的判断,但最终认定的死因还是要以法医的检查为准。秦纬点点头,接着问道:"尸体上还发现了别的什么吗?"

路彦和秦纬一起看向萧瑶,只见她蹲在尸体边上,一言不发地朝两人递过一个钱包和一个卡片。萧瑶比路彦大两岁,身高一米七,留着干练的短发,高挺的鼻梁和眉眼之间带着几丝硬朗。她此时正盯着尸体,脸上毫无表情。秦纬和路彦二话不说,快速接过了她递过来的东西,同事们都已经习惯了萧瑶工作时认真又高冷的样子。因为萧瑶工作态度尤为认真严谨,大家对她的判断分析一向都很信得过。

"这两个都是在尸体旁边发现的?"秦纬开口问道。

"钱包在尸体上衣袋里,卡片压在尸体身下。"

萧瑶言简意赅地说,秦纬则快速打开手中的钱包,那里面一张钞票都没有,只有几张银行卡和一张身份证。秦纬拿起身份证,只见姓名一栏写着"徐青"二字,户口所在地就在本省一个县级市的乡下。

路彦则认真看向手中的卡片,只见卡片上画着一幅彩色漫画,画中一个女人正在硫黄和火焰的熏烤中挣扎着,她的头被砍掉了,与身体失去了连接,头部的面容十分狰狞，表情痛苦不堪，整个画风阴森恐怖，令人不寒而栗。路彦把卡片翻过来，发现卡片背后画着一颗黑色的"六芒星"，旁边还有手写的四个黑色的字：秦河公园。

秦纬接过来，皱着眉头看向路彦："你觉得这卡片留在死者身上是什么意思？"

"为了满足一种仪式感？"路彦疑惑道。

正在秦纬和路彦寻思时，远处突然一个声音："秦队，这位是死者家属，也是报案人！"秦纬应声抬头，看见新来没两年的年轻警察甄关西带着一个三十岁左右的女人小跑了过来。

甄关西身高一米七五左右，长得胖乎乎的，白白净净的脸上此时泛着红晕："秦队，她叫徐丽，她说她跟堂姐约在这个公园今天见面，结果没有碰到她堂姐，案发现场围了很多人把她吸引过来，她一看才发现那是她堂姐！"

秦纬拍了拍甄关西的肩膀以示鼓励，接着把目光转向那个女人，她脸上还有隐约可见的泪痕。他问道："你堂姐叫什么？"

"徐青。"

"你们俩从事什么职业？今天都有什么活动？你上次见她是什么时候？"

路彦和萧瑶也在观察着眼前的徐丽，只见她在秦纬的一连串问题下显得有些紧张，搓了搓双手说："我们是一起从老家来城里打工的，我是酒店服务员，她开了一家网店，经常来这儿附近进货。今天下午，我们约在这个公园见面，我来了之后给她打电话，一直没人接，后来就在这里，看到她……"讲到伤心处，徐丽忍不住捂住嘴，又开始流泪了。

秦纬皱起眉头，流动人口，又是自由职业者，调查社会关系的时候会麻烦很多。死者身上没有发现手机，很可能是被凶手带走了，看来劫财可能是犯罪动机之一。秦纬想了想，还是决定先从徐丽身上着手调查。这种案子他经手得太多了，查清受害人遇害前接触的那些人，基本上就能找出凶手了。

徐丽还在抽泣："……我真没想到，我姐从来都没得罪什么人……"

秦纬点点头，把徐丽交代给一旁的甄关西，并叮嘱道："问清楚她知道的所有情况，带她回去做笔录……"说话间，秦纬已经在脑子里规划好了这次调查的人员分配和方案策略，只等着待会儿回到局里跟领导汇报，然后开会把任务交代下去，让大家好好落实就行了。临近年关，这种命案必须尽快侦破，免得影响大家过年。

听完秦纬和徐丽的对话后，萧瑶继续搜寻现场的其他检材。她拿出石膏准备收集现场的脚印，同事们一起尝试着对现场进行步法追踪。这是一种依据足迹特点与行走规律来推测嫌疑人信息的技术，可以从脚印的轻重、步态、步幅、受力等情况，来分析脚印主人的性别、身材、年龄、身体特征等一系列信息。可是，萧瑶很快就发现，尸体周围的草坪已经乱糟糟地布满了各种脚印，案发现场被破坏成这样，很难提取到有用的脚印了。

一番努力后，萧瑶沮丧地抬起头，只见路彦一言不发地蹲在地上，盯着不远处的尸体沉思。

"你说凶手为什么要在死者死后还要砍掉她的头？"萧遥问向路彦。

"也许跟这张卡片有关吧。"路彦举起手中那张惊悚卡片，"我现在来不及细想这个问题，我想的是另外一件事情。"

"什么事情？"

路彦仰头看向暗沉沉的天空："我在想，凶手那段录音真的是恶作剧吗？他跟我们开这种玩笑，有什么意义呢？"

萧瑶皱起眉头："如果不是恶作剧，那凶手就是真的要在24小时内杀掉七个人，他这么做是为什么呢？而且还大张旗鼓地把自己的犯罪计划告诉警方，这不是活腻了吗？"

路彦摇摇头："凶手的犯罪动机现在还不知道，不过，我觉得他太狂妄了，狂妄得很不真实……"

"不真实？"

"如果他的犯罪宣言属实，那么他在现场留下录音，告诉警方他的计划，就说明他很自信，相信即便警方知道了他的计划，也无法阻止他，更没法抓住他。一个人敢如此明目张胆地挑战整个公安系统，你不觉得狂妄得有些不真实吗？"

"你这么一说，确实有点……"萧瑶思索着，"所以，这个录音会不会就是恶作剧？"路彦面色阴沉，沉默不语。萧瑶继续道："如果不是恶作剧，那么他这么狂妄，很可能是有其他的目的……"

路彦正要说话，年轻警察甄关西又冲到了秦纬身边，上气不接下气地说道："队长……市局来电话通知说……"路彦和萧瑶的目光都被吸引了过去。

　　"怎么啦？关西，你不要急，有话好好说嘛！"秦纬看着甄关西，和蔼地说道。

　　"刚刚市局那边来电话说，他们又接到了群众报案，说在宁汇区的肃州河边发现了一具尸体。警方赶到现场后，发现尸体也被割掉了头！"

　　"你说什么？"秦纬猛地怔住了。路彦和萧瑶对视了一眼，两个案子的特征竟然如此相像，看来那个录音是恶作剧的可能性越来越小了。

　　省会临江城主要由四个区组成，分别是南边的宁汇区、北边的北山区、东边的浦航区和西边的静华区。秦河公园位于西边的静华区，肃州河则位于南边的宁汇区。接到这个惊人的消息后，秦纬带着路彦、萧瑶等人连忙坐上警车，朝宁汇区的案发现场赶去。

　　天色渐晚，夜幕逐渐变得暗沉沉的，路彦的心头也变得沉甸甸的。看着车窗外飞速后退的建筑，路彦不禁捏紧拳头寻思着。这两个案子有一些相似之处，难道凶手真的要在 24 小时里接连杀掉七人？才刚刚过去一个小时，就有第二个死者出现了。难道在接下来不到一天的时间里，还会有五个人遇害？这个凶手处心积虑地制造这么一起连环杀人案，到底是为了什么？

- 4 -

　　明珠小区公寓的楼道里，李菁听到身后的声音急忙回头。身后这人身高一米八出头，三十五六岁的模样，额头宽阔，鼻梁高挺，面色苍白。他穿着黑皮鞋、黑裤和黑色风衣，头戴一顶黑色毡帽。不仅如此，李菁还发现他脖子上围着一款黑色围巾，将面容遮住了一小半。但是，李菁还是认出了这张熟悉的面孔。

　　"老板！你怎么来了！"李菁忍不住喊了一声。

　　两年多前，李菁在一家小型游戏公司做程序员，面前的这个赵钱就是游戏公司的老板。虽然赵钱的公司后来出了问题解散了，李菁也跳槽到其他公司，但李菁心里一直很尊敬赵钱。半个月前，赵钱忽然找到李菁，请他和他女朋友陈英一起吃了个饭。在饭桌上赵钱让李菁今天到明天抽出时间帮忙做一件事情，还说会提供丰厚的酬劳作为感谢。李菁很信任赵钱，当场就毫不犹豫地答应了。

赵钱微微一笑："今天不是我们约定好帮忙的日子吗？"

"可是……"李菁看了看手表，"离您跟我说的时间不是还有几个小时……"

赵钱挥手制止了李菁的话："我们的事情待会儿再说，你这边现在是什么情况？"

李菁连忙开口，将情况一五一十地讲了一遍："大半年之前，我们找到一家叫优鑫的租房公司，听说他们的房子可以免押金，所以我们租下了他们公司的这间公寓，然后用信用卡办了一年的房租贷款，每个月的房租直接从卡里划扣……我跟我女朋友在这儿住了大半年，一直都好好的，但是一个月前，优鑫公司突然消失了，有人说他们的老板跑到国外去了！"

"然后呢？"

"租房公司跑了，但我的信用卡里每个月都在扣钱，可房东说他没有收到租房公司付给他的房租，要赶我走。今天，他趁我出门的时候，把我们的行李全部扔了出来……"

"咳咳，这么惨……"赵钱咳嗽两声，又紧接着叹了口气，他低头看了看满地散乱的行李，"我来帮你解决这件事情，你看怎么样？"

"不用不用，哪能劳烦老板您……"李菁局促地搓搓手，"而且刚刚房东已经答应我，会继续让我们住下去了……"

"没用的，你把这家伙想得太简单。"赵钱越过李菁的肩膀，看向胖房东，"现在他怕你的拳头，先假装答应你，等你走了，他就会报警，或者找人来跟你算账。"

李菁闻言皱起了眉头。还不待李菁回应，赵钱便大步走到房东身前。房东看到赵钱高大的身影压了过来，不由得有些惊慌："你要干什么？"

"咳咳……你说呢？"赵钱咳嗽两声，接着，他猛地伸出右手掐住房东的脖子，房东被掐得不能动弹，伸出双手拼命地想拉开赵钱的手，却发现赵钱的手犹如一只铁钳，掐住自己的脖子抵在墙壁上。

赵钱掐着房东的脖子，如同老鹰捉小鸡一般，揪着他跨进了房子的客厅。李菁见状赶紧跟了上去。赵钱站在客厅门口，伸出左手把房门关上，右手也松开了房东的脖子。被放开的房东气急之下朝赵钱猛地扑来，赵钱猛地伸出一脚将他踢飞，房东摔倒在客厅中央，痛苦地哀号起来。

李菁之前就听说赵钱学过跆拳道，身手不错，但看他突然出手，还是有些惊慌。怔了片刻之后，李菁连忙冲到房东身边，蹲下来问道："你没事吧？"

"滚开！"房东生气地甩开李菁的手，怒视着赵钱，问道："你是什么人？你要干什么？"

"咳咳……你对这种豺狼也有同情心啊！"赵钱直接忽略了房东的话，看着李菁摇了摇头，"这个房东家里的房子已经有了好几套，还在竭力地找银行贷款再买房，有的炒高价格卖出去，有的装修一下高价租出去，吸你们这些年轻打工者的血。都到现在了，你还同情他，可是他同情你吗？"

李菁一时间不知道该说些什么。听赵钱这话，自己和房东比起来真的挺惨的，自己一无所有，还同情有着几套房子的房东，真是吃饱了撑着没事干。他颓然地蹲在地上，不禁苦笑起来。

一旁的房东愤怒道："你算什么东西？老子卖房子要你管？"

"我算什么？我算李菁的大哥吧。来，今天我就帮我弟彻底解决这件事情。"赵钱在客厅上的沙发上坐下，跷起二郎腿，俯视着刚从地上爬起来的房东，"你没有权利把我弟弟从你房子里赶出去，是优鑫公司欠你房租，不是我弟弟欠你房租，明白吗？"

"我收不到房租，为什么还要让他免费住在我的房子里？我租出去给别人住，还不是照样赚钱？"

"李菁，你看看，你看看，这人的贪欲和自私真是丑陋无比……"赵钱伸出食指，指着房东不停点着。他又看向李菁，问道，"这家公司跑路以后，你是怎么做的？"

"我和女朋友联合其他受害的租客一起报了警，也找了律师，律师现在收集了很多证据，准备帮我们起诉优鑫和他们的老板罗守义，希望可以通过法律手段挽回我们的损失吧……"

"我听到朋友的消息，公安部的'猎狐行动'展开以后，很快就在国外把罗守义抓了，现在正准备引渡回国……"赵钱停顿了一下，又道，"但是他这个公司欠下的账，只怕是个无底洞，把他榨干了也填不上，你们想要回损失怕是……"

"什么？"李菁惊讶地问道。但惊讶过后，他也明白，赵钱作为老板，人脉很广，听到的消息自然不会有错。他不由得再次苦笑："都怪我，当初就不应该贪图优鑫公司那'押零付一'的优惠……"

赵钱摇摇头："你其实是没有选择的。优鑫这样的租房公司让你信用卡支付了12个月的租金，但他们付给房东的是1个月的租金，那么多出11个月的租金干吗去了？拿去包下更多房源再租出去啊！这样长久下来，这个区域的房源都被他们垄断了。他们都垄断了，你还有得选择吗？"

"还可以这样？"李菁看着赵钱，惊讶地张大了嘴。老板果然是老板，看问题的格局比自己大多了。

"资本的玩法多着呢，主要都是吸你们这种外地来大城市打工的年轻孩子们的血……"赵钱摇摇头，又看向房东，"我弟弟这么可怜，所以，我们走了以后，能不能请你不要报警呢？"

房东看着赵钱咽了一口唾沫，表情有些惶恐，也有些尴尬。

"你看，我猜得没错吧，这人明显心虚了，咳咳……"赵钱一边咳嗽着一边笑了起来，看着李菁说道，"我生病了，接下来也还有不少事，我没多少时间了，你这件事情我得赶快帮你解决掉。"

李菁看了看房东又看了看老板，一时感到头疼没有说话。李菁知道老板见多识广，看人比自己准多了，要是房东真的等自己走后跑去报警，或者找几个打手找上门来，自己到时候免不了又惹上一堆麻烦。

赵钱又看向房东："能不能帮我们这个忙呢？我做过生意，也开过公司，黑白两道的朋友都有不少，要是你报警给我弟弟找麻烦，后果……"

看着赵钱那一脸的冷笑，房东既惶恐又愤怒，他五官都扭曲在了一起，半响，才慢吞吞地说道："好……"

一旁的李菁看到事情终于圆满解决，心中很感激赵钱。不过，他心里也有些疑惑，虽说自己和老板这些年断断续续有点联系，关系还算可以，但自己的面子也没有大到让老板这么卖力地为自己出头吧？

11

李菁正寻思着,赵钱却猛地从沙发上起身,走到房东面前一脚将他踢飞,房东一声惨叫摔倒在地。赵钱喘气摇头道:"你答应得太勉强,心里太不情愿了,看来得让你印象再深刻一些……"

房东躺在地上呻吟着,赵钱再次走上前,李菁见状连忙冲上前拉住了他。

"老板,要不还事算了吧……不至于,真不至于……"李菁尴尬地笑着,"实在不行我就搬出去,不至于这么大动干戈的……"

赵钱看着突然做起和事佬的李菁,皱起眉头道:"我这边刚帮你处理好,你就要搬出去?"

"我不想给大家带来这么大麻烦,不想事情越搞越大……"李菁诚恳地笑笑,低头看了看捂着受伤的肩膀龇牙咧嘴的房东,"再说,房东在这件事情上也是有损失的,我们做人还是要有点良心……"

"损失?你顾及他的损失,他顾及你的损失吗?你跟他讲良心,他跟你讲良心吗?"赵钱连着反问几句,叹气摇摇头,"搬走也行,但是,你决定好了?你女朋友英子也愿意吗?"

"我考虑好了,再找个房子也不麻烦的,"李菁笑笑,"英子肯定也会支持我的。"

"咳咳!那行,这里不住也罢。我在北山区那边还有套闲置的房子,你和英子可以先去我那儿住,过渡一段时间再看看情况。"

李菁有些心动,紧接着又尴尬地笑了笑:"您今天能帮我出头,我就很感谢了,哪还好意思去您那里住啊……"

赵钱明白李菁是不好意思,顿了顿,笑道:"你别跟我见外,这只是一个小忙,跟接下来我要你帮我的忙比起来,根本就不足挂齿。"

李菁怔住了,他不明白老板要自己帮的忙有多大。还没等他说话,赵钱已经上前拍了拍他的肩膀,干脆地下了决定:"抓紧时间出发吧!我开车来的,现在就把你这些行李搬上我的车,直接带到我那里去。"

赵钱说完直接转身向外踱步而去,李菁连忙追了上去:"对了,老板,您还没告诉我……"

"别叫我老板了,叫我大哥吧。"赵钱打断李菁的话。

"大……大哥。"这个称呼,李菁还真有些不习惯。半个月前的那个饭局上,尽管赵钱说要找李菁帮个忙,但是赵钱一直没有说清楚到底要李菁帮他做什么。如今到了约定的时间,李菁不由好奇地追问道:"大……大哥,您之前说的要我帮忙的那个事情,到底是什么?"

赵钱淡淡地答道:"去做'审判者'。"

"什么?'审判者'?"李菁一愣,完全没听明白赵钱在说什么。

赵钱看了看手表,指针刚刚划到了15点。他拉开房门,透过走廊上的窗户,看向远方那一片城市楼群。阴天的暗沉天色里,那些钢铁丛林已隐没在越发厚重的雾霾中。

赵钱深吸了一口气,好像从空气中吸入了某种力量进入身体里,一瞬间驱散了咳嗽带给他的虚弱。他铿锵有力一字一句道:"对,'审判者'。行善者得生,作恶者定罪。我要让作恶者因他们的所作所为受审判!"

第二章　16:00 七种可能

- 1 -

刚到16点，太阳就已经收起它那微淡的光，躲进了云层。天色阴了下来，雾霾也更浓了。赵钱驾驶着丰田汽车朝北山区疾驰，李菁坐在赵钱的副驾驶座位上，看着赵钱脸上温文尔雅的笑容，感觉他就像一位亲切的大哥。李菁想起自己第一次见到赵钱时，就忍不住从心里涌出一股亲近感。赵钱虽然是老板，但是对员工从不摆架子，而且，他跟李菁都是农村大学生出身，有相似的求学背景和很多共同话题。虽然两年前李菁就不在赵钱手下工作了，但两人一直断断续续有着联系。

上次吃饭，赵钱还热情地让李菁也带上了他的女朋友。酒桌上，两人一番叙旧之后，赵钱开口邀请李菁给自己帮个忙，出于对老板的崇敬和信任，李菁毫不犹豫地答应了。但此时，李菁突然觉得老板要自己帮的忙没那么简单。他心里一阵疑惑，不禁追问道："大哥，您刚才说的'审判者'是什么意思啊？"

"咳咳……回答你这个问题之前，我想先问你一个问题：你相信这世界上有很多人做了坏事，法律却无法惩罚他们吗？"

李菁觉得这个问题很奇怪，但他想到最近的经历，还是认真地回答了赵钱的问题："我相信。"

握着方向盘的赵钱冷笑了一声："我们临江城有一个叫徐青的女人，今年三十岁，是个专职小三。过去的六七年里，她先后勾引了七个有妇之夫，做了他们的情人之后，又想方设法让那些男人给她买房、买车、买包，好几个家庭因为她而破裂。咳咳……不仅如此，她还打电话、发短信，几番威胁、辱骂那些男人的原配妻子，有两个男人的妻子因为受不了她的骚扰自杀了，一个是吞药，一个是跳楼。大家都知道，这两个可怜的妻子是被徐青逼死的，法律却不能处置徐青，你觉得公平吗？"

"确实不公平……"听完赵钱的讲述，李菁震惊得说不出话来。他从没遇到过这么无耻的女人，但转念一想，自己大学毕业之后工作的这三年，也见过很多没有道德底线的人，这种无底线的女人在现实中是完全会存在的。

"咳咳，临江城还有个叫薛龙的人，是个欠款无数的老赖。他找亲戚朋友借了很多钱，欠下了巨款，整天却依然优哉游哉地吃喝嫖赌。他的老婆因为巨额债务，被迫卖了房子，他也被人告到了法院，但仍然我行我素。今年，他一位债主的女儿得了绝症，需要很多钱治疗，那个人跪在薛龙面前哭着求他还钱，他依然不为所动。最后，那个债主的女儿因病去世，债主的老婆因为接受不了事实而自杀身亡，失去了一切之后，那个债主也疯了，被送进了精神病医院。而薛龙呢？这世上少了一个追着他讨债的人，所以他继续吃喝玩乐去了。"

"这……这还有天理吗？"李菁忍不住愤怒起来。

"这两个人毁了很多家庭的幸福，好几个无辜的人因他们而死，但法律拿他们一点办法也没有。"赵钱的脸上一派凝重之色，"有句话怎么说来着？坏人干尽坏事却逍遥快活，好人积德半生却不得好死，你觉得公平吗？"

"不，不公平。"李菁愣了一会儿道。他看向赵钱，只见赵钱一身正气，白净的脸上因为激动泛起了一阵红晕，黑色风衣的衣领都在微微抖动。

赵钱继续道："如果现在有一个'审判者'，他替天行道，除掉了这些法律没有制裁的坏人，也没有造成其他任何伤害。你觉得这个'审判者'是坏人吗？"

李菁想了想，叹了口气："听上去像古代的侠客，不过现在这种人肯定是犯法会被判刑的……"

赵钱认真道："这些坏人活着只会给别人带来伤害，除掉他们只会给人们带来好处。不管怎么说，'审判者'除掉他们，这是为整个社会带来好处的正义之举啊。"

"可这是违法的啊！"

"咳咳……法律正确的事情，不一定正义；正义的事情，在法律上不一定正确。自古以来都是这样的。"

"可是这个'审判者'不顾危险地除掉坏人，他自己图什么呢？"李菁皱着眉头，有些不理解道，"还有，'审判者'为了心中的正义做这些事，自己却要付出坐牢的代价，这不值得啊！"

"咳咳……图的就是正义，是理想。至于自己坐牢？有时候，为了正义和理想是可以牺牲很多事情的！咳咳……"赵钱提高了音量，突然慷慨激昂起来,"这个世界需要一些理想主义者,也只有理想主义者才能改变世界。"

李菁沉默了,不知道如何接话。他看着赵钱,不禁想起了两年前在赵钱公司上班时的事情。赵钱确实是他口中所说的理想主义者,李菁记得很清楚,那时候赵钱经常充满激情地发表演讲,雄心勃勃地想做出中国第一款3A级游戏,还说要改变中国游戏行业,让中国原创游戏的水准和国际接轨。当时的李菁刚刚大学毕业,听到这些激情澎湃的演讲,顿时特别崇拜赵钱。

李菁看过不少互联网巨富的传记,他发现这个世界只有极少数有理想、有决心的人能够获得成功,并拥有巨大的财富。两年前,李菁经常看到赵钱没日没夜地工作,很多时候甚至直接睡在公司。在赵钱身上,李菁看到了一个互联网创业者的壮志雄心、强大的执行力和为了目标不顾一切的理想主义精神。虽然后来赵钱的公司发展不顺利,甚至解散了,但是李菁一直觉得赵钱东山再起是迟早的事情。

见李菁沉默着思考了半天,赵钱追问道:"那我再问你,这样的'审判者',你觉得他是坏人吗?"

"我觉得不是坏人,但是也很难说是个好人,毕竟我很难想象一个好人会杀人,甚至因此被判刑……"

赵钱笑了:"你以后就会明白,好人走投无路的时候,其实是没有什么选择余地的。"

听赵钱这么一说,李菁不由得想起了自己刚才气急之下对房东动武的样子。如果自己当时情绪彻底失控,又会怎样呢?李菁心中一惊,后背感到一阵发凉。思索间,李菁又心生疑惑:老板跟自己说"审判者"、替天行道什么的,到底是什么意思?他不会要替天行道去杀人吧?李菁踌躇了一下,问道:"不过老……大哥,您刚刚说的'审判者',跟我们今天要做的事情有什么关系吗?"

"这个待会儿再说,我们到了,先下车吧。"赵钱轻声说道。

李菁连忙扭头看去,只见车窗外是一片空旷的郊外,不远处的竹林边上坐落着一座精致的三层楼房,两列三层的设计,一楼是车库,车库门口竖着高大的白色升降门。李菁想着,原来这么快就到了赵钱在北山区郊外的房子。四周安安静静的,竹林里也静谧无声,他看向面前那栋楼,心里忽然升起了一股不安……

16点，路彦、萧瑶等人朝东南方向一阵疾驰后，终于赶到了宁汇区肃州河边的案发地。肃州河边人烟稀少，荒草丛生，周围几里不见人家。冬季已经无情地脱去了这里草木的华美衣裳，放眼望去，皆是一片枯黄。市局的人已经赶到并将现场保护了起来，路彦把目光投向现场，看到河边一个偏僻的草丛里躺着一具男尸，法医们正围在尸体旁边检查。市局的警察也在现场，都是一筹莫展的样子。

甄关西领着一名叫杨力的市局警察走到秦纬等人面前，开始介绍情况："市局的人接到报案就立刻赶到了现场，我跟他们交流案件情况的时候，发现这两具尸体的死状有很多相似点……"

萧瑶看向甄关西，凑近路彦在他耳边低声问道："这人是谁？之前没怎么见过啊。"

"他叫甄关西，刚来不久，家里有些背景，虽然业务上还有些不熟练，但平时大家对他都挺照顾的。"路彦低声回答道。

"我说呢，难怪秦队对一个新人态度这么和蔼……"萧瑶勾起嘴角笑了笑，若有所思地打量着白白胖胖的甄关西。

市局警察杨力把市局在现场的调查情况和他们发现的一些疑点向秦纬做了汇报，秦纬听完以后，开始安排现场的人手。

路彦走近陈尸的草丛，仔细观察着尸体。这男人也穿着崭新的衣服，身材矮小而肥胖。和徐青的尸体一样，这具尸体的头也不翼而飞，只有一个塑料男模特的头绑在他的脖子上，乍一看像是真人脑袋一样，仔细一看却又令人毛骨悚然。这具男尸的十个手指头也是血糊糊的，无法辨认指纹。路彦不禁心头一紧，这些情况跟之前在秦河公园发现的女尸情况完全是一致的。

站在路彦身旁的法医则向众人介绍说："初步推测，这具尸体的死亡时间大约是在两小时前，死者的指纹在死后被人抹去了，头也是死后被人砍掉的。这些只是初步结论，后续还需要进一步勘验。"

听着法医的话，众刑警都是一惊，两件杀人案有这么多相似点，难不成真的是一个要连杀七人的恶魔制造的连环杀人案?

萧瑶思索道:"脸和指纹是我们确认死者身份的重要依据,可是脑袋被砍掉了,指纹被抹去了,看来这个凶手不想让我们找到死者的身份。"

"真的是这个原因吗?"甄关西有些怀疑,他在一旁插嘴道,"会不会是仇杀呢?杀人之后毁坏尸体是为了泄愤?"

"我赞成萧瑶的观点。"路彦蹲下来仔细查看男尸的衣服,发现衣服也是崭新的,"这个死者原本的衣服也被脱掉了,凶手给它换上了崭新的衣服。把两个尸体的衣服都换掉了,我觉得都是一个目的——不希望我们通过死者原本的衣服信息找到死者身份。"

"为什么不希望我们找到死者身份?"甄关西还是有些茫然。

"凶手隐藏死者的身份,其实就是在隐藏他自己的身份。"秦纬在一旁看向甄关西语重心长道,"以往我们查过很多案子,凶手都是死者社会关系里的熟人,现在凶手隐藏了死者身份,也就让我们没办法从死者的社会关系里找到他了。"

"我也这么觉得,可是如果说凶手是在极力抹去这具男尸身上的信息,那为什么秦河公园里那个死者的身份证都在呢?这不是说明凶手并不担心死者身份会泄露吗?"路彦思索着,又提出了新的疑问。

众人听了路彦的话,一时间也想不出解释。路彦抬头看了看周围的环境,肃州河的这一段位于郊外,附近荒无人烟,尸体被抛弃在河边深深的草丛里,四周除了疯长的杂草什么都没有,再远一些则是布满荒草的田地,附近的马路距离陈尸现场也有两三百米。路彦收回目光,问向市局警察杨力:"你们在这附近有没有搜集到可疑的脚印?"

"没有。"杨力失望地摇摇头。

萧瑶在现场仔细勘察了一遍,追问道:"血迹、指纹、毛发,这些东西找到了吗?"

"没有。"杨力继续摇头,"这里目前还没有发现任何有价值的物证。"

萧瑶仔细打量着现场,若有所思道:"这里看来也不是第一案发现场。"

路彦看向杨力问道:"对了!这里的报案人是谁?"

杨力回答道:"就在40分钟前,我们接到一个电话,对方说他在肃州河边发现了一具尸体。电话是用公用电话打来的,声音听起来像个老人。他在电话里说,他会在这附近等我们,但我们赶到现场的时候并没有找到他,也没有什么方法可以联系他。"

"这个电话十有八九是凶手打来的,声音听起来像老人,应该也是用了变声器。"路彦扫视了一下周围的环境,"这一处偏僻得很,平时根本不会有人闲逛到这里来。而且,这么深的草丛里面藏具尸体,几天不被人发现都是有可能的。除了凶手,还有谁能这么快发现尸体,并还在报警之后玩起了消失?"

其他警察听到路彦的这番话,也不由得互相议论起来。甄关西不解地问道:"可是凶手为什么要主动向警方报案?尸体越晚发现,对他来说不是越安全吗?"

"呵……"路彦冷笑了几声,又迅速平静下来,神情阴郁地说,"我猜,他是在挑衅我们吧。他希望警方早点发现尸体,这样就能早点加入他设定的游戏里去。"

甄关西追问道:"游戏?什么游戏?"

路彦没有直接回答甄关西的问题,而是看向杨力:"听说你们在现场也发现了一张卡片?"

"对,"杨力点了点头,拿出了一个透明袋子,里面装着一张卡片,"这张卡片是在尸体下面发现的。"

秦纬和其他刑警一起拿着那张卡片仔细看了看:卡片正面画着一个男人,男人的脑袋也被砍掉了,那个脱离了身体悬在空中的脑袋嘴里塞满了老鼠、蟾蜍和蛇,五官都扭曲到了一起,表情很痛苦;卡片背面同样画着一颗黑色的"六芒星"。卡片上面还有手写的三个黑色的字:肃州河。

众人心中一惊,秦纬叹气道:"作案手法相同,死亡时间相近,又是一张相像的卡片,毫无疑问这是一起连环杀人案了……"

"这卡片画的这些到底是什么意思?"刑警中有人提问。

"这张卡片里画的,就是凶手要玩的游戏,"路彦顿了顿道,"'七宗罪'的游戏。"

听到路彦说"七宗罪",众人一阵长时间的骚动。秦纬皱眉望向路彦:"什么'七宗罪'?"

"'七宗罪',分别是:淫欲、暴食、贪婪、懒惰、愤怒、嫉妒、傲慢。"路彦有些无奈地摇摇头,这个案子的诡异超乎了他的想象,凶手像是看电影中毒后把电影的内容搬到了现实中,一度让路彦觉得有些不真实。

听到路彦的解释,甄关西也瞪大眼睛:"都什么年代了,还玩'七宗罪'的游戏?这个凶手真是够无聊的!"

秦纬点了点头:"可是,'七宗罪'跟这个卡片有什么联系呢?"

"'七宗罪'是西方文化里的概念,其中提到了对'七宗罪'中每一项的具体惩罚……"路彦举起手中的透明袋,把里面的卡片指给秦纬看,"对淫欲罪的惩罚,是在硫黄和火焰中熏烤致死;对暴食罪的惩罚,则是强迫有罪者进食老鼠、蟾蜍和蛇……你看,和这卡片上画的完全一致。"

在秦纬和其他刑警思考的时候,路彦接着说:"这个凶手把他的谋杀和'七宗罪'联系在一起,刚刚发现的两个死者又分别对应淫欲和暴食两项罪行,再根据他留在 MP3 里的录音——我猜测,凶手想玩的这个游戏,就是按照'七宗罪'里对应的罪行杀掉七个人。"

"什么?"秦纬心里咯噔一下,脑子里忽然冒出那个沧桑的声音——"未来 24 小时内,我将用'六芒星'的轨迹带走这个城市中七个罪恶的生命,无论人们阻止与否,它都必将发生。"

众人还在消化着路彦刚刚说的话,秦纬忍不住抬起头,对着天空哈出一口气,袅袅的白烟在空气中逐渐消散。秦纬年近四旬,从警已经十几年了,为人稳重踏实。此时此刻,秦纬不禁想起了明年即将在临江城召开的国际性重大会议。年中以来,各级领导三令五申地要求严抓社会治安,临江城却在这个时候来了一出杀人案,而且很有可能是连杀七人的连环杀人案……更何况,再过三天就是大年三十了,这时候发生这么大的案子,社会影响太恶劣了……

直率的甄关西率先开口打破众人的沉默:"可是……可是这个凶手为什么非要按照'七宗罪'来杀人呢?他的动机是什么?"

"不知道,为钱、为仇、为情都不太像。"路彦摇着头,这起案件十分诡异离奇,像是影视剧里发生的,他之前的查案经验在此刻全都用不上了。

甄关西有些不敢置信,又有些兴奋,他搓搓手道:"这起案子真是奇怪,'审判者''六芒星''七宗罪'什么的,听起来就很邪乎。"

"我看这个凶手不仅电影看多了,动画片也看得走火入魔了!"秦纬回过神来,冷哼一声,"'七宗罪'?真是荒唐!还大言不惭说要杀七个人,把我们警方当什么了?"

"凶手在录音里有说,要带走七个罪恶的生命,可见他觉得他杀的那些人都是坏人。"沉默已久的萧瑶忽然开了口,"他自诩为'审判者',要按照'七宗罪'来杀人,会不会他的动机只是单纯想杀掉那些坏人?"

"这么说,你觉得他的动机是替天行道?"路彦转过身,眼睛炯炯有神地看向萧瑶。

"对,他应该是为了自己坚信的某种正义,才想杀死他认定的一些坏人。"萧瑶抚了一下耳边的垂发,"只有这样,才能解释他为什么要用'审判者'和'七宗罪'的名头,把这两起谋杀处理得这么仪式化。"

"为了他相信的正义,要去替天行道吗……"路彦苦笑起来,"这些人把法律当什么了?"

"路彦你应该知道,并不是所有人都尊重并相信法律。而且,我感觉这个人有种殉道者的倾向,似乎是能够把自身生死置之度外的那种人。"萧瑶话音落地,众人纷纷议论起来,大多数人都觉得她说得很有道理。萧遥顿了顿又提出自己的疑问,"不过我想不通的地方是,凶手为什么要在死者死后还要砍掉他的头?"

路彦若有所思道:"人死之后还要割掉头,给自己徒添麻烦,这是解释不通的。据以往的经验来看,往往案件里那个解释不通的地方,就极有可能隐藏着凶手犯罪的真相。"

"对,这个点蛮重要,所以在这个问题上我们来集思广益下吧,探讨一下是什么原因。根据以往案件来看,我觉得这个奇怪的行为,有种可能就是为了隐藏在头上残留的某些痕迹,从而隐藏他的作案手法。"秦纬环视着众人开口道,"死者身上没有其他伤,说明死者极有可能就是被凶手袭击头部致死的。比如凶手用了一个工具猛击死者的脑袋将其打死,那么凶手再割掉死者的脑袋,不就隐藏起他袭击过的痕迹了吗?这样子,我们就不知道死因了,也没有办法再通过他的作案痕迹和作案工具找到他。"

众人纷纷点头,都觉得很有道理,路彦补充道:"第二种可能,凶手割掉死者的头是为了隐瞒被害者的身份，凶手连死者的指纹都抹去了，让我们无法通过脸和指纹找到死者身份，但是死者的现场偏偏又发现死者的身份证，这又让这个可能有些说不通。所以我觉得还有第三种可能，割掉死者的头是为了让人误会死者的身份，凶手脱掉了死者的衣服，给他们换上崭新的衣服，也都是为了让我们误会死者的身份的。"

众人思索着，萧遥在一旁补充道："还有第四种可能，根据我以往遇见的案子来看，有时候凶手割掉死者的头是为了方便搬运或藏匿尸体。"

"砍头为什么就不能是因为对死者的恨啊！"年轻警察甄关西在一旁喊了起来，"就是因为凶手很恨死者，所以在死者死后，还要割掉他们的头泄愤啊！"

"很好！泄愤是第五种可能。"秦纬冲甄关西笑了笑，又把目光投向路彦，"第六种可能，我觉得凶手一直在炫耀，凶手砍头也是为了向警方炫耀。"

"嗯。"路彦点点头，他想了想道，"这个凶手搞出了'七宗罪'和'审判者'这些仪式感的称号，所以我觉得砍头还有第七种可能，那就是他要配合称号营造仪式感。"

路彦话音落地，一时没有人提出更多的可能了，但凶手割头的原因到底是七种可能中的哪一个，一时间众人议论纷纷也没有个定论。秦纬看了看时间，转眼间就快到17点了，他不禁有些着急道："我看凶手割掉死者头的动机无非就这七种原因。现在我们的问题重点就在于，如果凶手接着犯罪，我们怎么阻止他并且抓住他？"

众人面面相觑，凶手说他要在24小时连杀七个人，这才短短的两小时就已经死了两个人，看来这个丧心病狂的凶手还会接着按他所说犯罪下去，可是怎么阻止他？这短短的两小时里，警方掌握的线索太少了，对与凶手相关的信息几乎是一无所知，这茫茫人海里上哪儿抓他？而凶手作案的速度又那么快，要是他在剩下的22小时里真的再杀掉五人，那后果就太严重了……

"地点！"路彦打破沉默，"如果我们知道他接下来的犯罪地点，我们就有希望抓到他阻止他！"

"可是我们怎么知道他接下来的犯罪地点和抛尸地点？"甄关西不解道，他摆摆手，"临江城这么大，我们总不能挨家挨户搜吧？"

众人一阵沉默，确实警方掌握的线索太少了，又加上时间紧急，在这凶手面前，警方行动显得太被动了。

"有个办法，或许能找到他接下来的犯罪地点！"

众人一惊，看向说话的萧瑶，只见她炯炯有神地盯向秦纬手中那个装在透明袋里的卡片。

- 3 -

北山区的郊外，赵钱带着李菁赶到自己的住处。李菁打量着周围的环境。天色已经有些阴沉了，暮色在四处弥漫。四周一片空旷，建筑寥落。附近有一片竹林，竹林里幽静无声，远方高速公路上的汽车呼啸声在雾霾里若隐若现。赵钱一边领着李菁往房子里走，一边向李菁介绍房子的情况："这是我在北山区的房子，好久没人住了，不过装修还行，面积也够大。"

李菁以前去过赵钱在浦航区的家，那是一栋白色的别墅，他没想到赵钱在北山区还有这么大的一套房子，不由得暗自想道：虽说有钱人都喜欢住郊区，但老板这房子买得也真是够偏了。

赵钱拿出钥匙打开升降门，对李菁笑着说："这房子一层都是车库，你和英子住在楼上就行了，二楼和三楼随你们选。虽然这房子位置偏了点，但好在宽敞够大。"

升降门完全打开以后，赵钱开了灯。李菁发现一楼车库正停着一辆黑色货车，有着不小的货箱；车库中间竖着两个又高又大的水泥柱，角落还有几个大布袋杂乱地堆在一起，他的视线扫过角落时，依稀看到了一些瓶瓶罐罐和注射器之类的东西，似乎还有几处红色印记。

李菁没有把这些放在心上，他对赵钱一阵感谢之后，又在赵钱的帮助下把自己的行李陆陆续续搬进了车库。

片刻之后，李菁看着自己满地的行李，不由得苦笑起来。他抬起右手，发现刚才搬东西的时候，胳膊被蹭出了一道血痕。李菁蹲下身子拨了拨开水壶，发现里面的内胆已经碎了，碎片散落在地上，瓶口处还沾着自己的几根头发。李菁伸手捡起那几根落发，他想着，才25岁就开始掉头发了，也只有自己这种天天加班熬夜的程序员了吧？

赵钱正在一旁休息，他的目光停留在李菁行李中的一个相框上，相框里是李菁和女朋友陈英的合照，照片上的李菁搂着陈英笑得很开心。赵钱想起来，他前段时间和李菁、陈英一起吃过饭，陈英是一个看上去很乖巧可爱的女孩，为人也很单纯善良。沉默了片刻，赵钱问道："英子跟着你一起到这边来住，没什么问题吧？"

"她今天在和贾律师一起整理起诉优鑫公司的材料，我还没来得及跟她说，不过我想她会愿意的……"李菁站起来，"唉，最近真是不顺，房子没了，工作也没了。"

"工作怎么回事？"赵钱挑了挑眉。

李菁叹了口气，说道："我之前是在一家互联电商公司做程序员嘛，前段时间，我发现有人登录数据库执行一条SQL语句更改了数据，把消费者在两家店铺留下的差评全部改成了好评。这在我们公司是严令禁止的，我估计是我们部门有人收了商家贿赂，才会把差评改成好评。我觉得事情挺严重，就跟研发经理汇报了……"

"然后研发经理把你骂了一顿？"

"骂我倒是没有，他就是叫我不要再管这件事情了……可我想着这不是欺骗消费者嘛，一旦被发现，消费者对我们公司的信任也会荡然无存。研发经理既然不管，我就只好跑去跟公司副总汇报了……"

"然后呢？"

"副总找研发经理来问这件事，研发经理竟然一口咬定这事情是我干的！"李菁耷拉着脑袋，垂头丧气道，"所有的修改记录在数据库里都是有记录的，我就跟副总说，查一下账号就知道是谁干的了……"

"结果副总完全不听你解释，直接就让你走人，是吗？"

"是啊……"李菁愤愤道，"数据库明明都有记录的啊，一查就知道不是我干的！可是副总就是让我立马走人！真是没良心的公司，气死我了……"

"你太年轻了，你真以为副总不知道是谁干的吗？"赵钱一个劲儿地摇头，"正因为副总知道这事情是研发经理干的，不是你干的，所以才要你走人。"

"他知道不是我干的还要我走人？这没道理啊！"李菁疑惑道。

"咳咳……社会只讲利益，不分道理。你和研发经理给公司带来的利益，谁大？公司再招一个研发经理和再招一个程序员，哪个成本更大？利益是利益，道理是道理，为自我争取利益就是人性不可撼动的根本。涉及自身利益，你不可能指望他们一直保持公正。"

李菁本想张嘴争辩，但又不得不承认赵钱说的确实有道理，只能把话咽了回去，闭上了嘴巴。

"咳咳……我看，商家的贿赂行为可能是业务部门的人牵线搭桥的，因为业务部门的人和商家接触多。很可能是他们先收了好处，再给研发经理好处，研发经理再找程序员改了差评。副总如果怪罪研发经理，把他开除了，牵连的可就远不止一个部门。真要认真起来，一下子开掉那么多人，影响到他副总的业绩怎么办？所以，利弊权衡之下，只能把这违规的罪名怪到你身上，也算是杀鸡儆猴，警告一下研发经理他们。"

李菁沉思片刻，也想明白了赵钱的意思。果然，赵钱作为老板，对社会和人性的洞察确实要比自己厉害得多。李菁不禁很是愤懑："以前我觉得写代码是很苦很累的事情，现在我觉得，在电脑前写代码简直是这个世界上最轻松的事情！它那么单纯，哪像社会上有那么多乱七八糟的事情，他们这些人，一点原则良心都不讲……"

"以后你就会明白的，当那庸俗又现实的生存问题对着你呼啸而来的时候，那些文人虚幻出来的东西，什么原则、良心、追求，都变得无比苍白。"

李菁无奈地抓了抓头发："我天天熬夜加班，他们却在年底之前把我开除了，拿不到年终奖不说，我一时半会儿也不好找到新的工作了。唉，还是您之前那个公司有人情味……"

听李菁这么说，赵钱不禁微微一笑："你喜欢我那个公司吗？"

"对，我一直特别崇拜您，因为您和我一样，都是从农村考到大城市的农村大学生，但是您通过自己奋斗，取得了那么大的成就。"

"其实也没你说得那么好，我上一次创业你不是也知道吗？那公司倒闭了。"

"但您最开始的两次创业不都成功了吗？上一次虽然没有成功，但我觉得这根本不算什么，您早在很多年之前就积累了我们这些上班族不可能攒到的财富,您是早就已经成功了的人,我们跟您是不能比的。像我们,这天天上班的,什么时候是个头啊……"

"咳咳。"赵钱猛地咳嗽了两声,他拍了拍李菁肩膀:"你太焦虑了……"

"不可能不焦虑的。我工作三年就已经看到了薪水的天花板,未来几年,我的收入不会有什么大的提高了,这才是最让人绝望的……"说到心底的痛处,李菁忍不住打开了话匣子,"毕竟人就活那一线光,要是看不到希望了,那可真……所以,我想向老板您学习,创业开公司。"

赵钱上下打量了李菁一下,满意地点了点头,又问:"你为什么想创业?上班不是相对稳定吗?"

"我答应了英子,要在28岁之前在临江城买房跟她结婚,但我的收入未来几年都很难上升了。"李菁踱步到车库门边,看向外面的竹林,"所以,要想买得起房子,我只能像您那样创业开公司。"

"每个人都有不同的路,创业并不适合所有人。"

"可是在这个城市,朝九晚五地给别人打工,一辈子也买不起房子。"

赵钱不赞同道:"你创业只是为了发财?难道你没有更大的理想吗,比如改变这个行业中的一些陈腐的东西?"

"我现在还达不到老板您那么高的思想境界。"李菁苦笑着看向赵钱。

赵钱顿了顿,追问道:"英子现在工作怎么样啊?"

"她啊,法律系毕业就去了律师事务所了,他们法律新人的工资很低。不是有句话这么说吗,律师事务所五千块月薪招个司机没人来,五千块月薪招会开车的实习律师,来了一大堆人!"李菁叹了口气,"不过我也没图英子赚什么钱,赚钱这事还应该是我来。英子跟着我受了很多苦,我现在只想早点赚到买房的钱,给她一个家。"

"看来无论英子还是你,年轻人在这个城市的生活都不容易啊。"赵钱慢悠悠地说道,"不过你太浮躁、太焦虑了。其实赚钱的方式有很多,并不是非创业不可。"

"对,也有别的法子,前段时间我听说小区里不少人在买理财产品,我就跟英子商量了一下,也买了一个。"李菁的手指在地上划动着,似乎在计算着什么,"投资收入,加上我们的工资,这么努力下去,一切都不远的……"

"你们买的理财产品叫什么？"赵钱轻飘飘地问道。

"长寿理财，利息不错。"

"你买了多长时间的？"

"没多长，快要到可以取出来的时间了！"李菁顿了顿，"为了买这个，我还找一个网络借贷公司借了五万块，上个星期，一个姓宋的带着一帮人来我家追债，要我把那五万块还给那家公司。可是我的钱还在理财里取不出来，只好不停求情，他们才答应再给我放宽一段时间的。"

赵钱没说话。他若有所思地点起一根烟继续抽着，沉默了一会儿后，他轻声问道："李菁，你相信跟着我能成功吗？"

"相信啊，您是我认识人里面最成功的了。"

"好。"赵钱转身向身后的角落里走去，"你现在根本不用为钱焦虑，接下来的24小时里，你帮我做好一件事情，这些都是你的。"赵钱从车库角落里拿出一个皮包，放到李菁面前："这些钱，加上你自己的积蓄，应该够你们买房了。"

李菁一脸茫然，打开皮包一看，里面竟然装着一捆捆的人民币。李菁从来没见过这么多的现金，一时呼吸都急促了起来。他伸出手，手指颤抖地拨弄着那些钞票，又不敢置信地提起皮包掂了掂分量，然后咽了下口水，迟疑着说："怎么这么多钱……老板，我知道，世上没有免费的午餐……"

"世上当然没有免费的午餐，咳咳！"赵钱打断了他的话，又咳嗽了两声，"所以，接下来我要你帮我做的事情，也不会那么简单。咳咳！我得病后，这个钱对我意义就不大了，但是对你，我想应该很有意义。"

李菁不禁急道："您得了什么病？"

"这个等会儿再说，你先看看这些钱一共多少。"

李菁伸出手向皮包的深处探去，丈量出钱的深度后又开始仔细数起那钞票的捆数。李菁从来没见过这么多的现金，多到他半晌都数不清。不知道过了多久，李菁数完，他吞吞口水，无言地从皮包上收起目光，抬头看向赵钱，空气一片寂静，落针可闻。

"您到底要我帮您做什么？"

"咳咳，我们现在出发，去我在浦航区的那个房子吧！"赵钱呵呵一笑，一边看着手表上的时间,一边转身向外走去,"到了那里我告诉你!"

　　时针指向了17点,满怀震惊和疑问的李菁再次坐上赵钱的车,汽车朝浦航区飞驰而去。晚霞在天边渐渐消退,把天空的银灰色底色露了出来。李菁抱着装满钞票的皮包,那人民币的真实触感透着皮革传到四肢,他不禁在心里盘问着自己,这包钱,会载着自己和英子通往幸福生活吗?

第三章　17:00 大战在即

- 1 -

　　宁汇区的肃州河边，灰蒙蒙的天空渐渐暗了下去，暮色苍茫，近处的草地和远处的河流都蒙上一层灰色的纱幔。围在肃州河边的众警察们，仍然在紧张地侦查办案，当他们听到萧瑶说有办法查到凶手的下一个犯罪地点，不由得精神一振地追问道："什么方法？"

　　萧瑶接过秦纬手中的透明袋，她看向那里面的两张卡片道："这两张卡片，上面分别写着这两个抛尸地点的名字。"

　　众人看向那两张卡片，上面分别用黑色中性笔写了"秦河公园"和"肃州河"，那字迹行云流水，排列得倒也整齐。

　　"我第一眼见到这个的时候，就觉得这几个字十有八九是凶手写的。"秦纬看向萧瑶，"怎么？你是想给这字做笔迹鉴定，然后通过这个找到凶手？这恐怕来不及了吧？"

　　众人纷纷点头，警察很多破案手法都是需要时间去实施的，而在目前这么紧张的时间下，很多手法都无法用上，这给破案增加了很大困难。

　　"笔迹鉴定肯定来不及了，但是我们可以看看这两张卡片上还有别的什么痕迹。"萧瑶反身往警车上走去，"我把VSC扫描器带过来了，它可以把卡片上涂抹过的痕迹全照出来。"

　　路彦看向萧瑶快速离去的身影，不由寻思着萧瑶做事一直都是这么细心，她经常挂在嘴上的就是"人生不能没有B计划"。如今警方实在找不到别的线索，萧瑶说查查卡片上涂抹过的痕迹，没准能找到一些有用的信息。

　　众人围在了萧瑶身边，萧瑶将两个现场发现的卡片放在VSC扫描器下："凶手既然是要按照'七宗罪'杀七个人，那么这七张卡片他应该是放在一起连续写完的，并且是按照作案的顺序从一到七来写的。我认为，接下来要出现的第三个犯罪地点上，也会有张卡片写了那个地点的名字。所以凶手在这头两张卡片上写字的时候，可能搞错顺序写错了又涂抹掉了，我们把这些涂抹掉的痕迹找出来，没准就能找到第三个地点。"

众人明白了萧瑶的意思，她是说凶手连着在卡片上写字的时候，有可能把第三个地点的名字写到前两张卡片上。虽然萧瑶对凶手行为的推理很有道理，但是凶手写错了的概率实在太小了。可当下没有别的线索，众人只能死马当活马医了。

VSC 扫描器使用紫外线、红外线等光源让涂抹过的痕迹重新显示出来，哪怕是擦得干干净净的字迹也能被痕检师找到。萧瑶屏住呼吸，认认真真地从头到尾扫描了两张卡片的正反面，但是一番忙活之后，她一点涂抹过的痕迹都没有找到。

"没事，这个凶手狡猾得很，写错的概率确实不大……"秦纬安慰着萧瑶，众人看着有些丧气的萧瑶，也迎合着。

萧瑶用镊子重新夹起那两张卡片，把它们放在自己眼前仔细端详。破案有时候就是警察和凶手的对决，比的是谁更加聪明、谁更加细心，很多时候，成败就在毫厘之间。怎么办呢？B 计划已经失败了，难道真的没有办法了吗？

"我还有个办法！"萧瑶喊道，她把那两张卡片放下后，又反身拿出了一台仪器，把两张卡片放在仪器下检测。

"卡片上如果存在一丝丝的凹痕，这个 ESDA 仪器都能检查出来。"萧瑶快速道，"凶手如果在写这七张卡片时，写完第一张后，把第二张垫在第一张上面写，那么第一张上会留下第二张卡片字迹的凹痕，虽然很弱，但是仪器能发现。同理，如果凶手写第三张卡片上地点的时候，把第二张卡片垫在下面写的话，那么第二张卡片上就能找到第三张卡片上的字迹凹痕。"

众人不由得又重新打起精神，因为很多人写字的时候，都喜欢把刚刚写的纸张垫在下面接着写，这个情况可比凶手写错涂抹的概率大多了。果然，萧瑶在仪器一番扫描后，找到第二张卡片上存在一行字迹的凹痕。

"卡迪斯酒吧……"萧瑶轻声念叨着。

众人神情一震，路彦一番搜索后连忙道："这是个音乐酒吧，在临江城的浦航区！"

甄关西有些亢奋："那我们还等什么啊，赶紧去这酒吧抓人啊！"

看着大家摩拳擦掌地准备行动，秦纬示意众人冷静，他表达了自己的一丝疑虑："大家不要高兴太早，先想想，凶手在这卡片上写犯罪地点是为了什么呢?"

刑警吴勇在一旁也有着相似的疑惑:"对,我也没搞懂凶手为什么要把地点写在这个卡片上,按理说这不是露出他的马脚,加大被我们抓到的概率吗?"

路彦明白秦纬和吴勇的意思,秦队为人一向比较谨慎,他觉得凶手这样写上犯罪地点的行为比较可疑,不能排除是故意误导警方的情况。众人也跟着点头,凶手在前两张卡片上写下犯罪地点就显得尤其没有必要,反而可能会露出马脚,但是他依然做了,那他就肯定有他做这个事的理由。会不会这只是,他把警方调查方向引到错误方向上的手段呢?

萧瑶皱起眉头问向路彦:"你觉得,这个卡迪斯酒吧,会不会是用来误导我们的?凶手如果很了解警方痕检的手段,他知道警方能检测出凹痕,就可能这么做……"

"我觉得不是误导,卡迪斯酒吧就是他下一个犯罪地点。"看着同事们有人还不放心,路彦平静地说,"在尸体边留下录音,主动告诉警方他要连杀七个人,并且主动打电话报警,还留下卡片写着他的抛尸地点。这三个行为的目的都是一样的——他希望警方早点加入他的游戏中。"

甄关西撇撇嘴,对路彦这个回答不是很信服。他追问道:"那你说说看,凶手为什么想让警方早点加入游戏?"

路彦站在原地冷笑了起来:"因为凶手他有着足够自信,认为警方即使知道他在杀人,也无论如何都抓不到他。"

吴勇不敢置信:"他胆子大到挑战公安吗?这家伙真的不是疯了吗?"

"照这么说,这个凶手的行为简直就是挑战和戏弄警方!"秦纬阴沉道。

"我们现在遇见这个凶手,早就不能按常理来判断了,说他是疯子我觉得也没错。"路彦耸耸肩膀,"所以我觉得,不管他知不知道警方能不能查出写字的凹痕,在卡片上写自己的犯罪地点都不是误导,萧瑶检测出的卡迪斯酒吧,就是他下一个犯罪的地点。"

秦纬赞许地点点头,众人也不由得开始议论起来。萧瑶不动声色地打量着陷入沉默的路彦。路彦出生在一个企业家家庭,但是他八岁那年父亲遭遇车祸去世了,本来人们以为这件事情是意外事故,不料三年后更多的证据出现,警方确定这是路彦父亲生意场上的对手制造出来的雇凶杀人案。虽然警方把制造车祸的司机抓捕归案了，雇用司机的元凶却逃之夭夭，直到又过了三年才被抓到。

那六年的漫长等待里，小路彦最经常做的事情，就是日复一日地拿着玩具枪打着墙上的靶子，在练习出射击的精准感觉的同时，也铸就出了他极为倔强的性格。虽然母亲和继父待路彦一直不错，重组后的家庭经济条件也颇为殷实，但父亲遇害的事在他心里深深埋下一颗除暴安良的种子。后来尽管遭到父母的反对，他还是毅然地选择了读警校，选择从警这条路。

路彦深吸一口气，他抬头看着天空思索起来。冬季的傍晚总是天暗得很快，此时冬日城市的夜空中，漂浮着一种叫"霾"的东西，它配合着渐渐暗下来的天色，把一切都掩盖在迷茫之中。路彦不禁寻思着，凶手在录音里宣布，他开始在 24 小时里连杀七人的计划，现在仅仅过去了两个小时，就出现了两位死者，这简直太骇人听闻了。这个凶手以"七宗罪"的名义，要在 24 小时内连杀七人，他制造这么一起骇人听闻的连环杀人案，真的是像殉道者那样为了他所说的"正义"吗？

秦纬一番思考后看向众人道："不管这个自称'审判者'的凶手是不是在跟我们玩游戏，也不管他说的 24 小时连杀七人是真是假，我们已知的是，现在已经有两个人死在他手里，接下来可能还有更多的人会遇害。我们没有时间再去猜测，也不能在原地继续等待了。既然接下来还有可能出现新的犯罪，我们只能竭尽全力去阻止它，并将凶手绳之以法！"

秦纬让人找来了临江城的地图，带着众人一番查看道："目前的情况是，除了卡迪斯酒吧之外，至少还有四个犯罪地点我们是完全未知的。秦河公园和肃州河这里的调查继续进行，对死者身份背景的追查也要抓紧。不管凶手会不会真的去卡迪斯酒吧犯罪，我们当务之急都要派人去搜查，现在我们来安排人手。"

秦纬很快安排了六名刑警前往卡迪斯酒吧，路彦一旁见状，也轻声请状道："我也去吧！"

听到路彦的话，萧瑶和几个同事心里不由得"咯噔"了一下。自从路彦一年多前从贺县的案子受重伤回来之后，碰到很恶性的案件，大家都尽量避免让路彦过多参与。大家都看得出来，路彦虽然身体恢复了，人却还有些消沉。

萧瑶听说一年前的那个贺县案件特别棘手，警方为了找到连环杀人案凶手，前前后后怀疑调查过五个人。每当警方以为抓到凶手时，案件就来一次大反转，带着警方把怀疑目标转向另一个人，案件百转千回，让警方身心俱疲。路彦在最后，还差点和真凶共赴黄泉，大伤恢复之后，他就少了往日的笑容。

萧瑶刚想开口劝下路彦，但是和路彦共事的这些年，她也知道路彦虽然外表开朗，为人处世总是表现得很随和，有时生活里还会开些无伤大雅的玩笑，但是骨子里，他非常有主见且十分倔强，他一旦做了什么决定，九头牛都拉不回来。因此，萧瑶犹豫片刻之后，还是放弃了劝说的打算。

"嗯，那你就和大家一起过去。"秦纬看向路彦，稍作犹豫，最后还是点了点头。

"人手会不会不够啊！"萧瑶提醒秦纬道，"凶手可能不止一个人，手段和武器肯定也都不一般。"

路彦点点头："我们可以多出动一些人，把酒吧清空。虽然容易打草惊蛇，但是肯定能阻止他继续杀人。"

"如果那个凶手真的在那儿，十几号人开着警车过去，肯定还没到门口，他就已经跑了。"秦纬皱着眉头想了想，接着说道，"我们人数要控制在十人以内，而且你们穿便衣过去，也不要开警车，分散进场，先试探下凶手在不在那边，一有情况再立刻采取行动，彻底清场！"

路彦没有说话，显然，在抓人优先和救人优先这道选择题面前，秦纬已经做了选择。这次行动的宗旨是不要兴师动众、轻装上阵和抓人优先。

"秦队，我跟路彦一起去吧！"萧瑶想了想，主动跟秦纬请缨，"如果现场真的有什么情况，有我在一起，也能尽快收集证据。"

秦纬看着萧瑶，点了点头。他知道萧瑶不仅是一名优秀的痕检师，身手也非常不错，她和路彦配合默契，带上她也能在现场搜集和保存证据。秦纬组织了一下人马，迅速确定了前去卡迪斯酒吧的八人名单，分派车辆的时候，他的耳边忽然冒出另一个声音："还有我！"

秦纬扭头一看，甄关西正兴奋地举着手，一副跃跃欲试的样子。

"你不能去！"秦纬看向甄关西连忙拒绝，"你年纪轻经验少，这个案子又很棘手……"

"不怕，这不是有一大帮前辈带着我嘛！"甄关西兴奋地搓搓手，他觉得很是新奇和刺激，对案件的残酷和严峻倒是没有什么意识，"我从警这么长时间以来，最期待的就是今天这种行动了！正面面对凶犯，惩奸除恶，我义不容辞！"

秦纬还想继续说些什么，就被甄关西打断："队长，我干警察这么长时间，家里人一直都不支持我，我早就想干出点名堂给他们看看了！能不能请您给我一个证明自己的机会？"

秦纬还想再说些什么，一旁的路彦却递了个眼神过来，那是个"不能再耗费时间了"的眼神。秦纬寻思这次行动已经有八名警察，带着经验不足的甄关西让他学习学习倒也问题不大，于是秦纬摆了摆手答应了甄关西，临走前，他还不忘叮嘱甄关西："你就跟着路彦、萧瑶一起行动！他们俩到哪儿，你就到哪儿！你年纪轻，经验不足，一切小心为上！"

甄关西满口答应着，跳上了路彦的车后座。与甄关西兴奋的神情形成鲜明对比的，是路彦和萧瑶凝重紧张的神情。一切准备完毕后，路彦发动汽车踩下油门，把自己手机扔给萧瑶道："帮我打个电话，通讯录里备注'隔壁邻居'的那一位，请他到我家去给我的猫喂一天的猫粮。"

"不管什么时候，你总记得那只猫咪的安危。"萧瑶笑道，她知道路彦养了一只黏人的布偶猫，有次萧瑶和同事们去路彦家拜访，见到那只布偶猫骑在路彦的头上，路彦则对它百依百顺。萧瑶和同事们顿时有些惊讶，他们没想到平日查起案来天不怕地不怕的生猛路彦，竟然也有如此乖巧听话的时候。

帮路彦打完电话后，萧瑶抬起头，发现风在窗外呼呼刮过，汽车已经快速行驶在郊区大道上，卡迪斯酒吧位于临江城东边的浦航区，路彦驾着车向东北方向疾驰着。在路彦的车后方，还有两辆车一起同行。三辆车在夜色中如同三道流光穿过暗黑的天色朝远方驶去，一场惊心动魄的生死营救正争分夺秒地拉开帷幕。

- 2 -

临江城中，所有的街道都点亮了路灯，霓虹灯光下的马路此刻正川流不息。

赵钱驾驶着汽车，朝东南方向的浦航区飞奔而去。

"我们先去浦航区那边的房子，然后，你就知道我到底要你帮我做什么了。"

赵钱不停地卖关子，彻底勾起了李菁的好奇心，但李菁的追问换来的只是赵钱神秘的微笑。虽然不知道待会儿到底要做什么，但包里的人民币是真实的。李菁坐在副驾驶座上，抚摸着腿上装满钞票的皮包，又看了看街道两旁的高楼和灯光，他忍不住探出头，似乎自己身体里的某个东西也随着道路两旁的城市流光，被他远远甩在了身后。

片刻之后，赵钱的车停在了浦航区的一幢房屋面前。李菁下车，看到了一座熟悉的别墅。这是一幢白色的西式风格的别墅，墙壁建得很厚，而且窗户很少。

李菁记得以前曾经和同事一起在这个别墅里参加公司的聚会，那时，赵钱经常和员工一起在别墅里吃饭、喝酒。李菁还记得赵钱的妻子李婉芳，她为人特别有礼貌，有着一种独特的知性美。赵钱还有一个女儿，名叫赵朵，当年才五岁，在上幼儿园。赵朵是一个特别可爱的小女孩，李菁记得自己还把她抱在腿上逗她玩过。

赵钱带着李菁走到别墅门口，准备开锁。李菁这才注意到，别墅大门已经换成了一扇崭新的、现代科技感很强的大门，他依稀记得两年前别墅的门不是这样子的。

"这个门要用虹膜和指纹认证才能打开，来，我把你的虹膜和指纹录进去，这样以后你也可以进去了。"

还不待李菁说话，赵钱就拉着他完成了虹膜和指纹的录入，"嘀"的一声，门开了。

赵钱走进大厅，打开了灯。借着灯光，李菁看清了大厅里的样子，沙发、茶几、地毯和花瓶，都还是两年前的摆设，大厅正对门的位置，还是之前那个壁炉，壁炉上面也还是跟以前一样，挂着一道巨大的布帘，看起来和之前没有什么区别。

但是，李菁很快就觉得不对劲了。这个大厅冷冷清清，没有丝毫人气，好像很长时间没有人居住了。

"老板娘……大嫂不在家吗？小朵呢？"李菁问道。他扭过头，却看到赵钱脸色铁青，不由得愣在当场。

"她们……不在了。"赵钱走到壁炉前，一把拉开了壁炉上面的布帘，露出后面那幅巨大的油画。

"不在了？"李菁不敢置信，正想追问，突然看到墙上那幅油画，不禁倒吸了一口冷气。

那幅油画上，画着一幅宛如世界末日般的恐怖图景：天空的顶端，一条巨大的黑蛇盘旋着，对着下方的世界虎视眈眈，黑蛇周围飞舞着成群的蝗虫，它们正一起朝着下方的土地呼啸而去；地面之上，城市中古典的欧式建筑都在摇摇欲坠，大地上遍布着恐怖的裂缝，满目疮痍，随处可见动物腐败的尸体；骑着白马的骑士们正持着长枪，对着那黑蛇怒吼，平民们都跪倒在地，张开双手看着天空呐喊求救。

"那一千年完了，撒旦必从监牢里被释放，出来要迷惑地上四方的列国，就是歌革和玛各，叫他们上来聚集争战。他们人数多如海沙。"赵钱仰望着油画，轻声说着。沉浸在画中的李菁猛地惊醒过来，震惊地看向赵钱："您在说什么？"

"婉芳信教，她很喜欢这幅画，刚刚那些话也是她以前经常念叨的。"

"嫂子信教？"李菁一愣。印象中，他以前似乎没听人说过老板娘信什么教，顿了顿他开口追问道，"她们到底怎么了？"

"现在没时间了，等会儿再跟你说这个。"赵钱摆了摆手，拉着李菁穿过大厅，走进了他的书房。赵钱带着李菁站在书房的保险箱前，把他的虹膜和指纹录了进去，"你的虹膜和指纹可以打开外面的门和这个保险箱，我们现在要出门行动了，你可以把钱先放到保险箱里，等事情结束以后再来取。"

李菁在赵钱的指示下，把钱放了一些进去，然后关上保险箱的门，再用虹膜和指纹解锁，果然，李菁用自己的虹膜和指纹顺利地打开了保险箱的门。

赵钱又走到另一个柜子前，拿起一个行李包递给李菁："快，拿件衣服换了，我赶时间，接着我还要给你换个发型。"

李菁惊愕地接过行李包，发现里面装着几件比较紧身的衣服。他扒开衣服仔细查看，发现里面还有鞋、面具、发胶、假胡须、假发之类的东西，另外还有一件反射着寒光的东西，那是一把匕首。

李菁心中蓦地腾起一股不祥的预感，他从衣物中抬起头，看到的是赵钱的微笑。

赵钱伸出手，拍了拍李菁的肩膀，对他彻底摊牌："既然你刚才说，替天行道的'审判者'不是坏人，那我就没什么好担心的了。刚才跟你说起替天行道的话题，是因为我就是'审判者'。从今天下午3点开始，到明天下午3点，我要审判七个恶人，七个法律制裁不了的恶人。"

果然，事情完全被自己猜中了。尽管李菁已经有了心理准备，但是听到赵钱亲口说出来，他还是难以置信："怎么会……"

"多说无用，我带你来这里就是为了给你看这个东西。"赵钱蹲下来，从保险箱里抽出一个文件袋，当着李菁的面拆开以后，拿出几张表格递给李菁。

李菁连忙接过表格，上面是赵钱之前提到的徐青的详细资料，有照片、身高、体重、住址、社会关系等一系列信息，下方还记载着她交往过哪些男人、逼死过哪些女人，以及整个事件的经过。李菁往后翻下去，徐青下面是薛龙的资料，同样记录着他的罪行。李菁看着眼前的白纸黑字，心中忍不住升起一阵愤慨。

"我刚才跟你说过徐青和薛龙，无耻的职业小三和老赖。我已经调查他们很久了，之前的4个小时里，我已经把他们处决了。"赵钱的声音冰冷，"'审判者'的存在，就是为了弥补法律的缺陷，照亮那些阳光照不到的地方。而这些，就是我存在的意义。"

不待李菁开口，赵钱继续说道："我不指望你把'审判者'当作好人，只要你不把'审判者'当成坏人就好。接下来的21个小时里，我还要处决掉五个人，他们遍布在这个城市的很多地方，我一个人很可能忙不过来，时间也很可能不够用。所以，我需要一个人帮我开车、搬东西，这样我的效率会快很多。这个人需要辅助我的行动并帮我保守秘密，我信任你，所以我找了你过来。"

李菁震惊地从文件上抬起头："你给我这么多钱，就是让我帮你开车？"

"还会有一些辅助性的杂事，不过你放心，我处决那些家伙的时候，不会让你帮忙的。"

"可是这么多钱，我只要……"

一旁的赵钱再次看了看时间，语气里也带了几分诚恳和焦急："干这些辅助性的杂事是小，帮我保守秘密是大啊！你跟着我的时候要是中途报警，我不就完了吗？这些钱我先给你一半，等事成后我再给你一半。我给你钱，是因为信任你，也是为了保证你对我的忠诚啊。"

李菁明白了赵钱的意思，找一个人帮他干这些杂活并不难，难的是既帮他干活，还要帮他保守秘密。看到赵钱这么信任自己，李菁心中不由得有一些高兴，但是，一想到可能被抓，他还是有些害怕，李菁顿了顿，问道："您……您就不怕被警察抓住吗？万一我们被抓了，那该怎么办？"

"我说过了，这个世界是被理想主义者改变的，我不下地狱，谁下地狱？至于被警方抓住这件事情……咳咳……"赵钱咳嗽两声，又平静地笑笑，"其实告诉你也没什么，前段时间我查出肺癌中期转晚期了，我都活不到几年了，还在乎什么会不会被警察抓到？"

李菁觉得心脏被人揪了起来："什么？您什么时候查出这病的？难道就一点治疗的法子都没有了吗？"

"生老病死人之常情，阎王爷要找我，我怎么折腾也没用……咳咳，自从婉芳她们不在了，我觉得我一个人活着也没有什么意思。"

李菁不禁一阵心痛，他急道："您别这么想啊！她们到底……"

"现在没时间说这个了！"赵钱挥手拍拍李菁的肩膀，打断了他，"其实，我有信心在完成我的审判之前让警方抓不到我，在完成审判后，我会自己去自首的。"

李菁震惊得说不出话来，他觉得脑子里一团糨糊，众多的信息混在一起，他一时没办法厘清头绪。赵钱笑了笑，接着道："生病后我的身体就大不如前了，这个过程一个人干下来有些吃力，如果我在裁决他们的时候，需要你帮我做一些辅助，比如帮我开车让我休息休息，只是帮我开车的话，你有什么罪？就算警察抓你，你怕什么？退一万步说，就算判你两年，你出来后拿着我给你的钱，也不亏吧。我说了，我一个要去见阎王的人，这些钱对我意义真的不大了，但是对你就不一样了……"

李菁看着保险箱里的皮包，他还清晰地记得提起这皮包那沉甸甸的分量。老板说得没错，这笔钱对于他们而言，意义完全是不同的。他也明白，即使自己接下来得两年拼死拼活,也不可能赚到这么多钱的。可是,一想到自己为了钱,不顾原则地帮老板去做这违法的事情,他又觉得有点难以接受。

李菁纠结地想了半天,觉得心里装着沉甸甸的负罪感。该不该为了钱去帮老板呢?虽然老板这些年对自己一直很不错,自己内心里一直把他当作自己的大哥,但是如今他要自己帮他做这种违法的事情,自己还应该帮他吗?

李菁低下头,目光扫到了自己手背上那道血痕,那是今天搬家时不小心被刮伤的。李菁已经记不清这是自己毕业后的第几次搬家了,他想着,要不是自己在这个城市没有房子,怎么会连累女朋友过着颠沛流离的生活,被房东赶来赶去?

毕业后这几年,发现自己的收入远远赶不上这个城市房价上涨的速度,那种收入和房价相去甚远的感觉,才是最让人绝望的。其实,赵钱说的没错,拿了这笔巨款买了房,就算自己真的要坐两年牢,也是值得的。从某种意义上说,这是一笔自己无法拒绝的钱。

见李菁沉默不语,赵钱以为他已经做了决定。他伸出戴着手套的手,从李菁手里拿过徐青和薛龙的资料,撕成碎片,扔向上空。

"那个只知道勾引男人、破坏他人家庭的徐青,毫无廉耻地把自我的放荡建立在他人的痛苦之上,我审判她获罪'七宗罪'之'淫欲',裁决死刑。那个自己吃饱喝足还不够,还要从别的可怜人那里以借为名,行偷、窃、抢之实的薛龙,我审判他获罪'七宗罪'之'暴食',裁决死刑。"赵钱一字一句地说完,然后抖了抖身上的风衣,雪白的碎纸从他身上散落下来。

李菁一脸震惊地看着赵钱,只听他道:"现在我们要赶紧出发了。"

"去哪儿?"

"去浦航区的卡迪斯酒吧,处决第三个人。"

"第三个人?谁?"李菁脱口问道,下意识地低头看向手中的表格。抽掉前两张表格之后,此时最上面的那张纸,记载着一个名叫郭大年的人,后面就是他的事迹和资料。

赵钱在一旁,用冰冷的声音说道:"郭大年,组织并胁迫十几名女性从事援助交际服务,定期牵线、搭桥,把农村乡镇那些懵懂无知的年轻女孩骗来临江城,先控制她们人身自由,再软硬兼施地把她们骗到酒色场所上班,用客人的金钱一步步蚕食她们的底线，让她们从陪酒发展到陪一切。他自己不工作，定期从这些女孩的收入中抽走七成。他掌握着这些女孩的家庭地址和所有资料，没有女孩敢去报警。我盯了他很久，前段时间，我查到他控制的一个女孩得了抑郁症，最终跳楼自杀了。我认为，虽然他没有亲手杀人，但是他跟亲手杀了那个女孩没什么两样。他身上已经背负了一条人命，但是，就算警察日后以组织强迫卖淫的罪名抓了他，法律也不一定能给他应得的惩罚……"

李菁低头沉默不语。房间里安安静静的，良久，他抬起头喃喃道："这……也太丧尽天良了吧！"

赵钱伸出手，从李菁手中拿过那叠资料，把郭大年的资料留在了手上，剩下的放回保险箱里锁上。接着，赵钱端详着资料上郭大年的照片，然后把资料撕成碎片，扔向空中，那满天飞舞的白纸片犹如雪花般散落下来。

赵钱提了提风衣的衣领，把他的脸挡得更深了些。他昂首挺胸，像是猛地甩掉了癌症带给身体的虚弱感，紧接着，他高大的身影穿过雪花般的纸屑，仿佛在一瞬间戳破了无尽的黑暗和虚无。

李菁看向赵钱打开大厅门的背影，只听赵钱的声音铿锵有力地响起："郭大年，以拉皮为生，靠吸血为活。逼良为娼，草菅人命！罪恶满盈，死有余辜！我现在审判他获'七宗罪'之'贪婪'，地点卡迪斯酒吧，裁决死刑！"

第四章　18:00 正面交锋

- 1 -

18点，临江城的天色已经彻底地暗了下来。路彦开车进入了东边的浦航区，他看向窗外，雾霾越来越重了，窗外的能见度越来越低，雾霾犹如一大罐灰白的牛奶，把整个城市都浸润其中，举目望去，只有霓虹灯的彩色灯光透过浓浓的雾霾若隐若现。

大战来临，车里三人一直沉默，萧瑶坐在前排大口大口地吃起了小蛋糕，那蛋糕的香味弥漫着整个车厢，馋着路彦和甄关西的肚子也跟着"咕咕"作响。萧瑶麻溜递出几块给路彦和甄关西笑道："多吃点吧，晚上的任务不知道会到什么时候呢！"

甄关西有些惊讶，他寻思着这个刚刚看起来有些寡言少语的大姐姐，为何突然热情地递食物给自己。路彦接过萧瑶的蛋糕，倒没有大惊小怪，他知道萧瑶在高冷御姐外表下有颗吃货的心，她工作之余最大爱好就是吃美食和聊美食，每当她吃到好吃的东西时，整个人都会变得热情洋溢起来。警察工作时经常风餐露宿，时常吃饭的时间都没有，但是只要有萧瑶在，她总能在每次行动前，像变戏法一样变出食物给身边同伴们。

"甄关西，你这次参加行动很积极啊！"萧瑶开口询问道。甄关西看着萧瑶难得的笑容，顿时如沐春风，他一边吃着蛋糕一边连忙点头："对啊，从警这么长时间，我最期待的就是这个时候了！"

"你的名字挺有意思，让我想起《水浒传》里的镇关西了！这是谐音吗？"

"镇关西那是恶霸！我不是！"甄关西急了，从后座上起身向前座探头道，"我的名字谐音是'真关系'！"

"'真关系'？"萧瑶一愣，接着笑道，"听说你家很有关系？"

"对！"甄关西很干脆地回答道。他掏出自己的钱包，将里面夹着的一张照片递给萧瑶。萧瑶接过来看了一眼，那是甄关西在一个家庭聚会和一个年近六旬的中年人的合影。那个中年人萧瑶也认识，以前经常出现在本市电视台的新闻中。

"他是我大伯，就是我爸的大哥。"甄关西自豪地说道。

萧瑶拿着照片，看着甄关西自豪又张扬的样子，她又愣了愣道："你把这照片随身带着，经常拿给人看？"

"对啊！"

萧瑶斟酌着措辞："这样会不会太张扬了点？"

"姐，这你就不懂了！我发现，无论单位里还是社会上，但凡办什么事情，我要是没带这照片，动不动就有人在我面前耍大爷，干啥都特别难！"甄关西胖嘟嘟的脸笑成一个圆形，"自从我带着这照片以来，就没人在我面前耍大爷了，干啥都特别顺利！"

萧瑶又是一阵哭笑不得。这个甄关西，真不知道该说他过于世故，还是过于单纯。她瞟了一眼正在开车的路彦，却听路彦开口问道："你不去开公司做做生意，怎么跑来做警察了？"

"哥，这你就有所不知了。我从小就是金庸的书迷，小时候，我天天对着墙练'降龙十八掌'，做梦都想着有一天能成为郭靖、乔峰这样的大侠！唉，我们这个时代虽然没有大侠了，但警察惩奸除恶，弘扬人间正义，不就是这个时代的大侠吗？"甄关西有些激动，"我现在就想做几年警察，过一把瘾，万一哪天不想做警察了，我就回去做生意去。虽然总有人说我吃饱了闲得没事干，但他们'燕雀'安知我'鸿鹄'之志？"

"有选择的人生就是不一样。"路彦叹了口气。他目不转睛地盯着前方，握着方向盘转弯，"有这个想法追求其实没什么，肯为实现这个追求做多少牺牲，才是最要紧的……"

听着路彦泼的冷水，甄关西皱起了眉头。正在他沉思的时候，大众车停了下来。路彦看着左前方闪闪发光的广告牌，说道："卡迪斯酒吧，我们到了。"

萧瑶和甄关西顿时神情紧张起来，他们收拾东西，跟着路彦起身下车。路彦看了看身旁两人，萧遥此时穿着一身OL西服套装，打扮成了一个前来消费的白领，甄关西则穿着夹克外套。自己穿着风衣，都是一身休闲的打扮。

路彦环视着酒吧周围，卡迪斯酒吧位于名叫金摩的商业楼的一楼和负一楼，这商业楼刚刚建成，很多商家还未入驻。路彦仰头眺望，灰蒙蒙的雾霾里，楼层上方什么也看不见。路彦侧耳倾听，另外两批同事的车还没有赶到，一切都按照之前的安排，分批停车，分批进入，尽量不引起别人的注意。

"他们应该稍后就会进来。我们得演得像一点，不要露馅。"路彦低声叮嘱了一句，三人装作前来消费的顾客，径自走进了卡迪斯酒吧的正门。

路彦低头看了看时间：18点08分。他的心中盘旋着一个疑问——那个自称是"审判者"的凶手，真的会来吗？

路彦站在一楼门口，迅速打量着整个环境。这个酒吧和一般酒吧有些不同。酒吧一楼为静吧，占地面积大概两百平方米，大厅里灯光昏暗，每张桌子上都有一两个微亮的桌灯，照亮着桌前的男男女女。路彦不动声色地扫视着一楼大厅里的每一个人，大家都相安无事地在自己的桌前吃喝，窃窃私语。服务员在桌子中间来回穿梭，吧台上的调酒师正在调酒，门口晃荡着几个虎背熊腰的保安，看起来没有任何反常。

路彦三人通过楼梯来到负一楼，负一楼是个闹吧，还没到营业的黄金时间，但是年关将近，不少人都已经放假出来休闲娱乐，此时的舞池里伴随迷离的灯光，已经有了不少客人。路彦一眼望去，这空间里至少有百来号人。

眼看人流如此密集，视线受阻，光线又差，路彦不由得皱皱眉头："这里有这么多人，以静制动肯定不行，哪怕待会儿他们六个人都到了，加上我们也人手不够。我们得主动出击，找这里的负责人，尽快控场。"

三人转身往一楼走去。一旁的甄关西凑过来，道："他可能会在这里杀人，我们是该把这里疏散，还是封闭呢？疏散的话能救人，但是凶手肯定也会趁机逃跑了。"

路彦肯定地回答道："救人第一，我们肯定不能拿目标的生命冒险。"

萧瑶听着路彦的话，在一旁寻思着，显然，路彦刚到现场看过情况，就立马表示救人第一。如果此次行动顺利，一切还都好说；如果不顺利……想了想，萧遥开口追问道："你就不怕回去被训吗？"

"嘿，我们是'死猪不怕开水烫'的。"

"如果这里真有'死猪'，那也只会有一头，别扯上我们两个。"萧瑶把甄关西拽到自己身边，远离了路彦几步。一时三人无言，他们顺着原路走回一楼，在找酒吧负责人的路上，遇到了三个穿便衣的同事。他们若无其事地扫视着周围，跟路彦三人轻轻交换了一个眼神，然后朝负一楼走去。

路彦三人在酒吧的休息室里找到了酒吧老板和经理。萧瑶出示了证件，和肥头大耳的周老板一阵交涉。老板一边听，一边摇头："什么？我这里可能发生凶杀案？别吓唬人了，我这里一晚上营业额多少，你知道吗？还让我停止营业，疏散客人？"

萧瑶皱皱眉头，她一向不喜欢和这种人打交道，但这种情况下也只能保持耐心和他解释："如果发生凶杀案，你们店里生意以后会受到很大影响，请你配合我们。"

萧瑶面无表情地说完，周老板更加不高兴了。他晃了晃身上的肥肉，指着门外那些虎背熊腰的保安道："警察了不起啊！我是守法公民，酒吧是正常营业，警察又怎么样？如果为了一桩还没发生的杀人案，我就把所有客人都疏散，那我生意就真的砸了！你们放心吧！我这里养了八九个保安，不知道教训过多少个兔崽子了，谁都别想在我这里犯事！"

萧瑶瞥了一眼那些保安，冷冰冰道："凶手如果真想杀人，你这些保安连出手的机会都没有。"

路彦忽然开口道："如果不想疏散客人，也不要紧，你可以让所有人停止活动，排好次序配合我们检查。"

周老板脸上勉强挤出一丝笑容："你觉得可能吗？他们是来消费、来放松的，不是来听领导指挥的。"

"我看不如这样，你们先让所有男客接受我们的调查，然后抽出最配合的十个人，每个人奖励一个'小蜜蜂'。"一旁的甄关西插进来，欣然提议道，"这样的话，客人们应该会愿意的。你觉得这个主意好吧？"

"好个屁！"周老板不屑地说道，"你这游戏能让客人掏钱吗？我还指望'小蜜蜂'给我赚钱呢，你说免费发就免费发啊？"

甄关西脸上的笑容消失了。他伸手从怀里摸出钱包，对着老板亮出了他和他大伯的合影："看到了没？这人是我大伯！"

"谁？"周老板瞅了瞅照片，皱纹堆起一脸，"什么人？不认识！"

甄关西一阵气急，又拿出了手机，搜出他大伯的照片和资料递给周老板："现在你认识了吗？"

周老板看向甄关西手机上的照片和资料，表情渐渐凝固了。他扭头看了看甄关西钱包里的照片，又看向甄关西手机里的照片，这么来回数次后，他的脸上堆起了笑容，脑袋像小鸡啄米一样不停地点着："领……领导好！您……您好！您好！"

甄关西见状，满意地收起钱包。萧瑶一脸无奈，却也不好再耽误时间，只能笑道："那周老板是答应我们的请求了？"

周老板闻言，看向甄关西，笑容里多了几丝勉强，说话也磕磕巴巴的："领……领导们的意思我……我当然是要听的，只……只是，我这一晚上的损……损失，您看……"

甄关西迅速拨弄手机，又找了几张照片递给周老板看："这几个家伙认识吧？他们经常逛酒吧，都是常客！"

周老板看向那几张照片，只见甄关西和一群衣着时髦的年轻人站在一起，他们身后不远处，几辆豪车的车身若隐若现。

"他们都是我朋友！今天你要是好好配合我们，我就让他们以后经常来你这儿消费！要是不答应，我就让他们……"

"好的！好的！没问题，领导们还有什么别的指示？"周老板像是彻底下了决心，不再提出任何异议。

"我要这栋楼完整的建筑图，你有吗？"路彦问周老板，"没有的话，把酒吧的建筑图拿给我也行。"

周老板点了点头，从房间的柜子里找出一张建筑图，递给路彦："我这里只有酒吧的。"周老板显然已经明白了路彦的意思，看着正在研究建筑图的路彦，补充道，"其实，这栋楼上面都没什么好查的。整座楼才建完不久，一共15层，上面那些铺子明年才会有店家迁进来，现在还是空的，门也锁着，没人进得去的。"

路彦点点头，仔细看了看酒吧的电梯和逃生通道，问周老板："你们这里出去的门，除了一楼酒吧的正门，还有别的吗？"

"没有别的了。"

"有后门吗？你可想仔细了！"

周老板果断摇头道："没有后门，这栋楼除了正门就没别的门可以出去了！"

路彦转过身，跟萧瑶低声交代道："你和关西出去，联系那六个穿便衣的兄弟，让他们安排两个人守住一楼的楼梯口，两个人守住负一楼的电梯口，从现在开始不要让任何人进出。剩下的两人，让他们把负一楼静吧的客人先检查一遍，我们三个去检查下面闹吧的人。另外，通知秦队，这里情况不太妙，让他再调一些增援过来。"

甄关西看着路彦一脸凝重的表情，不由得心中一怔。对付一个凶手，出动九名精锐警员，路彦还丝毫不敢放心，这个凶手真的有这么厉害吗？

- 2 -

李菁心里沉甸甸的，跟着赵钱穿过了卡迪斯酒吧的一楼，来到负一楼的闹吧。四周的灯红酒绿让李菁有些不知所措，而赵钱则坦然自若地穿上了和服务员一样的黑衬衣马夹，打扮成服务员的样子后，带着李菁找到一个卡座坐下。

喧闹声里，李菁看了看纵情声色的人群，小心翼翼地凑到赵钱耳边问道："你要审判的那个郭大年，就在他们里面？"

赵钱没说话，看着人群点了点头。李菁有些茫然地看向喧闹的人群，一想到自己为了钱帮赵钱做这种违法的事情，他就觉得心里的负罪感愈加沉重。该怎么办呢？他想了想，打算先劝劝赵钱，于是凑到赵钱耳边，道："可是，光杀他有用吗？……我的意思是说，社会上的这种人又不止他们几个，你不可能全部解决掉的。"

赵钱平静道："我会把我的七场处决昭告天下。事实上，我已经把声明留在了现场，人们会发现的。那个声明会提醒这个城市的所有人，做了坏事以后，就算逃过了警察的追查，也还有个'审判者'在身后注视着他！"

李菁愣住了，只见赵钱大义凛然看向前方嘈杂的人群，浑身升起了一股正气，苍白的脸上泛起了一阵激动的红晕："'审判者'的存在，就是为了弥补法律的缺陷，照亮那些阳光照不到的地方，这就是我存在的意义。"

李菁突然觉得，赵钱的话里充满了理想主义者的固执，这种为了目标明知不可为而偏要为之的人，不是自己可以劝服的。不过他也觉得，如果以前那个理想主义的赵钱，他尚且能够理解的话，那么现在的赵钱，已经超出了他理解的范围了。

只是，李菁还有一个疑问。

"为什么找我？"李菁提高音量，"我是说，为什么找我来给您帮忙？"

赵钱打量着李菁，他看到李菁那双藏在全框眼镜后的眼睛正充满真诚地看着自己，那淳朴的气质跟酒吧的浮华色彩形成了鲜明的对比。就连刚才出发前他让李菁去换衣服的时候，李菁也按照自己的日常打扮，找来一条新的牛仔裤、一双新的运动鞋穿上。

"你有很多可贵的品质，比如老实、忠厚、行动力强、为人很靠谱。"赵钱在李菁耳边说道，"最重要的是，我相信你对我的忠诚！"

李菁尴尬地笑笑，正在他不知道怎么回答赵钱的时候，卡座前走来了一群女人，并排站在李菁和赵钱的面前。赵钱扫了一眼，接着拍拍李菁肩膀："挑几个吧！要不然，光我们两个坐在这里，太招人耳目了。"

李菁打量着眼前这些女人。虽然是寒冬时节，但是她们普遍穿着牛仔短裤和露腰的短T恤，正站成一排朝着李菁点头微笑。李菁从来没有见过这种场面，不禁有些手足无措。

见李菁发愣，赵钱快速选了几个，没选中的女人陆续离开了，被选中的几个女人开始围着他们跳起舞来。李菁看着她们雪白的肌肤在自己眼前晃荡，不由得有些面红耳赤，他扭过头问赵钱："这……搞这个干什么啊……"

"没办法，必须借助她们掩护我们。"赵钱开了瓶酒递给李菁，一把揽住李菁的肩膀，从左到右指着舞女们向李菁介绍："你也别尴尬，我介绍一下，你熟悉了就好了。左边起第一个，在这儿叫小花，今年21岁，打过几份工都嫌累赚得少，所以来这里赚快钱。第二个，小雅，高中毕业后未婚生子，男的跑了，于是来这里赚钱养孩子。第三个是小云，还在上学，每个月的生活费不够买LV，想在这里赚钱买大名牌……"

李菁挥了挥手："好了，好了！跟我介绍这个干什……"话还未说完，一个舞女来到他身边，用身体蹭着他的手臂。他吓了一跳，赶紧抽回手，可还没等他反应过来，那个舞女已经一屁股坐在了他的身旁，开始催他喝酒。

"谢谢，谢谢，不用不用……"李菁看着舞女递过来的酒杯，局促不安地说道。

不料，舞女并没有罢休，一边往李菁怀里靠，一边要和李菁玩骰子。李菁吃力地应付着，忽然，赵钱拍了拍他的肩膀。李菁扭过头，看见赵钱正指着楼梯口的方向，神秘兮兮地说："你看那三人。"

李菁看向那个方向，透过人群的缝隙，他看到那里的楼梯口站着两男一女，穿着上没什么特别的，但眼神似乎在环视整个环境。距离太远，加上光线模糊，李菁看不清那三个人的相貌，只觉其中一名男子的身形莫名有些熟悉。

李菁探过脑袋，正想要努力看清那人到底是谁，赵钱却忽然问道："你猜猜看，这三个人是来干吗的？"

"我怎么知道。"

"我猜，他们是找我的。"赵钱笑笑。

"什么？"李菁回过神来，神情不禁有些惶恐，"他们三个都是什么人？"

看到李菁惶恐的样子，赵钱嘿嘿一笑："真没出息！我都不怕，你怕什么？他们已经回一楼去啦，放心吧！"

李菁扭头看向门边，果然，那三人已经不见了。他稍稍安下心来："我们还在这儿做什么？"

"还能干吗？当然是继续喝酒啊。"赵钱端起酒杯递给李菁。

一旁的舞女再次朝李菁贴近，主动和李菁聊了起来，李菁心事重重，有一句没一句地应付着。短暂交谈之后，李菁才发现身旁这个叫小雅的舞女竟然是自己的老乡，顿时觉得心里更难受了。他想了想，开口劝道："这里环境不好，你不要在这里上班了，换个正经工作吧……"

小雅闻言，想坐在李菁腿上，却被李菁躲开了。她哈哈一笑："老乡，要不您帮我找份更赚钱的工作？"

"我……"李菁尴尬起来。他最近刚丢了工作，都已经自身难保了，哪还能帮别人？不过自己那小区里服装店在招店员，工作也不是很辛苦，不过就不知道她会不会满意那儿的工资待遇。想了想，李菁尴尬地挤出笑容："你在这儿一个月赚多少？"

"也不多，一个月三四万吧。"

一听这话，李菁惊得说不出话来，这个舞女在这里赚的钱，比自己辛辛苦苦写代码赚的要多得多，自己怎么还好意思给人家介绍工作？

就在李菁发呆的时候，小雅继续嬉笑着给李菁倒酒，还暗示他花一个数字把她带走。看着小雅那挑逗的眼神，李菁就是再单纯，也已经明白她的意思了。他明白了小雅为什么一个月可以赚到那么多钱，顿时，李菁觉得很是恶心。他不由得想，钱的作用真的很大，能改变的东西也真多，这些女人不都是为了钱，才丢掉原则底线的吗？

李菁寻思着，看来这天下远不止自己一个会为钱丧失底线，虽然自己因为钱来给老板赵钱帮忙，但跟眼前这些女人们比起来，自己算是好很多了吧？想到这里，李菁心中那沉甸甸的负罪感慢慢地减轻了很多。

"咳咳！"咳嗽两声，见李菁在劝小雅，赵钱拿过一瓶酒放到李菁面前道，"人都是想为了自我争取利益最大化的，所以她们才会做出这样的选择。这样的人随处可见，难道你见一个就想劝一个？"

赵钱的话不无道理，李菁顿时觉得无言以对。他伸手掏手机，想看看时间，手伸进衣服口袋，却发现手机并未带在身上，这才猛地回想起来，刚刚在赵钱别墅换衣服的时候，他的手机不小心落在卧室里了。

不知道时间，也不知道何时能够离开，李菁虽然身处莺莺燕燕的环绕中，却倍感无聊，于是干脆拿起茶几上的酒，大口大口地喝了起来……

- 3 -

卡迪斯酒吧里，路彦继续跟周老板部署着工作："把你们这里所有的保安都喊过来，让他们待会儿配合我们的指挥。等一会儿我们的检查工作就开始了，还需要麻烦他们帮忙维持秩序。"

"行，您说的是！我这就吩咐人去做。"周老板说完便转身出门，让经理把店里的保安都喊了进来。

甄关西和萧瑶打量着房间里的保安，他们也是九个人，此刻已经站成了一排，挤满了整个屋子。

"你们记住了！待会儿要听从这位领导的指挥，懂吗？"周老板指向路彦，双眼却瞄向了甄关西。

"你们这里的电路总控开关在哪儿？"路彦看着周老板，"最好派人检查一下，看看电路是否有什么隐患，再让两个保安在旁边守着。提高警惕！记住，不要让任何人靠近总控开关！"

"为什么？"周老板一脸疑惑。

"如果我要在这里作案，首先就是破坏电路。"

"有这么邪乎吗？好吧，我去安排一下！"周老板嘟囔着，转身对经理和保安吩咐着。

安排好之后，路彦三人重新来到负一楼。门一推开，就是震耳欲聋的迪斯科音乐，空气中弥漫着烟酒的味道，五颜六色的射灯配合着腾起的烟雾，在整个舞厅里闪耀。此时的舞池里、卡座间，随处可见扭动的男女。路彦一眼望过去，在不断变换的射灯光线下，那些扭动的躯体拥挤在一起，脸孔都变得难以辨认。

萧瑶在一旁拉住路彦，好奇地问道："刚才，他们说的'小蜜蜂'是什么？"

路彦指了指那些在舞池和卡座附近穿着暴露、腰肢扭动的舞女道："就是她们。"

"啊！"萧瑶一阵惊叹，"看来你很有经验嘛，真不愧是'省厅楚留香'！"

话刚说出口，萧瑶又有些后悔。她看了一下路彦，却见他平静地扫视着前方，对她的话并没有什么反应。他的脸上全无往日的嬉笑，敞开的黑色风衣里面，笔挺的白色衬衫正闪耀着五颜六色的光斑。

萧瑶想起来，以前的路彦因为阳光帅气、活泼开朗，有时会有些不正经的玩笑，以至于省厅的女同事们直接给他安上了"省厅楚留香"的外号。虽然不知道路彦是否真的像"楚留香"那样，但他也从未抗议过这个外号。只是，自一年前从贺县的案子回来后，路彦就玩笑少了很多，久而久之，大家也发现了他的变化，慢慢不用这个外号叫他了。

此时此刻，萧瑶跟着路彦在一群红男绿女中穿行，看着那些光怪陆离的灯光打在他的身上，猛然觉得这纵情声色的人群犹如一面镜子，依稀折射出他本来的面貌。萧瑶细细端详路彦在彩灯下的面庞，他那在贺县案子时留下的疤痕，如今已经快消失了，但他下巴上蓄起了胡须，一张正派帅气的脸显得沧桑很多。

路彦对一旁的萧瑶众多的心理活动一无所知，他正扫视着前方舞池里的人群，又低头看了看时间已经到18点40分了，他不禁在心里寻思着，那个自诩为"审判者"的家伙，真的会来吗？

一楼静吧的桌子已经被清空了，客人们虽然不情不愿，还是被经理和服务员劝着站成了一排，之前安排好的两名刑警正在对他们进行检查。

负一楼的闹吧里，*Timer* 的音乐戛然而止。经理跳进舞池，拿起麦克风对着客人说道："大家晚上玩得开心吗？我们现在进行一场'蜜蜂'大赠送的游戏！现在请大家排成长队，接受我们的一些检查，我们会选出最配合的十个人，每人奖励一个'小蜜蜂'！"

客人们愣了一阵，很快，嘘声、欢呼声、抱怨声、疑问声此起彼伏。尽管如此，还是有一些人已经在保安的引导下开始排队了。

路彦走上前去，准备对客人们进行检查。猛然间，他想起还漏了两个地方，连忙转身看向甄关西和萧瑶："你们一人再带两个保安，去厕所和厨房检查一下，清空厕所和厨房后把门锁住，不要让任何人进去。"

萧瑶和甄关西应声带了保安离开，路彦重新把视线投向吵吵闹闹的人群。忽然，他感觉人群中有一道射向自己的视线，一种被人窥探的感觉从斜侧方升起。路彦猛地转身，扫视着身后和身侧的人群，他感觉那道视线是从左后方的几张卡座投来的。

路彦朝着那个方向走去，但没走出几步就被一些披头散发跳着舞的男男女女堵住了去路。借着迷离的光线，路彦透过人群缝隙依稀可以看到一些男子坐在那卡座上，那卡座附近还有一群跳舞的女人阻碍了视线。那道不对劲的目光就是从那里投出来的，路彦心里想着，他费劲地拨开眼前的人群，继续往前走去。

- 4 -

卡座里，小雅继续陪着李菁喝酒，并缠着李菁给她一个大红包。李菁见自己的劝告对小雅毫无作用，不由得有些郁闷，他心事重重地喝着酒，一声不吭。但小雅丝毫不顾李菁的郁闷，继续不停催促李菁给她红包，李菁被催得烦躁起来，板着脸冷冰冰答道："要红包干什么？没有红包！"

见李菁的态度如此恶劣，小雅有点愣神，气氛一时有些尴尬。

一旁的赵钱靠了过来，冲李菁笑了笑："摆什么臭脸啊？要红包是对的，给钱才能公平交易，多好。只要给钱，你可以让她们陪你做任何你想做的事。"

听到赵钱的话，小雅赶紧笑起来，又朝李菁怀里靠了靠。李菁见她整个人都快躺在自己怀里了，那刺鼻的香水味扑面而来，顿时他怒气冲天。李菁伸手把小雅一把推开，粗声粗气道："别碰我！"

小雅愣了片刻，脸色突变，正要发脾气，一旁的赵钱拉住了她："别理他！你先到一边玩去。"小雅见有人相劝，狠狠瞪了李菁一眼，转身离开了。赵钱又拍了拍李菁的肩膀："发这么大脾气干什么？"

"我劝她改行劝了半天一点用也没有，她还变本加厉直接贴过来了，我……"李菁有些失望地摇摇头，"我觉得恶心……"

"但是，你劝她改行了，对她来说就是好事吗？她别的什么都不会，丢掉这份工作，没有钱养活自己和孩子，又该怎么办？你能帮她找个养活自己的好工作吗？你又没这个能力。"赵钱给李菁续了一杯酒，"怜悯眼前的可怜之人，对别人的人生却毫无帮助。你的怜悯，其实只是居高临下的俯视目光，不值钱。"

听到赵钱如此直白的总结，李菁垂下了头，拿着酒又喝了一口："我不是怜悯她，我劝她是因为她是我老乡，我不想看到她为了钱，一点原则和尊严都不要……"

"人生就是一场胜者为王、赢家通吃的游戏。为了成功短暂地丢失原则，又有什么关系呢？别把这些看得太重。"赵钱给自己倒上一杯酒，一口饮了下去，"我第一次创业的时候，资金链快断了，为了找融资，还给别人下了跪。后来回头再看，那些又有什么关系呢？我成功了，一堆人来巴结我，韩信尚能忍胯下之辱，你和我为什么不能？很多成功者都是放弃一些原则，藏着一肚子委屈才走到成功的，你要是成功了，也可以用钱让别人为你放弃原则。"

李菁怔住了。他想反驳，却发现赵钱的话无可辩驳。以他这三年在社会上的一些所见所闻来看，赵钱说的这些话是有些道理的。一时间，李菁觉得自己心中的负罪感变得更轻了，但与此同时，他又感觉心里增加了许多挫败感。

"胜者为王，赢家通吃……为了成功短暂丢失原则……成功，才能让别人为自己放弃原则……"李菁喃喃着看向声色犬马的人群，眼神有些迷茫，"社会就只能这样了吗？"

赵钱悠悠地说："你不是想去罗马吗？想去罗马，就只能这样。"

"想去'罗马'？"李菁有些费解。

"'罗马'就是成功。罗马就通往条条大路。"

"'罗马'通往条条大路？"李菁皱起眉头，"那句话不是'条条大路通罗马'吗？"

赵钱摇摇头："不，不是条条大路通罗马，而是'罗马通往条条大路'。"

"什么意思？"李菁更迷茫了。

"有时间再跟你细说。"赵钱悄悄指向酒吧的一角，"我要找的那个郭大年已经来了。"

李菁顺着赵钱所指的方向看过去，只见酒吧的一个角落里坐着一群女人和一名男子，因为距离较远，三人的容貌都看不清。

"郭大年带着他控制的女孩子来上班了，不知道今晚他又要逼迫哪些女孩子。这个禽兽不如的家伙，死一万次都不足惜！"赵钱涨红了脸，看向郭大年的方向气愤说道，他浑身上下激动地颤抖，那团熊熊燃烧的怒火简直要从他的胸膛里喷射而出了。

李菁震惊得说不出话，想了想他开口问道："那……那你是要打算动手了吗？"

赵钱点点头，正要说话，忽然看到楼梯口那两男一女又回来了，身后还跟着一些保安。赵钱伸出手，指向楼梯口处："咳咳，你看那边，刚才那三个警察又回来了。"

"什么？警察？"李菁不敢置信顺着赵钱指的方向看去。

"对，那三个人应该都是警察。那个穿制服女人明显不是来消费的，她厌恶这个环境，但还是跟着那两个男人一起，仔细打量着这里，所以，她应该是带着某种考察的目的来的。这个时候，除了警察，谁还会来这里考察呢？"

音乐停止了，经理跳进舞池，宣布了什么送"小蜜蜂"的流氓游戏。李菁透过迷离的光线，发现那三人中，有一男一女带着几个保安离开了，只剩下一个高大男子站在原地环视四周。莫名地，李菁又觉得那高大男子的身影有些熟悉，但是迷离的光线下，李菁看不清那人长相。片刻之后，那男子像是察觉到了什么，往他们这个方向走来。

就在李菁即将看清那人长相的时候，一旁跳舞的人群遮住了他的视线。他有些慌乱，心乱如麻地看向赵钱："警察是来找你的？"

"是啊，他们蛮厉害的，竟然这么快就找来了……"赵钱看着那三人若有所思道。

"那……那现在该怎么办？"

"别怕，既然郭大年来了，那么预备结束，现在……"赵钱目光如炬直视前方，举起手掌紧握成拳头，"审判开始！"

整个酒吧瞬间变得一片漆黑。

- 5 -

路彦飞快地穿过人群，正当他走到那几个舞女面前时，整个酒吧忽然一片漆黑，音乐声也戛然而止。四周伸手不见五指，整个大厅像是被定住了一般，变得鸦雀无声。

路彦警觉地握住手枪，接着四周响起了酒瓶爆炸声和女人的尖叫声，人群变得慌乱起来。果然是这个套路，路彦心想，该死，明明已经让人守着电路了，怎么还是被人断了电？路彦连忙用另一只手掏出手机，借着微弱的光线，他看到那些舞女身后的卡座上已经没人了，心里不由得腾起一阵不祥的预感。

周围的人也纷纷开始用手机照明，很快，大厅里亮起了点点星光。就在这时，灯光忽然重新亮起，路彦打量着四周，没人受害，也没有人受伤，只有几个摔碎的啤酒瓶。

人群开始起哄了，有人在欢呼，有人在叫嚷。路彦看向四周，压根儿没看见刚才卡座上的人影，他仔细回忆着那人的样子，依旧模糊得很，刚才那迷离的光线下，他并没有把人看清。

路彦连忙拽住一个刚才在卡座边上跳舞的女人，指着空卡座问道："刚刚坐在这里的是什么人？长什么样子？你知不知道他们去哪儿了？"

"噢！你说什么？我听不清。"被拽住的舞女一脸迷惑，震耳欲聋的音乐盖住了路彦的声音。

"刚才坐在这里的，都是什么人？"路彦凑近舞女，努力提高音量说道。

"噢，我想想……"舞女上下打量着路彦，突然妩媚一笑，冲路彦抛个媚眼，"先生，给些小费吧，小费多我就告诉你。"

"你……"路彦无奈，只能压低声音表明身份，"我是警察，请配合下好吗？"

"警察怎么啦？警察来我们这儿也是要消费的啊！"舞女继续妩媚地笑着。

路彦端详着面前这个舞女，她看起来才二十出头，却已经成为社会老油条了。面对这种人，路彦知道即使把事情闹大也没用，而且还有可能暴露身份。他摸向自己的兜里，却发现因为走得匆忙，身上并未带多少现金。

路彦把仅有的几十块钱递给舞女，她伸手接过后不由得一愣，接着站在原地狂笑起来，笑得弯下了腰去。

片刻后，那舞女直起身来，脸上满是不屑和嘲讽。她伸手指着不远处一个人，轻笑道："谢谢。您不是找刚刚坐在这里的人吗？看，就是他。"

路彦看过去，却见一个身材矮胖的男人正一脸茫然地看着自己，和刚刚自己透过人群缝隙看到的人，明显不是同一个。他知道自己被戏弄了，此时也无心计较，一边让其他警察带这个舞女去安静的地方问话，一边收集了卡座上的几个啤酒罐，希望之后能从上面的唾液中检测出 DNA 信息。

接着，路彦又回到了静吧所在的一楼。刚走到一楼的休息室，就看见周老板正站在门口，把保安队长训得狗血淋头："我不是让你带人守着电路吗？怎么突然所有房间都没电了？煞客人风景啊！上个月刚让人检查过，这些电路都是绝对安全的，是不是你们碰的？"

"我也不知道怎么回事，突然断了，又突然好了，可能是一时的短路吧。"保安队长挠着头。

"应该有人提前做了手脚，在必要的时候破坏总电路。"路彦插嘴道，"现在追究这些没有意义，赶快检查一下，看看哪里被人做了手脚。"周老板连声称是，差人打电话叫人来检查。

路彦低头沉思起来，刚刚这场莫名其妙的停电，十有八九就是"审判者"制造的，他应该提前到了这里，而且也意识到警察来了，不然也不会在刚刚那个节骨眼儿断电。这个人处事游刃有余，路彦丝毫感觉不到他的慌张，看来极有可能已经在酒吧里安排好了退路。

想到这里，路彦紧张起来，他叫住周老板追问道："你这个酒吧，真的没有别的出口了？"

周老板见路彦神色严峻，也不敢大意了，仔细想了想说道："我们厨房后门外有个楼梯，可以通到二楼。不过，厨房后门一直是锁着的，不可能有人从那里过去。"

"什么？厨房有后门能到二楼？"路彦不禁警觉起来。

周老板赶紧解释道："准确来说是到二楼电梯口，其他区域都进不去，电梯口旁边通道一直是锁着的。"

"电梯是开着的吗？"

"现在楼上都没人，当然是关着的！而且，就算坐电梯也没用，这个电梯在中间的办公楼层全都是不停的，只会一口气坐到顶楼，也就是15楼。15楼再往上就是天台了，没有任何地方可以逃跑，要真有人坐了这个电梯上去，还不成了你们的瓮中之鳖吗？"周老板早就清楚这栋楼的状况，此时显得十分笃定。

电梯？天台？路彦脑子飞快运转起来。依照周老板所说，从厨房后门闯出去，就算能坐电梯上顶楼，那也是死路一条。只是，这个神秘对手能按常人的逻辑来推论吗？

忽然，路彦想到了一种可能。他猛然惊醒，一把揪住周老板："快！马上带路！再找几个保安，跟我一起去厨房！"

"怎么了！"周老板话刚出口，就被路彦拖着一起奔向厨房。

路彦一边狂奔，一边焦急地问道："顶楼是干什么的？门是锁着的吗？"

"顶楼之后会有餐厅入驻，不过现在还在装修，门也是开着的……"周老板不明所以，上气不接下气地回答道。

"不好！再快一些！"

路彦话音刚落，整个房间的灯光再次熄灭。一片漆黑中，路彦听到厨房的方向传来了一阵惊呼声，还有令人心惊的爆炸声。

- 6 -

眼前伸手不见五指，甄关西无奈地站在了原地。刚刚那场停电带来的骚乱还没有结束，转眼之间，厨房再次停电，又陷入了一场骚乱。

片刻之前，甄关西在路彦的指示下，带着两名保安来到了厨房。他们把厨师叫出来以后，又把厨房大小角落都搜查了一遍，这才确定里面除了厨师没有任何可疑人物。

搜查之后，甄关西忽然看到厨房的窗户并没有安装防盗窗，角落里还有一个被铜锁锁住的铁门。

"这道门通向哪里？"甄关西问保安。

"这后面是个楼梯，可以通到二楼的电梯口。"

"什么？这扇铁门今天打开过吗？"甄关西继续追问，"有没有可能从外面打开？"

一个厨师答道："我们都是上晚班，白天酒吧不营业，厨房也没有人在，所以我们也不知道有没有人进来过。这个门平时都是关着的，应该不能从外面打开。"

"是吗？"甄关西一脸疑惑地看向那个铁门。他隐隐约约觉得，这个酒吧处处都适合犯罪，还很利于凶手逃走。为什么会这么巧？

甄关西上前一步，伸手摸向那个锁，锁很严实，没有被撬开过的痕迹。正当他准备细看的时候，厨房里的灯忽然熄灭了。保安们一阵骚乱，空气中响起了骨碌碌的声音，有什么东西被打倒在地了。

甄关西吓了一跳，掏出枪对着声音传来的方向，颤巍巍地嚷道："什么人？不准动！不然我开枪了！"

身陷黑暗中的保安听到他掏出了枪，顿时慌乱得更厉害了，还有人把脸盆瓦罐碰到了地上，发出"砰"的一声巨响。

浓墨般阴沉的黑暗里，听到摔东西的巨响，甄关西如同惊弓之鸟，拿着枪蹦起老高。他握着枪的手都出了汗，一颗心简直快要跳出胸膛。他心里害怕地想道：难道那个凶手真的来了？

黑暗和紧张并没有持续多久，很快，灯光恢复了。保安们回过神来，看着甄关西手里黑洞洞的枪口，顿时惊呼起来，争抢着往旁边闪躲。

甄关西手心满满都是汗，心脏还在狂跳。他收起枪看向门外，只见一个厨师走了进来，说："刚刚整个店里都停电了，应该是哪里短路了吧？"

"真的是短路吗？"甄关西看向厨房四周，除了比刚才更乱一些之外，没有别的可疑的人出现，倒是厨房里的电冰箱和冰柜，不知道什么时候倒在了地上，幸好没有砸到人。他不禁有些疑惑，刚才黑暗中带来的骚动有这么严重吗？

"这是谁弄的？"甄关西望向保安和厨师，却见他们面面相觑，没人说话。

"我就奇了怪了！这有什么不好承认的……"甄关西对厨师们一阵询问，还没等他问到结果，厨房里再一次陷入黑暗。

这一次的停电，就像是有预谋的排演。不知道什么东西在厨房里爆炸了，一种滚烫的液体在屋里溅开，溅到好几个人身上。甄关西的手臂也溅上了一滴，那液体很烫很热，黑暗中很快响起号叫声和乱糟糟的脚步声。

不知道哪个保安先受到了袭击，接着几个保安都陷入一番乱斗之中，一时间，摔打声、斗殴声、脚步声，此起彼伏，厨房里乱成一片。

一片混乱中，甄关西连忙去拔腰上的枪。然而，他的手刚刚摸到枪，就被不知哪里来的一个大棒打到了手上，枪也落在地上。不待他回过神来，又是一棒打到了他的头上，甄关西感觉脑袋一阵剧痛，接着身体瘫倒在地，耳边嗡嗡作响。

甄关西惨叫一声，他趴在地上感觉分明有人从他身边穿过，奔向了那个铁门！

- 7 -

萧瑶带着两个保安走进厕所不久后，就遭遇停电，厕所里一片漆黑。好在停电时间不长，在厕所里也未引起大的骚动。等照明恢复后，萧瑶忍着酒吧厕所浑浊的恶臭，带着两个保安把男女厕所里的客人都清空了。

在女厕所里，萧瑶把女客人全都遣散了出去，开始对厕所每个角落进行细致的排查。很快，她发现女厕所最里面的隔间门被锁死了，从外面根本无法打开。

"这是怎么回事？"萧瑶问道。

"这里不用检查吧！这个隔间半年前出了一点事情，老板就叫人锁上了，自那以后就一直没开过了。"

"出了什么事？"

"一对男女在里面出了人命……老板觉得太晦气，就不让人用这个隔间了。"

"怎么出的人命？"萧瑶皱起眉头，似是嗅到一丝凶杀案的味道。

"不是你想象的那样！"保安正色道，但还是掩盖不住脸上的窃笑，"那个男的是因为心脏病突发死掉的！"

萧瑶伸手拉了拉那个隔间的把手，说："去找你们老板要一下这把锁的钥匙，我要打开它。"

"这个……这门一直是锁着的，就不用检查了吧。"

萧瑶抬头，严厉地瞪着保安："不行，必须检查！快去拿钥匙！"

"好！"保安悻悻地点点头，一边走出女厕所，一边和同伴小声嘀咕，"这女人真凶……"

两个保安出去后，偌大的女厕所瞬间只剩下萧瑶一个人。她刚从门口收回视线，突然，卫生间又陷入了一片黑暗。她皱起眉头看向门外，不料那里也是一片漆黑，整个酒吧的灯都灭了。

萧瑶下意识地掏出随身的小手电来照明，借着手电的灯光，她快步走到厕所外的走廊上，却突然听到走廊另一个方向的厨房里传来了爆炸声。

一阵"咚咚"的脚步声响起，几个保安纷纷举着手机照明，从光线微弱的走廊奔向厨房，萧瑶身边迅速空了下来。

厨房里发生了什么？甄关西能应付吗？那群保安已经不见了踪影，萧瑶稍作犹豫，还是决定往厨房的方向跑去。

然而，几步之后，萧瑶猛然察觉，走廊里除了自己，还有别的脚步声。那声音不是从前方厨房的方向传来的，而是出现在自己的身后。

萧瑶猛地转身，把手电的灯光打向那个方向，只见两个戴着帽子和口罩、中等身材的男性正站在女厕门口，向厕所里看去，察觉到萧瑶迎面而来的灯光，那两人不禁身体一怔！

"什么人？"萧瑶见两人戴着口罩蒙住面孔，顿时怒喝道。她并没有枪，在不确定对方是否有武器的情况下，还是大声喊话吸引住对方的注意力比较好。

那两人稍作停顿，对视一眼，便一起向着萧瑶冲来。

萧瑶摆开架势，没想到，那两人快速从她身边穿过，直接奔向了走廊尽头。萧瑶知道不能再等了，她跳步上前，抓住两个人的手臂。黑暗中，其中一个男人转过身来，一拳打中了萧瑶持手电的那只手，手电摔向远方，灯光变得微弱，周身又陷入了一团模糊。

凭着直觉，萧瑶在黑暗中抓住了那人的手臂。那人极力挣扎，萧瑶再度用力，用手肘抵住他的身体，接着迅速绕到他的腋下，一个凌厉的过肩摔，那人的身体腾空而起，摔在了地上。

就在这时，另一个男人猛地抓住了萧瑶的肩膀，萧瑶回身应对，抓着那人一起往地上倒去。"扑通"一声，两人齐齐摔倒在地。

借着微弱的光线，萧瑶看到之前摔倒的那人正准备爬起。她下意识地腾地而起，猛地一个扫堂腿，将那人再次踢倒。紧接着，她扑倒在另一个人身上，费力地制止住了他的双手。

不待萧瑶继续动作，黑暗中，厕所门口再次传来一阵脚步声，一阵疾风从萧瑶身边穿过。

凶手还有一个同伙？

萧瑶心惊了一下，反应过来以后，起身想追过去，身旁的两人却死死地拉住了她的身体。她一时无法挣脱，气急之下，接连两拳打到那两人脸上。

那两个家伙显然没有萧瑶经验丰富，双双被打中吃痛，松开了手。只是，刚刚的脚步声已经消失在走廊尽头了。

紧接着，身后又是一阵脚步声。

萧瑶深吸一口气，回过头才看见刚才在负一楼搜查的两个同事，正拿着手电赶了过来。他们神色严峻地冲上前，快速用手铐把萧瑶控制住的两名男子铐住。

萧瑶一声不吭，在两个蒙面男子全身一阵搜索，却没有搜到什么武器，只找到一块手机和钱包。她扯掉两人的口罩，看到两人的相貌。

"你们竟然是警察？"其中一名男子看着自己被铐住的双手，不禁大喊起来，"我错了！我没犯法！我拿钱办事的！有人给我一万块钱，叫我在这里帮他拦人，我不知道你们……"

萧瑶没说话，把这两人留给了同事之后，接过一位同事的手电，面沉似水地走到女厕所门前。

手电筒的灯光射了进去，照亮了最里面的隔间，那个许久未开的门已经被打开了。

萧瑶又把手电筒打向地面，地板上残留着水迹，还有刚刚留下的模糊的脚印。萧瑶掏出随身携带的鞋套，快速给自己戴上，然后贴着墙壁，小心避开脚印的位置，走到隔间前面。

手电的光照了进去，萧瑶看清眼前的一幕，只觉得脑袋一震。

那个经久未修的破马桶的旁边，一个穿着崭新休闲服的男人尸体正瘫靠在上面，向上摊开的手掌上，已经出现了一些樱红色的斑纹，整个地面和墙壁溅满了血，尸体的头颅不翼而飞，取而代之的也是一个塑料模特的人头。那塑料的人头披着假发，被绑在尸体的脖子上，正朝向萧遥微笑着，像是在嘲笑，又像是在讥讽。

第五章　19:00 酒吧疑云

- 1 -

卡迪斯酒吧里，路彦带着两名刑警冲进厨房。手电强光打向整个房间，只见地上一片人仰马翻，甄关西正挣扎地从地上爬起来说："刚刚有人跑进来，又冲出去了！"

路彦的手电正要打向厨房的其他地方，遽然间，厨房的灯恢复了照明，那个已经打开的后门在灯光下变得十分敞亮。

"电总算恢复了，这下好多了！"甄关西看到路彦顿时觉得心里踏实了不少。他抓着枪站到路彦的旁边，两条腿还在颤抖着，嘴中却喊道："这下我倒要看那家伙往哪里跑！"

"不好！"路彦在心里暗叫一声。

停电是有理由的，现在恢复应该也是有原因的。那个家伙分明是看到警方和酒吧采取了搜查行动，才提前选择逃跑的。

路彦二话不说拔出枪，飞速地穿过后门。门后是一个楼梯，他飞速地跑上去，两层楼梯被瞬间跨过，待路彦登上二楼的通道，只见二楼有三个电梯，中间那个电梯的门正在缓缓合上，此时还留着十厘米的缝隙。那逐渐缩小的空隙里，路彦看到一个蒙着口罩、戴着帽子的男子，他的身材比较高大。路彦飞速地举起枪，正要喊话时，电梯门完全关上了。

身后传来急促的脚步声，甄关西和两名保安带着周老板已经赶了上来。路彦放下枪，走到电梯前，看到电子屏幕上显示电梯正在向上运行，转眼间就已经到了五楼。

"怎么回事？有人坐电梯上去了？"甄关西在路彦身后惊疑不定地问道。

"嗯。"路彦沉声道。他看向两边的电梯，两边的电梯并没有通电。

甄关西扭过身，一把揪住周老板衣领怒吼道："怎么回事？你不是说这部电梯是不通电的吗？是你在故意为凶手创造条件吧？"

"我我我……"周老板看着凶神恶煞的甄关西，说不出话来。

"放了他吧！电梯是物业公司负责的，跟他们酒吧关系不大。"路彦死死盯住那块电子屏幕。

"我从楼梯上去追他,你们告诉我电梯显示的楼层就行了!"甄关西说完,一溜烟冲向逃生通道。

噌噌地往上跑了几级后,甄关西猛地想到,跑上去以后,自己就要独自面对那个恐怖的杀人凶手,顿时觉得寒毛直竖。他停住了脚步,两条小腿禁不住颤抖起来。想了想,他又从楼梯跑回到路彦身边,挠挠头,擦擦冷汗:"这……我们现在该怎么办?"

来不及笑话甄关西胆小,路彦转回身,死死地盯着那块电子显示屏,那上面显示电梯已经到达了顶楼,数字一直停留在15上。

路彦死死地盯住电子屏,那个"15"已经停留很久没有动了。路彦不禁冷笑起来,这次的对手不仅经验丰富、准备充足,考虑事情也细致入微。他在15楼肯定用什么东西把电梯门堵住了,让它关不上也下不来。

"底下的逃生通道和大门都有兄弟们守着,不用担心他们从逃生通道出来,我们现在一起坐电梯上去抓他就行了。关西,你和周老板带人去找物业公司的电路控制室负责人,把旁边两个电梯的电也接通,我们坐电梯上去。那里应该有物业公司的内鬼,在帮他们控制开关,你们或许还能逮住他。"

这个任务没有性命之忧,甄关西连忙揪着周老板,带着两名保安离去。路彦留在电梯门口寻思着:他跑去顶楼做什么呢?上天无路,入地无门,难道上去跳楼自杀?路彦摇摇头,这个"审判者"显然不会这么轻易认输。

正在他不得其解的时候,两边的电梯通电了。路彦连忙按电梯开关,电梯门开了,他刚准备伸脚踏进去,猛地,又收回了脚。

路彦退回来,抄起传呼机正准备说话,身后已经传来甄关西气喘吁吁的声音。他手上抓着一个传呼机,带着两个保安飞一般地冲了回来:"电通了吧!快,我们上去!"

"不急!这有可能是'审判者'的陷阱。他把我们骗上去,他再坐电梯下来,毕竟15楼上也有电梯显示屏。"路彦看着甄关西,"而我们走了,这里光留两个保安还不行。"

甄关西瞬间明白了,正踌躇着,路彦已经对着传呼机喊了起来:"喂!明磊在吗?带人来二楼守着电梯口!"

"收到，马上来！另外，负一楼的女厕所里，萧瑶姐刚发现一具男尸。"

"什么？"路彦不由得身体一颤，甄关西也吃惊地张大了嘴巴。

岂有此理！警察和保安加起来都快20人了，严防死守之下，还让凶手谋杀成功了？

不能再等了，两人几乎同时踏入右手边的电梯里，电梯门快速关上，带着路彦和甄关西飞速地向上。

两人紧握着枪，一声不吭。

静悄悄的电梯里，甄关西瞟了旁边的路彦一眼。他心里想着，自己这次跟着路彦一起，即使待会儿面对凶手，应该也没有性命之忧吧……

一旁的路彦却没有这么多小心思，愤怒之后，他开始自责起来。自己的安排是哪里出现了疏漏？凶手是怎么得逞的？

电梯没给路彦过多思考的时间，很快就到达15楼了。路彦抬起手枪，指着前方。电梯门开了，楼道开着灯，但空无一人。

路彦和甄关西几乎同时持枪跳出了电梯，背靠背扫视着各自的正前方。没人，整个15楼的通道都是静悄悄的。旁边的餐厅门锁着，里面漆黑一片。

"他们会不会去楼下了？"甄关西问道，"要不我去楼下看看？"

"不用了，意义不大。"路彦低头，注意到地上有一个带着水渍的脚印。他伏下身体，仔细观察那一排脚印，跟着它慢慢往前走，看着那水渍的印记越来越淡，直到消失不见。

路彦停在那个消失不见的地方，抬头向上，看见一大块正方形的塑料板，塑料板下面还有个小梯子。

顷刻之间，路彦明白了。他纵身一跳，伸出双手推开那块塑料板，"吱啦"一声，那块塑料板被移开了半截，露出一大块空隙。

"他们一定是到天台上去了！"甄关西嚷道。他的心脏又忍不住狂跳起来，但是看到路彦在身旁，不由得胆子稍大了些。

"小声一点！"路彦对甄关西做了一个噤声的手势，把甄关西招呼到自己旁边，在他耳边轻声道，"跟着我一起上去。"

甄关西看了看头顶，有些担心，又有些害怕。他轻声道："那家伙不会就守在这通道边上，等着我们上去吧？"

路彦抬头，把枪放回腰间的枪袋上，感觉怒火在心里腾腾地燃烧着："那最好不过了！"

甄关西点点头，合起双手。路彦一只脚踏上小梯子，一跃而起，推开那块塑料板冲到天台上。刚到天台，路彦抓住枪，落地几个翻滚以后，连忙蹲起来扫视周围。然而身旁并没人要伏击他，迎面而来的只有冬夜里的湿冷空气。

天台上也没有灯，很黑，路彦注意到脚边堆着一些杂物。附近的高楼提供了微弱的光亮，浓郁的雾霾依旧阻挡了视线，路彦在原地静静地听，听到左手方向传来细微的窸窣声。

路彦持着枪猛地奔过去，很快冲到了天台的边沿，再往前就是一片天台下的深渊。他握着枪，紧张地搜索，却一个人也没有发现。

这是怎么回事？一个大活人怎么可能凭空从天台上消失了？那个窸窣声肯定是从这个方向传来的，可是人去哪儿了？

路彦低头，忽然看到天台边沿的墙壁上深深地扎着两个铁抓手，抓手上面绑着三根粗实的登山绳，登山绳顺着墙壁朝下方延伸，掉进了浓浓的雾霾中。

雾霾深处，什么也看不见。路彦下意识拉动三根登山绳，轻飘飘的，三根绳子很快被拉了起来。

坏了！那家伙很可能已经通过这三根绳子逃到地面去了。路彦想着，连忙拿起传呼机大喊："嫌疑人用绳子从天台落到了大楼背面，大家赶快去！"

- 2 -

"啊！啊——"

李菁驾驶着赵钱的丰田车冲向远方，不禁低声惊呼道。车窗外面，呼呼作响的寒风刮得他脸生疼，身后遥远的地方，隐约传来警笛声。

"淡定点，怕什么？"副驾驶座上的赵钱提醒李菁冷静些。

刚用绳子从十几层高的天台上降落下来，李菁整个人还有些惊魂未定。他急促地扭头看向赵钱："老……大哥，您是怎么想出这个法子的？您不怕……您不怕出现意外掉下来吗？"

"这有什么好怕的？你没见过那些吊着绳子、在摩天大楼外面擦玻璃的清洁工？"

李菁仔细想想，才发现那些人确实是天天在高空工作。他忽然想到，自己所嫌弃、所恐惧的事情，却是有些人的日常工作。幸好自己读过一点书，要不然天天做这些工作，生命都有危险。

李菁看着雾霾里零星的灯火，渐渐平静下来。顿了顿，他开口问道："你的事情做完了？"

"嗯，郭大年已经被我处理掉了。"

李菁不敢置信："这么快？"

"唉，我本以为能顺利离开，没想到还动用了这条最后的退路。他们这次的反应速度太快了。"赵钱深吸一口气，看了看手表上的时间，"刚才很危险，幸好我留了一道后手……"

李菁沉默了，他想问问赵钱是怎么"处理"掉郭大年的，可是犹豫了一下，他又忍住了。他不是对赵钱的作案手法和过程不好奇，而是真的不想牵扯到赵钱实质性的犯罪行动中。而且有时候，问太多也不好，也许自己问赵钱具体行动会招致他的反感，想了想，李菁还是把到嘴边的话咽了回去。

李菁紧攥着方向盘，他眼前浮现出那个被钱撑得鼓鼓的皮包，只要等今天结束了，拿着那个钱就可以和英子奔向买房的幸福生活了，别的，能少掺和就少掺和吧。顿了顿，李菁问向一旁的赵钱："我们接下来去哪儿？"

"去北山区，下个审判地点在那儿！你左转。"

李菁把方向盘打了个弯，丰田车往西北方向疾驰而去，一阵无言。风呼呼地从车窗边刮过，赵钱和李菁尽量避开闹市行驶，丰田车很快就来到了北山区一条人烟稀少的小路。

李菁看了看窗外，在这次行动之外，他心里还压着关于赵钱个人和家庭的诸多疑问，犹豫了半晌，他还是觉得这些问题应该不会冒犯到赵钱，于是他开口问道："老板，你这两年都经历了什么？你……你是怎么变成现在这样的？你……你身体的事情，嫂子知道吗？"

赵钱的脸色忽然黑了下来，他伸出手示意李菁停下车。李菁见状，连忙把车开到路边停了下来。像是终于缓过一口气来，赵钱艰难地开口："婉芳，她不在了……"

"嫂子怎么了？"

李菁一惊，想起之前在浦航区的别墅时，赵钱提到爱人和孩子，也说她们"不在了"，当时他没太在意，还以为只是不在家。看赵钱的脸色，难道是出了什么意外？一想到那么端庄礼貌的嫂子和那么可爱的小朵可能出了意外，李菁心里不禁也担心起来。

听着李菁的话，赵钱没有马上回答。他打开车窗，出神地看着窗外，悲伤和肃穆渐渐爬满了脸庞。

沉默了半天，赵钱开了口："两年前，我那家公司破产了。婉芳跟着我经历这么多的人生起伏，可能也厌倦了，于是她开始信起教来。我当时忙着再创业，也没有时间照顾她和孩子。一年多前，婉芳带小朵回四川的娘家探亲，本来我说好了会开车送她们回去，但是，那阵子忽然忙了起来，她们就自己去了……"

"当时婉芳带着孩子下了飞机，在转去乡下的大巴上遇到了两个畜生。当时，大巴开到了一条荒野土路上，那两个畜生对婉芳先是出言不逊，再是动手动脚，最后把她和小朵拖到荒田里面……司机报了警，警察赶到的时候，婉芳和小朵都已经不成人样了……"

李菁静静地听着，心中仿佛压上了一块巨石。赵钱的声音很平静，但是李菁能感受到他心里极度克制的汹涌情绪。片刻之后，李菁看到赵钱双眼半合，眼皮像是重得抬不起来，眼角也挂着几滴泪珠。

赵钱的眼睛似乎不太适应，卖力地眨动几回后，泪珠顺着脸颊流了下来。他伸出手，在座位旁边的车载内箱里抽出两张葬礼上才会放的黑白照，一旁的李菁接了过来。

"一瞬间，我失去了我生命里的一切。直到现在，我都不知道我听到警方的消息后，是怎么赶到那个地方的，我也不知道是多久之后，才听得见别人说话……"

李菁看向那两张黑白照片上嫂子和小朵的笑容，一时间，李菁感觉嫂子婉芳和他聊天、问他家里几口人的场景似乎就在昨天，而他抱着小朵坐在自己腿上嬉闹的场景，也清晰无比。他没想到，命运这么无常，他也不敢相信，那两个鲜活的生命已经离开人世这么久了……李菁忍不住也看向窗外，一切都是灰蒙蒙的，刺骨的寒风扑打在人心上。

"车上当时还有几个乘客，当时到底发生了什么，他们跟我、跟警方说了很多。有几个乘客后来还很伤心地跟我和警方讲了整个过程，但是，他们一直在旁观，谁都没有阻止……当时我来不及责怪那些乘客，因为那天，警察在现场并没有抓住那两个畜生，他们跑了……"

"什么？没有抓住？"李菁震惊了，心里涌起一阵难以抑制的愤怒。

"对，跑了。警察提取到了他们留在现场的脚印和DNA，还根据乘客的描述绘出了人物的画像，但是光凭这些东西是找不到人的……那两个畜生是外地人，很有可能是第一次去当地，警方一时间也很难有什么办法……"

"那后来呢？后来怎么办？"李菁捏紧双拳，心都提到嗓子眼上。

"一直找不到，这个案子就慢慢被搁置了。我能理解，毕竟警方那里又不止我这一个案子，而且有太多悬案是永远都破不了的。"赵钱说着，声音冰冷彻骨，"但是我不能放弃……我卖掉了两套房子，花了好多钱，特意找人学习了很多侦查的手法，过去的一年多里，我走遍了天南地北，想尽一切办法，就为了找到他们。"

李菁不禁悚然。赵钱轻描淡写的话语下，隐藏了如此多的信息。他竟然还学过侦查的手法，难怪他现在身手这么厉害。过去那么长时间里，他一个人浪迹天涯寻找凶手，经历了多少难以想象的生活？难怪前一段时间和赵钱见面，李菁就觉得他比起两年前沧桑了很多，也许，他那风餐露宿的流浪生活，就是导致他肺癌加重的原因吧。

赵钱一个人呆呆地盯着车外出神，好像忘记了李菁的存在，一个人自言自语道："那些夜晚，我每次合上眼睛，想的都是我爱人和女儿的笑脸，每个白天睁开眼睛，想的都是找到他们后折磨他们的一万种方法。终于，天无绝人之路，还真让我找到了那畜生……"

北山区的无人小路上，赵钱静静地讲述着，黄昏的路灯光线抚摸着他的脸庞，他沉浸在悲伤中，像是忘记了时间在流逝。

卡迪斯酒吧的女卫生间门口，路彦看到追击的同事们已经回来，人人脸上都带着满满的失望。一名刑警同事沮丧地开口道："没有找到，这大楼后面没有人，也没有车了。他应该是把车停在附近，用绳子逃下来以后立马就开车跑了。"

路彦无奈地摇摇头，外面雾霾这么重，哪怕那个家伙只是早他们 20 秒发动汽车，也根本不可能被找到了。看来那个"审判者"把这栋楼的情况摸得很熟，打了警方一个措手不及。

路彦憋着火气走进卫生间的隔间里，小心翼翼避开地上的血，戴着手套对那具血淋淋的男尸一阵检查，果然在尸体的屁股下面找到了一张卡片。卡片上面画着一个四肢被肢解头被切掉的男人，血流一地，画风极其阴森恐怖。

"还是跟上两具尸体同样的犯罪手法，还是同一类型的卡片，他说到做到了。"路彦沉声道，他抬头看了看留在隔间地面上的血和肉屑，"他是在这个隔间里割掉死者的头，弄出了这些来不及清理了。"

一旁的萧瑶取出了几张聚氯乙烯塑料膜铺在地板上，接着用毛巾按在上面快速摩擦约 30 秒，然后轻轻取下塑料膜，那塑料膜上显示出一个清晰的足迹。如此反复几次，萧瑶把地面上那一排脚印收集了起来。

"在警察眼皮底下杀人，我还是头一次见到这样嚣张的凶手。"萧瑶盯着那个塑料膜上的脚印，她的声音冷若冰霜，"如果说杀死坏人是为了他的正义，那他的嚣张也是因为他的正义？"

路彦没有回答萧瑶的问题，盯着卡片道："砍掉脑袋，还要肢解身体，这卡片上画的是'七宗罪'里对贪婪的处罚……"

"这个脚印之前并没有，应该是'审判者'留下来的。脚印稳重有力，鞋底花纹为波浪形状，是运动鞋留下的；足迹前掌和后跟压力轻重接近，起脚时蹬、抠力不大，这人年龄不会太大。脚印有一点蹬、抠、扣的痕迹，偏内压重，步伐矫健，这个家伙应该经常跑步运动。"萧瑶盯着那个脚印飞快地分析，她拿出尺子量了量长度继续道，"把运动鞋脚印减掉 2 厘米，算作赤脚长度，再把赤脚长度乘七再减三，等于181厘米，这就是凶手的身高了。"

"所以凶手是个穿着运动鞋、身高一米八左右、身材健壮且经常跑步的年轻男子或中年男子？"

"对！"

路彦回想一下他在电梯里看见的那个身影，身材确实比较健壮，而且不比自己矮多少。萧瑶果然厉害，虽然从脚印推测身高并不难，但不是所有人都能像萧瑶这样，能在这么短的时间里做出判断。

"尸体的衣服和皮肤上有几个指纹，我已经收集下来了。"萧瑶拿着珀利灯打向尸体，一边起身一边说道，"另外，这个打开的锁上，也找到两个很明显的新指纹，应该就是凶手留下的。"

路彦点点头，把尸体的上衣掀起，感受着尸体的肚子和胸部的温度。他盯着尸体肚子和胸部樱红色的尸斑，问萧瑶："你觉得这具尸体死亡时间有多久了？"

萧瑶端详几眼尸体，片刻后还是摇了摇头："这个，还是让法医来看吧。"

"你就好好看一下吧，帮我参考参考。"路彦说道，他想缓解一下紧张的气氛，于是忍不住开玩笑道，"忘记这是死去的人吧，你可以把它……"

"叫我忘记这是死去的人，这怎么能忘记？"萧瑶不领情，她转头看着路彦，见他正戴着手套检查尸体，顿了顿，她想起了路彦小时候家里的那场变故，不由得问道，"难道你把死去的人都忘了？"

"对，我都忘记了。"路彦盯着尸体手部那樱红色的尸斑，面无表情地说道。

"是吗？"萧瑶明显不相信路彦的话，她想问也包括贺县的那个小姑娘吗。但一想又觉得问这个问题颇为不妥，于是不再开口了。

路彦也没有接萧瑶的话，他不作声地继续检查片刻后，摘下手套扔到了地上，站起身来高声问向隔间外的甄关西："甄关西！没有客人发现有朋友不见了吗？"

甄关西正在和周老板紧张地交谈，听到路彦叫喊连忙回道："没有！我们都已经问过了，没有一个客人发现身边朋友不见了。"

虽然没有客人发现身旁朋友不见了，但是也不能就此认定死者是独自来酒吧消费的。路彦皱着眉走出隔间，对守在门口的甄关西等人喊道："把那三个家伙带过来吧!"

卡迪斯酒吧的女厕所门前,周老板带着一群保安守在女厕所外,又是惊慌又是仇恨地搓手,念叨着生意全完了。

三个中年男子铐着双手被带到路彦面前,不停地叫喊着:"我们是收钱干活的!我们真不知道这里会有杀人案啊!"

"收谁的钱?那人是什么身份?老实交代清楚!"甄关西对着三人怒喝道。

被萧瑶打得鼻青脸肿的两个男子中,个子稍高一些的那人连忙解释道:"我经常来这家酒吧玩,前几天有人突然给我塞了五千块钱,要我今天在女厕门口停电后拦人,有什么人进去都得拦着……事成之后再给我五千。"

另外一个矮个男子也连连点头,连声称是。

"看来那个家伙担心一个家伙不听话,还特意找了两个。"路彦摇摇头,"那人长什么样子?"

"那人长得挺高,身材很壮,穿个黑色马甲,对了,额头上还有一块疤……"

路彦示意旁边的警察记录下来,继续开口问道:"你们收到钱就不明不白地来做这个事,就没考虑过可能会涉及犯罪?"

鼻青脸肿的两人一对视,矮个男子苦笑着说:"经常有人在酒吧里玩……玩游戏,就要人帮忙清场。我们当时想着,估计是哪个公子哥想在这里玩,找人帮他清场,就……"

几个警察又气又笑,最后只能把两人带下去,按他们的描述给嫌疑人画肖像。

路彦又继续询问第三个人。那人自我介绍叫李胜保,穿着物业公司的制服,他是甄关西和周老板带人在电路控制室逮住的。甄关西交代说,就是这个人罔顾物业公司的管理,私自打开了电梯的电路。

听到路彦的询问,李胜保晃了晃戴着手铐的手,说:"我呢,就是有天接到一个电话,电话里的人要我今晚7点打开中间那个电梯的电路。他不仅二话不说地给我寄了一万块钱,还答应事成之后再给我两万。你们别问我那人长什么样子,那人我压根儿就没见过,而且电话是从公共电话打来的,我也没有号码……"

甄关西看到李胜保那油盐不进的样子，不由得怒斥道："一个陌生人随便打点钱给你，你就敢违反公司规定？你这人还有半点原则吗？你就等着被公司开除吧！"

李胜保吸了下鼻子，冷哼一声："我不知道原则是什么东西，我只知道公司一个月给我两千，我一年也不过才两万块钱。这人一口气就能给我三万，我现在过年有钱回家了，开除就开除呗，俺不在乎！大不了明年换个地方上班，都一样。"

甄关西一阵语塞，气得差点冲上去揍他。路彦把他拉了回来，转头对周老板说道："你们酒吧的保安应该也有内鬼，配合我们检查一下吧！另外，待会儿把你们的舞女都带过来，我们要问话。"

三名刑警带着惊愕的周老板和保安等人走向办公室，围观的少数客人也被清空，女厕门口只留下路彦和萧瑶等几名警察。

安静下来以后，路彦、萧瑶等人相视苦笑，其他警察也纷纷垂着头。努力一番却依然被凶手得逞，这实在有些让人颜面扫地。想了想，路彦开口安慰着士气低落的大家："先别忙着失望，凶手这次的行动有几个蹊跷的地方，我们先来捋一捋凶手的行动思路吧……"

- 4 -

北山区的丰田车里，昏黄的路灯默默注视着赵钱脸庞上的悲伤，他继续讲述着："费了好大劲之后，我终于找到那两个畜生其中一个，把他关了起来，软硬兼施各种手段都用了，终于让他交代了另外一个人的下落。后来，我把另外一个家伙也抓来了，但是被那人报了警。警察赶来以后，把那两个家伙都逮捕起来，也把我拘留了一段时间。前段时间法院判决下来，那两人一个被判死刑，缓期两年，还有一个被判无期徒刑。到现在杀人凶手都还活得好好的，婉芳和小朵却……"

"真是便宜那两个畜生了，简直不配做人。"李菁愤慨地说，看向赵钱的眼神里不禁多了很多同情。他想好好安慰安慰赵钱，却发现不知道怎么开口比较好。

"其实我现在已经不恨那两个畜生了,因为我意识到,害死我爱人和女儿的不仅是他们,大巴上当时那些坐视不管的人也有责任,而且责任还不小。"

"他们责任也不小?"李菁反问着,像是明白了什么。

"一个人面对两个畜生,怕打不过,不敢出头,我可以理解。咳咳……但是只要几个人联合起来,完全可以制止那两个畜生的,然而,当时大巴上的人没有一个人这样做,为什么?我想是因为自私吧,宁愿看到别人受害,也不愿自己惹上麻烦。什么是作恶?并不是只有杀人放火才是作恶,面对恶行,如果为了自保而选择旁观和沉默,那也就成为一个恶人了。

"当时车上的那些目击者,他们的罪行不小,法律却不可能惩罚他们……"赵钱笑了,笑着眼泪直打转,"这很合法,但并不正义……什么是正义?什么是公正?如果社会一直这样下去,我继续坚守原则的意义在哪儿呢?难道是要守卫那些自私自利没有原则的乌合之众吗?"

李菁听得有些激动:"所以你后来就成了现在这样吗?"

"咳咳……我想啊想啊,我发现要求人们做什么事都从原则和正义出发,这是不可能的!过去不可能,现在不可能,未来也不可能。这是人的问题,这是人性的问题,人是为自己的利益而活的,这已经注定了很多事情是不可能的,比如指望当时在大巴车上的那些人出手相救。"赵钱眼神空洞、呆滞地直视着前方,"看透了人的劣根性后,对我来说,世上的那些崇高的意义就都没有了。抓到那两个凶手后,我也查出了癌症,对我来说,活下来的意义也都没有了,所以,我想在我生命的最后一段时间里做一些有意义的事情……"

原来是这样。李菁想着,经历了这么多不幸的事件之后,难怪赵钱会变成这样,要是换成自己,搞不好会变得更极端,更何况赵钱还得了这种不治之症……

"我当'审判者',不仅是为了处决掉那些逃脱法律惩罚之外的恶人,更重要的是给其他人一个警示,告诉他们不是每个人都像他们那样自私自利,坐视恶行的发生。"赵钱低下了头,"这七大裁决,我会让它们轰轰烈烈在众人面前发生,让每个人都不得不来讨论。"

李菁震撼地看着赵钱,那个曾经踌躇满志地要做出中国第一款3A级游戏的老板又出现了,他一直是那种认准一件事情就一定要去做的人。其实说心里话，李菁不太确定赵钱的七大审判能给世人带来多大警醒，但是同时，李菁又觉得，赵钱这种堂·吉诃德式的理想主义确实很难得，能这样想的确实不是一般人。

"做完这七大裁决我就打算自首，虽然我很自信不会被警察抓到，但是被他们抓到也没关系，作为一个本来就是要等死的人，我做完这些也是死而无憾了。"

"我还是第一次听您说这些，太意外了，太震撼了……"李菁喃喃道。

"今天跟你说了这么多……"赵钱勉强挤出一丝苦笑，"现在你理解我了吧？"

"理解……设身处地想一想，要是我遭遇这么多的事情，可能都没有活下去的动力了……"

赵钱和李菁对视片刻，不由得苦笑起来。悄然间，李菁觉得他和赵钱的关系似乎已经发生了某种改变。

"喂喂！你们是干什么的？麻烦开下窗，把证件递上来检查下！"

车上的气氛被一阵"咚咚"声打破，赵钱和李菁扭头一看，两个穿制服的警察正站在车外注视着他们俩喊话，顿时，两人的神经猛地绷紧了。

- 5 -

卡迪斯酒吧里，路彦仰头看了看黑沉沉的天花板，试着跟同事们推导着"审判者"的犯罪过程："结合甄关西、萧瑶和我这边的情况，可以发现，这个凶手显然已经提前在这里做了精心的准备，严密地安排好了接下来每一个地方的退路，并且先发制人，打了我们一个措手不及。

"他早就在酒吧的总电路上安装了遥控装置，控制这里的电源开关。我猜他一开始就在负一楼的舞厅里，看到我们在负一楼采取调查行动，他立马掐掉了电路。第一次停电的时候，我们有些混乱，他趁机在黑暗中离开了。不久后他再次掐断电路，这次是趁机在黑暗中的女厕里杀人。他在女厕杀完人，他提前收买好的两个家伙又拦住了萧瑶，所以他可以从容地离开女厕。接着，他从女厕回到厨房，击倒甄关西，直接从厨房后门去了二楼，坐电梯直达15

楼以后，再爬上天台。我猜他提前好些天就在那里放置了绳子，选择今天这个雾霾天气作案，就是为了借助雾霾的掩护，让他在用绳子逃生的时候不容易被发现……

"在这个过程中，'审判者'有几个地方让人觉得匪夷所思。比如，从女厕跑到厨房至少要30秒，黑暗中速度还没有这么快，他是怎么做到在女厕杀了人，又回到厨房击倒甄关西并顺利离开的？这么点时间，他能够完成这几个任务吗？所以我猜，要么是两人同伙作案，厕所和厨房各有一人，分别行动；要么是跟着甄关西的保安里有内鬼，是保安对甄关西动的手。"

甄关西摇摇头："当时一片混乱，但是我能感觉到有人走进厨房，也有人走出去。"

路彦闭上眼睛想了想，当时他在电梯门关上前的一刹那，确实只看到一双眼睛，但这并不能排除有第二个人在电梯里，躲在了他的视线之外。

"还有一个很重要的事情，凶手把死者带入女厕，打开隔间的门，并在隔间里把死者杀害，再把他的头割掉带走，这么多步骤需要多少时间才能完成？虽然萧瑶在门外被两人拦住了，但是这个时间是不是有些仓促？"

"但也可能是死者提前在女厕里等着凶手……"萧瑶看向路彦，只见他陷入了沉思，对自己的话没有反应，于是萧瑶只好追问道，"所以，你的意思到底是……"

路彦皱皱眉头，他想到刚刚触摸到的尸体温度和尸体上那樱红色的尸斑，一个惊人的想法从大脑里划过，虽然说出来很难让人接受，但那是唯一合理的解释。可是，凶手这么做的目的又是什么呢？

"咳咳，我有个想法。"路彦清了清嗓子，神情突然放松了很多，"虽然听上去很不可能，但这已经是排除了所有不可能之后，最有可能的答案……"

路彦的话还没说完，就被甄关西的手机铃声打断了。甄关西拿起手机一看，神情尴尬地看向路彦："是秦队来的电话。"

"接吧，躲得了初一躲不了十五。"萧瑶在一旁干脆地说道。

甄关西接通了电话，脸色平静地说道："嗯，我没事。嗯？路彦哥在旁边呢！行，我给他。"

路彦刚拿过电话，电话那头立马传来秦纬的咆哮声："凶手主动告诉我们即将作案的地点,九个人赶往现场控制局面,还让凶手得手,然后溜掉了!已经死了三个人,这案子性质太恶劣了!领导刚刚都打电话责问我了!"

"呃……"秦纬的一番连环炮让路彦有些难以招架。

"行了!我不听解释!"秦纬打断路彦,接着道,"这个案子已经引起了各方面领导的高度重视!我们不能放纵事态进一步扩大,让公众陷入恐慌!已经死掉的人,谁都救不回来,但是接下来不能再死人了!我们肩上的压力很大,我希望你明白!"

"我们……"秦纬语速飞快,路彦根本找不到机会开口。他拿着手机,转身走回女厕的隔间,重新蹲到尸体前。

"酒吧的这个案子,至少能说明我们的推理是对的,你也完全猜对了凶手的思路。这次我们真的碰上了一个要杀七个人的疯子!"秦纬叹了口气,语气缓和了一些,"这次凶手还有留下一个犯罪地点吗?"

路彦伸出手,在尸体衣服里上下摸索:"我正在找。"路彦刚说完,他在尸体裤子里面靠近臀部的位置,触摸到了一个尖锐的棱角。路彦把那个东西抽出来,那是一样的硬纸板,上面用很粗的黑色字迹写着:下一个,吉祥酒店。

路彦拿起那张硬纸板,对着电话意味深长道:"这个家伙,这一次光明正大地把下一个犯罪地点告诉了我们……"

"什么?这个疯子!"电话那头的秦纬震惊道,但他又很快冷静下来,"你们和那个疯子过了一次招,比别人要熟悉他,接下来行动,你们要马上准备起来,酒吧的现场侦查留给后援人员就行了。另外,下一场行动就是布下天罗地网,也不能再让那个疯子得手了!"

路彦挂掉电话后看了看时间,已经到20点了。他看向那硬纸板上面的黑色字体,眼里升起了一束火焰。

第六章 20:00 再次交锋

- 1 -

北山区，20点，赵钱和李菁隔着丰田车的车窗与外面两个警察对视着，气氛剑拔弩张。两个警察警觉地盯着车窗里的赵钱和李菁，喝道："你们两个，把车窗打开！"

李菁十分惶恐，手心渗满了汗。赵钱倒是一脸平静，若无其事开了窗："警察同志，有事吗？"

两个警察狐疑地打量着赵钱和李菁，其中一位绕到了李菁所在的窗口边上，说："身份证拿出来看看！"

赵钱掏出自己的身份证，递给李菁；李菁也拿出自己的身份证，和赵钱的身份证一起递给车窗外的警察。那两个警察拿着身份证，对着两人一阵打量后，又说："你这个车的后备厢里装了什么东西？"

"这个也要检查吗？"赵钱挤着笑容道。他仔细打量着两个警察，只见他们一个长着一张马脸，一个长了一脸癞子，身上穿的制服是市公安局的警服。

"当然要检查！"两个警察一身正气地说道，"我们刚刚接到消息，要对这个区域的人和车进行重点检查的！"

赵钱的笑容凝固了，难道自己运气这么差，直接碰到巡查的警察了？一旁的两个警察拍打着车窗："快快！把后备厢打开！"

赵钱眼睛扫了扫两个警察警服上的警衔、警号、警徽、臂章等标志，脸上堆起谄媚的笑容："那个……能不能麻烦两位同志出示一下证件？"

那两个警察似乎早有准备，直接掏出了证件。赵钱瞪大眼睛一看，两人证件上端都镶嵌警徽一枚及"公安"字样，下端放置着内卡，内卡分别印制着两人的照片、姓名、市局名称和警号，赵钱仔细打量着那两张证件，在路灯的灯光下，证件上的内卡并没有反射出彩色光芒。

"行了！可以打开你的后备箱了吧？"

赵钱带着不情愿的李菁开门走下车，慢吞吞地走向车尾。两个警察跟在他身后，忽然叫住了他："你这么犹豫的样子，后备箱里是不是有什么见不得人的东西啊？"

赵钱回过身来，脸上勉强地挤出笑容，吞吞吐吐地说："咳咳，这个……这个……"

"警察也要讲法律的吧！你们凭什么查我们啊？"一旁的李菁忍不住开口了，"你们有搜查证吗？"

"你小子还跟我们嘴硬？"马脸警察上前伸出手猛地一推，把李菁推得一个趔趄，"想吃牢饭吗？"

"你！"李菁顿时也火了，上前一步想回击那马脸警察。一旁的赵钱赶紧一把拉住他，然后看着两个警察笑道："警察同志，他小伙子年轻气盛，您别跟他一般见识。"

两个警察交换了一个眼神，马脸警察接着开口说道："行了，别支支吾吾的。不想让我们检查也行，但这事怎么解决？你说吧，是公了还是私了？"

赵钱连忙点头哈腰："私了，私了，当然是私了……"

"那我们一人这个数吧。"马脸警察比了一个"二"的手势，和另一个警察对视一眼，意味深长地笑了起来。

赵钱求助地看向一旁满脸不服的李菁，李菁也很快明白了他的意思：赵钱害怕自己有什么被警察查到，所以想给钱解决，可是他自己身上又没有足够的钱。李菁想到了赵钱之前给自己的那一大包钱，他存了一部分在浦航区别墅里的保险箱里，还有一部分随身带着。如今出了这个情况，赵钱手上没有别的闲钱，只能向自己求助了。

看着眼前这两个徇私枉法的警察一脸得意的样子，李菁一阵火大，但看到赵钱无奈地苦笑，李菁只好返回车上，抱着皮包回到了赵钱身边。在赵钱的示意下，他打开皮包不情愿地数出四千块钱的钞票，递给了两个警察。

"两千？你当是跟小孩子玩过家家吗？"马脸警察怒了，把钱摔到李菁脸上，钞票散落一地。

"你！"李菁瞪着马脸警察。他感到怒火又噌噌直蹿，正想冲上去和那俩警察肉搏，一旁的赵钱再次拉住了他。李菁一阵无奈，强忍怒火从包里掏出四万块，递给了赵钱。赵钱连忙拿着递上前："咳咳……两位，一点心意，不成敬意，不成敬意！"

两个警察一人接过两万，放在手上点了点，脸上都露出满意的笑容。他们把钱装进袋里，拍了拍赵钱的肩膀："下次要注意啊！"

等到两个警察转身离去，赵钱才看向一旁愤懑的李菁，微笑道："怎么样，钱的用处大吧？"

"这……这两个混账拿了钱就不查了？"李菁看着分量轻了一些的皮包，很是心疼，"我就这么少了四万块钱？"说着赶紧把散落的钞票捡回包里。

赵钱剧烈地咳嗽了起来，他弯下腰扶着车身，看着那两个警察的身影在远方渐渐走远，赵钱喘着气断断续续道："如果你很心疼这笔钱的话……可以现在去把他们撂倒……把钱夺回来……"

"撂倒警察抢钱，大哥你疯了吗？"

赵钱平缓了点气，提高了音量："如果我告诉你，这两个家伙是假警察，你还会觉得我疯了吗？"

- 2 -

夜晚降临后，北山区的街头上车辆川流不息，来往行人络绎不绝。路彦开着车看向车外的街头，人们正欢歌笑语结伴出行采集年货，对这个城市正在发生的连环杀人案浑然不觉。路彦看了看时间，已经是晚上8点多了。心知时间紧张，他猛踩油门，汽车向北山区的吉祥酒店疾驰而去。车子穿过一条条街道，两边的霓虹也化作一道道流光，从他身边快速地划过。

卡迪斯酒吧里那起命案在作案时间上的不对劲，一直在路彦心头盘旋着。他心中那个猜测显得太过离奇，必须找到更多的证据才能证实。或许在下一个地点，会有更多的证据在等着自己。

带着萧瑶和甄关西，路彦终于赶到吉祥酒店，但很快他就发现这酒店门口已经停满了警车。顺着门口的街道一路看去，整条路上都有警察，马路的两边尽头，已经被警方拉起警戒线将路封住了。

路彦、萧瑶和甄关西一起走进酒店，路彦抬头看了看头顶，高高的穹顶上垂挂的是华丽的水晶灯，低头看看脚下，脚底下是洛可可宫廷式纹样的雕花真丝短绒地毯，密实且柔软。酒店大厅的中央处，有一个闪着绚烂灯光的音乐喷泉，旁边围着几个少年，正在被排查的警察驱散中。整个大厅布满了行色匆匆的警察，他们正在服务员的协助下检查大厅的每一个角落。

"秦队在那儿呢！"萧瑶指着大厅前台的方向说道。路彦顺着她指的方向看过去，只见秦纬正站在酒店大厅前台附近，跟酒店经理激烈地交涉着。那个西装笔挺的经理态度很是诚恳，在秦纬面前小鸡啄米一样不停地点头。

见秦纬交涉得差不多了，路彦凑上前："现在什么安排？"

"我们想把酒店彻底地搜查一遍。"秦纬严肃道。

"这30层的酒店全部搜一遍？"路彦瞪大眼睛，"外面还封路了……"

"市局的人来协助我们调查，人手不用担心。"秦纬话音刚落，酒店外又是一阵警笛声，几辆增援的警车赶到了。

"我们不能再有之前那种隐藏身份在酒吧抓凶手的侥幸心理了！"秦纬瞪了瞪路彦，因为他脸上没有严重的紧张感而是有些不满，"这次我们要全力以赴，每一个住客的资料都要查一遍，每个房间都要突击检查！"

"可是……"路彦瞅了瞅酒店门口，此时，门口正挤着一群好奇的路人，有的人还试图进入酒店大厅围观，警方正在维持秩序。他不由得有些担心："这么大阵势，很快案子消息就先泄露出去了……"

"这些先顾不上了，我们必须先阻止那个疯子！"秦纬满脸焦虑，看向路彦，"我们不能再有任何的侥幸心理了，不能再有人被杀了！"

听着秦纬的话，路彦和一旁的萧瑶、甄关西不禁都低下了头。如果刚才他们在酒吧把这个凶手绳之以法的话，现在秦纬也不用这样焦虑。显然，这个凶手比众人预想的要厉害得多，不仅敢于把行动地点告诉警方，更有手段在行凶地点犯罪后再成功离去。此时案件又来到新一轮对决，这次会发生什么呢？

秦纬看着路彦失望地摇摇头："你跟他交过一次手了，有什么感觉？"

"这个人身形矫健，心思缜密，处事冷静又勇敢果断；知识丰富，对西方宗教和文化有一定了解；年龄我觉得在30岁到40岁；对这次行动有充足准备；身高……"路彦想起电梯里的那个身影，"身高应该跟我差不多，一米八左右。"

秦纬皱眉："怎么听上去都是像对那个疯子的赞美之词？"

"只是对那个家伙的客观评价……"路彦摇摇头。他想把自己关于尸体的那个推测告诉秦纬，可是寻思了一下，还是放弃了，毕竟现在证据还不充足。想了想，路彦沉声道："他提前在酒吧做了很多准备工作，我们完全是在他的主场作战……"

"这个我知道，所以我怀疑他也在这个酒店提前做了手脚，我们现在必须把他搞的那些手脚先找出来！"

秦纬领着路彦三人走出大厅，来到酒店门口。四人一起仰头朝上方看去，秦纬指着那在一片云里雾里显得不甚清晰的高楼，他沉声说道："这些房间，我们每一个都要搜查！我倒要看看，那兔崽子怎么在我们这么多人的眼皮子底下杀人！"

- 3 -

北山区的郊区小路上，李菁看着两个在路灯下越走越远的警察，又一头雾水地看向赵钱："什么，假警察？"

"咳咳！对，他们是假警察。"赵钱走回车边，从后备箱拿出一根木棒交给李菁，"这个社会的钱就像这个包里的钱一样，一共就这么多，你多点，别人就少点，别人多点，你就会少点！怎么办呢？不想被那些坏人骗走钱，就靠自己再夺回来吧！"

李菁闻言，握了握手中的木棒。赵钱指着那两人在路灯下远去的背影，附在李菁耳边说道："走吧，我陪你一起。"

李菁看向那两个远去的背影，再看看自己瘪下去的皮包，一想到自己的辛苦钱被这两个骗子这么轻松地骗走了，李菁不由得怒火中烧。赵钱拍了拍李菁的肩膀，领着李菁快步向前走去，昏黄的路灯下，两人逐渐接近了那两个假冒的警察。

那两人察觉到动静，转头回身疑惑地看着赵钱和李菁，李菁见状赶紧把木棒藏到了身后。

那马脸男子开口问道："你们跟上来干吗？"

"咳咳，是这样的，两位刚才掉了一个东西在我这儿，我们来还东西的。"赵钱一边笑着回答，一边伸手拍了拍李菁，示意他动手。

"什么东西？"两个假警察很疑惑。

"就是这个！"李菁抢起木棒，猛地朝其中一人头上挥去。那个满脸癞子的假警察被当头一棒打中，整个人向后踉跄两步，他正要反击，却被李菁追了上去，又是一棒打到他的头上，他吃痛地号叫起来。

他身旁那个马脸假警察急了，猛地朝李菁扑了过来："妈的！你还敢打警察！"

李菁身旁的赵钱也出手了，他伸手顺势抄住那马脸男伸出来的手臂，猛地一个过肩摔，马脸男"轰隆"一声摔倒在地，疼得说不出话来。赵钱上前一步，一脚踩到他的脸上："你们那警察证上，内卡连多重镭射防伪图案都没有，还好意思跟我装警察骗钱？"

癞子男趁李菁反应不过来，回击了李菁两脚。李菁吃痛，打向癞子男的木棒又快又急，不一会儿，癞子男就被李菁的木棒打得晕了过去。

李菁看着倒在地上的癞子男，俯身从他兜里拿出了那两万块钱。他紧紧握着钞票，看向赵钱的目光有些茫然："我把他打晕了怎么办？虽说他们是假警察，但是万一他们真的报警，我们也会很麻烦……"

赵钱看了看倒在自己脚下呻吟的马脸男，笑了笑："不用担心，他们这种伪装警察的骗子是绝对不敢报警的，要不然他们自己牢底都要坐穿了。"

李菁闻言顿时放心了，昏黄的路灯下，他拎着木棒走到马脸男身边，蹲下身从他身上找出了那两万块钱。谁料，李菁刚把钱拿出来，那马脸男忽然从地上蹿起，抄起一个短匕首就往他身上扎去。

李菁吓得迅速后退，手臂还是被割到了。他急了，下意识地抡起木棒，对准马脸男当头一棒，马脸男号叫了一声，退后了几步。李菁急忙查看自己的手臂，那匕首很锋利，将他的羽绒服连同里面的衣服都割开了一个口子，皮肤也被划开了一个小小的伤口。吃痛之下，李菁手上的两万块钱也散落到地上。

那马脸男后退两步站稳以后，又重新朝李菁扑了上来，李菁伸出脚猛地踢向他的胸口，但是担心伤人太过，出脚的时候，他还是收了一些力。不料，正因为他踢的力量不强，出腿以后没能把马脸男击退，反而被对方一把抱住了腿，接着他整个人被马脸男摔倒在地。马脸男迅速压在李菁身上，用匕首抵住了李菁的喉咙。

　　李菁这才发现，因为一时心软，陷入绝境的已经变成了自己。他拼命抵着马脸男的胳膊，控制着匕首，心中不禁为自己刚才的手下留情感到有些后悔。跟这种骗子果然不能太讲道理，人一旦为了自身利益，什么事情都能不管不顾。

　　正在他懊悔时，"轰隆"一声，赵钱猛地一脚将马脸男从李菁身上踢飞。马脸男被赵钱踢中腰部，趴倒在地疼得起不了身。李菁从地上爬起来，捡起地上的木棒发狂一般朝马脸男冲了上去。

　　李菁只觉心中一团怒火熊熊燃烧，那火焰中分明有野兽在咆哮着要把马脸男直接打死，他狂风暴雨一般挥舞着木棒，打得马脸男鬼哭狼嚎。见李菁一副不要命的发狂样子，马脸男连忙放弃抵抗，磕头求饶。

　　李菁停下动作，喘着粗气，怒火也稍稍平息了点。刚刚那一幕猛地划过脑海，他想起自己刚刚那滔天杀意，顿时感到不寒而栗，可能人人心里都藏着一个魔鬼，不知道什么时候就会张开血盆大口吞噬自己吧……李菁在心里想着，看向求饶的马脸男，一时间有些踌躇。

　　马脸男依旧跪在地上不停地求饶，那猥琐怯懦的模样让李菁烦躁了起来。不能跟这些恶人骗子讲同情的，李菁想着，他抬起手中的木棒，"砰"的一声击到马脸男的脑袋上。马脸男号叫一声，倒地晕了过去。

　　"好！"赵钱看了看时间急忙道，"已经快9点半了，我们得快点。"

　　解决完马脸男，李菁站在原地，看到地面上散落着不少踩破的钞票，不由得很是心疼。他弯下腰，想捡起一些钞票带在身上，赵钱却没有给他时间。他拽着李菁回到车上，然后让他驾车朝吉祥酒店的方向疾驰而去。

- 4 -

　　从街道返回到北山区的吉祥酒店里，秦纬对着路彦几人匆匆安排着工作："路彦，你仔细确认下这家酒店的工作人员，凶手有可能伪装成内部人员潜伏在里面，要是没什么结果你就和关巩上楼检查，萧瑶去趟后勤处，痕检的人带了新的设备过来，你去看看能不能发现些新的东西……"

　　秦纬说完之后，就走进酒店开始了其他的指挥工作。路彦则站在门口环顾着街道四周，市局的警察都已经赶到，他们封锁了整条街道，正在紧张地搜查。每个警察都行色匆匆，如临大敌。

见到此景，甄关西不禁叹了一口气："刚刚我们还是破案精锐、扛把子人物呢！转眼间我们就被边缘化啦……"

萧瑶平静的脸上浮出一丝微笑："瞎说，什么边缘化？我们是单位的一颗螺丝钉，哪里需要我们就往哪里！"

萧瑶前去领痕检的设备。路彦回到酒店大厅听到不远处的秦纬正对着传呼机下命令："前门、后门，不管有多少门，全部守住！还有逃生通道，电梯也是重点！就是一个苍蝇，也不能让它飞出去！"

见秦纬焦虑的样子，路彦不由得陷入沉思，上一次"审判者"挑的是人多嘈杂的酒吧，这一次挑的是豪华的大酒店，他选这些人流集中的地方有何目的？仅仅是方便掩饰犯罪和逃跑吗？可是警方已经在这里布下了天罗地网，他还怎么犯罪、怎么逃跑？

不对！"审判者"在死亡现场留下录音，并且明确告诉警方接下来的犯罪地点，除了有恃无恐之外，显然还有别的原因。他肯定知道警方会提前在这些地点布下天罗地网，可是他还是告诉了警方地点，这说明什么？会不会他就是希望警方布下天罗地网来抓他呢？可是，他这么做目的是什么？故意让警方紧张，让舆论发酵，让公众关注？

确实有些犯罪者有这种自恋情节，把自己的犯罪行为当成艺术，恨不得全世界的人都来看他的表演。路彦看向紧张的同事，以及街上那些路人们投来的好奇目光，路彦意识到，如果"审判者"是这个想法，那么他的目的已经达到了。

"警察同志，这是我们酒店所有的员工了！"酒店经理的话打断了路彦的思绪，他回过头，只见酒店的所有员工已经集合在眼前，整齐地站成了几排。

路彦仔细地看过去，这些工作人员都穿着制服，脸上混合着好奇和恐慌。一番搜查以后，路彦并没有发现和"审判者"相似的人。他摇了摇头，"审判者"用过一次的招，显然不会再用第二次的。

大厅里响起了一阵脚步声，路彦扭头看去，又是一批警察走了进来开始检查。不远处，吴勇朝他快步走来："路彦，秦队有急事找你！"

- 5 -

北山区的顺义街上，李菁驱车带着赵钱赶到，副驾驶座上的赵钱拿着望远镜朝着远处的吉祥酒店所在的如意街道看去，不由惊叹道："嚯！好家伙，这是人山人海啊！"

"前面那条街上好多警察啊！"李菁很是不安地看向警察们，"这次你要找的是谁？"

"是一个作恶多端的老妇人……"赵钱放下望远镜，看了看李菁身上干净的休闲服，笑了笑，"那两个兔崽子的警服用不了，幸好我自己准备了警服。"

"警服？"李菁看着赵钱掏出的一叠警服，不由得愣住了。

"对，我们换上这警服，然后去那条街上晃悠晃悠。"赵钱不待李菁争辩，将一套警服塞进了他的怀里。一番收拾后，赵钱看了看换上了警察制服的自己，又上下打量着换好衣服的李菁，满意道："不错，就是紧了一点。"

"那么多货真价实的警察就在这儿，我们装成假警察？"

"就是警察多，所以我们才安全。你想啊，好几个单位和部门，他们之间哪能互相都认识呢？"赵钱把假发等易容物戴好，也递了一套给李菁。

一番简单地易容后，赵钱带着惶恐不安的李菁走向如意街。警察已经在附近拉起了警戒线，但是不停地有新的警车行驶到路口，一脸严肃的警察从车上跑下来，奔向各自的岗位。

赵钱带着李菁混在嘈杂的警察人群中，若无其事地走进了如意街。李菁环视着周围，正如赵钱所说，这些警察都紧张地开展着自己的工作，有的在驱散着行人，有的在和街上开店的店主沟通，因为街道很大，每个警察距离拉的都比较开，一时也并没有人留意到他们俩。

李菁跟着赵钱踱步在如意街上，他仰头看去，吉祥酒店对面坐落着一座商业广场，它那高大的建筑在数十架黄色射灯的笼罩下披上了蝉翼般的金纱，商场的透明落地窗后面，是一片人声鼎沸和灯火繁华。在满街的奢靡和繁华中，李菁突然发现，街头那一闪一闪的金黄色彩灯，像极了他去大学报到前一天晚上，老妈坐在床头为他缝补衣服时一旁闪烁的烛火。妈妈脸上的皱纹和手上的茧忽然出现在李菁眼前，他不由得难过起来，心里沉重得像装了铅块。

李菁想起，他每次回家跟老妈说起自己在大城市里看到的新鲜事物，总是因为老妈没能看到而觉得遗憾。这个时候，没有受过多少教育的妈妈总是微笑着说："没关系，你的眼睛就是我的眼睛，你看到了，我就看到了。"

想到这里，李菁感觉心里那铅块更沉重了。他看向金碧辉煌的商场大门，心想，总有一天要把老妈带到这座城市里生活，她想来逛街，就带她来逛街，她想逛商场，就带她逛商场……可是那是需要钱的，需要很多钱的。人无论想做什么事情，始终都绕不开一个"钱"字。钱真是世界上最庸俗最恶臭的东西，但也真是最深刻最迷人的东西。

"低着头想什么呢？"赵钱拍了拍李菁的肩膀，他的声音打断了李菁的思绪。

- 6 -

吴勇拉着路彦赶到监控室的时候，秦纬正紧紧盯着酒店大厅外的监控录像。

见到路彦赶来，秦纬连忙说道："快过来一起看，过去一个小时里进入酒店的这些住客，每一个都是我们检查的重点。你先看看这些人里面，有没有和'审判者'身形相似的？"

路彦看向显示屏，大厅门口的人正慢吞吞地走着。路彦忍不住说道："加快！"负责操控视频的警察闻言，将倍速调快了好几倍，画面上的黑白光影速度越来越快，终于，路彦紧盯着屏幕喊道："停！"画面停止，一个西装革履的男子走进大厅，时间正是半个小时前。

"这个人比较像，但是那家伙能这么快就赶到吉祥酒店吗？"路彦有些费解。

秦纬粗声粗气地说道："先不管那么多，查了再说！吴勇，你带两人去跟酒店方面沟通下，找出这个人的身份和他所在的房间，直接上去拿人。"

吴勇领命而去，路彦攥紧拳头重新把视线投到监控录像上，他发现不知道什么时候自己的手心又出满了汗，自己的每一个判断都是非常重要的，如果出错，不仅浪费了大批警力，还有可能导致无辜受害者遭到凶手残害。

再三观看那录像，路彦又指出两个疑似"审判者"的来人，秦纬分别下令让人去查。路彦长吐一口气，带着甄关西飞快登上二楼。

两人站在走廊的尽头，只见走廊两边的房间门都被打开了，路彦和甄关西快速地穿过走廊，两边的房间里，好几批警察正在登记每一个房间的住客，并检查房间里的情况。

"这能查出来吗？"甄关西嘟囔着。

甄关西看向路彦，只见路彦正仔细地看着每个房间里的人。甄关西明白路彦是想看看这些房间里有没有符合"审判者"特征的人，他连忙一阵小跑跟上路彦的脚步。

但路彦一直没有找到任何体貌都很接近"审判者"的人，他阴沉着脸，带着甄关西从一楼一路检查到了四楼。站在四楼的走廊上，路彦看了看时间，马上就要到21点了，那个凶手堂而皇之地向警方公布了他的犯罪地点，这一次，他真的会来他所说的这个地点作案吗？

"我们是不是太多疑了啊？这么多警察守着，那家伙还敢来？"甄关西忍不住开口。

"这家伙不是一般人。"路彦跟甄关西走到了五楼。两人看了过去，这层楼和下面的楼层也没什么不同，每个房间的门都被打开了，警察正和服务员一起检查着每个房间的住客。

听到路彦的话，忽然，甄关西又想到一处奇怪的地方："对了，哥，你说那卡片上的'七宗罪'各有各的死法，可是那女尸明显不是被火烧死的啊！刚才酒吧的那个死者，也不是'七宗罪'里那些神乎其神的死法。"

"凶手并没有严格遵守游戏规则，也许'七宗罪'只是他遮掩真实目的的幌子。"甄关西的话让路彦停住了脚步，其实这个问题路彦也一直在寻思，从三具尸体的情况来看，凶手没有按照"七宗罪"的规则来处理尸体，但是都会割头，为什么呢？在警方之前总结的那七种可能里，看来有没有按照"七宗罪"的规则来做是不重要的，重要的是一定会割头。可是为什么一定要割头呢？在卡迪斯酒吧厕所隔间里，明明割头会有那么大的麻烦，但是凶手还是照做了，这是为什么？

路彦暗暗想着，这恰恰说明凶手有非割头不可的理由，之前总结的凶手割头理由的七种可能，到底哪一个才是真相？

"那凶手的真实目的会是什么？"

"我现在还不知道，他的真实动机可能就隐藏在割头这个行为中吧……"路彦摇摇头，猛地，他突然想到一个点，他停下脚步连忙打开手机上的电子地图。把一旁的甄关西喊过来一起看。

"那个'审判者'在录音里留言说'要以'六芒星'的轨迹带走七个罪恶的生命'，"路彦快速划动着手机屏幕，飞快地说道，"现在来看，之前三具尸体出现的地点，西边静华区的秦河公园、南边宁汇区的肃州河边和东边浦航区的卡迪斯酒吧，再加上我们现在所处的吉祥酒店的地点，这四个点在地图上的距离和方位，刚好能构成'六芒星'的四个角。"

甄关西凑过来一看，不由嚷道："果然是的！那剩下的两个犯罪地点不就在……"

路彦和甄关西两人一个对视，连忙划动手机按照相同的距离去找"六芒星"剩下的两个角。两人正寻找着，忽然，走廊前方的某个房间里传来了"啊——"的尖叫声。那是一个女人的尖叫，从走廊中间的一个房间传来的，尖锐入耳，恨不得裂石穿云。

路彦和甄关西顿时浑身一震，猛地朝那声音传来的房间冲去。

- 7 -

北山区如意街上，李菁的思绪被赵钱打断，他听到赵钱的疑问，呆了呆道："没什么……我只是想起了家人。"

"想起了家人？"赵钱拍了拍李菁的肩膀，像是看穿了李菁的想法一样，"是不是想带他们也来这里逛逛？马上就可以了，这次的事情完了，就把你爸妈都接来。"

"算了，不说这个了。您这次要找的人呢？"

"我要找的人，就在那里。"赵钱指向前方吉祥酒店的高层。

"您这次要审判的是什么人？"

赵钱抬起头仰望上空，朦胧的霓虹灯混杂着雾霾，什么都看不清。他沉声道："崔莉，女，今年50岁，本市出生但加入了新加坡国籍。她和同伙在缅甸组织网络赌场，在国内创立文化有限公司做掩护，再用网络代理发展到国内，作为庄家的他们用大数据操作后台作假，无数在他们的网络赌场参与赌博的人，输得血本无归。"

"这个，警方不查吗？"

"他们在国内设下多个组织严密的团队，层层代理，单线联系，查证很困难。在关键的资金链上，他们办理了大量银行账户，一批卡用一两天，到账后立即把钱转走，很难追查。他们有团队在国内分区发展新会员，前期给一些甜头，吸引人们参与他们的赌博游戏，链式发展出一大批的赌徒！"赵钱平静道，"大部分时候她都在境外，这次她回老家探亲，我才有机会找到她。"

"这么多人在网上赌博？还赌那么大？"

赵钱看了他一眼："你太低估人对不劳而获的渴求了。他们正是利用人性的贪婪和懒惰，吸引这些人参赌。第一次赌博，给他们一些小利，再用诈骗手法让人亏掉本金，为了翻本，这些赌徒就会拼命借钱继续赌；最后一而再、再而三地铤而走险，越陷越深，直到倾家荡产甚至跳楼自杀。"

"天啊……"李菁喃喃道，"她就不怕遭到报应吗？"

"报应？被抓到后，大不了牢里蹲一些年，可是被她害死的人却再也救不回来了。"

李菁久久无言，半晌抬头向赵钱问道："那您现在要做什么？又要我做什么？"

"我需要你帮我去这个酒店的五楼。"

"我怎么做？"

"五楼的503房间，我不确定那里现在有没有人，你带着这个东西去503房间门口走一走。"赵钱从兜里掏出一个小小的黑色塑料盒，塞到李菁的手上。

"这是什么东西？"李菁端详着黑色塑料盒，发现上面有个发光的指示灯。

"咳咳，它是个信号发射器，我可以追踪到这个信号的位置。你拿着它到503房间门口转悠转悠，看到上面的红灯长亮以后，就可以带着它下来了。

下来后你不要来找我，直接快速去车上。"

"发射器？"李菁掂量了下黑盒子，他抬起头直视赵钱，"您要在那个房间做什么？"

赵钱神秘地笑笑："我要给那个房间送个东西，放心，你是绝对安全的，我也是绝对安全的。"

李菁点点头，这点小事干起来还是很容易的。只是这件事情真的有赵钱大哥说的这么轻松吗？这个忙是那么轻巧，那自己的这钱是不是拿得太简单了。赵钱大哥会不会没和自己说全部的实话？

在内心深处，李菁也不是没想过赵钱没完全对自己说实话的可能，但是李菁觉得自己的行动还是由自己掌控的，自己有手有脚，有反抗能力，赵钱也没有办法强迫自己替他杀人。李菁寻思着只要自己绝不参与实质性的犯罪行动，等这一天结束后，就可以带着钱，和英子过上幸福生活了。

一旁的赵钱像是再次看穿了李菁心中所想，他盯着李菁的眼睛郑重道："你可别小瞧这个任务，它可不简单，酒店里面现在到处是警察，你进去得装得像一点，可别被人识破了。"

李菁点点头，看来这件事情确实也没有自己想得那么轻松。赵钱笑着继续说道："万……我是说万一，你被识破了……"

"我不会的。"李菁心中一怔，想着赵钱给自己这么多钱，有些事情不用他多说自己心里也应该有数的，李菁连忙道，"放心，万一真有什么意外，我也绝对不会说出您的。"

"哈哈，咳咳……好！"赵钱咳嗽两声，用力地拍了拍李菁的肩膀，"记住了，上去以后，看看别的警察做什么，你也就跟着他们做什么。"

"好。"李菁沉声说道。他深吸一口气，看向吉祥酒店，他在为接下来的行动做心理准备。李菁发现，几个小时过去后，之前在卡迪斯酒吧那种心里沉甸甸的感觉，此时在心中已经没有留下多少了。

"好，那我就没啥可担心的了。"见李菁答应，赵钱放下心来，他悠然地道，"这个崔莉出身富裕家庭，本来可以做合法事情赚钱，但她偏偏要开网络赌场赚非法的钱，她的非法财富都是建立在别人的血和泪之上。前段时间有一个年轻小伙子，在他们平台赌博输了20万，借了30万想翻本，没想到再次输光了，他不死心，又借 30 万……最后整整输掉了 80 万，他觉得没人能帮他堵上这个大窟窿了，于是留下一封遗书跳楼自杀了……"

"这个崔莉真的是……"李菁心中不由又燃起一团怒火，这又是一个身负人命但法律制裁不了的人。

赵钱神情肃穆、视死如归地看向吉祥酒店和酒店前的众警察，正气凛然道："崔莉赌桌上一张牌的赌资，却让别人付出了生命代价。既然法律惩治不了这样的吸血鬼，那我就代表法律惩治她！有再多警察我也不怕！虽千万人吾往矣！"

李菁震撼地说不出话来，赵钱则接着虔诚地仰望上空，他伸出右手，合并着五指，在空中画出一个镰刀的轨迹："缅甸赌场崔莉，以庄家为生，靠赌场为活。怠懒堕落，牧猪奴戏。罪恶满盈，除之后快！我现在审判她'七宗罪'之'懒惰'！裁决地点吉祥酒店，裁决死刑！"

第七章　21:00 天降女尸

- 1 -

吉祥酒店五楼上，女人的尖叫声持续了很久，路彦和甄关西循着尖叫声传来的方向，冲到了走廊中间的一个房间前面。

房门是开的，两人拔出枪冲了进去，房间站着一个50岁左右身材矮小的中年女人，她的面前正站着一个穿着警察制服的年轻人。路彦仔细打量着那个中年女人，她穿着貂皮大衣，下身穿着黑色皮革裙和黑色厚丝袜，脚上套着长筒靴，整个人正气势汹汹地怒视着她面前的那个年轻警察，都没怎么注意赶来的路彦和甄关西。

"啊！啊！你说说你！你检查就好好检查！把我的海蓝之谜打翻了是什么意思？"那貂皮女恶狠狠地盯着比她高出两个头的警察，"你知道这一瓶得多少钱吗？你几个月的工资都还不起！"

原来只是虚惊一场，路彦收起枪，看到地毯上有一个被打翻的面霜小瓶，便走上前把小瓶捡起放到了桌上。一旁的甄关西上前对年轻警察开口问道："你是市局的警察吗？"

"是的，我叫周崇。"那个年轻警察周崇皮肤白皙，此时却满面通红，苦笑道，"我刚刚来这个房间登记检查，没想到出了这样的事情……"

甄关西扭头看向那凶神恶煞的女人，解围道："这位阿姨，我们检查起来难免有些毛手毛脚，请您……"

"叫谁阿姨呢！"貂皮女更加火冒三丈了，"我刚刚躺下想休息，你们就来敲门检查，还让人睡觉不？"

"我们在这儿查杀人案呢！"

"杀人案？关我屁事，打扰老娘休息就该死！"

"你这婆娘怎么不可理喻呢？"仗义出头的甄关西也急了，脸上红一阵白一阵。顿时他伸手去掏钱包想出示照片，转念一想，这女人出口粗俗，也未必认得几个人物，想想又只好作罢了。

在貂皮女和甄关西争吵之际，又有别的警察也闻声而来，见情况无忧又很快离开了。一阵穿堂风吹过，窗帘被风掀起，露出窗外的街道，路彦轻轻地走到窗户边，举目向外望去。

五楼的高空上徘徊着几束彩灯的光线，虽然有着雾霾，但路彦还是能模糊看到吉祥酒店对面商业广场的一个大致轮廓。那六层高的商业广场每层都有灯火在夜空里闪烁着，直到最顶端的天台上……天台浸没在雾霾里，那黑魆魆的深处，什么都看不清。猛地，一阵不安蹿上路彦心头。

在他旁边，甄关西正对貂皮女说道："我说大妈，这真的是你的护肤品吗？我前女友用过这个海蓝之谜，效果好得很，哪像你的脸……"

"滚蛋！老娘真是受够这里了！什么破酒店！什么破警察！都给我滚蛋！"貂皮女一把推开甄关西，抓起她的挎包大步向外面走去。

"这个女人叫什么？"路彦从窗边转过身来，看着周崇问道。

周崇惊愕地看着她离去的背影，又低头看了看手上的资料说："她叫崔莉。"

路彦点点头，又转头看向对面商业广场的天台，路彦不禁想到，虽然有雾霾阻碍视线，但是"审判者"仍然有可能潜伏在对面阳台远距离袭击这个酒店的。不能再迟疑了！路彦猛地转身向外冲去。

甄关西喊道："你去哪儿？"

"你就留在这里，不要走！"路彦头也不回地说。

甄关西愣了愣，接着急得直跺脚："嗨！我一个人在这我怕啊！"

犹豫片刻之后，甄关西也拔腿从房间里追了出去。谁知，甄关西刚冲到走廊上，就"轰"的一声撞上了一个低头疾行的警察，两人一起摔倒在地，吃痛地叫了起来。

路彦快速冲到酒店一楼大厅，环视一眼，却见崔莉已经气冲冲地走到了大厅门边，无视警察的询问，大步走到了街上，转眼就融进了人群中。

路彦皱了皱眉，看到街上成群的警察，他又不由得放下心来。时间紧急，路彦重新找到了秦纬。秦纬正拿着传呼机跟人紧张交流，路彦急忙追问道："商场的天台上，我们派人上去了吗？"

"我知道！那个家伙在酒吧不是从天台上跑的吗？"秦纬眉头拧在了一起，"我让人在酒店天台守着呢，那上面没有人，也没有绳子什么的。"

"我说的不是酒店天台，而是对面那个商业广场上的天台！"路彦沉声道，"如果那家伙有枪，隔着一条街，在商场天台上袭击对面的吉祥酒店房间里的人，也不是不可能的。"

"那个商业广场我们安排了人，但是天台上……"秦纬话音未落，路彦立马拔腿冲出吉祥酒店的大门。

对面商业广场的大门口已经拉起了警戒线，市局的警察正在跟商业广场的人沟通，努力地疏散客人。路彦稍稍放心了点，他飞快地冲进商业广场的大厅，坐电梯来到了顶楼六楼。

商业广场的六楼是个大电影院，此时客人已经被疏散，前台有两个警察正在和店员安排疏散结束后的一些工作。光滑的大理石地板上泛着幽蓝的光线，警察和店员的对话声也很清晰，路彦和他们打过招呼后，从六楼角落的楼梯上了天台。

令路彦震惊的是，楼梯上方通往天台的大门此时大开，风从外面刮了进来，门边的台阶上，趴着一个一动不动的保安。

路彦冲上前，将那保安翻过身来，只见他中年年纪，双眼紧闭，嘴角泛着白沫。保安身边的地面上，躺着一串钥匙和一把被打开的青色铁锁。看来自己想得没错，有人想利用这天台做什么，还打晕了保安。路彦摇了摇保安，但他不省人事，没有反应。路彦又探了探他的脉搏，还好，还活着。

路彦抬头看向保安身后那扇被打开的门，那门后漆黑一片，黑暗里似是藏匿着魔鬼，穿堂风正在呼呼作响，透着几分邪异。路彦拿起传呼机给秦纬发了个消息，这才拔出枪，大步踏入天台。

天台上风声呼呼作响，路彦紧握着枪扫视四周。夜色浓重得如黯黑冰凉的血，紧紧包裹住他，借着城市朦胧的光线，路彦发现天台并没有人。

该死，"审判者"去哪儿了？路彦正疑惑着，突然，他模糊地看到天台前方的上空，缓缓升起一个黑影。隔着雾霾，路彦不由得心中一震，那是什么东西？

那团黑影轻飘飘地升到空中，接着在空中轻盈地动了起来。路彦连忙拿着枪冲了上去，靠近了才发现那是个人！

路彦飞快地冲上前，那人影很快就飞离了天台，在空中飞向商场对面的吉祥酒店。借着酒店的光，路彦看得更清楚了些，那黑影是一个穿着貂皮大衣的瘦小女人，她披头散发地漂浮在空中，如鬼魅一般朝着吉祥酒店飞去。

路彦觉得后背上一阵发冷，一股巨大的阴森恐怖一瞬间扼住了他。那个女人怎么飞起来的？"嗖"的一瞬间，路彦举起枪对准那个女人，但是他想了想，还是放下了。借着酒店的灯光，路彦依稀看到那女人上空还有两团小黑影，因为夜色深重又加上雾霾，看不太清楚是什么。

路彦握着枪疾步追了上去，站在天台的边缘，他终于看清了点那女人身体上方的两团黑影，那是两个小型飞行器。这个女人怎么会出现在这个天台，还被飞行器吊着飞走的？

路彦急忙扫视天台的地面，发现天台角落铺着一张电热毯，地上散落着几个注射器，还有好几个空空如也的大纸箱和几个小塑料袋。路彦借着手机的亮光，仔细地搜寻起来，又发现了一根长长的插线板电线和几个尖锐的铁钩子。

这些东西应该是那个自称"审判者"的家伙留下的吧，看来自己的预感没错。可是他人在哪儿？飞行器都需要遥控器来操控，遥控器也是有距离限制的，那个躲在暗处操作的人绝对就在这附近。可是天台上没人，楼底下的街道上又全是警察……

那个晕倒的保安！路彦的脑海中闪过一丝火光，他猛地醒悟过来，向天台大门奔去！

- 2 -

吉祥酒店五楼的走廊上，遭到迎面撞击的甄关西扶着脑袋，吃痛地从地上爬起来。他看着刚刚撞到自己的人，不满道："痛死我了，你走路都不带眼睛的吗？"

"不好意思！真是不好意思！"那人穿着市局的警察制服，模样年轻得很，此时还坐在地上，不停地低头道歉。

甄关西的气不由得消了些。他看向来人，这年轻警察身高一米八左右，健壮敦实，皮肤偏红铜色，留着土里土气的中分发型，戴着黑色全框眼镜，双眼里却没什么神采。

"算了，也没多大事。"甄关西伸出手，把那年轻警察拉起来，"你是市局的警察吧？你叫什么？"

那人微微一愣，紧接连忙说道："金利，我叫金利。金子的金，利益的利。"

"什么？金利？"甄关西一愣，然后忍不住笑了起来，"真是好个名字，你家里一定很有钱吧？"

"没有啊……"金利低着头，不敢直视甄关西的眼睛，左手还插在鼓鼓的左口袋里。

"这有啥不好意思的啊！"甄关西发现眼前这警察格外腼腆。他看向楼道的尽头，那里早就没了路彦的身影。没想到路彦跑得这么快，自己想追都追不上了。想了想，甄关西对金利说道："你负责检查哪个房间？我一个人留在这儿挺害怕的，有你陪着我挺不错……"

金利没说话，他仰头看了看门牌号，接着朝503门口走去。甄关西看着金利径直走向503房间的背影，不由得心生疑惑，上前按住了他的肩膀："这个房间，你的同事周崇不是刚刚检查过吗？"

"是吗？我不清楚。"被甄关西按住肩膀的金利不由得一怔，笑道，"501、503和505我都再检查一下吧。"

"好吧，你们真是认真严谨……"甄关西跟着他走进503房间，却发现周崇已经走了，房间里空荡荡的。

金利环视了一圈，突然发现甄关西跟在自己身后，不禁有些诧异，吞吞吐吐地问道："你干吗跟着我……"

"我是省厅的人，跟着我们老大来查案的，结果老大跑了，把我一个人扔在这儿，还让我不要走。"甄关西缩着脑袋向四周看了看，"那个周崇也走了，说真的，我觉得这房间挺阴森的，幸好还有你在。"

金利点点头，没有回答。他背对着甄关西，走到了桌子边，看了一眼满桌的化妆品。停顿片刻之后，他转身向外走去。

"这么快就检查完了？"甄关西看金利的样子根本不像检查，倒像是被逼无奈的敷衍。

金利没回答，只是快步向外走去。甄关西觉得莫名其妙，不由得打量起金利来。这人腰间没有枪的挎袋，手上也没有刚才周崇检查时拿的材料，而且长时间背对着自己，眼睛始终不敢和自己直视……这人有问题！

"等等！"甄关西一声大喝，金利吓得猛地停住了脚步，房间里气氛瞬间紧张起来。

甄关西快步走上前，"你是市局哪个部门的？"

金利站在原地，沉默不语。甄关西见追问几次也没有得到回应，索性不管不顾地伸出双手，搜起金利的全身来。让甄关西感到意外的是，他身上没有钱包没有手机，也没有别的什么凶器，只有那个左边口袋里装着一个硬邦邦的东西。

"你这个口袋里装着什么？"甄关西警觉地问道。金利身体呆滞着，依旧没什么反应，甄关西也急了，伸手把那个东西掏了出来，这才发现那是一个黑色的塑料盒子。

"这是什么东西？"甄关西疑惑地看着那黑色盒子，黑盒子上的指示灯亮起了红灯。

"这是检测设备，我们担心房间里会安装定时炸弹……"金利终于转过身来，看了看那红灯，紧张地说，"定时炸弹上一般都有信号发射器，这个设备能检测到信号。"

"真的？"甄关西把那东西拿在手上狐疑地看了又看，片刻以后，他掏出腰间的传呼机，"我还是跟你们领导核实下吧。"

但是，甄关西还没来得及做下一步的行动，他随意地一眼瞥到了金利身后的窗外，一个不明飞行物正由远及近逐渐飞来。

"什么东西？"甄关西放下传呼机，上前几步凑近去看。

甄关西走近几步后，503房间的窗户外面那不明飞行物也靠得更近了。甄关西看清了，那竟然是一个穿着貂皮大衣正凌空飞来的女人。不错，她就是在飞。她的四肢毫无知觉地垂着，浑身上下毫无生气，她的头颅也不翼而飞，取而代之的是一个塑料女性模特的人头，那颗假头被带子绑在她的身上，整个尸体如鬼魅一般漂浮到窗前，那颗假头满带微笑的脸越来越近，最后"啪"的一声紧贴在玻璃窗上！

那尸体的衣服！甄关西认得那衣服！那是刚刚离去的崔莉的衣服！

甄关西倒吸一口冷气，吓得往后连退两步，"砰"地跌倒在地。在巨大的恐惧中，甄关西哆嗦着拔出枪，情急之下想对着窗外的崔莉射击，可是扣动扳机的时候又不由得忍住了。他完全没注意到早已趁机拔腿向外冲去的金利，只是吓得在地上翻滚着，用着全身力气喊道："啊！鬼啊！鬼啊！"

- 3 -

路彦从天台飞奔到门边，举起枪朝楼道看去。果然，整个楼道空荡荡的，那个保安已经不见了。

那个家伙竟然从自己的眼皮底下溜走了，路彦自责地想狂扇自己几巴掌，突然，对面的吉祥酒店传来了惊恐的喊叫声，分外刺耳。

"坏了！"祸不单行，路彦来不及顾及更多，直接跑回了六楼的电影院。

电影院前台和刚才没什么两样，工作人员正在做最后的整理工作，旁边还有两个警察正在问话。

路彦冲上前，问道："你们有看见一个保安从这里出去吗？"

两个警察和工作人员都一起摇头："没有看见。"

难道那家伙还在这个电影院里？路彦追问道："每个观影厅的门都关好了？"

"都关上了！"

路彦眉头紧皱。没有出去，又没地方藏身，那家伙能去哪儿呢？这时，旁边一个女性工作人员开口道："我刚刚去厕所，看到一个保安往男厕所的方向去了，是不是你要找的人……"

话音未落，路彦就冲向了男厕所。

里面空无一人，每一个隔间门都是关上的。路彦拔出枪，按照从外到里的顺序把六个隔间的门一一拉开，直到第五个隔间，才发现异常。

第五个隔间的马桶上散落着保安的上衣和裤子，但是没有人；路彦屏住呼吸，拉开最后一道门，只见里面躺着一个陷入昏迷的中年男人。

- 4 -

甄关西的喊叫声惊动了整个楼层的警察，大家纷纷赶到503房间门口，见到窗外漂浮的女人时，都不由得倒吸一口冷气。

萧瑶也跟着大家来到现场，她看向坐在地上魂飞魄散的甄关西和他手里的枪，问道："甄关西，你怎么了？"

"鬼啊！鬼啊！"甄关西恐惧地指向窗外，"那女鬼刚才飞了过来！"

窗外的人影没有再贴着窗户，而是后退与窗户拉开了两米的距离。萧瑶快步走上前仔细端详，只见那女人已经死去，塑料人头留在尸体上，尸身上挂着几个结实的铁环，铁环上有几根近乎透明的钢丝，钢丝上空是两台"嗡嗡"作响的无人机。

"不是鬼！有无人机吊着她，她才能飞的！"

"什么？"甄关西看了看手中的枪，脸上的恐惧丝毫没有减少一分，"那我刚刚差点就朝鬼开枪了……"

"你杀不了她。"萧瑶平静地打量着女尸，又看向甄关西，"因为，她早就死了。"

"什么？"甄关西瞪大眼睛看向那女尸，接着从地上一跃而起，自顾自地傻笑起来，"太好了……"

"不能乱开枪！"萧瑶责备地看了一眼甄关西，语气十分严厉，"每颗子弹打出去，你都要对它负责，之后也是要汇报的，你不知道吗？"

甄关西点点头，一言不发。两个警察已经戴着手套取来了长杆，正要把那具尸体拉进来，突然"轰"的一声，那无人机像是丧失了动力，和尸体一起猛地往下坠去，外面的街道上很快传来一阵沉闷的撞击声，接着又是一阵尖叫声和骚动声。

"不好！"萧瑶一惊，把甄关西从地上拽了起来，"我们赶快下去！"

男厕所里，路彦皱眉打量着昏倒在地的中年男人。这个人的外套和裤子被人脱了下来，只穿着毛衣和秋裤，一动不动地靠躺在马桶上，而且，并不是他之前在天台门边见到的人。

路彦看到他的脑袋侧部有块肿起，想了想，路彦拍了拍他的脸颊，使劲摇晃他的身体："醒醒！"

那人迷迷糊糊地睁开眼，看到路彦的时候，眼里闪过一丝恐惧，断断续续地说："饶……命……"接着，又晕过去了。

路彦疑惑起来。这人应该是真正的保安，他的衣服被"审判者"扒下来穿到了自己身上，可是他为什么看着自己说饶命？

路彦上下看了看自己，刚刚在酒店，秦纬给他套上了一件警服外套……警察制服！

路彦忽然想通了，"审判者"一定是穿着警察制服把保安打晕，然后拖入了卫生间里。他在卫生间里换上保安制服去了天台，发现有人接近时就倒地装死，等到自己离开后，他就迅速回到卫生间，换回了警察制服，然后从电影院的警察眼皮底下离开……

路彦冲出卫生间，找到守在电影院前台的警察问道："你们刚刚有没有看见其他警察从这里离开？"

"好几个部门的同事被安排过来疏散观众，来来去去的警察很多啊！"

"不好！"路彦急了，想不到调集了大批公安人马，竟然为那个"审判者"提供了最好的掩护！这些警察有省厅的、有市局的，见到不认识的警察，基本上都以为是其他单位的。正因为这样，"审判者"穿着警察制服走来走去，竟然没人发现！

路彦一边朝楼下冲去，一边掏出传呼机对秦纬说道："凶手穿了警察制服混在了我们的队伍里，我们需要马上封锁和集合！"

- 6 -

那具女尸从五楼摔到如意街上,整个现场惨不忍睹。两架无人机也落到地上,摔得七零八落,零件滚了一地。

赶到现场的秦纬怒气直蹿,想当众发火,但看到那么多人在场,又强行忍住了,满满的挫败感涌上心头。他没想到警方花了这么大力气布下天罗地网,还是有人在警方眼皮底下被杀了。

整条街都被震动了,不少还没被疏散的行人围了过来,又尖叫着往后退。有两个记者闻风而动,扛着摄像机来到了现场,警察拉住警戒线阻拦都没有用。

周崇也赶到了现场,看到尸体的衣服,顿时疑惑起来:"这不是崔莉吗?"

"怎么回事?你认识她?"秦纬和其他警察纷纷看向周崇。

周崇满脸震惊地解释道:"这个女人好像是吉祥酒店503房间的住客,我之前检查她房间,不小心把她的东西碰到了地上,她就急了,和我吵了起来。关西后来也过来了,和她吵得很厉害,她一气之下就走了……"

一个在现场侦查的警察走了过来,把从女尸身上搜到的钱包递给秦纬。秦纬打开一看,钱包里的身份证赫然写着"崔莉"的名字,脸色顿时黑了下去。他看向周崇:"走了?你怎么能让她就这么走了?"

"我见到她身材矮小,又是个年纪很大的女人,压根儿没把她往凶手上面想,而且这事情也是我不对在先……她走出去后,我追上去准备道歉,但她跑得很快,出了酒店大门后一眨眼的工夫,就混进了街上的人群……"

秦纬紧皱眉头追问道:"她什么时候离开酒店的?具体时间!"

周崇挠挠头,道:"走了没多久,也就二十来分钟的样子吧……"

秦纬瞪大眼睛看向尸体。二十来分钟的时间,这条街上到处都是警察,凶手是怎么杀的人,还割完头用无人机吊着飞到酒店房间前?

萧瑶带着痕检工具走上前。她深吸一口气,极力忽略一片狼藉的现场,把目光投到尸体的身上。她想起路彦经常说的那句话:忘记死者,忘记这是死去的人。

一番心理建设后,萧瑶拿出工具,和同事一起,很快收集了尸体衣服上的几个指纹。萧瑶掀起女尸的衣服，发现尸体皮肤干枯，残留着一丝温热，还没有出现尸斑。她是怎么死的？萧瑶脑海中盘旋着一个疑问。这具尸体上并没有明显的外伤。

其他警察正在收集无人机的碎片，准备找出无人机的品牌和型号。秦纬拿着一块碎片走过来，面色阴沉地问萧瑶："这东西你认识吗？"

"我刚刚在楼上看到过，应该是植保无人机。植保无人机的最大起飞重量可以达到30公斤，这个女人身材很瘦，体重应该也就40公斤左右，两个植保无人机加起来确实可以吊起她……"

秦纬点点头，紧紧攥住手上的那块碎片，怒火在心中熊熊燃烧着。在这么多警察眼皮底下，这个死者和无人机到底是从哪儿飞来的？在警方的天罗地网中，凶手不仅顺利杀了人，还示威般地把尸体吊起来，这是在挑衅吗？秦纬看着四周的警察们，觉得脸上一阵无光。

忽然，秦纬发现自己的传呼机响了，路彦焦急的声音传来，秦纬瞬间脸色大变！

- 7 -

路彦飞奔在如意街上，环视着街头的人群。他的脑海中闪现出"审判者"伪装成保安昏迷在天台楼梯口时的那张脸，方方的额头，尖尖的下巴，高耸的鼻梁，皮肤有些不太正常的黝黑，留着胡子……路彦一边回忆，一边自责道：我当时怎么就没意识到呢，都怪自己太着急了！皮肤、胡子，包括不太自然的肤色……都是他乔装打扮出来的。

路彦扫视着街上每一个警察的脸，并没有发现疑似"审判者"的身影。他转向如意街通往另一个路口的方向，"审判者"的计划得逞，现在肯定要尽快离开。

街上的每一个警察都行色匆匆地往吉祥酒店门口赶，显然是接到了集合的命令。唯有路彦，在人群中反向而行。前方的十字路口，在嘈杂的人影中，路彦看到一个身影也在反向奔跑，那人的身形轮廓和电梯里见到的轮廓很像，头部轮廓也和刚才那个假装成保安的人很像！

路彦掏出枪，两只脚生风一样飞奔而去，转眼间就拉近了和那人的距离。近了！更近了！

那人的身形和轮廓更加清晰，路彦几乎可以确认，他就是刚刚那个伪装成保安的人。那人已经脱下了警服，只穿着普通的休闲针织衫。

路彦这才想到，自己又慢了"审判者"一步。此时此刻，秦纬集合所有警察搜查穿警察制服的"审判者"是没有用的，那个狡猾的家伙早就脱下警服，以寻常路人的样子离开了。在人多嘈杂的街头上，很难有人注意到他。

警方已经在如意街与临近的顺义街路口拉上了警戒线，路彦远远地看到那人从隔离带穿过，奔向如意街和顺义街的十字路口，接着快速转向了没有警察看管的顺义街。

很快，路彦飞奔了过来。不料，他刚冲破路口的隔离带，就被两个警察猛地拽住："你干吗呢？集合的命令你没接到吗？"

"我在追人！让开！"路彦挣开两人的钳制。不料，那两个警察再次上前，把路彦扑倒在地，严肃道："领导已经下了通知，所有警察现在马上集合，违令的人当场逮住。你现在拼命往外跑，是不是心里有鬼啊？"

路彦被死死地压在地上，无法挣脱。他急火攻心，却无处发泄，只能看着那个身影飞速消失在顺义街的车水马龙里。

一片嘈杂之中，路彦竭力又徒劳地大喊："站住……"

- 8 -

赵钱满头大汗地坐进停在顺义街的丰田车里，驾驶座上，李菁早就一脸呆滞地坐在那儿等他了。

"怎么样？"赵钱笑了笑，"看你的样子很不淡定……"

"我把那个黑盒子带到了503房间，但是被一个警察识破了，正在他怀疑我的时候，一具尸体出现了……"

"然后呢？"

"尸体……我第一次看到尸体……"李菁深呼吸着，尽管有着心理准备，但是他一想起刚刚那个画面里的恐怖与血腥，还是觉得心里久久难以平静。李菁喃喃道,"那个警察吓坏了,我也吓坏了……它,它是怎么飞起来了?"

"用无人机吊着,所以飞了起来。"赵钱呵呵一笑,对李菁心有余悸的恐怖画面不以为然,"赶快发动车,我们走!"

李菁发动汽车,朝吉祥酒店的反方向行驶而去。他整个人仍然很恍惚,说话间对赵钱也没有了敬辞:"那是死人啊!你做的?"

"嗯。"赵钱轻轻点点头。

李菁努力让自己的情绪平静下来,他难以置信道:"那个尸体是崔莉?你……你怎么一点都不怕?"

"对,就是崔莉。咳咳……怕什么?我把公平还给了人类,也算是小小功德一件。"

"把'公平'还给人类?"

"咳咳……你老实赚钱含辛茹苦,崔莉坑蒙拐骗大发横财,这公平吗?人从出生开始,就没有了公平,对人类来说,公平只是概念而不是状态。但有且只有一件事,对我们每个人来说都是公平的,那就是死亡。纵使生前再怎么荣华富贵,也一样无法逃脱死亡。"赵钱一身正气直视前方,眼里带着一往无前的理想主义,"作为'审判者',我的使命就是将那邪恶的人类处决,将失衡的正义天平扶正。只要能把公平带给人类,我愿意奉献我的一切……"

李菁半晌说不出话来,良久才道:"那个崔莉,年龄跟我父母也差不多,她死了,她的家人孩子怎么办……"

"咳咳……他们的孩子怎么办?"赵钱咳嗽两下又忍不住冷哼了一声,"你真是操心太多了!她的一儿一女都在美国住别墅、开豪车,崔莉早就以他们的名字,在家族信托基金的账户里各存了三千万美元,有了这笔钱,他们两个人下辈子都会过得比你好。所以,关心他们不如多关心下你自己吧!"

"还能这样……"李菁低下头,不说话了。

"不扯这些了,我们去静华区的电影论坛,看明星去!"赵钱声音里带着一丝疲惫,也带着死里逃生的兴奋。他指挥着李菁转动方向盘,丰田车奔向了西南方向。

- 9 -

　　众警察已经集合完毕。秦纬和市局的队长正带着人核查每一个人的身份，甄关西在拉着市局的警察询问着"金利"的下落。

　　陈尸现场，痕检的工作还在继续着，萧瑶细心检查着女尸的指甲，但指甲里干干净净，没有任何皮肤碎屑一类的东西。死者脚上只穿着袜子，和周崇碰面时穿的长筒靴不翼而飞，现场也并没找到。

　　萧瑶翻开女尸貂皮大衣的口袋，找到了那张意料之中的卡片。卡片延续着阴森恐怖的画风：一个女人被扔进了坑里，坑里爬满了蛇，那些黑色恐怖的蛇缠满了她的身体，她正在绝望地号叫着……

　　不远处传来骚动声，隔着嘈杂的人群，萧瑶看到路彦被两个警察扭送到秦纬等人的面前。简单交谈之后，秦纬对那两个押送路彦的警察一番斥责，再然后，路彦悻悻地甩动着胳膊，狼狈地走了过来。

　　看到萧瑶手中的卡片，路彦并不惊讶："扔进蛇坑，这是对'七宗罪'里'懒惰'的惩罚……这个家伙把游戏玩得真逼真……"

　　说话间，路彦也看到了现场那穿着貂皮大衣的女尸，尸体坠落时面部着地，此时已经辨认不清。

　　正在这时，秦纬走了过来，递过来一张身份证。看到上面的名字和照片，路彦不由得愣住了。她竟然是崔莉？这是怎么回事？自己明明亲眼看着她离开了酒店，凶手是在哪里杀害她的？

　　"你在对面商业广场的天台上查到了什么？"秦纬看到路彦变幻不定的表情问道。

　　"无人机和尸体都是从商业广场的天台飞来的，那个家伙伪装成警察混在我们之间，偷偷操作无人机的遥控……"

　　"装成警察？"刚刚走近的甄关西猛地蹿过来，"我在503房间碰到一个人，好像也是个假警察！我刚刚问了市局的人，他们那边根本就没有叫'金利'的人！那个假警察当时拿着一个黑盒子，不知道干什么用的，我遇见他之后不久，就看到那尸体了！"

"什么？"秦纬急了，连忙下令让人去调五楼走廊里的监控录像，"你怎么不早说啊！"两名警察匆忙领命而去。

路彦蹲在尸体旁边，问萧瑶："有没有发现下一个地点？"

萧瑶闻言，摇了摇头，她已经都做过检查，但是什么也没找到，这个凶手像是忌惮了警方的追查，什么也不肯泄露了。

路彦有些讶异，蹲下来在尸体身上搜寻起来，果然，死者的假头里、腋窝下、口袋里、脚底，任何一个角落都没有之前那种硬纸板。

听闻这个消息，秦纬只觉得后背冰凉。在这起连环杀人案中，凶手告诉了警方作案地点，警方都不能制止其犯罪。接下来，他还要再杀三个人，警方却连作案地点都不知道……众人都陷入了担忧和彷徨之中，难道警方只能眼睁睁地看着更多的人受害吗？萧瑶环视四周，发现同事们的表情都很严峻，两次救援都遭到失败，现在对凶手的信息仍所知甚少，该怎么办呢？

"有联网的笔记本电脑吗？"路彦想了一会儿，忽然大喊道。

很快，技术科的同事送来了一台电脑。路彦快速打开电脑，找出了临江城的电子地图。

"'审判者'在留言里说'要以'六芒星'的轨迹带走七个罪恶的生命'，这绝不是巧合，而是他精心设计的。之前的四个尸体出现的地点，分别是西边静华区的秦河公园、南边宁汇区的肃州河边、东边浦航区的卡迪斯酒吧、北边北山区的吉祥酒店，这四个点在地图上的距离和方位，刚好能构成'六芒星'四个相邻的顶点。"路彦一边操控着电脑，一边飞快地说道。

众人围近了一点，跟着他一起看向电脑屏幕。萧瑶看向路彦飞快操控电脑的模样，她就知道路彦又重新进入他那种生猛的查案状态了，越厉害的凶手越能激发他的斗志，越是艰难的困局越能激发他的战意。此时虽然连败两次，但是路彦已经开始了他飞快的反击。

"秦河公园和肃州河是'六芒星'左边的两个角，卡迪斯酒吧和吉祥酒店是'六芒星'最下角和右下角，还有三个犯罪地点一定也是在这个'六芒星'对应的位置上。"路彦指着电脑屏幕上的几个地点继续说道，"看，这是卡迪斯酒吧跟吉祥酒店的直线距离，那么，剩下的三个地点中应该有两个是'六芒星'剩下的顶点。"

"那个疯子真的会这么严谨？"甄关西在一旁不敢置信。

"'六芒星'在西方文化里有代表死亡的意思，他说他将以'六芒星'的轨迹带走这个城市七个罪恶的生命……'审判者''七宗罪''六芒星'，他这么极力营造这起连环谋杀案里的仪式感，我相信他会这么做。"路彦把那张恐怖的卡片捏在手上，看着它说。

技术科的人在秦纬的示意下接过了电脑，开始在电子地图上搜查符合条件的位置。秦纬在一旁焦急地喊道："要精确到十米的误差之内！"

"嗯，这个'六芒星'还有一个北上角和东北角，以等距离方式推出来，它们是……"技术科的人快速地敲击着键盘，"北上角是北山区的鑫光KTV，东北角的是浦航区的红光食品厂。"

秦纬皱起眉头："可是，'六芒星'只有六个顶点，那疯子说他要杀七个人……那还有一个地址呢？"

"我猜在这儿——"路彦上前一步，指着电脑屏幕上被标记出来的六个点的正中间的位置，"第七个地点，在'六芒星'中间的位置。"

"这靠谱吗？"众人疑惑道。

"我们只能这样猜了，因为我们别无选择。中间这个点和另外两个点，我们都要去调查……"

在不知道凶手下一个作案地点的情况下，路彦所说也只能是没有办法的办法了。众人正议论纷纷，忽然又有警察来报："死者崔莉的身份查到了！在本市出生，但多年前就加入了新加坡国籍，档案上说她是经商的，名下有几个公司，很有钱的样子……"

"还是个外籍人士？"秦纬一阵头痛。很快，他做了决定，转向众刑警高声道："这三个地点，我们没有时间等待了，得马上行动起来！"

"'六芒星'正中间的位置，是静华区的德诚大厦！"技术科的同事一番测算后高声喊道。

听到德诚大厦的名字，路彦神情一动。他想起前段时间，经侦大队的同事提起过德诚大厦的事情，似乎有什么经济问题。再联想到"审判者"在录音中所说的"带走罪恶的生命"，路彦心中升起一股不祥的预感，主动请缨道："我带人去德诚大厦吧！"

秦纬点点头："好，分头行动，我带人去北山区的鑫光 KTV。不管怎么样，我们都要做最大努力！"接着，秦纬又安排了去红光食品厂调查的人手。

路彦抬头看向被雾霾遮掩的天空，连续两次的营救都以失败告终，他觉得胸口压上了一块大石。这个夜晚，他们屡战屡败，一无所获。路彦感觉心中燃起了一团火，他看了看时间，已经接近 22 点了，凶手还有三个目标……该怎么救出他们？

毫无头绪之下，路彦又蹲下来触碰尸体，感受着尸体迅速散去的温度。他想起崔莉夺门而出的画面，他几乎没有时间看清崔莉的模样……太巧了！为什么被害人在遇害前会跟警方争吵？为什么吵完又急匆匆地离开了警方的视线？凶手又为什么恰好在这么短的时间里杀掉了她，还用无人机吊到了众人面前？

路彦想到了卡迪斯酒吧里那个匪夷所思的作案时间，又蹲下来盯着地上那尸体，忽然间，他的脑海中再次闪出那个答案。虽然那是一个很难让人信服的答案，但那也是唯一合理的答案。

路彦沉思的时候，其他的警察已经在为新的行动做准备了。看到大家紧张而匆忙的身影，秦纬自责地叹息："唉！费了这么大的力气，还是没能……真是……"

"秦队，你不用太自责。我们是可以救下很多人，但是……"路彦从尸体旁边站了起来，"我们无论如何也救不了一个已经死去的人！"

第八章　22:00 疑云再起

- 1 -

22点，临江城静华区的会展中心大礼堂里灯火通明，天花板上挂着巨大的水晶灯，地上的大理石印着人们的影子。发言台上边各有两座环形的楼梯，金色点缀的黑色大理石贴面，闪闪发亮。发言台上，聚光灯和彩灯交相辉映，发言台一片金碧辉煌，格外耀眼。

大礼堂里，一个盛大的电影节文化论坛正接近尾声，西装革履的人们端坐在台下，听着台上人的发言。赵钱和李菁两人则穿着清洁工的衣服，站在礼堂观众席的后排，小声交流着。

赵钱低声地跟李菁介绍："这是个电影文化论坛，那两人是文化部和宣传部的官员，那两人是临江大学的知名教授，那人是著名导演李庆，那个是互联网金融公司老板韩利……"

李菁不由惊叹："好多名人啊！各个领域的都有，政界商界学界演艺界，好多大咖！"

"底层人民喜欢互相鄙视，顶层各领域的人们却团结得很，大家互通有无。"

李菁恍惚了一下，忽然开始明白之前赵钱所说的"罗马通往条条大路"的意思了。只要成功了，自然会有更多领域的人来和自己合作，人生也会多了通往其他领域的更多选择，所以说是"罗马通往条条大路"。可是，怎么到达"罗马"呢？李菁觉得去"罗马"的路不仅路途漫漫，中间还横着自己这种平凡人难以跨越的天堑。

李菁正思索着，一个穿西装的肥胖男人从旁边过道走过。见李菁的肩膀略微挡住了他的去路，他一手推开李菁，没好气道："让开！"

李菁被推得踉跄几步，顿时有些生气，冲那人喊道："你什么态度啊！"

那人继续往前走，并未理睬李菁。李菁更加生气了，想上前讨个说法，却被赵钱一把拉住了："咳咳……算了。"

"这人一点礼貌也没有，我……"

赵钱打断了李菁的话："别跟他计较，你看看你现在哪呐！你穿着清洁工的衣服嘛！你还怎么指望他们对你都客客气气的？"

"清洁工怎么啦？人人生而平等！做个平凡工作就没有为人的尊严了吗？"

"人的尊严和面子不可能建立在一无所有的基础之上，你拥有什么，在别人眼中你就是什么。你不可能指望在你一无所有的情况下，别人还尊敬你！这不可能，这违背了人性。"赵钱拍拍李菁的肩膀，他又指了指在镁光灯下闪闪发光的发言台，"在那里，你就什么都会有；不在那里，你就什么都没有。"

"那里？"李菁顺着赵钱指的方向看向那聚光灯下的发言台，发言台上的人们衣着光鲜神采奕奕，浑身上下笼罩着他触不可及的名和利。

"那里就是'罗马'，'罗马'就是成功，成功就是一切。条条大路不一定通'罗马'，但'罗马'一定通往条条大路。"

李菁忍不住追问道："既然'条条大路通罗马'的道理说不通了，那我要怎么才能到'罗马'呢？"

"世上本没有路，路只能靠自己走出来。"赵钱盯着镁光灯下的发言台，眼神里突然闪现一丝愤恨，"对于我们这些没有出生在'罗马'的人而言，不择手段是我们去'罗马'唯一的路。"

"不择手段？"李菁愣了愣，想着这和赵钱之前说的"丢掉原则"不是一个意思吗？

"对，台上的他们有很多都是靠不择手段走到'罗马'的。"

"怎么可能……"李菁急道，"人不是要靠努力和奋斗才能成功吗？人怎么能随随便便就没有原则，不择手段？"

"那是书上文人说的话，当现实问题对着你呼啸而来的时候，你会发现那些文人说的话无比可笑……"

李菁还想和赵钱争辩，却被赵钱打断。赵钱伸出手指向发言台："看看，是谁上台了？"

镁光灯打到了台上，在主持人的欢迎词中，一个穿着礼服长裙的美艳女子款款登台。李菁不禁瞪大了眼睛："那不是金茜吗？那个明星……"

赵钱轻轻地点点头。李菁顿时激动起来："英子很喜欢看她演的电视剧，

110

要是知道我在这儿看到了她,英子别提会有多高兴了!我们还买了她代言的理财产品呢!"

"淡定淡定!明星跟我们一样也是人!"赵钱示意李菁降低音量平静点。

金茜上台了,主持人一番介绍后金茜接过话筒开始发言,她身后的大屏幕上出现一部电影的介绍。接着一个穿西装的男子和一个留着络腮胡子戴圆帽的中年男人也走上台,分别是出品人韩利和知名导演刘锋,主持人也对他们做了一番介绍。

"这个导演我知道!我以前很喜欢看他拍的电影!"李菁惊喜地看着台上。

"羡慕吧?那里就是'罗马',那里就通往条条大路。"赵钱看着李菁眼里涌动的渴望,指着镁光灯下的发言台道,"通往名利场里的名利场、温柔乡里的温柔乡、乌托邦中的乌托邦,想去哪儿就去哪儿!"

听着赵钱的话,又看着台上衣着光鲜的人,李菁不禁皱起了眉头。虽然台上的他们跟自己一样,都是一个鼻子两只眼睛,但李菁觉得他们生活在自己触摸不到的云端。猛然,他觉得赵钱讲述的这些现实,并没有给他带来什么积极作用,反而让他心中隐藏已久的戾气悄然增长。李菁心中有些烦躁,顿了顿他开口问道:"我们来这里干吗?"

"咳咳……"赵钱咳嗽两声,挤出一丝微笑,"当然是因为我接下来要审判的人就在他们之中啊。"

"谁?"

李菁追问着,但赵钱笑而不语。两人继续听着台上人的发言,活动很快就结束了,会场里的人纷纷朝外散去。赵钱带着李菁走出会议中心,坐上了自己的丰田车。赵钱笑着拿出一副耳机,把其中一只递给了李菁:"我在那个叫韩利的出品人身上安装了窃听器,听听。"

李菁戴上耳机,慢吞吞地发动汽车。这时,耳机里面传来一个男子笑呵呵的声音:"各位再见!再会!"

赵钱指着窗外的一个方向:"说话的韩利在那里。"

李菁跟着赵钱手指的方向看过去,远远地看到韩利与身旁人一番交谈之后，钻进了旁边的一辆加长林肯。片刻之后，一个西装笔挺的中年男人也进了车。在他身后，刘锋带着金茜坐进车里，紧接着汽车发动了。

"那个……金茜……"李菁拿下自己的耳机，震惊地看向赵钱。

"跟着那辆林肯车。"赵钱直视着前方，"别大惊小怪的，金茜本来就是韩利的女朋友，接着听下去。"

忍着心里的惊骇，李菁继续戴上耳机，驾驶着丰田车远远地跟在加长林肯后面。

窃听器里，对面一直保持安静，没有说话。不久之后，那辆加长林肯来到静华区的希尔顿酒店前停下。李菁也在赵钱的示意下驾驶丰田车停了下来。他接过赵钱递来的望远镜，在望远镜里看到加长林肯上的四人依次走下车，好几个助理围在他们身旁，众人一起走向酒店。李菁的窃听器耳机里，则传来韩利笑着说话的声音："各位，酒水已备下，楼上请。"

"都这么晚了，他们还要喝酒吃饭啊？"李菁一阵迷惑。

"刚才论坛只是例行形式的上半场，论坛结束后，这些觥筹交错的酒会才是核心重点。"赵钱轻笑着，拿起自己的望远镜边看边说，"金茜旁边那个穿藏青色西服的男人是杨制片人，韩利这次在自己的集团大楼附近酒店和他们吃饭，是要跟他们谈影视投资的事情。"

李菁拿着望远镜，眼看着一大群助理围着四人走到酒店豪华的旋转门前，门口穿着风衣的服务员连忙上前接过他们手中的东西。望远镜中，金茜明艳动人，浑身上下好像都在闪着光，韩利在金茜旁边，跟她保持着距离，一行人走进装修豪华的大厅里，慢慢消失了。

"你看你，拿着望远镜简直挪不开眼睛了。"赵钱在一旁笑道。

李菁放下望远镜，一阵黯然。他突然明白，凡人的悲哀在于明明只是凡人，却不幸窥见了云端的生活，那生活太美好，只是凡人知道自己一辈子也无法触及。李菁摇摇头，转移了话题："你这次要审判的人是那个韩利？"

赵钱不置可否地哼了一声："你之前跟我说，做人要有良心。你刚刚看到了，这个享受着豪车、美女、豪华酒店和一大群助理的韩老板，他比绝大多数人都要成功吧？你以为他靠什么走到今天的？靠的是良心吗？靠的是不择手段！"

李菁默然点点头，但心里已经没有太大波动了，毕竟赵钱审判的这几个人，都是不择手段捞钱的。然而赵钱却接着详细解释道："咳咳……韩利是德诚集团的董事长，做的'互联网+金融+游戏+电影'的生意。他这个以前从来没做过电影的门外汉，为什么现在非要跨界来做影视？这是为他公司主要经营的金融业务服务的，他首先用明星效应吸引消费者，然后以上市公司购买电影发行权的方式在股市拉动公司股价，再把这些影视项目包装成金融产品，去吸纳投资人的钱，最后把钱注入游戏公司里洗干净。

"韩利名下的德诚集团注册了两百多个公司，互相交叉持股。这两百多个公司大致可以分为四种，甲是电影公司，乙是金融理财公司，丙是一系列皮包公司，最后丁则是游戏公司。在他们集团里，甲乙丙三种公司的钱，都流进游戏公司来洗白，最后落到他们自己的腰包里。"

"这些我不是很懂……这样做违法吗？"

"违法吗？"赵钱冷笑一声，继续说道，"你要知道，你也是他作恶行为的受害者……"

"什么？我也是受害者？"李菁一头雾水，心里莫名地涌出一股恐慌。

不远处的街道上，突然传来呼啸而过的警笛声，赵钱的冷笑顿时凝固了。他探出头，看了看警笛传来的方向，惊愕道："他们的速度好快……"

没时间接着向李菁解释了，赵钱急忙和李菁交换了座位。片刻后，赵钱坐在驾驶座位上，开着车朝着警笛声的相反方向奔驰而去。

- 2 -

静华区，路彦带着萧瑶几人飞速地穿过希尔顿酒店走廊，焦急的火焰在焚噬着他的心。已经22点多了，他知道自己在接下来的行动中必须跑赢时间，必须跑赢那个凶手。

包厢前的助理见到行色匆匆的路彦等人，连忙迎了上来："请问几位找谁？"

"我们是警察，找你们韩总。"路彦出示了证件，"我刚跟你们韩总的秘书联系过，他交代说你们在这里。"

"您好……"助理们打量着路彦身后的一行警察，不禁紧张起来，"请问找韩总有什么事，他正在私人宴会上，暂时不方便……"

路彦没等他把话说完，上前径直推开门。

装饰考究的房间内，四男一女围坐在桌边。一个穿着羽绒服，正蒙着头吃饭的胖乎乎的青年；一个穿着西服、戴着眼镜，一脸儒雅的四十多岁的中年男人；一个穿着西装一脸英气的三十多岁男子。

当路彦把目光投向剩下的两位时，不由得愣了愣。他认出那个女人是明星金茜，她出演的一部电视剧前段时间刚在卫视的黄金档播过；至于旁边那个留着络腮胡子、身材壮硕的中年男子，则是导演刘锋，十年前曾导演过几部备受关注的电影，不过近几年的作品在票房上略显颓势。

五人看到闯门而入的路彦，有些震惊，一时都没有说话。

路彦出示了证件，率先打破了沉默："哪位是德诚集团董事长韩利，警方找他有些急事。"

除了那个闷头吃饭的青年，其余四人同时一愣，紧接着脸色一齐黑了下来。顿了顿，那个三十多岁的男子站起身来，对路彦笑了笑："我就是，请问有什么事？"

在路彦的示意下，韩利跟着他走出了包间。

韩利头发梳得干净利落，双目炯炯有神，一身西服很是笔挺，浑身上下充满着商场强人的活力。他扫了扫路彦和路彦身后的便衣警察，眼神有些闪烁。

等走到僻静的地方，路彦才开口："是这样的，韩先生，现在警方认为你们德诚集团所在的德诚大厦可能会发生一起凶杀案。我们的警力已经部署到了德诚大厦，现在需要检查大厦每一个房间，时间紧急，所以请您和集团配合一下我们的工作。"

大厦办公楼有些房间是锁着的，时间紧急，警方的搜查证一时没有签发，路彦觉得如果能够得到德诚集团负责人的助力，搜查工作会顺利很多。韩利闻言一脸震惊，他死死盯住路彦："可能发生凶杀案？警察同志，开玩笑不是这么开的啊！"

"怎么了，发生什么事了。"路彦还没回答，韩利的身后传来一个动听女声，路彦抬头，看到金茜一脸担忧地从包厢里走了出来。

"这是真的，凶手已经杀了四个人了……"一旁的萧瑶上来，连忙跟着解释。

酒店包厢里，见金茜走出去关上门，杨制片人连忙压低声音对刘导演说道："刘导，韩总的意思很明显了，盘子两个亿，他的集团全投了，你还在犹豫什么呢？"

刘锋导演沉声道："他这个钱靠谱吗？"

"有什么不靠谱的？政府那边的资源我已经搭好，他和我一起操盘，唯一的要求也就是把金茜的角色改为女一，再把另外两个女性角色戏份都删掉，这有什么难的？"

刘锋导演把酒杯重重往桌上一放："把另外两个女性角色删掉，这剧本的故事就没法讲了！"

"我相信把她们删掉，故事也是可以讲的。"杨制片人看向一直闷头吃菜的青年人说，"你说对吧，小孙编剧？"

小孙闷着头大口吃菜，喉咙发出模糊不清的声音。杨制片人仔细听了下，他说的好像是"饭菜很好吃"。

"剧本是一个电影的灵魂啊！我们一定要尊重剧本，尊重编剧。"杨制片人亲切地问向小孙编剧，"你刚才在酒店改剧本，改得怎么样了？原来两个女性角色都删掉了吧？待会儿韩总回来，你在他面前好好地说一下剧本修改后的故事。"

小孙愣了愣，他把嘴里的菜吞了下去，拿餐巾纸抹了抹嘴上的油，然后站了起来，一边往外走，一边说道："饭菜很好吃，谢谢招待。"

"哎！你怎么……"杨制片人很是震惊，正想开口喊住小孙的时候，小孙却已经走到门边道："我该告辞了，拜拜。"

杨制片人震惊地看着小孙推开包厢门走了出去，他不禁埋怨起刘导演："这些文人都一个样！又酸又臭又清高！我就说不该喊他来，你非要喊！"

"喊他来怎么了？这编剧特别实在，我逼他怎么改剧本，他就怎么改！"刘锋导演摆摆手，把酒杯往桌子上重重一放，"我们要做的是电影艺术，不是理财产品！你看现在门外都有警察来找上门了！别到头来，他们搞资本的商人惹出的锅，要我们这些搞艺术的文人来背！"

"刘导！这可是两亿的盘子，男一、男二、男三都是顶级流量，这么好的机会，错过这个村就没这个店了啊！"杨制片人亲切地搂住刘导演的肩膀，语重心长地说，"而且老刘啊，你上两部片子票房，可都一般啊……"

酒店包厢外，韩利狐疑地打量着路彦、萧瑶等人："真的有杀人案？"

萧瑶肯定地点点头："千真万确，我们刚刚从吉祥酒店赶来，那里……"

"我听说了！"一旁的金茜拿着手机惊叫一声，"刚才在车上，助理跟我说了这个新闻，听说北山区的吉祥酒店发生谋杀案了，门口前来了好多警车……还封路了？"

韩利看了一眼金茜，在她的眼神里看到了一种肯定的意思。他稍稍放下心，又看向路彦，问道："请问，你们为什么觉得，我们德诚集团会成为犯罪地点呢？"

"这个凶手制造了一起连环杀人案，已经杀了好几个人，地点分布在……"路彦正说着，一旁的萧瑶扯了扯他的胳膊，示意他不能跟外人说得太多。路彦皱皱眉头，冲萧瑶轻轻摇头，又转向韩利道："凶手上几个地点选择的都是临江城的一些大楼，我们认为德诚大厦也具备下一个犯罪地点的某些特征，所以提前来这里进行调查。如果这里平安无事更好，但我们想以防万一。"

也许是路彦的话消除了韩利的怀疑，半晌，韩利点点头道："那好吧，我联系几个负责人，稍后就去配合你们的工作。"

- 3 -

静华区，在德诚大厦几百米之外，赵钱开着丰田车逐渐驶离了警笛声的覆盖范围，终于卸下恐慌的李菁继续追问道："我怎么是他作恶行为的受害者了？"

驾驶座上，赵钱残忍地笑了笑，从李菁手里拿走了耳机："我刚才说过，德诚集团旗下的甲类公司不是做投资理财的吗？其中一个子公司叫'长寿'，推出一款理财产品就叫'长寿理财'……"

"什么？就是我们买的那个'长寿理财'？"李菁愣了。

"对！"

"有什么问题吗？这款理财产品一年的利润回报能达到30%，甚至40%

呢！我那个小区好多老人都买了，赚了不少！"

"你太年轻了！不管是30%还是40%，这么多的利润是怎么凭空出来的？天上掉下来的？"赵钱看着李菁冷笑，那笑容让李菁心里直发毛。

赵钱冷笑够了，降慢了车速，顿了顿说："我给你讲个真实故事吧。20世纪的美国，有个叫庞兹的骗子，虚构了一个邮票产品，许诺投资者将在三个月内得到40%的利润回报。然后，他把后期投资者的钱作为利润回报，付给早期投资的人。只要新的投资者砸进来的钱，足够支付早期投资者的利润，这个游戏就可以长久地玩下去，要是不够，那就崩盘了。庞兹用这种手段前前后后吸引了几万名投资者，赚了一大笔钱。后世有无数骗子效仿他这种非法敛财手段，都被统称为'庞氏骗局'。"

"'长寿理财'的利润也是这么来的？不会吧，我还以为是他们投资股票债券赚的呢？"李菁不敢置信道。

天上传来闷雷声，赵钱踩着油门加速，丰田车穿梭在高楼林立的街道上，离德诚大厦越来越远了。

"对，他们家的利润也是这么来的。这种网络借贷公司存在一些中途卷款潜逃的骗子公司，很不幸，你遇到的这家就是准备携款潜逃的。"

李菁不相信："怎么会？他们这么大的公司，大楼都在这儿呢！"

"哼！想跑还不简单？是自己命重要还是公司重要？好多搞'庞氏骗局'的人都跑到国外去了，有的被抓回来，有的现在还没抓到。我盯这个韩利很久了，他前段时间就开始偷偷地进行财产转移，把临江城的别墅都偷偷卖掉了，在澳大利亚、美国、南美甚至非洲都秘密购置了房产。这不是准备跑路，还能是什么？"

李菁愣在当场，惊得说不出话来。

赵钱继续说道："还有更可怕的，你知道是什么吗？我跟你说，资本操作的套路五花八门，多得超乎你的想象。你碰到的那个'优鑫租房'公司，和'德诚'有合作，'优鑫'开拓市场的钱全部来自德诚集团旗下的理财公司。也就是说，他们拿着你买理财产品的钱，包下房东的房子，再租给你找你要租金。从始至终，他们压根儿没有掏钱，空手套白狼，你们辛辛苦苦打拼来的钱，就这样进了别人的口袋。"

"你怎么会知道？这是真的吗……"李菁目瞪口呆，难以置信。

赵钱指了指自己的耳机："我都窃听韩利一个多月了，怎么会不知道？韩利也有'优鑫租房'公司的股份，和'优鑫'的老板罗守义很熟，我经常听到他跟罗守义电话聊天。罗守义跑到美国后，又被我们国家抓获，现在正引渡回国，韩利也听到消息了，天天着急地琢磨着该怎么更安全地跑路呢！"

车里变得一片安静，赵钱见状，把车停在了黑漆漆的路边。

李菁傻了半天，忽然焦急道："那个，我现在要退钱……我要回去，我手机上有'长寿'App，可以线上退款！"

"咳咳……没用的！这么长时间，'长寿理财'差不多帮韩利敛财近七八亿了吧，但这些钱早就被韩利挥霍或者转移掉了。他在'汤臣一品'的别墅就一个多亿了，还买了世界各地的别墅，'德诚'的资金链已经断裂，哪还有钱还给你们？"

"App上有提款功能，我之前用过，马上就能把钱提出来了！"

"那是之前，现在肯定是不行的。我之前也买了'长寿理财'的几千块钱，我现在退给你看看。"赵钱拿起自己手机，点进"长寿"App的界面，递给了李菁。

李菁连忙点击"退款"，上面显示出一行字：您的退款请求已收到，我们会在10—15日内为您退款。

"你看，这不是可以吗？"

"可以什么？韩利今晚就会出国，还是偷渡出国，几天后德诚公司都没了，谁给你退款？"

"我不信！"李菁突然吼了一声，"把你手机给我，我要给我女朋友打个电话！"

赵钱掏出手机，李菁连忙抢了过来，焦急地拨出了一串号码。电话接通了，听到李菁的声音，英子疲倦的声音从电话那头传了过来："你在哪儿呀？怎么不是你的号码？"

"喂？这是赵钱大哥的手机，我现在和他在一起呢。你还在贾律师工作室那里吗？"

"对，我正跟着他一起整理证据资料呢……"

"你快上'长寿理财'App，登录我们的账号，把钱全部退出来！我听赵大哥的消息，这公司经营有些问题，我们的钱有风险！"

"是吗？刚才贾律师还说，说他查到这个'长寿理财'的老板，也是'优鑫租房'公司的股东之一呢，我想着'长寿理财'的老板和'优鑫租房'怎么合作了，这个理财会不会也跟着'优鑫租房'一样不靠谱……"

陈英的声音从电话那头传来，李菁震惊地看了看一旁的赵钱，赵钱作为老板，不愧就是老板，他的这些商业信息领先常人太多了。

"先不说了，你先赶紧把钱退了吧，退成功了记得跟我说一声。"李菁说完，正想挂电话，却被赵钱阻止。

赵钱把电话接过去，对英子说道："喂，英子，我是赵钱，我这边收集了一些德诚集团涉嫌非法吸纳公众存款的证据，有时间我给你和贾律师送去。"英子在电话那头连声说好，赵钱这才挂掉了电话。

一旁的李菁长叹一口气，还是有些不敢置信："这可是明星金茜代言的产品啊！真的是骗局吗？"

"她代言怎么了？韩利找金茜这样的女明星代言再正常不过了，利用明星的影响力和公信力，提升他们金融产品的认知度，将用户对明星的喜爱和信任转嫁到产品本身……你不就是因为女朋友喜欢金茜，所以买了'长寿理财'的产品吗？到时候韩利跑路了，他还可以把公众的怒火转移到为他们代言的明星身上，多妙的安排！"

李菁无言以对。天上又响起一声闷雷，赵钱抬起头，只见天空灰蒙蒙的，什么都看不见。赵钱开口问道："看你这么着急，你买了多少钱？"

李菁苦笑道："以前我觉得熬夜写代码是很辛苦的事情，现在我才发现，在电脑前写代码简直是这个世界上最幸福的事情！它可以干干净净、不被欺骗地赚到钱，多好……"

"跟我说说到底多少钱，也许我可以给你想想办法。"

"28万。"李菁干净利落地说道。他扬起头看着黑暗中车灯的那束白光，苍白的脸上第一次堆起了一股狠色。

"咳咳……也不少啊！"

"我工作三年存了18万，找网络借贷借了5万，然后加上英子的5万，这是我们俩的全部家当。我需要钱买房子，每一笔钱对我来说都很重要，要是它们没了，我的命也就没了。"李菁的声音不带任何感情。

赵钱开口安慰道："你可别想不开啊！别把钱看得太重，买不起房，大不了回老家去呗，有舒服的大房子住，比大城市漂着好。"

"回老家我能干吗啊？对着田里的麦子写代码？"李菁苦涩地笑笑，"再说，老家人会笑我的，读了这么多年的大学，最后还跑回家了……"

赵钱摇摇头："你也别把读书这回事看得太重。古人早就总结过了，一命二运三风水，四积阴德五读书。读书改变命运的作用只能排第五啊！"

"一命二运？'命'说的是什么？"

"这个'命'，指的就是你的出身。你的命运，在你出生在什么人家时就已经决定了一大半。出生在富裕的家庭里，人生就可以有很多种选择，各种选择比之常人都更容易成功。所以才说出生在'罗马'的人，毫不费劲就可以通往条条大路。而没有出生在富裕家庭的人，想到'罗马'去，通常只有一两条路可以走，但是绝大多数人，终其一生也找不到自己的那条路，还往往容易走上那些有坑有墙的路。看上去，人生似乎是许多选择叠加后导致的偶然，其实都是'命'主导下的必然。"

"命？"李菁再次反问道，眼里忽然闪过一丝狠戾之色，"就算它真的存在，这辈子我以前没向它低头过，以后也不会！"

"不肯向命运低头是好事啊！"赵钱忍不住伸出手，安抚性地拍了拍李菁的肩膀，"你也不要说什么'命没了'这样的话……"

"放心吧，就算我的钱和房子都没了，我也不会没命的。我还有英子……"李菁打开车门，站在路边，茫然地看着周身的夜色，"我答应了英子，28岁的时候会在临江城买房跟她结婚，只剩三年了……"

李菁仰起头，看着自己呼出的白雾和浑浊的雾霾袅绕在一起，几个小时以来萦绕在他心中那沉重的负罪感消失了，换成了对那笔投资款沉重的担忧。李菁突然想到：幸好今晚来给赵钱帮忙，继而听赵钱说了这个消息，要不然自己和英子很有可能会变得一贫如洗。

赵钱沉默地看着李菁，浓黑的夜色罩在他仓皇无奈的身影上，健壮敦实的身体透出巨大的焦虑和压力，眼镜的镜片则在路灯下反射着慑人的寒光。一瞬间，赵钱脑海中浮现十年前自己的身影……深夜里空荡荡的路上，两人都没说话，只留下汽车发动机的轰鸣。

顿了顿，赵钱也打开车门走下车来问道："你知道你这个名字的意思吗？"

"怎么了？"李菁转过身看着赵钱，他不明白赵钱为啥突然提到他的名字，他的脸上泛起一丝自豪，"我的名字，可是一个大作家给我取的呢！"

赵钱摇摇头："咳咳……所谓'一命二运'，除命不好之外，我还觉得你这个名字不太好，一定程度上也影响了你的运势。"

"怎么不好了？"

"咳咳……给你取名的是哪个无知的作家啊？你知不知道，这个'菁'字是韭菜花的意思？这不是说你就是被人割的韭菜吗？"

"不是这个意思！"李菁猛地涨红了脸，第一次带着怒气冲赵钱喊道，"你不懂不要乱说，'菁'是美好事物的意思！"

见李菁发火，赵钱也愣了。他没有反驳李菁，也没有生气，沉思了一会儿，他打开车门，对李菁说道："我们不说这个了，走吧，带你去看我在这附近藏着的一个宝贝。"

李菁见赵钱没有跟自己计较，不由得也在心里暗暗感谢了下他的大度。李菁重新坐上了副驾驶的座位，车子里一阵沉默，赵钱开车带着李菁朝远方驶去。

- 4 -

静华区德诚大厦顶层33楼的董事长办公室里，金茜站在落地窗内，看着落地窗的玻璃上反射出自己的脸，还有身后来来回回匆忙搜查的警察们。

企业办大了果然什么麻烦事都容易遇到啊！真是做什么都不容易。金茜在心里叹了一声，对着镜子摸上了自己的脸。今年自己已经到了30岁了，今年开始好像有一些岁月的痕迹开始往这张脸上爬了。这几年自己虽然演过一些还算有点热度的作品，但是本人一直都不红，真是验证了那句"小红看捧，大红看命"的话。话说自己作为女演员，30岁之前不红，30岁之后就更难红了。不像男演员，有的甚至40岁以后还能翻红。

年纪越大，就越发现男女不公平的事情越来越多，难道造物主真的是站在男人那边的？金茜想着，人生不是只有上半场，自己也该考虑考虑下半场的事情了。她扭过头，看了看正在和那个路警官交涉的韩利，这个人，真能成为自己下半生的依靠吗？

韩利丝毫没有察觉到金茜的视线，他正在和路彦客套着："我刚才紧急通知公司的高管和每个部门的负责人，他们已经到了公司，会配合你们检查每个地方。"

"感谢韩总配合，不过我们真的不需要太多人，忙中容易出错。"路彦笑了笑。他扭头看了看站在不远处的金茜，心中一紧。金茜不顾警方反对，非要从希尔顿酒店跟到德诚大厦，万一这里真发生了案子，又涉及明星这种公众人物，到时候会容易引爆舆论，那可不是警方想看见的事情。

"没什么，全力配合警方是我们应该做的事情。"韩利像是完全看不出路彦的担忧，笑着说道。

"韩总真是年轻有为。"路彦点点头，打量着面前的韩利，"您也才三十多吧，就已经如此成功了，真是厉害！我在新闻上听说过您，好像是哈佛大学的金融学硕士？还有几年华尔街投资从业经验？顶尖人才啊！"

"顶尖人才不敢当，只是有幸去过哈佛喝过一点洋墨水而已。"

"我也去过波士顿呢。"路彦像是对哈佛大学很有兴趣，他笑着说道，"我很喜欢查尔斯河北岸的哈佛，还有查尔斯河南岸的麻省理工学院！两个学校挨得很近，你肯定也去过隔壁的麻省理工吧？两个学校都太漂亮了！"

韩利没想到路彦会抓着这个话题聊下去，他只得尴尬地赔笑："确实两个学校都漂亮！哈哈，值得一去，值得一去……"

"你说你，大半夜还在忙着吃饭应酬，一点自己的时间都没有，要那么多钱干吗……"甄关西走了上来，瞅着韩利像是有些嫉妒，他声音里有些酸溜溜道，"你再有钱，一天也不过一张床、三顿饭嘛！"一旁的萧瑶觉得甄关西的话阴阳怪气有些不妥，她微微一笑道："关西你别瞎说啊，有钱虽然一天也是一张床、三顿饭，但是有钱可以睡大床，可以吃昂贵的鳗鱼饭啊！"

韩利笑笑，对甄关西的话毫不在乎，他坦然地笑笑："生活太无聊了，太多事情都让人觉得没意思。我追求钱，是因为钱能让我觉得自己活着有意义。"

"妙！不仅妙，还很精辟！"甄关西阴阳怪气地鼓起掌来。路彦用眼神制止了他，接过话头道："先不讨论这些，我想问下韩总，有个新加坡富商叫崔莉的女人和一个叫徐青开网店的女人，请问你认识吗？"

"崔莉？徐青？"韩利皱起眉头，很快又摇起头来，"我不认识，怎么了？"

"她们是上几起案件的遇害人，如果你认识，请一定要告诉我们，协助我们调查。"

韩利的眼中闪过一丝困惑，他努力地想了想还是摇头："真的不认识，我根本想不起来这两人的名字。我们集团的业务跟新加坡是毫无往来的，再说，一个开网店的女人，能和我有什么联系呢？"

路彦点点头，没有再问。韩利也不想多谈，紧接着带金茜走出办公室。看着韩利离去的背影，路彦脸上的笑容渐渐冰冷下来。身后，萧瑶走了过来。路彦回头对她说道："这个韩利刚才谎话一堆。"

"你怎么听出他谎话一堆？"萧瑶有些不解，虽然她知道路彦和人谈话时喜欢给人设套，但是她刚才没有听出韩利露出了什么破绽。

"这个回去再说。我听说前段时间，经侦方面的人还找过他谈过话，你看看能不能在他办公室收集下他个人的一些痕迹。"

"你怀疑他？我们这次查的是凶杀案，商业经营上有什么问题，还是交给经侦的人负责吧。他们既然开始调查，说不定已经掌握了什么线索。"

路彦紧皱眉头："这个'审判者'，如果找不到他犯罪的动机，我们很难找得到他的人。任何犯罪都需要动机，我一直在想，凶手以'审判者'的身份和'七宗罪'的名义连杀四个人，动机是什么？他一定要用这种'殉道者'的方式，来宣示自己的信仰吗？"

"为什么不能呢？"

"如果单纯是因为正义而杀人，为什么要割掉头呢？一种恐吓吗？我们之前讨论过，凶手割头有七种可能，目前来看，你说的是为了方便运输的那种可能性不大，关西说的是因为对死者有仇恨看起来也不太像，因为崔莉、韩利，还有第一个死者徐青，这三人都不是一个社交圈子里的，他们很难同时和一个人结仇。"

萧瑶瞳孔缩了缩："所以你觉得凶手的动机到底是什么？"

"我要知道'审判者'的动机,或许我现在就能抓到他了。"路彦苦笑了下接着道,"我觉得动机可以从受害者身上反推出来,'审判者'说他要代表法律杀掉七个坏人,那这七个坏人都干了什么坏事?"

甄关西点点头:"哥你的意思是说,打算从受害者身上寻找凶手的动机?"

"我觉得'审判者'对这几个犯罪目标的选择并不是随机的,而是经过了深思熟虑。之前那几名死者,秦队已经派人在调查他们的身份和社会关系,想看看这个'审判者'会不会和几位死者有什么联系。"路彦盯着办公室墙壁上那些韩利和社会名流的合影,沉声道,"这个韩利跟上一个死者崔莉的情况比较像,都是有钱的商人,在经济方面都可能有些问题。我猜,会不会他们是因为这些经济问题而成为凶手的目标?所以,我们现在可以多关注一下韩利的社会关系和他的其他信息,万一能从中发现点什么,顺藤摸瓜找到凶手呢?"

"明白。"萧瑶言简意赅地点点头,拿出随身携带的工具,开始搜集相关的信息。

在路彦等人议论时,一旁的韩利趁着无人注意,他带着金茜走进没有人的休息室,半掩上门,接着轻轻地从身后抱住金茜。韩利心里很忐忑,一直在犹豫要不要把自己即将去国外的事情告诉金茜。

"怎么啦?看你这么严肃?"金茜笑着仰起头,"警察也没有查到什么凶手啊!"

韩利苦笑了下,他没有接金茜的话,而是提起另一件事情:"那个……刚才我跟他们谈得差不多了,这次我要让你成为大制作电影的女主角。"

"谢谢。"金茜明白韩利是想帮她在演艺事业上再拼一把,事业上虽然要迎来转机了,金茜想的却是另一件事情,她也没有接韩利的话,而忍不住问出了另一件事情——"嗯……你这两年,有成家的打算吗?"

韩利一愣,已经打算要出国的他听到这个问题,一时不知道该如何回答。他的犹豫也落在了金茜的眼里,她勉强笑笑:"我是不是现在不该跟你提这个……"

"不是这样的……"韩利急忙改口,想解释却猛地发现自己开不了口。该怎么说呢?难道让她陪着自己一起去国外?不,她不可能和自己一起的,说出来两人就完了。他想了想还是没接过金茜的话,而是转移话题道:"我这两天可能要去国外一趟。"

"出差吗？几天回来？"

金茜顺口问道，她的话音刚落，外面忽然响起一声沉闷的雷声。窗外，冬夜的雾霾里，雨水止不住地哗哗落下。

- 5 -

赵钱开着丰田车穿过静华区的街道，离德诚大厦越来越远，最终停在一个无人的地下停车场的门口，看了看时间后，赵钱带着李菁走了进去。

李菁紧跟着戴着窃听器耳机的赵钱，飞快向地下停车场走去。李菁一脸焦虑，他一直在惦记自己那笔投资款的事情，此时忍不住追问赵钱道："既然韩利是在做骗钱的事情，那为什么警察不管啊？"

"警察也要人举报才能知道他在违法，调查他们后才能有证据，有了证据才能抓人啊！但韩利的集团资金之前一直周转正常，本金和利息都能取出来，买了他们理财产品的投资客即使知道这是骗局，也不可能跟警方举报他的。"

"为什么那些人不举报？"

"为什么？早期买'长寿理财'的投资客，估计很多人都知道'长寿理财'是'庞氏骗局'，但是他们不在乎，他们只在乎那个30%到40%的利润。只要能赚钱，别说举报'长寿'了，他们保护'长寿'都来不及呢！他们赚到钱就撤，只要最后资金链断裂的时候接盘的人不是自己就行了，反正亏钱的是别人，不是自己。"

李菁失神地跟在赵钱身后，整个停车场只有两人的脚步声回荡。李菁久久不语后开口道："因为大家都很贪心，所以这个骗局能一直存在，大家心照不宣地玩下去，它就不可能被戳破？"

"咳咳……你太年轻了。在涉及自身利益的事情上，人是很难保持理性的。人都是为了自己的欲望和利益而活的，这个是人性不可撼动的根本。抓住了这个根本，韩利就是无往不利啊！"赵钱拎着包，甩了甩手，"老祖宗不是早就总结过了吗？'天下熙熙，皆为利来；天下攘攘，皆为利往。''各人自扫门前雪，莫管他人瓦上霜。'在利益面前，我们只有自己，哪有别人？"

李菁仰起头，看着停车场上方那厚重的水泥板。他工作三年来接触到的冰冷的社会现实，终于被赵钱用语言精准概括出来了。那些以前深有体会但很模糊的东西，在此刻终于得到了具体的总结。

在明悟的一刹那，李菁觉得世界其实比他想象的更加现实、更加冷漠，也更加冰冷。忽然间，他对社会和人性都感到无比失望："人和人之间，难道只能这样吗……"

"那你觉得人和人之间还能怎么样呢？"赵钱带着李菁，走到了一排装着升降门的车库前。他蹲下来，一边掏钥匙一边说："买房要钱，买车要钱，买包要钱，生病要钱，旅游要钱，养孩子要钱，养老也要钱……钱钱钱，全部都是钱，人活着是无论如何都离不开钱的。人不为自己的利益而活，难道还指望别人为自己的利益而活？"

李菁黯然低下头，一拳打到车库边的墙壁上："可就是太……太冷了啊……"

"咳咳……现实比你想象的更冷。除非科技大发展，否则社会蛋糕就这么大，要么你的幸福建立在他们的痛苦之上，要么他们的幸福建立在你的痛苦之上。总有人要承受痛苦，不过你不可能跟韩利这种人比，所以承受痛苦的不是他，而是你。"赵钱用手指转动着钥匙扣，咳下两口痰接着道，"咳咳……很不幸！所有人都在追求利益最大化，你这种人一定是被掠夺得最狠的……"

李菁紧咬牙关，良久不语。他感觉有一根冰冷的钢针缓缓插入了心里某个地方，把自己原来的一些坚持全刺破了，他不由得感到一阵戳心的疼痛。

"最重要的是，我觉得这太不公平了……"赵钱把钥匙插进门孔里，自顾自地说道，"他欺世盗名，却拿了几个亿，享受着香车、美女、名利，人人都尊敬他，还把钱送给他，请他用来投资。你时时记得做人的道德和原则，却落得凄凄惨惨，连身家财产都不保，社会上还没人把你当棵葱。你觉得这公平吗？"

李菁捏紧拳头，没有说话，只觉得一股难以抑制的怒火从心中熊熊而起。他愈加觉得在这个时代，钱是一串数字开头的那个"1"，其他诸如品德、才华、身高等特点都是后面的那些"0"，因为有了最前面的那个"1"，后面的"0"排在一起才会有意义。没有前面那个"1"，那其他的再多也都还是"0"。

"是不公平……其实书上写的跟社会现实很多地方不太一样，其实，我早就发现做个好人，好像没什么用……"李菁低下了头，慢吞吞地说，"毕业后工作不久，我就发现这个社会是以财富而不是以道德去评价一个人的……"

"好人是什么？好人现在不是骂人的话吗？"赵钱转动钥匙，将锁打开，却没有马上拉开门。他戴着耳机，摇了摇头："你啊，有时候还是太心软善良了啊！我都已经帮你解决那个房东了，你却要主动退一步来解决问题。你为那个欺负你的房东着想，可是他欺负你的时候有为你着想吗？既然他不为你着想，那你为他着想的意义在哪儿呢？"

"我……我以前总听人说，与人相处要多为他人考虑考虑……"李菁一阵语塞，他不由又想起，因为自己网络借贷了5万块，前段时间，那个催债公司的宋涵玉也是带着人凶神恶煞地找到自己，一阵恐吓威胁，差点就拳脚相加。那个时候他怎么就没有为我考虑呢？赵钱说得没错，我与人为善，可是别人不与我为善，这样有什么意义呢？

"多为他人考虑也不全错，但是当自己的利益受到重大损失时，还为他人考虑，你觉得这现实吗？生存，是人要考虑的第一问题。你连生存都是问题时，还为他人考虑，这对自己就太残忍了。当那些现实的生存问题对着你呼啸而来的时候，你会渐渐明白，那些文人虚幻出来的东西，什么原则、理想、良心，都变得苍白无比。"

李菁用拳头死死抵在墙壁上，不知道该如何回答。想过没钱的日子，那是不可能的，连基本的生存都不可能。想过有钱的日子，那是不可以的，社会上很多坑都在跟自己说着不可以。工作三年来，他不是没见过社会的负面和黑暗，但他以为那只是自己头顶天空上的一块乌云，其他地方的天空应该是彩色的。然而，赵钱彻底撕裂了他那一点点希望。赵钱的话分明告诉他，其他地方的天空也都是黑色的，他想象中的那块彩色根本就不存在。人性如此，社会当然也是如此，自己根本就不该抱有那些不切实际的希望。

一瞬间，李菁有种醍醐灌顶的感觉。这个世界遍布着陷阱和危险，人性又是如此粗鄙不堪，自己到底能相信什么？向前一步是悬崖，退后一步是深渊，无路可进也无路可退，该怎么办？再傻乎乎地做个循规蹈矩的好人，怕要被吃得连骨头都不剩了。

赵钱听着耳机中的动静,突然"哎"了一声,递给李菁一只耳机:"他们说到重点了,你听一下!"

李菁接过一只耳机,听到里面传来了韩利的声音:"不是这样的……我这两天可能要去国外一趟。"他捏住耳机的手忍不住一颤。当金茜追问"什么时候回来"以后,韩利支支吾吾起来,半天没说清楚。

一旁的赵钱放下了耳机:"我说得没错吧?韩利过几天,不,或许明天早上就要带着他的钱逃亡国外了,哼!在自己女人面前还说不出口……"

"现在报警不行吗?让警察抓他,他就走不了了。"

"来不及了……咳咳……"赵钱摇摇头,"警察抓人也要走程序,有人证、物证才能有逮捕证。韩利有几百个公司,搜集证据最快也要好几天,而韩利已经制订好了完整的出逃计划,明天就要开始跑路,警方再快也来不及了。而且,就算警方今晚传唤他,也不可能在没有证据的情况下,把一个社会知名人士扣留太久。一旦放出来,韩利只会更快地离开。"

"他跑了,他的公司会怎么办?我们的钱怎么办?"

"这种骗子公司能怎么办?立案侦查,破产清算。老板跑了,先抓一批作为共犯的员工,等抓到老板了再一起审;至于钱,怕是很大一部分找不回来了。韩利很多财产已经挥霍或者转移到国外了,就算把他从海外抓回来,这个理财产品里近七八个亿的损失,也很难从他身上追回,把他榨干了也没用啊!"

赵钱伸出手放在门把手上,用力地往上拉起门。

"妈的!"李菁忽然说了句脏话,一拳打到墙壁上。怒火焚噬着他的心,他暴怒的五官都扭曲在了一起,"难道真的没天理了吗?"

"谁说没'天理'?你忘了我是干什么的?"升降门被赵钱缓缓拉起,门后一辆被雨布盖住的汽车出现在两人的视线里,"我是'审判者',我就代表'正义',我就代表'天理'。"

赵钱上前几步,把雨布扯下,一辆高大的黑色改装越野车映入眼帘,犹如一头高大的黑色巨兽,散发着嗜血的气势。

"书上说人生来平等,可是人真的能平等吗?路边乞讨的人和腰缠万贯的人,怎么可能平等?"赵钱拿起车钥匙打开门,面容肃穆地说,"有个伟人说过,死亡是最伟大的平等,也是最伟大的自由。我们每个人都从娘胎里来,到坟墓里去。只有在死亡面前，我们才能人人平等。我要竭我之力，处决掉韩利这种以非法手段打破人间平等的人，还世间平等。

"不愿意通过自己劳动挣钱，非得吃别人的肉喝别人的血的韩利。"赵钱伸出手，轻轻抚摸着车身上的"审判者"三个大字，"吸千万人之血，满一己之私欲，既然法律给不了他应得的惩罚，那我就代表'正义'惩罚他。"

李菁看着赵钱拉开车门，坐在驾驶座上发动了汽车，打开了车灯，黑色怪兽睁开了慑人的双眼。

他带着一往无前的气势，正义凛然地宣布："德诚集团韩利，以骗局为生，靠敛财而活。欺世惑众，贪财贱义；作恶多端，罄竹难书！我现在审判他'七宗罪'之'傲慢'！裁决地点德诚大厦，裁决死刑！"

第九章 23:00 原来是你

- 1 -

23点的整点钟声在大楼里回荡,雨水冲散了一些雾霾,空气能见度高了一些。雨滴"答答"地击打着落地窗,路彦抬头看向窗外,已经能看清不远处的一些写字楼了。

零点将至,德诚大厦却突然变得热闹起来。警方在搜查每个房间,很多工作人员连夜赶到现场帮助警方搜查,甚至一些清洁工也被叫到大楼,时刻准备清洗整理。

"指纹和脚印我已经收集了。"萧瑶走到路彦身边,轻声道,"这大半夜的,我们为了调查把人家公司上上下下的人都弄到公司来了,要是什么都没搜到,我们就……"

"麻烦是小,人命是大。查案不能怕给人家添麻烦。"路彦干脆地说道。

萧瑶摇摇头,不知道该说些什么。随着前两次救援的失败和案情的恶化,她觉得路彦的处事风格也失去了一开始的冷静。

甄关西走了过来,对路彦、萧瑶二人小声说道:"目前为止,我们什么都没有搜到啊,看样子这里真没有什么杀人案。"

路彦皱起眉头。他刚联系过秦纬,秦纬说另外两个地点暂时也没查到什么东西。这个"审判者"狂妄自大地告知了警方一个犯罪地点,现在又莫名其妙没了消息,他到底想干吗?他真的会按照"六芒星"的轨迹来犯罪吗?难道是自己猜错了?正在路彦自我怀疑的时候,雨夜的空气里突然响起了沧桑又慷慨激昂的男声——

"我看见另有一位有大权柄的天使从天降下。大地因他的荣耀发光。他大声喊着说,巴比伦大城倾倒了,成了魔鬼的住处和各样污秽之灵的巢穴,并是各样污秽可憎之雀鸟的巢穴。"

是那个熟悉的苍老男声!

路彦神经一紧,这声音格外洪亮,显然是拿着扩音喇叭说的。他连忙看向落地窗外,寻找那声音的方向。

"所以在一天之内,他的灾殃要一齐来到,就是死亡、悲哀、饥荒,他又要被火烧尽了。因为审判他的主神大有能力。"那声音越来越大,宛如在天地之间回响,摄人心魄。

甄关西一头雾水望向路彦:"他在说什么?"

"这是《启示录》上的话。"路彦来不及继续解释,指着窗外的一个方向,"快看那里!"

甄关西和萧瑶顺着他指的方向看过去,只见侧前方一栋约20层的写字楼楼顶上,两个模糊的黑色人影正顶着风雨站在那里。

洪亮的声音继续从那个方向传来:"案卷展开了。并且另有一卷展开,就是《生死簿》。死了的人都凭着这些案卷所记载的,照他们所行的受审判!"

"装神弄鬼!他以为他是'神',在对我们下'神谕'吗?"甄关西愤恨地一拳打到落地窗上,从腰间拔出枪,冲着路彦焦急道,"哥!咱们还等什么啊?一起去把他逮了啊!"

萧瑶一把拉住甄关西,指向那两个黑影的方向。话音落下,只见阴森森的雨幕中,一个人影把旁边一个仿佛被缚住四肢的人猛地往天台外推去。那个人影犹如一块落石,直挺挺地向地面坠去!

当着警方的面在高楼上推人坠亡?路彦、萧瑶和甄关西都觉得心中升起一股怒气。不能再等了,他们不约而同地朝电梯方向冲去!

路彦拿起传呼机:"一楼注意!一楼注意!东南方向几十米距离的20层高楼刚刚发生了一起疑似杀人事件,大家快去现场勘察,防止凶手逃离!"

德诚大厦的电梯速度很快,路彦他们三人还是觉得无比漫长。待降落到一楼,门刚刚打开,甄关西犹如离弦之箭一般冲了出去。

路彦落在后面,环视着整个一楼,顿觉气氛不大对劲。一楼杂乱无序地站着半夜赶来的员工和清洁工,他们都神情惊讶地看向一个方向,警察也全都紧张地看向那个方向。

路彦顺着他们的目光看过去,只见深夜空旷的大街上,一辆黑色的高大的汽车在路灯下穿过街道。那汽车明显经过改装,车头挂着一个锐利的三角形,车身上用黑色的粗大字体写着"审判者"三个大字,在路灯的笼罩下显得异常诡异。它像一头凶猛的野兽,从远处朝德诚大厦的方向行驶而来,即使明知前方大厦里有警察,也毫不减速!

"这里交给我!"路彦快速拔出腰间的枪,对甄关西说道,"你和其他兄弟们去拦那个凶手!"甄关西点点头,和旁边几个刑警快速离去。

难道"审判者"就在这个车里?他没有察觉到德诚大厦里部署的警察?路彦看着那黑色怪车由远至近驶来,忽然间,在路灯下,它降下速度停在了路边。

不好,难道说是"审判者"察觉到有警察想逃?得主动出击逮住他!路彦奔出大楼,飞快地冲进了停在不远处的大众车驾驶座上,发动汽车迎着那辆黑色怪车冲去。虽然路彦发动汽车用去了一些时间,但那黑色怪车停在原地并没有转身逃跑。

路彦发动汽车朝黑色怪车冲去,不料黑色怪车突然又启动起来,掉转了下方向朝德诚大厦的落地窗方向笔直冲去!

他这是想做什么?难道发现逃不掉了,就想直接蛮横地冲出警察的包围?路彦想着,连忙掉转车的方向前去阻止那黑色怪车,两车迎面撞来,路彦看着前方的黑色猛兽越来越近,路彦死死地盯着它的车前窗,玻璃上一片漆黑,什么都看不见。

路彦从车窗伸出枪对着怪车大喊:"停车!否则我开枪了!"

发动机在咆哮,奇怪的是,那个黑色怪车丝毫不惧路彦的警告,径直对撞过来。

车身近了!更近了!眼看两车即将对撞,路彦一手持枪,另一手猛打方向盘,大众车向右边紧急避让开来。两车交错的一刹那,路彦看向黑色怪车左边车窗,那上面也是漆黑一片。一瞬间,黑色越野车已经从身边驶过,印着"审判者"几个大字的怪车朝大楼的落地窗呼啸而去,甚至还在加速。

那个家伙是想自投罗网,还是想自杀?路彦心中升起一阵疑问。他飞一般地停下车,车未停稳就从车上滚了下来,单膝跪地,毫不犹豫地冲黑色怪车开了枪。

"砰砰"两声,两枪都击中了黑色怪车的轮胎。

- 2 -

甄关西和其他七位刑警一起，一行八人在雨幕里狂奔，赶到了刚刚有人坠楼的写字楼边。

这栋楼上写着"精诚"两字。甄关西和同事们在楼外一阵环视，路边没有人，楼上也没有人跳伞，每一层的落地窗都是黑漆漆的，没有开灯。两个刑警留在大楼外搜寻坠楼现场，察看坠楼的人的情况。

甄关西则跟着剩下的五个刑警冲进大楼，一楼大门果然是打开的，但大厅里面一片漆黑。几名刑警打开手电，照向一楼大厅，里面没人。

甄关西抬头看了看二十多层的高楼，一旁一个资深老刑警哑着嗓子道："我们先进去。"说罢，几人朝里面快步冲去，甄关西举着枪跟在众人身后走进大厅。他的目光扫过大厅的前台、沙发、盆栽、电梯，看到三部电梯有两部停在一楼，中间那部电梯停在顶楼25楼。

凶手到底下楼了没？甄关西有点迷惑。

就在甄关西犹豫的时候，两个老刑警二话不说，直奔左右两部电梯，迅速坐电梯上去了。另外两个刑警找到了逃生通道的入口，握着枪走进逃生通道，顺着一楼往上搜寻而去。

大厅里很快只剩下甄关西和另一名刑警了，两人守在一楼大厅里四处搜查。同事们快速地应对反而让甄关西稍稍冷静了点，一想到前几次的交锋中，凶手在警方眼皮底下成功杀了人还顺利逃掉，甄关西在心里不禁冷笑起来，这次我看你往哪里跑？

突然，电梯"嘀"地响了一声，位于25楼的电梯开始下降。甄关西连忙攥紧手枪，死死地盯着显示屏上的数字。

慢慢地，那个数字从25变成了15，然后又变成5，接着变成了1。

甄关西的心跳猛地加速起来，但是看了看一旁握着枪的同事，他不由得安心了，屏住呼吸，举起枪，对准电梯门口。

门开了，门后显现出一个穿着保安制服的中年男子的身影。

甄关西举着枪，鼓起勇气大喝一声："不准动！"那男子吓得浑身一颤，整个人定在原地，一动也不敢动。

甄关西愣了一下，他身旁的刑警敏捷地扑了上去，把那男子按倒在地。那中年男子连忙大喊："我是这栋楼的保安，你们是谁？你们要干什么？"

见同事已经制伏了嫌疑人，甄关西舒了一口气，胆子也大了起来。他看着趴在地上的人，怒喝道："我们是谁？我们是警察！你不是忙着下'神谕'的'神'吗？怎么还怕警察啊？"

甄关西蹲下身去，对趴伏在地自称保安的人进行了搜身，发现他身上除了手电和钥匙之外，什么都没有。

那中年男子大喊着求饶："你说什么？我听不懂啊！饶命啊，饶命啊！"

"给我起来！"甄关西揪着那保安的衣领，很快给他戴上了手铐。接着，他猛地想起，他们还没有去查看那个坠落的人。从那么高的地方摔下来，肯定是活不成了。他一边想着，一边和同事押着中年男人往楼外的坠楼地点走去。

片刻之后，他们就找到了大楼另外一侧的坠落地点，那是大楼的西侧，楼下是一片水泥地，水泥地向马路边去是一片草坪。甄关西做好目睹血腥惨状的心理准备，然而那里的水泥地上却没有任何血迹，另外两个寻找坠楼地点的刑警同事正站在光秃秃的地上，低着头看着散落一地、塑料制成的四肢和脑袋。

见甄关西等人前来，那两名刑警同事中的一人沉声道："我们被耍了，这里只有这个塑料做成的模特！"

甄关西一阵难以置信，他环视四周后，确认没有其他东西，这才走上前，弯腰捡起一只乳白色的塑料手臂。那塑料摸起来很光滑，像是摆在衣橱里的人体模特。难道刚才在雨幕中坠落的人影就是一具塑料模特吗？甄关西突然觉得很有可能。隔了那么远，夜晚光线不好，又加上雾霾和雨，确实很难辨清那人体形状的黑影到底是什么。

察觉被耍了，甄关西有些恼羞成怒，他一把拎起那保安的衣领，拿起那只塑料手臂在那保安的面前晃了晃："刚才你在天台上扔的就是这个？"

"对啊！"那保安见到荷枪实弹的警察后吓得脸色苍白，"有人叫我……有人叫我今晚11点过后，在楼上把这个东西扔下楼！"

"你不是'审判者'？"甄关西气急，"刚才那个喇叭的声音是怎么回事？"

"什么？什么'审判者'？喇叭？对了，我是带了一个喇叭，现在还在天台上放着呢！那是别人送给我的，让我今晚11点之后在这上面放……"

"你是谁？谁让你这么做的？"

"我是这栋楼的保安……我一个朋友找我，给我钱让我做的……我，我做这个不违法吧……"

明白自己被骗了，甄关西气呼呼地看向楼顶。那个家伙到底想干什么？调虎离山？可是德诚大厦还有一批警察呢！就在甄关西百思不得其解的时候，几十米开外的德诚大厦忽然传来巨大的爆裂声。

- 3 -

德诚大厦外，路彦打中了黑色怪车轮胎。但那黑色怪车颠簸了几下，还是直接撞向了德诚大厦一楼的落地窗。车头的三角形尖头率先戳破了落地窗玻璃，紧接着，整个车身轰然冲进了德诚大厦的一楼大厅，落地窗的玻璃被撞得粉碎。

大厅里的员工纷纷尖叫着避让，冲入大厅的黑色怪车犹如猛虎下山，无视警方的警告，朝大厅深处直冲而去。车身上忽然打开几个缝隙，某种带着芳香的液体开始向四周洒落。

大厅里的警察纷纷拔出枪，对着轮胎和车窗，有一个警察从斜侧方开枪，子弹打碎了车的后窗玻璃。众警察连忙透过后窗朝车里看去，众人这才发现，驾驶座上根本没有人！

原来这是安装了自动驾驶系统的车！它只不过按照人提前设计好的路线行驶罢了。众警察发现这车是无人驾驶的车后，又有警察大喊："朝车内射击！击坏它的自动驾驶系统！"

"砰砰砰"，好几发子弹朝着车内的仪表盘射去。不知道是谁击中了仪表盘，自动驾驶系统出现了故障，黑色怪车的速度降了下来，开始横冲直撞，那带着芳香的液体洒落得更多了。

驾车追回来的路彦闻到那气味顿觉不妙，他喊道："是汽油！非警方人员快撤出大楼！快！"

大厅里一片混乱，员工们吓得向外逃去。不少人在慌乱中踩到汽油滑倒，还有人被落在地上的玻璃碎片划伤，整个大厅人仰马翻。

待大厅里人只留下警方人员之后，那个留在原地胡乱转动的汽车"轰"的一声撞到墙壁上，车身里响起了"嘎啦嘎啦"的声音，发动机还在轰鸣着，但是车头死死地抵住墙壁，丝毫不能前进半分。

"砰砰"，有警察拔枪朝那汽车射击，一旁又有其他警察急忙大喊："别再朝车开枪了！"

然而已经迟了，"轰"的一声，汽车车身蹿起了火花，落在地上的汽油也纷纷被点燃，一瞬间，火势迅速蔓延。

"灭火器在哪儿？"一个刑警站起来大喊一声。紧接着又是"轰"的一声，车上的某块碎片飞了出来，差点扎到一个警察身上。

"这车可能会爆炸！撤！"一名警察警觉地大喊，众警察纷纷后退，黑色怪车周围的火势一蹿而起，车前方的那块墙壁也烧了起来。

路彦在后退中看到大厅一个橱柜里的灭火器，然而柜门锁死了。情急之下，路彦和同事一人一拳打碎了玻璃门，拉起里面的灭火器，打开以后朝着车身一阵喷洒。一旁的其他警察也纷纷从大厅其他橱柜里找来灭火器朝车身狂喷着。

在众多灭火器作用之下，火势得到了控制。车身的大火时不时传来"砰砰"的炸裂声，但是已经不再蔓延了。墙壁被烧得乌黑。

混乱局势得到控制，路彦环视四周的人们，见无人受伤，不由得松了一口气。虽然这辆车搞出的动静很大，但没有给'德诚'和警方带来什么大的损失，无非就是撞碎一块落地窗玻璃而已。路彦不禁陷入思索中，那个家伙弄来这么一辆装着自动驾驶的车撞进大楼是想做什么？单纯地制造破坏？难道说这辆车还有炸弹？可是他怎么能弄到炸弹呢？这不太可能。但如果没有炸弹，只是单纯想拿一辆车撞大楼或伤害警察，也太异想天开了吧！

"哥！"远处传来一声疾呼，路彦抬头，看到甄关西正上气不接下气地冲过来，"刚才……刚才那个被推下楼的不是人！是一个塑料人体模特！我们被骗了！"

"什么？"路彦望向楼上，忽然明白"审判者"弄来汽车撞大楼的目的是什么了。原来这两件事都只是他的障眼法，只有在双重调虎离山之计下，他才能接近他的目标。

– 4 –

德诚大厦顶层，电梯门"嘀"的一声打开。一个身穿清洁工服装的男人静悄悄地走了出来。他的双脚踏在厚实的毯子上，一点声音也没有，手掌放在口袋里，紧紧握住口袋里面的匕首。四周一个人都没有，真是好极了，他想着，可是，哪个房间是那个人的办公室和休息室呢？

他一身清洁工的打扮，刚刚在一楼混在四散奔逃的人群中，没有被任何人发现。趁着汽车爆炸和燃烧，他从逃生通道爬到六楼，再从六楼坐电梯来到顶楼。此时那些负责任的警察应该都还在一楼对付爆炸和大火吧？有时候工作太认真负责，往往得不到好的回报，这点他深有体会。

虽然没有人，他还是小心翼翼地把自己的清洁工帽子拉得更低一点，口罩也往上提了提，生怕被人看到了他的脸。他走得更轻了，小心张望四周，那个人在哪个房间呢？

终于，他看到一扇门上写着"董事长办公室"几个大字。真是天助我也！他紧紧攥住拳头，忍不住把口袋里的匕首拿出来看了一眼，匕首寒冷的光芒晃得他有些睁不开眼。然后他又把匕首放回了口袋。

接下来，他径直上前，推开董事长办公室半掩的门往里一看，里面没有人。

他在空旷的办公室里扫视了几眼，那豪华的装修让他有些目眩神迷。但此时不是眼花的时候，他收回脚步，站在楼道侧耳倾听，空气里传来细微的低语声。

他蹑手蹑脚地朝声音的源头走去。那是另外一个房间，门上面写着"董事长休息室"几个大字，门也是掩着的，里面传来说话的声音。他静静地听了一会儿，听出了那个女人的声音，是金茜，那个男人应该就是韩利了。

透过狭窄的缝隙，他看到同样装饰豪华的房间里，金茜正依偎在韩利身旁，礼裙下裸露着的光洁大腿正放在韩利身上。忽然，他心里响起了之前听到的那些话。果然，这里就是'罗马'，这里就通往条条大路，通往那名利场里的名利场、温柔乡里的温柔乡、乌托邦中的乌托邦。

那种不可企及的生活就在他眼前,就在他眼前十几米,但他知道这十几米,却是自己奋斗一生都难以跨越的距离。猛然间,一阵惶恐也不禁爬上他的心头:原来这些年来,社会上的一切都在帮我制造幻想,却没有人教我克制欲望。

他苦笑了起来,攥了攥裤子口袋中那个锋利的匕首,最终还是没有把它掏出来。他拿出手套戴在手上,接着走上前,握住门把手,准备推开门。

- 5 -

深夜时分,韩利像往常那样疲惫地半躺在沙发里,金茜紧紧地靠在韩利的身旁。她的一只脚放在韩利的腿上,另一只脚则顶在沙发的边沿,整个人赖在韩利身上,尽可能地把自己的香水味留在他的西服上。她想,这样的话,就算两人分开了,韩利也能嗅到她留在西服袖口、领口处的香水味。

两人有一搭没一搭地闲聊着,金茜捂着自己胸口道:"刚才外面那是什么声音?装神弄鬼的,吓死人了!"

"不用担心,不过是个疯子罢了……再说不是有那么多警察在吗?你要是还怕,我就把穆青峰从一楼叫来。有他在,什么事情也不会发生。"

金茜娇柔地叹了口气,意味深长地看着韩利:"可是,刚刚那么多人看到我们在一起了,明天这事很可能会上娱乐新闻吧,看来只能公开恋情了……"

韩利一把搂住金茜的腰。他当然明白她的潜台词,但此时只能顺着明面的意思说下去:"公开就公开吧,怕什么呢?"

金茜想起当初和韩利在一起,是因为这个男人能满足她的一切虚荣心。可是,虚荣心得到满足后,她又对他产生了依赖,依赖之后,她又对这个男人产生了好奇。有时候,她很想搞清韩利那神秘脑子里的真实想法。比如说,他真的爱自己吗?她还幻想过和他结婚以后退出演艺圈,在家过相夫教子的生活,这是爱情吗?这就是爱情吧。虽然金茜明白,爱情修成正果是一件很困难的事情,但她还是想争取一下。

"我真不想陷入这种绯闻啊,到时候又是一堆人在网上骂我,说什么科学家没人关心,戏子家事却天下知……"

"你不能跟网民一般见识,他们都是缺乏独立思考能力的乌合之众。只有人类遭遇重大生存危机的时候,人们才会关注科学家。在太平盛世没人关心科学家,难道是明星的错?有本事他们自己别看明星八卦,去关心量子力学和相对论啊!他们看得懂吗?自己天天守着娱乐新闻看,还骂没人关心科学家?

"再说,你真以为他们会关心科学家的付出和贡献吗?成就最高的科学家又怎样,公众丝毫不关心他的成就有多伟大,关注点放在他的私事上。这么伟大的科学家,他们不关心,回过头却在网上骂什么戏子家事天下知,真是可笑,可笑至极。"

听着韩利侃侃而谈,金茜忍不住笑了起来。虽然韩利答非所问,但她就是喜欢韩利身上这种绝不与凡夫俗子同流合污的精英气质。

"总而言之,"韩利进行最后总结性的发言,"人的身上存在很多弱点,当一大群人聚到一起的时候,这些弱点会被放大,甚至失去控制。利用这些弱点,可以赚很多钱。"

金茜轻轻抚摸着韩利的侧脸,她想起了那个尚未结束的话题:"你都这么有钱了,还这么拼命干吗?你就不想停下来一会儿,考虑人生中别的重要事情吗?"

韩利看着她沉鱼落雁的面容,陷入了沉默。他当然明白她的意思,和金茜在一起也有段时间了,两人的感情越来越好,他也觉得越来越喜欢她了。可是,一想到接下来去国外的计划,他就觉得满满的遗憾……

"人这一生,吃喝拉撒和男女之事,我都会觉得有无聊的时候,因为它们满足之后很快就失去了快感。但钱不一样,不管我已经有多少钱,赚钱都觉得很有意思。"韩利轻轻抚摸着金茜,"人对钱的欲望是永远不到满足的,赚钱会带给我无穷无尽的快乐,有了这种快乐我才觉得自己活着有意义。所以,我休息不了。"

"你真是活离不开钱,死也离不开钱。"金茜出神地喃喃道。她听懂了韩利的潜台词,心中不禁涌出一股失落。她想着,原来不能把下半生托付给这个人啊……或许,人生就是无法托付的吧。

金茜寻思着,这段时间以来,她也发现韩利身上一个很大的缺点,那就是他明明已经很富有了,却依旧对钱有着如饥似渴的追求,他赚的钱一辈子都花不完，但是仍然浑身遍布着缺乏金钱的焦虑。这种焦虑和渴望可以让他在赚钱时像个永动机，永不停歇。金茜见过他曾为一笔投资两天两夜没合过眼地工作，在钱面前，他不需要食物也不需要睡眠，似乎，也不需要爱情。

顿了顿，金茜手指划着韩利的胸口，轻声道："大部分人，都是没钱且有着没钱的痛苦，那么你，就是有钱却有着没钱的痛苦。"

金茜的话让韩利不由一愣，细细想来不由觉得她的话十分精准。他笑道："富有却有着贫穷的痛苦，总比贫穷有贫穷的痛苦好。"

"不，这不一定……"

"好啦，咱们先不聊这个了……能帮我去把门关紧吗？"

韩利打断了金茜的话，他不想在这个话题上继续纠缠下去。金茜回头看了看微掩的门，再看看韩利意味深长的笑容，她明白了他的意思。虽然金茜此时完全没有兴致，但还是配合地起身，她一边朝门边走去，一边问道："你这次去国外，打算待几天？"

"很长一段时间……"

金茜的手握上了门把手，一边把门合上一边问道："很长是多长……"

话没说完，她突然发现门外有一股力量抵住了门，那股力量远远超过了她，她不仅关不上门，还被推得往后一个趔趄。

接着，门被推开了，一个戴着帽子和口罩的男人走了进来。金茜吓得连退几步，眼前的男人一身清洁工的打扮，身高接近一米八，肩膀宽厚，身材敦实，四肢看上去孔武有力，整张脸被口罩挡住一大半，一看就来者不善。金茜看着他抬手关上了身后的门，阴森森地打量着自己和韩利，然后捏紧拳头朝他们走来。金茜急忙大喊："来人啊！警察……"

话没说完，那男人一个箭步冲上前，一只手捂住了金茜的嘴。金茜拼命挣扎，发现根本反抗不了，完了！他要对我动手了！金茜下意识想到。

但是那清洁工并没有对金茜动手，他只是一把拽住金茜，把她朝沙发上推过去。

金茜没有摔到沙发上，趔趄两步后被韩利扶住了。韩利把金茜轻轻地放在沙发上，然后站起来，直视着那人："别动我女人，有什么冲我来。"

那蒙面清洁工缓缓上前，他紧握着拳头，眼神里闪过一丝犹豫。

"你不是大楼清洁工，你是什么人？"韩利看着他越走越近，不由得越发疑惑，"你要做什么？"

看着那个陌生男人一声不吭渐渐靠近的身影，韩利皱起眉头："你疯了吗？"

"你不是……"韩利看着他越走越近，渐渐地，声音变得有些颤抖，"谁让你来的？你到底要做什么？"

"我要你还钱！"清洁工第一次开口了。声音粗哑，但听上去年纪不算很大。

"什么钱？"韩利皱起眉头，一阵莫名其妙。

听到这句话，清洁工不由得动作一顿。这一停顿，韩利抓住了机会，他猛地扑上前，摁住了那个人的胳膊，然后把对方扑倒在地。

然而清洁工的力量比韩利大，他两条大腿猛地一蹬，整个人翻身而起，反过来把韩利压在身下。"咚"的一声，清洁工衣服口袋中的匕首滑落，掉在了地毯上。清洁工看到匕首一愣，犹豫了一下，没有伸手拿。这一迟疑，被压在身下的韩利见状抓住了机会，他猛地伸手抢过了那把匕首，朝清洁工身上刺去。清洁工见状，连忙抓住韩利拿刀的手，使劲砸向地面，然后把他的手压在地上，夺下了匕首。

"还钱……还我理财产品的钱……"清洁工再次开口了。他凶猛地用一只手抵着韩利的喉咙，另一只手对着韩利举起匕首，声音有些沙哑。

"什么？"韩利愣了。

不待那清洁工再次开口，忽然门被轰然撞开了，路彦冲进来将他扑倒在地，在他还未反应过来，路彦已经制住了他握住匕首的手臂。

"放开他，你被捕了。"路彦冷冷说道，腾出另一只手拿枪抵住他的脑袋。

听到这句话，清洁工不由身体一颤。路彦身后的警察扑了上来，将他制伏在地。

虽然经历了一些波折，但是"审判者"终于被抓住了。路彦看了看毫发无损的韩利和金茜，不禁觉得这一切太过容易。他蹲下来，扯下清洁工的帽子和口罩，一张三十多岁的年轻面孔显露在眼前。

清洁工挣扎间看到了路彦，他的表情瞬间变得惊恐无比。

而路彦端详着那张惊恐的面孔,莫名觉得这张脸有些熟悉。猛地,他想起来问题出在哪里了,路彦伸出手,依次扯下那人的假发、假眉毛和假胡须,那个男子的真实面孔终于完整地出现在路彦面前。

"是你?!"路彦怔住了。

第十章　00:00 支教往事

- 1 -

路彦的思绪飘到了 10 年前，那是他 19 岁的那年夏天，天空骄阳似火，知了在梧桐树上叫个不停。大一的期末考试结束后，他躺在宿舍床上，正寻思着这个暑假该进行哪些训练时，好友张霖抱着一本书找到了他。

"什么？你要我跟你去大西北的山村里支教？"路彦挣扎地从床上爬起来，看着眼前戴着眼镜头发疯长的张霖。

张霖点点头，认真道："没错，准确地说，是陕西大山里的一个山村。"

"喂！你有没有搞错，我们是学刑侦的，去那儿能教什么？"

张霖把光着膀子的路彦从床上拉下来："你好歹是一个大学生，教中小学生最基础的语数外不行吗？你不行我来，你到时候教教孩子们体育就好了。"

"等等！你说的这个是'薪火'支教社的活动吧？"路彦转身找了件衬衫穿上，挠头想了想，"我听他们说过，每年暑假去西部支教，环境特别艰苦，吃不好、睡不好、还没水洗澡，你跟我说实话，这次你要去的地方，情况是不是也这样？"

迎着路彦怀疑的目光，张霖把三七分刘海往一边抹了抹，脸上堆起讨好的笑容："差不多吧！反正就两个月，你就当帮我个忙吧！别人为兄弟两肋插刀呢，你为兄弟两月支教算得了什么？"

"哎呀！我这个暑假好多计划……"路彦面露难色，"不如这样，我让你插两刀，你就饶了我这次吧！"

"不行！你必须去！"见路彦不答应，张霖强行控制着脸部表情，极力让自己保持谄媚的笑容，拽住路彦的双臂，"我们 11 个人中没有特别能打的，万一有点特殊情况，你可以保证我们的安全！"

"好啊！你终于跟我说实话了！原来你找我去就是给你们当保镖的！"路彦知道张霖和自己不一样，他的人生目标并不是做警察而是当一个作家，他平时的生活也表现得非常文艺，格斗方面则忽视不少。想到这里，路彦头摇得像拨浪鼓一样："不去，我不去！"

"你真不去？"

"真不去！"

"好吧！那只好算了。"张霖收回手臂，转身向门外走去。在门边他停下脚步回身看着路彦，若有所思地说道，"哦，对了！忘了跟你说了，这次我们去陕西支教的小队一共11个人，除我之外其他10个人都是女生，那个……那个吴同学也在其中。"

"真的假的？"路彦猛地惊醒，连忙追上张霖，"加我一个，我和你们一起去。"

张霖举起手中的书，擦了擦脸上的汗，认真道："不行啊！名额有限，多你一个，我们也很为难啊！"

"你不要误会，我不是为女生去的！"路彦连忙拽住张霖的手臂，这次轮到他挤出谄媚的笑容，"我是为了帮助山区儿童去的！我要把我们的知识传播给他们，让他们感受光和热，还有爱！"

张霖又好笑又无奈，好在计划奏效，为期两个月的支教活动就正式开始了。路彦、张霖等人先是坐了二十几个小时的绿皮火车抵达西安，再从西安市坐六小时大巴到达商和县，最后坐货车一路颠簸进了山。

两天一夜的舟车劳顿之后，路彦一行人终于到了目的地。蜿蜒绵亘的山区泥路上，土黄色尘烟托着破旧货车"嘎啦嘎啦"行驶着，车上的人上下左右摇摇晃晃，路彦抬头看向身后，10个女生都困倦地趴伏在行李上，张霖拿着一本书正在看着，浑身带着他那常有的忧伤的文艺气息，好像周围的环境完全没有影响到他一样。

路彦好奇地环视着周围，最先看见的是三尺高的黄烟，再放眼望去，这里四面环山，山脉不高但很绵长，此起彼伏，大多披着一片黄褐色的植被。路彦深吸一口空气，感觉干燥的空气似要在自己的口鼻间点起火来。路彦注意到路边散落着一些房屋，那些房子大多是泥土墙头，上面覆着黝黑的宽大瓦片。路边的几个行人身穿青褐布衣头戴黄色草帽，正在挑着扁担或拉着板车，见到路彦等人，纷纷停下来好奇地张望。

当地村委会的一位负责人接待了他们，稍作休息后把他们领到村委会社区办公楼，那里空出了几个大房间，专门提供给此次暑期支教当教室用的。

拖着疲惫的身体，路彦等人见到了等候多时的孩子们，孩子们有五十多个，看到他们进来，猛地爆发出掌声和欢呼声。路彦等人居高临下地看下去，从年龄上看，小学一年级到初三都有，孩子们泛黄的脸上带着丝丝红痂，质朴稚气的面孔上写满了对路彦他们的好奇和期待。

一番自我介绍后，路彦一行12人将50多个孩子按照年龄分成五个班，然后就被负责人领去吃饭，一碗碗臊子面下肚后，他们又被领到住宿的小平房休息。

村委会负责人站在小平房前，对着张霖等人介绍道："这就是大家休息的地方，俺们这地方条件不行，之前来教书的老师们不知道跑了多少个，也就是你们这些大学生肯来，多亏了你们啊……"

路彦轻轻附在张霖耳边说道："他正在给我们预设一个高尚的道德线，然后让我们不好意思再去抱怨他们的环境条件，我猜，待会儿我们进去会发现住宿条件很艰苦……"

张霖翻了翻白眼，没有说话，一行人走进去，10个女生走进靠里面的大房间安顿，张霖和路彦两人安顿在外面的小房间，尽管有心理准备，但是两人看着两块门板仍忍不住面面相觑。

"放几块抹布在这门板上……这就是我们睡觉的床？"路彦难以置信地说。

"条件艰苦，坚持一下吧！"张霖看向里面女生休息的大房间，嘴唇努了努，"把你自己想象成一个骑士，无论条件多艰苦，也要守在你要保护的公主的门外，不让那些魑魅魍魉进来……"

第二天，张霖等人就开始上课了，张霖负责几个班的语文，路彦负责两个班的地理和体育。路彦第一天上课，就被孩子们一连串的问题包围了。

"老师，黄山在哪里啊？"

"老师，长城在哪里啊？"

在那个智能手机还未出现的年代，路彦发现这里的孩子离互联网很远，他们主要靠广播和电视了解外面的世界，所以对很多事情知之甚少。一天，路彦在初中班上地理课，讲到斐济时，他不带希望地扫了一下底下的孩子们："有人知道斐济吗？"

"我知道。"一个男孩子怯生生地举起手来，路彦连忙看向他，那是班上年纪最大的孩子，他叫李二狗，这样的名字在这个村子里并不稀奇，他们的爷爷奶奶为了孩子好养大，故意把孙子孙女们的名字叫得很贱。路彦听说李二狗今年15岁，刚读完初三，中考考上了本市的一个高中。

"你是在哪儿知道斐济的？"

"我在书里看到说，在斐济有一种会发光的海藻，每年浮出海面一次，所以我从小的梦想就是去斐济看会发光的海藻。"

路彦惊讶地张张嘴巴，说不出话来，他没想到这里的孩子们，竟然有人说出了"想去斐济看会发光的海藻"这种话，路彦顿了顿说："加油，有一天你会实现这个梦想的。"

"没可能了……"李二狗丧气地低下头。

"怎么没可能，你接下来好好读书，考个好大学，去大城市找个好工作，然后你就能去斐济啦！"

"那个……那个高中我不打算去念了，家里有个叔叔想带我去县里的纺织厂……"

路彦哑然无言，这段时间他已经了解到，这里的孩子读完初中后，大多数会跟着家里人学个手艺，以后做个泥匠、瓦匠或木匠，或者去工厂务工和种地，少有的头脑机灵的、有点本钱的会去做一些买卖，赚了几年钱就会找个跟自己差不多的人结婚生子。这是这里过去的历史，也是这里现在的现实，这个历史今天不会在李二狗身上终结，这个现实现在也不随路彦的意愿而改变。

山区缺水，自来水经常断水，两个星期后的一天，路彦发现住的地方自来水断了好几天，路彦跟同学们都无法洗澡，路彦闻着自己身上的馊味，心情很是不好。

恰逢这一天，吴思凉和另一个女生生了病休息，孩子们又在课堂吵吵闹闹，路彦心情更糟了，但是他又不能对着孩子们生气。他走到门外，把张霖拉到一边抱怨道："这个鬼地方买个感冒药都买不到，她们生病了怎么办？"

张霖还没开口，路彦接着抱怨道："被你拉到这个鬼地方支教，我几天都洗不了澡！身上都要发霉了！"

作为此次活动的领头人，队伍中有两个女生生病，张霖也倍感焦虑和压力。听到路彦抱怨的话，他生气地回答说："受不了你可以马上就走，没人逼你留下！"

张霖的话让路彦也毛了，两人争吵起来。孩子们听见了他们的争吵，纷纷跑到教室门口来围观。

"需要我现在给你买票，送您老回家享清福吗？"不待路彦反应过来，张霖拔腿就走，"我现在就安排车去。"

张霖的背影消失在视线里，路彦不禁有些懊悔，他只顾自己抱怨，却没有注意到张霖也承受了很大的心理压力，他一回头，看到一群孩子就站在自己的身后，鸦雀无声。

课上到结束的时候，路彦走出教室，只见张霖和李二狗两人各自挑着两桶水晃晃悠悠从远方走来，文文弱弱的张霖显得格外步履蹒跚，他冲着怔住的路彦高喊："你还不快上来帮我一把？"

原来张霖说买票送自己回家是气话，他实际上是去挑水好让自己能洗澡。路彦一阵羞愧，连忙上前接住了他，张霖捂住腰蹲到一旁去："我这腰好像闪了……"

晚上回到住处，女生们见到四桶水后欣然地领去洗澡了，只留下路彦和张霖两人面面相觑。

山里是没有夜生活的，晚上 8 点路彦就躺到了门板上。他闻了闻自己身上的馊味，正在郁闷的时候，门外忽然响起敲门声。路彦爬起来打开门一看，窗外一地月光，十几个孩子正站在门外，他们一人手里端着一个盆，盆里装着清澈的水，他们正一起笑憨憨地看向路彦："老师，请洗澡！"

路彦突然觉得鼻子有些泛酸，一瞬间他好像体会到了张霖所说的意义是什么。孩子们把水盆放进屋子后，张霖扶着腰从门板上坐起来说："这段时间路老师帮我代课，不过你们可不能放松自己，等我回来要找你们背《少年中国说》……"

孩子们听到要背书顿时吓得哇哇大叫四散逃掉，小屋一下安静了下来，里屋传来女生不间断的咳嗽声。路彦听着，心里有些焦急，却又无计可施。正当他准备出门找人家讨药时，门外忽然传来跑步声，路彦出门定睛一看，朦胧的夜色里，一个少年披着一身月光远远地正朝自己的方向奔跑而来，他那步伐矫健的双腿卷起一片长长的烟尘。

路彦认得那是李二狗，眨眼间，他就冲到了眼前，他狂喘着气，从口袋里拿出两板药片和一个膏药递给路彦："感冒药，我去山下买的……给姐姐们吧……"

为了买这个感冒药，李二狗还特地下了一趟山。路彦心里很是过意不去，他留下了李二狗想好好感谢他。给女生吃过药之后，路彦走出来，他看到李二狗并未离去，而是正站在张霖的身边给他的腰上贴虎皮膏药，然后一个劲儿地在那膏药上按摩。

"二狗今晚不回家了，就在我们这里睡了。"张霖拍拍门板，跟着路彦打着招呼。

闲聊着，路彦和张霖了解到这李二狗的家庭情况，他家里还有两个姐姐，爸爸妈妈都是农民，家里堆积了很多不好卖的农作物。

路彦躺了下来，后背感受着那门板硬邦邦的触感，他看向身旁趴在门板上护着腰的张霖："唉，其实这些孩子们也挺好的，就是这里的生活条件太苦了。"

"这些问题我不是很看重，大多数人看重生活大于意义，但是我看重意义大于生活。再多荣华富贵生不带来死不带去，但是有意义，生活那就不一样了……"

一旁的李二狗给张霖腰上贴完虎皮膏药后，路彦让出空间，李二狗睡到两人中间，安安静静地听着他们聊天。

"你说的意义是？"

"一直坚持的梦想、永不妥协的原则、醉心一生的追求，这些都可以算是意义吧。只有意义，才能赋予我们这漫长又虚无的人生一些意义……"

路彦夹着李二狗扭头看向身旁，张霖的身体浸在透窗的月光下，他的眼睛充满着一种不属于他这个年龄的沧桑，像是看透人世后的一种沧桑。

张霖的话让路彦沉思起来，他扭头看向里面的房间，透过门帘，他依稀看到里面躺在门板上的那个生病的少女，她的腰、背、臀连成一条婀娜动人、若隐若现的曲线，那曲线分明跟着呼吸一起上下起伏着。他收回目光，眺望窗外，今年自己19岁，正是荷尔蒙在身体里迷茫的年龄，除了学习，梦里梦外，大多是少女的情影，可是今后，自己该怎么度过这一生？路彦僵直着躺在门板上，像是流淌在时间的长河中找到了对岸所在，那漂浮感和迷茫感在一瞬间遽然间少了很多，路彦发现自己多了很多目标感和方向感。

第二天，终于摆脱馊味的路彦走上语文课的课堂，他按照张霖所说，打开字典的第26页，把上次张霖没教完的字继续教下去，教完26页，他翻了翻字典，发现有两页被折叠起来，他打开第一张折页，发现那上面有个词语的例句被孩子们用笔涂抹改动了，原来的例句是"王老师上课了，我们大家都很高兴"，"王"字被涂黑改成"张"字，"上课"改成"生病"，"高兴"改成了"难过"，整个句子就是：张老师生病了，我们大家都很难过。

路彦看着那印刷字体和笨拙铅笔字的相互配合，又翻到字典折叠的另外一页，那里的一句话被改成了：路老师没水洗澡，我们都很难过。

路彦只觉得鼻子又有点泛酸，他放下字典看向下面的孩子们，觉得脸上有些火辣辣。他觉得自己来之前，跟张霖满嘴跑火车时，说出来那句"让孩子们感受光和热，还有爱"，似乎并不是满嘴跑火车而已……

两天后，李二狗邀请路彦和张霖去他家做客吃饭，路彦和张霖被李二狗带着走进他家，只见李二狗家的客厅里堆积着各种农作物，路彦在跟自己膝盖一样高的餐桌边坐下，见李二狗的母亲把李二狗拉到身边，往他手里塞了几块钱："你老师肯定吃不惯我们这里的东西，快，去问问邻居家有没有大米！"

李二狗很快买了大米回来做成了米饭，路彦、张霖两人和李二狗一家围在一起饱餐一顿，路彦还见到了李二狗的两个姐姐，他的大姐已经嫁到隔壁村生了孩子，但因为婆家不愿意买电风扇，大姐大夏天坐月子实在热得受不了，就带着孩子回到娘家带电风扇的房间里住。

吃完饭后，李二狗带张霖和路彦参观他的房间，一个破旧的门板垫着几块布就是他的床了，一旁的小桌子摆满了好多旧书。参观之后，路彦和张霖急着小便，路彦见张霖走进李二狗家的旱厕后，就很快阴着脸又走了出来，接着他默不作声小跑到李二狗家旁边的小树林里解决了。

"哈哈，你这还读书人、文化人呢？有厕所不上，跑到树林里解决，真是没素质，没素质啊！"路彦哈哈大笑道。他一边嘲笑着张霖一边走进了旱厕，不料他只看了一眼旱厕，就急忙也冲了出来。路彦快速奔到小树林里，站在张霖身侧跟着他一起解决了，他庆幸地说道：

"你这小树林找得真不错！不愧是读书人，眼光真好！"

又过了两天，张霖回来上课了，他和路彦一起抽查孩子们背诵《少年中国说》，不想一连抽的几个初中学生都没背下来，张霖不由得感到很失望。

"老师！我会背！"张霖急忙望去，是李二狗。

"那你背背看。"张霖点点头。天空响起了久违的雷声，转眼间就乌云密布起来，看样子快要下雨了，李二狗站了起来，朗朗背诵道：

"日本人之称我中国也，一则曰老大帝国，再则曰老大帝国……

"若我少年者，前程浩浩，后顾茫茫，中国而为牛、为马、为奴、为隶，则烹脔鞭棰之惨酷，惟我少年当之。中国如称霸宇内，主盟地球，则指挥顾盼之尊荣，惟我少年享之……"

屋外下起了滂沱大雨，雨水顺着屋檐"哗哗"地滴落，不远处响起了拖拉机"吱啦"声，还有牛和狗的叫声。嘈杂的人声犬吠并没有影响李二狗，只见他涨红着脸，直视着前方的空气，在众人的围观下激动认真地背诵着，他的声音清脆有力。

"故今日之责任,不在他人,而全在我少年。少年智则国智,少年富则国富,少年强则国强……少年胜于欧洲，则国胜于欧洲，少年雄于地球，则国雄于地球。

"红日初升，其道大光；河出伏流，一泻汪洋。潜龙腾渊，鳞爪飞扬；乳虎啸谷，百兽震惶……天戴其苍，地履其黄。纵有千古，横有八荒。前途似海，来日方长！前途似海，来日方长。前途似海，来日方长……前途似海，来日方长长……嗯……呃……"

"怎么卡在这里了？"张霖笑着看向李二狗，"还有最后一句呢？"

路彦看到李二狗涨红着脸低下了头，他感觉李二狗并不像没有记住最后一句，而好像是有一种莫名其妙的原因，让他卡到这里，怎么也背不下去了。

"最后一句是'美哉我少年中国，与天不老；壮哉我中国少年，与国无疆！'"张霖笑着走上前，摸了摸李二狗的脑袋，"这文章三四千字，最后一句没记住也不要紧，能把前面那么多背下来，已经很厉害了。"

李二狗红着脸低下头，说不出话来，张霖笑眯眯说道："这么好的脑子，不继续读书太可惜了。"

"读高中要钱，我……"

在那个上初中都还要交学费的年代，高中学费确实会影响一些孩子的就读。听着李二狗的话，张霖皱皱眉，他看着李二狗若有所思起来。下课后，张霖把李二狗拉到路彦面前："路彦，我们给这个孩子集资帮他读高中吧！"

路彦点点头："怎么集资？"

"我们现在有12个人，如果一人出100块就是1200块，这笔钱应该够他用不少时间了吧。"张霖转向李二狗，他正在拼命地点头，"我们会定期寄给你，你好好学习，考上大学后我们继续资助你。"

"喂！我们俩愿意不代表所有女生都愿意啊！"

"我会说服她们的，就算有人不愿意，她那份我出了，1200块我是一定要凑的。"

李二狗低下头，他头发随风凌乱，脸晒得黑里透红。

"虽然我们不在同一块土地上，但我们共看同一片蓝天。你看，往东边那个方向努力走30千米，你会走出这座山，走到你的高中学校里。往东走300千米，你会走到这个省的省会。"张霖搂住了李二狗，拉着他指着东边的方向，"如果往东走3000千米的话，你会走到中国最繁华的那个城市。记住，再穷不过讨饭，不死终将出头。"

最终张霖说服了所有女生，大家一起凑出这个钱。两个月的支教时间很快就走到了尾声，最后一天，全体支教老师和孩子们一起拍了张合影之后，大家和孩子们纷纷告别。

第二天凌晨5点，月亮还挂在树梢上，为了赶上火车，张霖和路彦等人已经开始带着行李登上来接他们的大巴车，路彦打着哈欠，帮着同样困倦的女生们把行李一一搬上车。大巴车发动了，带着烟尘驶向了盘山公路。

晃荡的车上，路彦一脸困倦地斜贴着车窗，他瞄向窗外，下方的盘山公路层层叠叠、高低起伏，宛如几条黄褐色的腰带盘在山的身躯之上。更远处的山谷间，升腾着氤氲山气，如一副神奇的轻纱帷幔，精致而婉约地把山峦涂抹成了一幅秀丽画卷。路彦回想着这两个月的支教，他感觉自己似是把身上的某个东西永远地留在了那九曲回肠的山谷里，同时心里又长出新的东西，但具体是什么，他却说不清。

天渐渐有了亮光。忽然，路彦隔着车窗看到，下方远远的公路上，一个小点带着一道黄褐色的烟尘在山路上若隐若现。路彦极力看过去，那像是一个人在奔跑！

道路崎岖，大巴车速度慢了下来，路彦也把那个人看得更清楚了点，他拉了拉身旁的张霖说道："你看那是不是李二狗那孩子？"

张霖跟着路彦看了过去，李二狗手上提着什么东西，正在崎岖的山路上一往无前地狂奔着，布鞋踏出一条长长的烟尘，他倔强着拼命着，浑身上下像是有着使不完的力气，不知疲惫般地越跑越快，绕过两条盘山路之后终于离大巴车不远了。

"停车停车！"路彦和张霖连忙让大巴司机停下车，两人跳下车，不一会儿李二狗就狂奔到眼前，他提着一个包，满身都是汗，他飞速地冲到两人面前。

"终于追上了……"李二狗手扶着膝盖，拿起手中的袋子递给路彦和张霖，喘着粗气带着哭腔道，"我很早就出发了，但是到了那儿已经没人了……这是我妈妈做的荞麦饼……"

"没事儿，追不上就追不上嘛！"路彦接过李二狗手中的荞麦饼，看着汗如雨下的他摆摆手道，"为了这个不至于跑得这么远，你的好意我们心领啦！"

"我不想你们走……我想再见到你们……"李二狗看着他们两眼蒙眬起来，黄铜色的额头泛出的汗水流到眼睛上，和泪水一起淋下来，他说话都变得断断续续的，"你们走了，我……我不知道多久才能再见到你们了……"

"没事！天下无不散的筵席嘛。"张霖拍拍李二狗的肩膀，看着李二狗赤诚的眼神，他忍了忍还是接着开口说道，"时间紧急，有些话我就长话短说了。二狗，我希望今后你无论到了哪里，梦想和良心这两样东西你一定不能丢。梦想我之前跟你说过了，良心的话……"

"快点啊！"身后响起司机的声音，张霖和路彦扭头看向身后，大巴司机把头伸出窗外催促道，"你们两个，还要让我们这十几个人等你们多久啊？"

见时间不多，张霖连忙俯下身体，注视着李二狗的眼睛说道："我觉得人生下来的时候都有良心，只是很多人良心被人吃了后就跑去吃别人的良心，但我希望，你能一直做个有良心的人。"

李二狗抽泣得更厉害了，他猛地止不住地点头，把泪水甩得上下四溅，路彦一把拉开张霖笑道："哎呀，好啦好啦！都要走了，就别说这些又文绉绉又煽情的大道理啦！"

张霖也跟着路彦后面笑了笑，李二狗却断断续续地开口了："我还想……哥哥帮我改个名字好吗……我不想……不想再叫'二狗'了……"

张霖看向路彦，路彦却笑着看向张霖说："数你最有文化了，还是你来吧。"

张霖点点头，他沉思了会儿说。

"那天我和你去挑水的时候，看到池塘里面长满很多水草，它们虽然平凡无奇，但是有着旺盛向上的生命力。水草还有个名字叫'菁'，'菁'又有美好事物的意思。有个成语叫'去芜存菁'，说的是去掉那些事物粗糙丑陋的一面，保留那些美好的一面。正如我们知晓世界的黑暗后，再去勇敢面对它。所以，你就叫'菁'——李菁吧。"

- 2 -

0点之后的省厅审讯室里，路彦站起来看着李菁怒喝道："你知道你是在做什么吗？"

"哥，我……"

"别叫我哥！谁是你哥啊？"路彦生气地答道，自己亲手在现场抓住的犯人竟然是李菁，无比的愤怒和失望充斥在他的心中，一旁的记录员在飞速记录的同时，也碰了碰路彦，提醒他冷静。

"我不是要去杀韩利的……是'审判者'要杀韩利的，是我请求他不要杀韩利，因为我要去找韩利想要……"李菁焦急地说道。

"想要什么？"

"我去找韩利，是因为我想找他还他欠我的钱……"

"你说什么？韩利怎么会欠你钱？"路彦皱起眉头，只觉得一阵莫名其妙。

李菁垂下头，虽然是寒冬时节，但他的额头还是不住渗出汗珠，他红着脸说不出话来。

"既然是你求'审判者'不要杀韩利,那你去找韩利之后,'审判者'去哪儿了?"

李菁茫然地想了想,他摇了摇头。

路彦见他不愿开口,不由有些着急,他换个角度继续问道:"你现在本事不小啊!都知道易容和伪装骗过警方视线了啊?还弄了辆车来撞碎大楼玻璃?"

"易容和伪装成清洁工都是'审判者'在我身上做的,那辆车是'审判者'的,我在德诚大厦找到韩利正想要……"李菁顿了顿,"然后就被抓到这里来了。"

"那个'审判者'人呢?你离开他后,他去哪儿了?"

李菁摇摇头:"我不知道……"

"你……"路彦无可奈何地摇摇头,叹了口气道,"你从头讲起吧,你是怎么认识'审判者',并且和他在一起犯罪的?他是什么人,有什么特征?你在他整个犯罪的过程中,承担的是什么角色?他接下来要做什么?目标是谁?"

路彦的问题连珠炮似的问起,他看着李菁不停地皱眉。几十分钟前,他在案发现场发现李菁虽然很让他愤怒和震惊,但是他并不能肯定李菁就是那个凶手,果不其然,李菁在当场矢口否认他就是"审判者",并提出他是按"审判者"的意思在德诚大厦行动的,但是警方让他交代真正"审判者"的下落,他又支支吾吾说不出口。

另外一边,秦纬听说路彦阻止了"审判者"的第五次谋杀还当场抓住了他,不禁大喜过望,他当即要求路彦等人马上把李菁带回省厅。于是路彦主动申请审问,他想先以熟人的身份让李菁放下戒备心,开口说实话,没想到的是,李菁支支吾吾地拒不交代。

李菁耷拉着脑袋说:"今天那个他来找我,想让我给他帮忙,我一开始不知道是帮啥,就答应了他。后来才知道他是要杀人,但他杀的都是很坏的人。他说他是一个"审判者",杀了那些法律处置不了的坏人是在为社会除害。他以前就一直是个很理想主义的人,我看他又没有让我犯罪,所以就答应了他……"

"没让你帮他犯罪？那他让你跟着他干什么？"

"他让我跟着他就是帮他打下手，帮他开车什么的……其他我可真的什么都没有干啊！"

"他杀人的时候，你在旁边？"

"没有没有，他来找我的时候，说他已经裁决了两个人了，我陪他去了卡迪斯酒吧，他说他在那儿处理了第三个人，还有在吉祥酒店处理了第四个人，这两次他都没让我在现场，根本没让我看到，我想是他怕我敏感害怕吧……"

路彦觉得事情越来越不妙："他怕你敏感害怕？你和他到底是什么关系？"

"他就是我一个哥……朋友。"

见李菁不肯多说，路彦皱起眉头："他叫什么？什么年龄，长什么样？在什么单位？"

"他其实是个创业者，他叫……他叫……"李菁又支支吾吾地说不出话来。

"他叫什么？"路彦追问道。

"那个……"李菁咬着嘴唇，抬起头看着路彦，"你们真的要抓他吗？"

"你在开什么玩笑？"路彦忍不住想拍案而起，他觉得他一年多来维持的冷静在这一刻都被击溃了，贺县办案时那种冲动的情绪又隐然出现，"我们怎么能不抓他？他可是杀人犯！你懂什么是杀人犯吗？"

"可是他杀的都是坏人，他杀死的头两个人，一个是专门破坏他人家庭的小三，一个是欠账无数不还的老赖，这两个人身上都有人命的！他杀了他们是为民除害啊！"

路彦神经一紧，李菁说出了重要信息，因为到现在为止警方其实还并不知道前三个死者的身份。路彦赶紧追问："那头两个死者分别叫什么？"

"第一个小三叫徐青，第二个老赖叫薛龙。"

路彦在心理默然，李菁所说的"徐青"这个名字跟现场找到的证件上的名字和死者家属所说的名字是一致的，他对一旁的记录员使了一个眼神，他相信同事们会立马去查薛龙这个人的资料。

"那个酒吧的死者叫什么？"

"那个人叫郭大年，他控制了很多女孩子，逼着她们在会所上班，他就靠拉皮条逼得一个女孩子跳楼自杀,所以'审判者'要杀他的……"

"你老实交代你和'审判者'在卡迪斯酒吧的全过程!"

"他打扮成了酒吧服务员,也给我戴上假发假胡子。他先带我熟悉了一下男女厕所和厨房的位置,再让我装成客人坐在闹吧的沙发座位上,然后他就在我的旁边转悠,时不时地跟我说说话。后来闹吧音乐停了,接着他把电弄停了,酒吧里一片漆黑,他带着我走到走廊尽头的厨房外……然后他就叫我在厨房那儿等他……"

"等等!那他当时去哪儿了?"

"这我就不知道了,厨房有东西炸了,里面很混乱,我也不敢进去,我在厨房门口等了一会儿他才来,之前他做什么去了,我并不知道。"

"然后呢?"

"他来了后就带我往厨房里跑,跑的时候,他还拿棍子在厨房里打倒了一个人……他打开后门后就和我一起顺着门后的楼梯逃到二楼的电梯,坐电梯到顶楼,又从顶楼爬到天台上。他早就在天台藏着攀山用的绳子,他给我们两人套上后,就拖着那个绳子下去了……"

"然后,你们到哪里了?"

"我们跳到大楼的后面,他的车就停在不远的地方,我们爬上车很快就开走了……"

路彦打断李菁的话:"我再问你一次,那个自称'审判者'的家伙到底叫什么名字?有什么特征?住址在哪儿?"

提到这个问题,李菁还是耷拉着脑袋沉默了。路彦无可奈何地摇摇头:"你可知道你现在对警方隐瞒这些,意味着什么吗?"

审讯室里陷入了沉默,空气简直就要凝固起来,李菁低头沉默不语,路彦没想到牵扯进这个惊天连环杀人案的李菁,竟然敢不配合自己的调查。他看了看时间,时间即将到达凌晨1点,一股疲惫涌上心头,路彦努力控制着自己的情绪不要爆发,门外响起了敲门声。

路彦走了出去一看,顿觉十分不妙,萧瑶和秦纬站在自己的面前,他们的脸上都写满了严肃。

萧瑶沉声冲路彦道:"根据目前我们提取到的证据显示,杀人嫌疑指向的是李菁。"

"怎么回事？"路彦一脸震惊，刚想追问，秦纬一把拉住他："我们先开会，有问题会议讨论。"

秦纬带着路彦和萧瑶走进会议室，甄关西和不少警察同事正坐在里面，虽然人们都很疲倦，但依然正襟危坐等待着会议的开始。

秦纬看了一眼路彦，又看了看众人："时间紧急，我们长话短说开个小会。"

"怎么回事，怎么杀人嫌疑指向李菁了？"路彦因刚刚萧瑶的话还在震惊中，他看向萧瑶想问清楚。

"我们在卡迪斯酒吧女厕隔间门上、锁上、尸体上发现的那些指纹，跟李菁的指纹完全匹配。"

"什么？这怎么可能？"路彦不敢置信。

"我再说个你更不敢相信的，我在第一个死者徐青身上发现收集的那个指纹，以及第二个死者身上发现收集的指纹，它们跟李菁的指纹都是完全匹配的。"

"那脚印呢？"

"我们在徐青死亡现场发现提取的脚印和在卡迪斯酒吧女厕发现的脚印，发现凶手应该是身高178至181厘米、体重77到79公斤的健壮男子，李菁的身高体重正好就在这个区间里。另外，现场发现的鞋印纹路正是李菁脚上那双鞋印出来的，印纹百分百吻合。"

秦纬在一旁补充道："我们后来的同事们赶到吉祥酒店后，花时间详细查看了一些监控录像。监控录像显示，出现在吉祥酒店五楼走廊上的都是他李菁一个人。甄关西也说，他在吉祥酒店503房间遇见的那个'金利'就是伪装成警察的李菁。而且，刚才你对他的审讯我在隔壁全都听了，这个李菁说的东西漏洞百出，没几句真话啊！"

路彦看了看众人的神情，大家都一脸赞同。

"你想啊，这个自称'审判者'的凶手都这么厉害了，为什么还要带着他帮忙打下手？'审判者'为了从我们警方手上逃掉，已经费了九牛二虎之力，一路上为什么还要带一个完全就是拖油瓶的他？这不是给自己添麻烦吗？而且还告诉这个李菁自己这么多的犯罪信息，这不是嫌自己的犯罪行为不能尽快被警方掌握吗？这些，都很不合常理啊！"

秦纬顿了顿，看向路彦说道："还有，之前我们在鑫光KTV和红光食品厂什么都没查到，凶手或者死者的一点痕迹都没发现，我们在这两个地方也都留人看守着，他们在李菁被捕到现在的这段时间里也没有发现有任何异常。"

"所以秦队你的意思是……"

"这个凶手其实就是李菁！"秦纬提高音量说道，"你再想想，我们问他'审判者'叫什么、住在哪儿、长什么样，他统统答不上来，这意味着什么？"

甄关西抢着说道："意味着'审判者'完全就是他编出来的一个人！他编出一个虚拟的人物，他怕再编出具体的姓名、住址，会被我们警方一番调查后拆穿！"

吴勇笑道："尤其有些地方，他编造出来的理由简直太幼稚可笑了，他说他去找韩利不是杀他而是找他还钱？开什么玩笑，韩利那种人怎么会欠他钱？"

路彦看了看众人，有些迟疑地说道："可是看他跟我交代那些信息时候的样子，不像是在撒谎……"

"撒谎成精了，不容易看出来了呗，这种人我们这些年办案见得还少吗？"秦纬摇摇头，"不过我们看他的资料，今年25岁，陕西人，从临江城大学土木工程专业毕业落了我们临江城户口，大四实习期他在一个建筑公司施工工地干过一段时间，毕业后又在两个互联网公司做程序员干了三年。'审判者'跟我们警方斡旋几场表现出的能力，从资料来看，他不太能具备……"

路彦的心中升起一丝希望，秦纬不愧经验丰富，考虑问题就是很全面，但秦纬紧接着的话迅速就把他的希望掐灭了。

"所以我觉得也存在另外一种可能，他的这些资料是他伪造的！"

路彦一惊："他伪造的？"

"他说出'审判者'这种不带个人信息的身份，说明他有意识在隐藏自己的信息，我们查到这些过往信息可能也是被他故意伪造过，目的就是隐藏真实的自己。"秦纬看了看自己的手表，时间即将接近凌晨1点，他疲惫地拍拍额头，"这个点人都睡觉了，这些信息我们等天亮了还要派人去具体核实调查，看看到底是不是真的……"

办公室里响起了"嗡嗡"声,刑警们议论纷纷起来。路彦苦笑起来,他和李菁相识10年了,怎么会不知道他的生平和往事呢?李菁什么时候有能耐伪造自己的信息欺骗警方了?他看向秦纬正想开口,却突然想到,自己在李菁工作后的这些年和他联系确实不多,对他的工作情况也所知甚少,李菁还是以前那个李菁吗?关于这点,自己确实还不好判断。路彦也想起自己在贺县案子里太过相信别人之后的下场,不由得把想跟秦纬说的话吞了回去。

"当然啦,也不能排除李菁是被人陷害的,不过目前我们掌握的证据和他的口供实在不太支持这个情况……"秦纬疲惫地托着脑袋,"还需要继续调查,等天亮了我们让测谎专家和心理评测师上,看看李菁到底是个什么情况。

"不管怎么说,这个疯狂的案子我和大家都承担了很大的压力,所幸路彦和关西迅速地抓住了犯罪嫌疑人,大家才松了一口气,我也好向领导交差,这一次,路彦和关西还有几位同志,记大功!"

"好!"虽然办公室的人们脸上都带着疲倦,但还是忍不住鼓掌说道。

"路彦,你和关西辛苦一晚上了。"秦纬拍了拍路彦和甄关西的肩膀,"要是没事,你们就早点回去休息吧……"

路彦追问:"那这个案子,接下来怎么办?"

"放心,人都抓到了,还怕什么?不就换班审的问题嘛!也许天亮前他就交底了。"秦纬爽朗地笑笑,"等到天亮他还不交代,我申请测谎专家上,不管他说什么谎,都能一清二楚了。"

甄关西走上前拍拍路彦的肩膀:"哥,李菁那个家伙在503房间跟我说他叫什么'金利',名字倒着念来骗我!他当时手上拿着一个黑盒子,我看就是把无人机引到房间里来的遥控!这个我跟秦队也汇报了,秦队正在找人查那个遥控器到底是怎么一回事。"

一时间,纷繁复杂的信息和线索相继涌来,路彦对着甄关西疲倦地摇摇头,他看向办公室的刑警,人们纷纷困顿地打着哈欠起身向外走去,已经快凌晨1点了,奔波一天的人们都极度疲劳了。

李菁的供词确实是漏洞百出,所有证据都在把杀人嫌疑指向李菁也是不争的事实。李菁,你真的是那个凶手吗?路彦心里像是压着一块石头,他想着,难道当初我和11个同学辛辛苦苦地去支教,到头来却教出个杀人犯?他不禁回想起学生时代的李菁，是那么淳朴老实，要说他现在变成杀人犯，自己是一万个不相信的，可是人毕竟是会变的，这么些年过去了，现在的李菁还是学生时代的那个他吗？现在的李菁自己还能信任吗？

路彦茫然地跟着人群走出办公室，身后响起了一声呼喊。

"我听李菁叫你哥？你和他是怎么回事？"

路彦回头，是萧瑶在背后喊住了自己。路彦叹了一口气，跟着萧瑶走到走廊一个窗子边。

"10年前，我和张霖还有10个女生一起去西部支教两个月，在那儿认识了这个孩子，我们12个人捐款集资帮助他读完了高中，他也是争气，后来考上了我们临江城大学。"

"很励志啊！后来读大学你们还有资助他吗？"萧瑶像变戏法似的，从身后掏出几块泡芙递给路彦，"给！吃点夜宵，补充点能量。"

一晚上的奔波之后，路彦把泡芙放进嘴里，才发现自己已经饥肠辘辘，他一边生猛地吞着泡芙一边道："他读大一、大二，我们还是给他汇了钱，等他到大三的时候，他跟我们说他找了很多兼职，不需要资助了，那时候我们才停止。算一算，我们也差不多资助了他五年吧。"

路彦想起李菁当年考上大学后自己和张霖就大学毕业了，虽然自己和张霖没有联系了，但他们还是定期给李菁汇钱。李菁考到临江城大学后，路彦经常去大学里找李菁，在送上资助金的同时，还和李菁在大学旁边的饭馆一起吃火锅、喝二锅头。路彦跟李菁说来到省城了需要什么帮助尽管开口，但李菁只是不停摇头说哥哥已经帮了他很多了……路彦还记得李菁当时还好奇地问自己怎么张霖哥没有来，那时自己只有干笑以对。

萧瑶大口吃着泡芙，顿了顿，她从窗外黑沉沉的夜色收回目光："所以现在在犯罪现场亲手抓住他，是不是感觉很失望？"

"何止失望……"路彦摇摇头，"他现在说他不是凶手，只是被凶手带着出现在现场而已，我的情感是想让我相信他的，理智上却……"

"不敢相信他说的是真的？"

路彦点点头。李菁交代解释他不是凶手，他只是被凶手带着去现场，他甚至都没看到杀人场景，可是这些话显得有些不太真实。李菁的话能信多少？

这么多年过去了，他还是那个纯朴老实的李菁吗？路彦心里打着鼓，转身看着窗外浓郁的黑暗，他低声道："查贺县那个案子时，我也一厢情愿地相信了不少人，结果换来的都是欺骗……我，我不能再犯这种错误了。"

"贺县那个案子后，你玩笑都开得少了，还经常嚷嚷着让人忘记死者……"

"听你的意思，你是觉得这样不好？"

"我们都觉得以前的你更有趣些……"萧瑶嘴里含着泡芙，模糊不清地说道。路彦不由得苦笑起来，他摇摇头转移话题道："现在秦队觉得好好审问李菁就行了，你觉得呢？你相信李菁就是凶手吗？"

萧瑶一口把一块泡芙吞下，随着泡芙在嘴里融化，她感觉案件带给自己心里的阴霾，有不少被四处弥漫的甜味驱散了。顿了顿，她轻快地说道："我只相信证据。指纹、脚印还有监控录像，目前确实都把嫌疑指向李菁。"

听着萧瑶的话，路彦皱起眉头。在路彦的记忆里，李菁一直是那个循规蹈矩的朴实少年。时间确实是能改变一个人的，但究竟发生了什么能把他变成一个杀人犯？从心底来说，路彦很不愿意相信多年前那个纯朴腼腆的大男孩，如今真的彻底消失了。

路彦一想到案件的这些疑点，就觉得刚刚还很美味的泡芙突然就变得味同嚼蜡了。他快速把剩下的一块放进嘴里道："有一个问题不知道你意识到了没，'审判者'宣称要杀害的七个目标里还剩两个人，如果审判者不是李菁，那么另外两个人就危险了……"

"秦队他们在你推理出的另外两个地点什么都没找到，我觉得秦队应该考虑过这个问题了吧，当警方抓住李菁后，那些人自然没有危险了啊。"

路彦摇摇头，他清楚地记得吉祥酒店对面商业广场天台门边遇到的那个保安，那个躺在那儿装死的那个人的脸，分明还有个人在背后操纵着这一切……想到这儿，路彦摇摇头："这个案子还是很可疑，如果李菁不是那个'审判者'，那剩下的那两人，甚至韩利，就都危险了啊！我们不能拿人命去开玩笑。"

萧瑶表情也迟疑起来："可是我们连他们是谁都不知道……"

"李菁可能知道，我得让他开口。"路彦眉头紧皱，"可是那小子死不交代，该怎么办呢？"

萧瑶微微一笑："你家的猫，是一副凶恶咬人的姿势找你要食物成功率高，还是撒娇卖萌找你要食物成功率高？"

路彦不明白萧瑶为啥扯到这个话题，他疑惑道："肯定是撒娇卖萌啊！"

"同理，同样一件事情，一个态度恶劣、行为粗暴的男性要求你做成功率高些，还是一个娇滴滴的小姑娘对你撒娇示弱请你做成功率高些？"

路彦刚想说这不是废话嘛，猛然间，他脑海里突然浮现起一年多前贺县案子里的那个小姑娘，不由心虚得脸一红，干脆沉默不语了。在贺县那个案子里，为了寻找连环杀人案的凶手，他一度怀疑过五个人，其中就包括自己的好兄弟张霖。在查案中，他受了很多欺骗和伤害，案件最后在经历过五次大反转后才找到真凶，但真凶居然是他一开始怎么也没想到的那个人……

一旁的萧瑶像是看穿了路彦心中所想道："别人跟你来硬的，只会换来你更硬的回击；可是别人要跟你来软的，你的抵抗力就弱了很多。你就是典型的吃软不吃硬，所以你想想啊，李菁会不会也是你这种人呢？"

路彦明白了萧瑶的意思，或许自己换一个更缓和的态度就能让李菁开口。路彦知道时间宝贵，每分每秒都在和真凶赛跑，当下也就不再犹豫，他转身向审问室走去："好，那我要现在再去问李菁一次，这次一定要让他开口。"

第十一章　01:00 故人重逢

凌晨1点多，冰冷的审讯室里，李菁疲倦地托着自己满是油光的脸，甩了甩脑袋，想让自己清醒一点。突然门被打开，路彦和记录员再次走了进来，李菁赶紧低下自己布满惶恐的脸。

路彦走上前，拿出钥匙解开了李菁的手铐，抽出椅子一身放松地坐到他的面前，路彦放缓口气说道："我们，是不是有好些年没见过了？"

李菁点点头。路彦尴尬地干笑起来："好久不见，没想到再相逢却是在这里，真是人生如戏、戏如人生啊！"

路彦干笑着，他看到李菁也跟着自己一起难为情地笑了，一瞬间，那个腼腆少年几乎重现在自己的面前。恍惚间，路彦还回想起，当年在李菁考上临江城大学后，每次自己去大学找李菁送上资助金时他看向自己的那腼腆和感激的眼神。路彦还记得有次李菁拿了个文学比赛的一等奖，兴奋地把自己喊到大学里去参加颁奖典礼。

路彦想起秦纬"李菁经历可能伪造"的说法，虽然他打心眼里不相信李菁能伪造什么历史信息，但他也知道这几年自己工作越来越忙，和李菁的联系慢慢变得越来越少，李菁这两三年到底经历了什么，看来还是需要问清楚。

"说说吧，这些年你过得怎么样啊？你不要紧张，现在我是你哥哥，不是审问你的警察。"路彦和蔼地说道，"还记得你大一时候，我去看你吗？那时候你跟我说，你想从生物工程换去土木工程专业……"

"是的……"李菁畏惧地看了一眼路彦，声音还是低低的，"当初在小地方高考完，填志愿的时候眼界不宽，家里也没人能给我指导，最后我选了生物工程专业。上了大学后才知道'21世纪是生物的世纪'完全是骗人的，学'生化环材'都难找工作……后来听同学说土木工程很好找工作，我就努力转专业去了土木工程……"

"后来呢，说说你毕业后这几年的经历？"

李菁看着坐在自己面前冲着自己微笑的路彦，恍惚间，李菁脑海里不禁浮现起那个冬天，路彦穿着厚厚的羽绒服站在学校旁边的土菜馆旁，他一边张嘴对着自己的双手哈热气，一边在等自己。看到自己来了，路彦就热切往自己怀里揣了一个信封，并带着自己进土菜馆吃起火锅来。火锅上空烟雾缭绕，李菁看着路彦冲着自己笑着，感觉那火锅的汤和杯子里的酒都化作一阵阵暖流，温暖着自己的身体和筋脉。

现在的路彦也是坐在桌前对着自己微笑，像几年前一样，不过再没有火锅的热气盘旋在他们之间了……如果自己不能相信张霖和路彦，这个世界还有几个人是自己能相信的呢？李菁想着，懊悔和愧疚爬满了心头，顿了顿，他老老实实地开口道：

"大三的时候我在学校里谈了个法律专业的女朋友，她叫陈英，我都喊她英子，这几年她一直跟我在一起。大四实习时我跟着工程走，整天在工地，跟英子也是聚少离多。工地上很辛苦，那些人工作结束后不是去喝酒就是去大保健，学长们都叫自己'土木狗'，我觉得特别没意思……后来我听说程序员赚的工资多，所以在工地上我每天私下里挤时间来学 web 和 php，等毕业我就投一些互联网公司，终于临江城一家游戏公司录用了我。"

"有想法，有行动，很努力，很棒！"路彦真诚地说道，"果然没有辜负我们对你的一番期望。"

李菁腼腆地笑笑："我当初在工地实习的工资很低，但等我在游戏公司做了程序员后就有七千，半年后涨到八千，后来这家游戏公司倒闭了。我就去了另外一家公司干到了今年，工资也升到了一万。"

"工资都一万啦！嗯，很好很好。你现在在这家互联网公司叫什么名字，你在那儿干得还顺利吧？"路彦满意地笑笑，他的两个手指头敲敲桌子提醒着记录员，他相信同事们会马上去查李菁说出的这个答案的。

"叫'苏邦'，做电子商务的，之前一直都挺顺利的，但是上个星期我被炒，这几天我一直在投简历，但是年底了，所以很不顺……"

"为什么被炒鱿鱼？"路彦很是疑惑。

"两个星期前我跟副总反映有人改动了后台数据，结果研发经理硬说是我弄的，把我开除了，其实这件事情是那个研发经理受贿办的……"

"这些家伙，真是太过分了！"路彦气愤地说，"没关系，你有这个工作经历在，下一份工作能找个更好的。"

李菁摇摇头："其实工作的事情还不是我最担心的，我最担心的是我住宿的问题，我和英子之前是在'优鑫'公司租的房子，但一个月前这家公司的老板卷钱跑了，房东收不到公司打给他们的房租，就要赶我们走，可是我们的信用卡每个月还在扣着房租，为这件事情我们和房东争执了很久，最终今天连人带行李被房东赶出来了……"

"'优鑫长租公寓'？"路彦紧皱起眉头，"那这个老板就这么跑了？你们没有报警？"

"一堆被他们坑害的租客都报警了！市公安局说正在调查，据说这个老板跑到国外去被逮住了，公司的一些人也已经被控制了……我们联合其他被坑的人一起找了律师，收集了不少证据准备从他们身上要回一些赔偿……"李菁说着，不由又想起那个带着小弟们来找他蛮横催债的宋涵玉，他们为了逼李菁尽快还掉欠网络借贷公司的5万块，当时也是各种恐吓，李菁各种求情，他们才勉强答应再等一段时间。李菁无奈苦笑了下，工作这几年，自己真是尝尽了人间冷暖。

"嗯，那你说韩利欠你钱又是怎么回事呢？"路彦接着问道，他在一步步接近核心。

"今天'审判者'告诉我，韩利竟然也是那个'优鑫'公司的股东，而且他打算马上潜逃去国外了。我买了很多韩利公司的理财产品，他跑到国外我的钱就追不回来了，所以我才去找他，想让他还钱……"

"等等！你买了韩利公司旗下的理财产品？什么产品？多少钱？"

李菁张开嘴笑笑，笑得却比哭还难过："'长寿'理财产品，我买了28万……毕业三年我存的18万，英子的5万还有我网上贷款的5万，加起来全部买了。"

"你为什么要买这个理财产品？"路彦皱皱眉头，"这种产品有些不正规，陷阱特别多。"

"它的利率回报特别高，有30%到40%，我当初想着我28万买这个产品，很快本金加利息就能涨到40多万了……"

"天下哪有掉下来的馅饼？有这样稳定的高投资回报率，人家要你的钱做本金干吗？实在不行，人家干吗不自己卖房子自己投资？"路彦提高了音量快速地说道,"为啥非要碰这个,你的收入现在已经不低了……"

"我工资是不算低,可是跟房价比还差得很远,我等不及了啊!光靠这工资的收入我根本不知道哪一年才能凑个房子的首付……说实话,我一年存的钱还赶不上这里房价一个月涨的价钱。哥,其实我们家里情况,也没有十年前你们去的时候那么艰难了,后来国家在我们那儿搞了新农村建设,我们家家户户都盖起了新房子,我爸妈这些年也存了有二三十万。但是那些钱跟这个城市的房价比,真的是太微不足道了,而且我也不想用父母的血汗钱来给我自己买房子。所以在买房这件事情上,从一开始我想的就是靠自己。"李菁的神情很是激动,语速越来越快,"我这种在网上人人喊打的'凤凰男',有女孩子愿意跟我我就已经很开心了!可是我不能不去想以后,我现在25岁没房子,英子还愿意跟我在一起,可是几年后我30岁了还没房子,她还愿意跟我在一起吗?"

路彦怔了怔,他看着李菁说:"你太焦虑了……"

"哥,我跟你不一样!你有名牌大学的研究生学历,我没有!张霖哥有写作的天赋,我也没有!我只是一个普通人,想过上好生活却过不了的普通人!我焦虑那是没法子的!"

同为男人,路彦对这种焦虑再明白不过了。顿了顿,他还是开口问道:"那你有没有想过,万一英子愿意跟着你吃苦呢?"

李菁神色焦急起来,说话语速也越来越快:"即使她愿意一直跟我吃苦,我也有责任早点去买房!还有,我读了四年大学,现在也工作了三年,每次我回家我的亲戚都问我赚多少钱,我还想以后把我爸妈接到城里来生活,我不想让他们两位老人一辈子都在那个小地方!可是我没房子,我什么都做不到,什么都做不了!"

"我这样的打工者,天天早上七八点跟着人潮挤地铁,就像条鳗鱼一样在这个城市的罐头里涌动。从狭小的出租房奔向公司里的一张小桌子,再从小桌子奔向狭小的出租房,在这个城市像是漂浮之萍,你说我们这样的生活盼头在哪儿?"李菁哭丧着脸,声音也越来越低落,"人活就活个盼头。而我的收入已经看到天花板了,未来几年也看不到上涨太多的可能,所以我必须想办法多赚钱,我想过创业,我想过买彩票,我想过买金融理财,这些选项里,买理财产品已经是最现实的选择了……"

路彦一阵默然，他突然看到，十年前那个难过地低着头说没高中上的少年又回到自己的眼前，他发现经过了十年的努力奔跑，李菁早已跑出了山村，跑出了西北，但是仍然没有跑出命运的阴影。路彦顿了顿，自己当初想着李菁大学毕业了，一个大小伙子在社会上独立自强不成问题了，一时间，他也就没把李菁再当作小男孩来看待，但是他发现他错了，在复杂险恶的社会面前，一个二十出头的小伙子，仍然很有可能会因为自己的欲望和焦虑，手足无措地掉入那些阴险的陷阱里。

路彦意识到，自己这两年确实缺少对李菁的关心，他的心里忍不住涌起一阵懊悔。顿了顿，路彦努力寻找着安慰的语言："慢慢来，你现在一个月能赚一万，已经比这个城市大多数人的收入都要高了……"

"没用的，没有房子，我就是一个月赚一万五六，在这个城市里也是底层。"李菁脸上挂着难以诉说的悲哀，"没有房子，我就感觉我一直不属于这个城市，你能体会那种感觉吗？上学的时候，我见到对我有意思的城市女生，我不敢对她们动半点心思，我努力让自己自信一点、豁达一点，但是我做不到。

"我不是没有努力地改变过，七年前我从小山村考到大城市里来，我就给自己戴上了面具，我告诉自己，从此自己是大城市人，不再是乡下人，我开始学习模仿别人的生活方式，我开始试着跟他们一样去聚餐、去KTV唱歌、去追女孩，毕业后，我落了临江城的户口，开始在临江城工作，那面具看上去更牢不可摘了，但面具始终是面具，不可能是真实的。

"以前的我太天真了，我竟然真的以为考上大学就能飞黄腾达，我与出身城市的同学、同事们觥筹交错，但归根结底我和他们不是一种人，'同一种人'是我自己给自己的错觉。可我不想一辈子活在错觉中，我想真正地在这里立足，我想我的下一代不再落后于他们的下一代，所以我必须有房子，所以我必须有钱……"

路彦看着李菁说不出话来，李菁的一番话把那个15岁追着大巴车狂奔不止的少年又带回到自己的面前。他迷茫，他困惑，他朝东边的方向狂奔了几千千米，他狂奔了许久，尽管他毕业后三年就差不多赚出了他父母一生的积蓄，尽管他已经远远超越了他的父辈，但是那嵌在心里的自卑和敏感常常会在不经意间跑出来，缠住他的身体，捆住他的手脚。那个长进他肉里、血里、骨里的出身，正如李菁所说，不论怎样隐藏，它带来的影子仍然会时不时流露出来。

"所以一切说到底……为了早点赚到一大笔钱，你就去买那个理财产品？"

"对，那个'长寿理财'，我公司的同事和我小区里的邻居都有人买，他们都从上面赚了不少钱，我和他们也聊过不少，所以我当初就没怎么担心，直接去买了……"

"所以你找韩利是为了让他还你买理财的那28万对吧？"

"是的！"

"你是怎么知道韩利要潜逃国外的？"

"'审判者'跟我说的。"

"那个'审判者'怎么知道的？他跟韩利很熟吗？韩利不可能把这件事情说出去啊！"

"'审判者'在韩利身上安装了窃听器，通过窃听韩利的谈话知道韩利要准备出国逃跑，我听过那个窃听器的声音，那个韩利确实在跟金茜说这些天他要去国外的事情！"

"韩利要出国逃跑，'审判者'怎么就能提前在韩利身上安装了窃听器？"一连串的信息相继涌来让路彦十分迷惑，他眉头拧到了一起，"你老实交代，'审判者'到底是谁？"

提到这件事情，李菁顿时又没有了话腔，他低下了头，沉默不语。

"为什么？你真的不打算交代'审判者'是谁吗？"

李菁表情挣扎着，一直开不了口。

路彦急躁地看了看时间，再过不久就凌晨2点了，不能再拖下去了。路彦在心里无奈地叹了口气，既然温情手段对李菁没有用，自己只好使用激将法了。

"好，如果说你去找韩利是因为他欠你钱，那么你杀害其他人又是为什么呢？"

"什么？我杀什么人？"路彦的话题突然一转，李菁有些反应不过来。

"你还装什么傻！"路彦猛地站了起来，居高临下直视着李菁，"警方在死亡现场发现的脚印和尸体上发现的指纹，都跟你的脚印和指纹完全匹配！"

"这怎么可能！"李菁一脸惊骇，"我根本没见到什么尸体！"

"你说有一个'审判者'带着你行动，你完全没有参与犯罪，可是吉祥酒店的监控录像里只发现你一个人在那儿行动，这又是为什么？"

李菁看着站在自己面前对着自己怒喝的路彦，他突然觉得这个哥哥变得很是陌生，这是怎么回事？警方怎么硬说找到了我杀人的证据？李菁动动嘴巴，感觉恐怖从四周涌来要把自己淹没，他猛地想起几个小时前赵钱对自己说的那些话：这个世界是不讲道理，只讲利益的。难道说，警方为了快速破案，制造伪证来污蔑我，然后屈打成招？李菁惊恐地想着，眼前一片黑暗。他听到路彦的声音也响彻了整个审讯室："你到底想不想交代'审判者'是谁，还是说'审判者'其实根本就不存在，那个凶手就是你？"

李菁在长久的沉默后，终于开口了："我真的没有杀人，你们不要污蔑我……"

听着李菁声音里的冰冷，路彦不禁神经一紧，那个腼腆的程序员像是不见了，此时在他面前的好像是个此前完全不认识的人。

"'审判者'也不是我，他叫……"李菁闭上眼睛，又重新睁开来，"他叫赵钱，40岁左右，本市人，他是我当初待的那个游戏公司的老板。"

李菁终于开始说到重点了，路彦神经一紧："公司名字叫什么？那个公司不是因为融资不顺倒闭了？"

"叫'易趣'游戏公司，两年前我在他们那儿工作了一段时间，当时赵钱就是我的老板，我一直干得蛮开心的，但是有天赵钱跟我们说因为融资不顺利，公司运行不下去了，只好先行辞退一些员工。然后我就离开了，后来发生什么我就不清楚了，不过听赵钱他自己说后来没多久公司就倒闭了……"

"然后你们一直有着联系？你们俩之间到底是什么关系？"

"对，他虽然是老板，但是跟我们都不摆架子，和我说话都是很友善很客气的。当初我离职的时候，他还给我发了一些离职补助，我当时就觉得这个老板特别仗义、重感情。"李菁努力回忆着，"不过后来我去了新公司后，跟他也有差不多一年没联系。直到一个月前吧，他找到我请我和英子吃饭叙旧，他想请我帮他一个忙，当时他并没有明说是什么忙，我想着跟这样的成功人士搞好关系总是没错的，我跟他走得近，也能从他那里获得一些我想要的资源什么的，所以当时我就答应了他。

"今天就是我们约定的给他帮忙的日子，倒霉的是今天我被房东赶出来了，他来找我的时候正好遇见这事，他还想替我出头教训房东。我劝阻了他后，他跟我说想在未来的二十多个小时里让我给他开个车，打个下手，我没想太多就跟他走了。后来我问他要做什么事，他说他要杀掉那些法律处置不了的坏人……"

"杀掉法律处置不了的坏人？那些人他认识吗？"路彦瞪大眼睛，"这个人真的开公司做生意的？"

"他说他要杀的那些人跟他并不认识，但是他私下里做了很多调查，把他们的情况查清楚了再动手的。"

"开什么玩笑！"路彦摇摇头，"这人一定另有来头，我问你，他连杀这几个和他无关的人，是什么给予他做这件事情的动力？"

"他说他当'审判者'，不仅是为了处决那些逃脱法律惩罚的坏人，更重要的是给芸芸众生一个训诫，告诉他们不是每个人都像他们那样自私地坐视着恶行的发生。既然法律惩罚不了那些坏人，他就代表'正义'去惩罚他们……"

"没有道理。"路彦一个劲儿地摇头，"他怎么会为了惩罚那些法律惩罚不了的坏人，就让自己付出被判死刑的代价？这不符合人性。"

"你不知道他以前的经历，他本来有个幸福家庭，但后来他的妻子和女儿在回娘家的路上被人从公交车上拖下来虐杀了，两个凶手在逃好几年，最后还是他跑了很多地方，帮助警方抓到那两个凶手的……很惨很惨，他说自那之后他就对人性完全失望了，而且他已经是癌症中晚期的病人，反正是等死，他也无所谓了，所以他想做'审判者'警告世人……"

"还有这种事，那个案子发生在哪儿？"路彦紧皱眉头，李菁说的这个也是一个重大信息，这种恶性案件公安系统肯定有记录的，甚至新闻都做过重点报道。

"他说发生在四川。"

路彦点点头，就算在外省也没关系，赵钱，年近四旬，妻女几年前在四川被恶性杀害，凭这几个条件已经完全可以在公安系统里找到这个人了。想了想，路彦接着问道："他长什么样子？"

"一米八的个子，年龄比我大一个生肖，三十七吧……"李菁回想了一下，"长得嘛，脸色比较白，整个人显得很正派……"

路彦想起卡迪斯酒吧那些"审判者"找来的帮手们的供词，他连忙问道："他额头上有疤痕吗？"

"疤痕？没有。"

看来赵钱并不是联系卡迪斯酒吧那几个托的人，路彦寻思着，他继续追问："那他带你去的房子是在哪儿？"

"他一开始带我去了他在北山区的楼房，我们把行李放到他一楼的车库，那里面放满了各种乱七八糟的道具、衣服、易容的假发等，角落里好像有一些瓶瓶罐罐和注射器，好像还有些红色的像是血一类的东西……后来他又带我去了他在浦航区的别墅，在他别墅那里我看到了他的画，还有'审判'名单，一共七张……"

路彦赶紧问道："后面那几个人是谁？"

"我只看了前几张上面的徐青、薛龙，后几张没看到，当时他从我手中拿走了，放到一旁的保险箱里锁了。"

"我姑且把你刚才说的话全部当真，但我还有点搞不懂。"路彦紧皱眉头，死盯着李菁的眼睛，"为什么你明知道赵钱是在犯罪，你还跟着他一起帮助他？这不是知恶还作恶吗？"

"可是他杀的都是坏人啊！那些坏人手上都有人命的！"

"也就是说，你觉得以暴制恶是对的？"

李菁低头沉默不语，路彦摇摇头，他提高了音量："再退一步说，怎么他说什么你全都信？就算他说的是真的，他去杀坏人也是犯罪！你跟着他协助他，刚才死不开口包庇他，这又是为什么？"

"我觉得他对我挺好的，直接供出他有些不好……"

"直接供出他不好？"路彦猛地站了起来，在李菁面前焦急地走来走去，"李菁啊李菁！你怎么变成了这样？我问你，你真的只是因为觉得他对你好，所以才协助以及包庇他的吗？"

李菁张张嘴,他想把赵钱给他钱的事情说出来,可是话到嘴边他又收了回去。他知道,说出来路彦肯定会大失所望,所以他准备撒一个谎。

　　"我知道,我知道他有一个要裁决的对象是韩利,所以我就想一直跟着他,这样我就能去找到韩利要回我的钱……"

　　听到李菁的这个回答,路彦又猛地愣住了,他感觉自己火气噌噌直上:"因为你想找韩利要回你的钱,所以你就协助赵钱进行了前几场犯罪?你觉得我会信吗?你为什么不能报警解决?我问你,你和赵钱私下是不是还有别的交易?"

　　见路彦一下看穿自己的谎言,李菁索性也就交代了,他点点头:"这个……赵钱给了我一笔钱,无论是我买韩利理财产品的那笔钱,还是赵钱给我的钱,对我来说都重要,我现在很需要钱……"

　　"为了钱?所以你就可以做协助犯罪的事情吗?如果你有经济上的问题,为什么不能跟我们说?你把我们这些哥哥当什么了?"路彦在审讯室里走来走去,他觉得失望和心痛在焚烧着自己的心,无论李菁说的话还有没有虚假成分,他的行为都已经构成了实质性的协助犯罪。多年前在支教的时候,路彦就猜想过自己和张霖、李菁的种种未来,但是他从未想到过,张霖有一天会去坐牢,而李菁有一天也会犯罪,他感觉到一阵揪心的疼痛。

　　顿了顿,路彦追问道:"为了钱,你就可以做这些事吗?你变了,你还记得你以前对我们说过的那些……"

　　"我是变了,可这么多人都被世界改变了,凭什么我是例外?我算老几?"李菁抬起头,他脸上一抹惨笑,"别提以前我说的那些话了,我毕业后才知道,社会跟我想象的一点也不一样!"

　　"所以你为钱要不顾一切了?想快速发财还不简单!法子多的是,都写在《刑法》里呢!"见李菁开口反驳,路彦也忍不住提高音量道,"为了钱,就什么都能做吗?"

　　李菁也忍不住提高音量:"我能怎么办?那么多人活着都是为了钱,凭什么我能独善其身?我必须有钱,否则我什么都不是,什么都不是!"

　　"想发财就要和犯罪分子混在一起,你疯了吗?张霖当年对你说不管什么时候都要有良心,你对得起他对你说的那些话吗?"

　　"张霖自己都去坐牢了!"李菁猛地大喝一声,他整个人的身体激动地颤抖起来，"我看到去年贺县案子的新闻了！还是你亲手抓他进去的！难道这不是讽……"

"啪"的一声，李菁话没说完，路彦不知道自己怎么一巴掌就打到了李菁的脸上，路彦气得胸口剧烈起伏道："我们好几年的资助，没想到却资助出你这么一个……一个犯罪分子！你对不起张霖，对不起我和吴思凉，以及那些关心过你的人！你根本不配做我们的学生，你太让我们失望了！"

被一巴掌打到，李菁死死地垂下头，双手撕扯着自己后脑勺的头发，压抑久的屈辱和无望结成的大疙瘩，突然像有把刀在心上面戳，一瞬间捅破了他的心理防线，他哭了起来。

是因为我的一巴掌让他哭了吗？路彦歉疚地想着，但他又本能地觉得没那么简单，李菁的身上，分明有着一些压抑已久的负能量跟着他的哭声一起爆发出来。

一旁的记录员拉了拉路彦，低声提醒着他。路彦站在原地深呼吸平复着怒气，他放缓语气说道。

"张霖坐牢的事情，嗯……其实不……不是你想象的那样……他坐牢的事……也不应该成为你幻灭后去犯罪的理由。"

李菁还在大哭着，像是一次性要把他身上的负面情绪全部发泄出来，路彦在一旁柔声安慰道："这件事过去了就过去了，只要你没有亲手犯罪，这个案子你再好好协助警察破案，接下来的量刑也会轻很多。"

李菁抬起脸，他怔住了。看着他慢慢地抽泣着，路彦追问道："最重要的一个问题，你在德诚大厦附近和赵钱分开后，他去了哪里？有什么办法能找到他？"

不知道过了多久，李菁渐渐地平静了下来，他开口交代说："他之后去了哪里我真不知道，我只知道他有两个地址，还有他那辆丰田车的车牌是KG2012。"

路彦皱眉追问道："你刚才说他在北山区那房子车库的角落里，有瓶瓶罐罐和注射器，还有血迹一类的东西？"

"对，是有一些。"李菁皱着眉头，忽然他想起了那辆大货车，"对，他在那个车库里还有一辆黑色货车……"

路彦警觉起来："货车车牌多少？"

"好像是 ML5868，记得不是很清楚了……"

路彦连忙一阵记录，李菁在一旁寻思会儿后兀自感叹地开口了："以前我觉得写代码是很复杂的事情，现在我觉得写代码简直是这个世界上最简单的事情，跟复杂的社会和人性比起来，它真的好简单啊。赵钱跟我说，人不为自己而活，还能指望别人为自己而活？说得真是对极了，就好比，我一开始本不想供出他，但你们警方认为我是凶手时，我又不得不为了保护自己而供出他……真是讽刺……"

"他跟你说这些话干什么？"路彦紧皱眉头，"两年前他的公司倒闭了，他后来去做了什么你知道吗？"

"他说他满天下地去寻找那两个杀害他妻女的凶手去了。"

"怎么听上去，还是那么扯？"路彦摇摇头，"你觉得他是个什么样的人？你就没觉得这人身上有什么奇怪的地方吗？"

"我感觉他是一个挺坦诚也很聪明的人，我问什么他都毫不犹豫地回答，很博学，对很多事情都有自己的一番见解，他做什么事都考虑得很仔细，奇怪的地方，我一时倒没想到有什么……"李菁努力回想着答道。

路彦皱起眉头看向李菁，李菁这一番描述一点也不像是在形容一个连环杀人犯，倒很像在形容一位令人尊敬的前辈。在路彦的印象里，李菁一直都是那个单纯的大男孩，别人对他的好，他会一直很上心、很感激，这个赵钱貌似对李菁很不错，以至于轻易地就获得李菁的信任和亲近。路彦突然意识到，对李菁来说，自己只是个曾经在少年时代帮助过他的哥哥，而那个赵钱则是能在现在引领他走向成功的成功人士，人都是活在当下、重视当下的，现在李菁更愿意亲近的是他路彦，还是那个"审判者"赵钱，已经变得很难说了……

想到这儿，路彦把笔往桌上一扔，往身后的椅子上一靠，盯着李菁道："你刚才说的这些，我能相信全是真话吗？"

李菁这一次没有逃避路彦的眼神，他紧紧看着路彦的眼睛道："哥，这个世界上，我就是骗自己，都不可能骗你和张霖哥。"

路彦盯着李菁的眼睛久久没有说话，不知道过了多久，他猛地站起身来："好！"

路彦大步向门外走去，一旁的记录员也在收拾着东西。李菁却猛地喊道："对了！奇怪的地方有一个！他对着他房子里一幅画说过一段奇怪的话，我当时没听懂，他也没解释。"

路彦在门边停住脚步，转身看向李菁："他说了什么？"

"什么……那一千年完了，什么撒旦被释放，什么出来要迷惑四方……后面我记不清了。"

路彦一阵惊讶道："完整的是不是这一句？那一千年完了，撒旦必从监牢里被释放，出来要迷惑地上四方的列国，就是歌革和玛各，叫他们上来聚集争战。他们人数多如海沙。对吗？"

"对！是的是的。"李菁点点头。

"他怎么老是念《启示录》上面的话，他到底是什么意思？"路彦疑惑地想着，像是有一道灵光在脑子里穿过，但是路彦没能抓住它把这句话解读出来……

带着满腹疑云，路彦走出审讯室喊道："关西！萧瑶！"

甄关西正一脸疲倦地上来迎接道："在哪哥！您刚才的那一番审讯真是激动人心啊！"

路彦看向走出来的萧瑶："秦队在哪儿，他回去了吗？"

"秦队就在隔壁休息了一下，你先别这么大声喊了。"萧瑶摇摇头，示意路彦冷静点，"值班刑警已经在查了，本市人，年近四旬，妻女被杀害，歹徒逃亡几年，暂时还没查到这个人……"

"撞德诚大厦的那车装了自动驾驶控制系统，这个人应该学历挺高，可能是机械专业方向的，注意下这个条件。"

"好！"萧瑶点点头。路彦追着问道："刚才李菁说的你们都在监控里看了吧，你觉得有多少是真的？"

"我们不好说，你自己觉得呢？"

"我觉得很多都是真的。对了，法医还没有检查出死因吗？"

"没有，法医正在连夜解剖。听他们说，法医初步判断是没有在尸体上除头部以外的地方发现有致命伤，可能死因就隐藏在死者的头上……现在法医准备查他们的胃里面是否有毒物。"

"有没有毒物？"路彦皱起眉头，"那四具尸体的死亡时间都是什么时候？"

"还没出法医报告，我们这边去催着问下吧。"

"我觉得尸体出现的现场有李菁的指纹和脚印，它意味着两种可能，一种就是李菁一直在撒谎，另一种就是凶手在跟我们玩一个把戏。"

"什么把戏？"

"现在我还不敢断定，等我拿到了法医报告再说……"路彦看向萧瑶和甄关西，"帮我跟秦队催一下法医报告，就算没有找到死因也没关系，我要详细的死亡时间。"

萧瑶和甄关西点头，路彦语速飞快地说道："现在我们要兵分两路，李菁交代那个赵钱有两个住址，我们要马上去这两个地方，一是要核实李菁说的是否是真话，二是去那儿收集更多关于赵钱犯罪的证据。李菁说在赵钱楼房的车库里，看到一些作案道具和血迹等，我打算先去这里。"

"秦队刚开完会，你这样私自行动好吗？"

"这个案子没有完，如果'审判者'逍遥法外，对接下来他要袭击的人来说是个巨大的危害，我们不能冒这个险。"路彦肯定地说道。

萧瑶摇摇头，她知道路彦做了决定就不会回头。一旁的甄关西打起精神道："哥你说得好！我跟你一起行动！"

路彦看向秦纬办公室的方向，抬头往那儿走去："李菁说的那个浦航区的别墅，需要秦队……"

"你别去了。"萧瑶一把拉住了他，"他还在休息。你们先去，我来把他叫起来沟通吧。"

路彦看了看时间，已经快凌晨2点了，有些同事已经回家休息了，但他发现自己的疲倦已一扫而空。他掉转方向，飞快地冲向停车场："没有时间慢慢沟通了，我们得马上行动！"

第十二章　02:00 身中埋伏

- 1 -

北山区的凌晨2点，赵钱开车穿过浓郁的雾霾，回到自己的车库前。他把车停得远远的，四周一片漆黑，远处路灯的光亮已经极其微弱，他走到自己的车库前，打开了车库门前的灯，但没有打开门，他背对着门伫立着，浓稠的黑暗里，他一个人悠然地抽起烟来。

他仰起头，吐了一口烟圈，不远处的黑暗里，响起一阵窸窣的脚步声。两个高大的人影从黑暗中朝他走来，而他像是浑然不觉，还是保持着仰头的姿势，看着那烟雾在空气中缠绕在一起。

两个人影走到他的面前，沉声问道："不请我们进去？"

赵钱慢悠悠地放下脑袋，低头道："就在外面说吧……准备得怎么样了？"

"我们通知他们了，人手、地点，都准备好了。"

"嗯！"赵钱满意地点点头，"提醒他们要注意动作的分寸。"

"明白。"两个人影点点头。

赵钱兀自抽着烟，两个人影留在原地一动不动，并未打算离去，赵钱问道："你们这是干吗呢？"

"你说我们干吗？"

"呵呵，不就是铜板的事么……"赵钱笑笑，"你们背转身。"

两人配合地转过身，背对着车库的门，赵钱也转身打开了车库的门，他走进车库，从里面带出一个长长的黑袋，他手提着黑袋朝那两人的背后一步步走去，他的手伸进袋里一阵摸索，两人从门口地上的影子里看到赵钱的手一边在袋里摸索一边身影逼近，两人连忙紧张地回头："你要干什么？"

赵钱的手从袋里拿出来了，他的手上拿着的是一个鼓鼓的信封，两人顿时松了口气。

"快去吧，事情一定要办好。"赵钱淡淡地说道，两人接过信封连忙点头转身离开，压根儿不敢多看赵钱身后的车库。

见那两人的身体被黑暗吞没，赵钱看了看手机上的时间，他走进车库一阵收拾，正想给水龙头接上水管的时候，他听到远处传来汽车靠近的声音。赵钱放下手中的活，停在原地，静静地听起了那个声音。黑暗中，他的眼神锐利了起来。

- 2 -

浓重的夜色里万籁俱寂，路彦开着警车来到北山区，向李菁给的地址行驶着。坐在副驾驶座上的甄关西看了看路彦询问道："李菁说那个'审判者'的住所有两处，哥你为什么要先来这里查看？"

路彦沉默了一下开口道："我先来查这个，是跟那几个死者有关系的。第三个死者和第四个死者我们费了九牛二虎之力也没有救下来，你觉得是为什么？"

"为什么？"

"我觉得不是因为凶手太狡猾，而是因为，我们不可能去营救一个已经死去的人！"

"什么？"

"卡迪斯酒吧和吉祥酒店的两个死者，虽然还有着一定的尸温，但尸僵和尸斑都不像是刚死的死者身上的。我怀疑在我们发现他们的时候，他们都死亡超过两个小时了，我现在就在等法医的结论了。"

"什么？这怎么可能！"甄关西惊了。

"我在卡迪斯酒吧检查那个死者的时候，就有比较大的把握了。在那么短的时间里，凶手带死者来到卫生间，杀掉他再割掉他的头然后逃掉，这个时间真的够凶手完成这么多事情吗？如果说那个死者是凶手杀死后提前放在那里的，那么一切就解释得通了。"

"你是说凶手进那个女厕只是去打开了隔间的门，然后就出来了？其实里面的尸体是他提前放进去的？"

"对！"路彦点点头，"而且我觉得其他三具尸体也是被提前杀死的。"

"不对啊！吉祥酒店的那个崔莉，在案发前半小时我们不是还见到她了吗？那婆娘还骂我来着，怎么会也是被提前杀死的？"

"这可能是凶手使用的一个障眼法，我跟秦队说了我的猜想，他正在找人搜集证据核实。"

甄关西愣了愣："可是凶手这么做的意义在哪儿？杀掉一个人然后把尸体藏起来号称要审判他，再把地点告诉我们，让我们警方大张旗鼓地去调查，他为什么要这么做？"

路彦死死地握着方向盘，他摇摇头："我还没想到，关于这个凶手，动机是我最难想明白的，一旦知道了动机，我想一切也就水落石出了。"

甄关西若有所思地点点头："哥你是怀疑那尸体有问题，所以才先来他这个停车库检查？"

"对，如果是把死者提前运输到这些地方，容易在运输过程中留下一些运输痕迹。李菁也交代说在赵钱的车库看到了货车和血迹类的东西，所以我们先到这里来查个清楚。"路彦一打方向盘，大众车驶上了一条小路。房屋渐渐稀少，路彦伸出头朝四周的小片树林探望，"是这里吧？"

甄关西打开手机看着地图："姓李的说的就是这里，没错的！"

路彦看了看两边，他把车开向了路边刹住了车轻声道："下来吧，我们步行在这附近找一下。"

两人从车上走下，甄关西掏出手电打开，一束光刺破深广无垠的漆黑夜色，路彦控制着脚步的轻重，但是踩着脚下石子的"嘎啦"声仍响个不停。远处响起野猫的打架声和不知名动物的嚎叫，凌晨2点多的墨黑夜色里，仿佛雾霾深处潜伏着某个幽灵。两人小心翼翼地朝着四周探索着，突然，两人左侧的小树林里响着哗啦啦的声音，甄关西连忙把手电照了过去。

好像有什么东西埋伏在那儿，但是树林里除了光秃秃的树枝，什么都没有。

"是野猫吗？"甄关西嘟囔着一句，他看向身旁的路彦，路彦却盯着右侧方向的一个横排高大的水泥房，那水泥房一共三层，底下一层非常高大，中间那个单元的一楼的升降门在雾霾中若隐若现。

"升降门？车库应该就是这里吧。"路彦指向那个方向，悄声走去。

"这个楼位置挺偏僻的，看这样子平时也没人住吧？"甄关西小声道。

穿破雾霾后，路彦站在了升降门的面前，试图开门却发现门是锁死的。他蹲了下来，正寻思着该如何打开门，不经意看到地上有一小片烟灰，还有一根没抽完的香烟。路彦伸出手捏了捏那香烟的滤嘴，发现那上面还残留着一丝温热。

"小心，这里刚刚还有人，可能还没有走远。"路彦连忙跟一旁的甄关西细声道，接着他警觉地把腰间的枪掏了出来，敲了敲车库的门，门里面完全没有回应。

甄关西闻言一愣，他马上也紧跟着掏出自己的枪，一阵左看右看后，他抬起脚离开升降门向路边走去，二十步之后，透着雾霾，他看到顺着他们来时方向的前方，一辆货车车头的轮廓若隐若现。

"哥！"甄关西脸色紧张地走回来，"那前面有辆货车！"

货车？路彦猛地想起，难道是李菁交代的那辆"审判者"的货车吗？路彦猛地起身，紧握着枪，带着甄关西朝那货车走去。

二十步之后，路彦也看到了那货车车头的轮廓，他持着枪，正对货车驾驶座一步步地靠近，近了，更近了……雾霾深处的货车渐渐显出真容，它有着跟一般货车一样高大的车身、蓝色的车头、淡白色的货厢，它就静静停在那儿，犹如一头潜伏在夜色深处的巨兽。

甄关西急忙把手电照向货车驾驶座，路彦和他同时看清了驾驶座，那上面空无一人。

路彦和甄关西迅速左右分开，两人从左右两个方向顺着车身绕到了车尾，路彦还低头仔细探视了一下车身的下方，没有人，这辆车的主人像是已经离开了，只剩车停留在这里。

路彦低着头，看着车牌ML5868，正是李菁交代的那个车牌，他蹲了下来盯着车牌沉声道："终于让我找到你了。"

甄关西一阵呼吸急促："这是他的车？"

路彦点点头，他站了起来，仔细查看这货车货厢的后门锁，发现后门锁有两个，一个是后门上自带的白银色机械锁，一个是人为后加的黄铜锁。

这家伙做事还真谨慎，路彦想着，他收起枪，返回警车上拿出一把开锁钳子，对着黄铜锁一阵尝试，甄关西拿着枪在旁边环视着周围。

"咔嚓"一声，路彦打开了黄铜锁，他试探性地拉了拉门，没想那个白银色机械锁并没有锁，路彦直接一把拉开了厚重的铁门。

路彦连忙持枪对准门后的黑暗,并且身体猛地向一旁避让,一旁的甄关西也连忙将手电照向货厢,货厢里被照亮了,里面空无一人。

路彦看向货厢,里面稀稀拉拉地放着毯子和一些瓶瓶罐罐,底板上还有匕首剪刀一类的刀具,在那些刀具上,依稀还能看到一些红色血迹,路彦放下枪,上前一跃而起,跳上货厢。

甄关西也伸头往货厢里探望,跃跃欲试,路彦见状叮嘱了一句:"你就拿枪在底下守着,不要上来,注意盯好周围。"

甄关西不情愿地嘟囔着应了一声,路彦在货厢上蹑手蹑脚地上前,他走到毛毯的旁边,将那毛毯打开一看,上面的血迹映入眼帘,路彦捡起毛毯接出来的电线插头仔细端详。

"把手电给我!"路彦看向车外的甄关西,甄关西连忙将手电扔给了车上的路彦。没了手电,甄关西一个人站在黑乎乎的车门边更害怕了,他紧握着枪,感觉自己的手心满是汗。

路彦接过手电,接着又在车上找了插座,路彦用手电照了下角落,那里有一个托盘,放着一些手术刀和剪刀,上面残留的血迹触目惊心,在手术刀和剪刀的旁边,还有一些注射针头,里面残存着一些药剂。

路彦盯着那针管里残存的液体正思索着,忽然手机响起,路彦赶紧接通,萧瑶的声音从电话那边传来:"天啊!你知道吗?法医那边说第三具死者和第四具死者死亡时间有15到18个小时了!"

"我猜到了,那个'审判者'是提前把尸体放在那里,然后跟我们玩游戏呢!"

"可是我当时触摸到的尸温不对啊?"

"凶手用了电热毯包裹尸体保存尸温。"路彦摸了摸身下的电热毯,"另外两具尸体的死亡时间呢?"

"头两具尸体死亡时间都是在12到14小时左右,但四具尸体的死因法医还在找……"

路彦默然,看来头两具尸体在他们发现的时候确实是刚死亡不久,他顿了顿说道:"赶快通知秦队……"

"秦队已经起来加急对李菁审问了,待会儿要重新开会。"

"好！"路彦飞快地说道，"我们在赵钱的车库附近发现了他的货车，车牌与李菁描述的完全相同，车上有肢解尸体的道具和血迹可以作证据，你把这个消息报告给秦队，李菁所说是真的，凶手另有其人，这个案子没有完！"

"明白！"萧瑶挂断电话。路彦刚放下手机，门边传来甄关西的声音。

"什么？那是肢解尸体的道具和血迹？"甄关西高兴地跳上车，"看来哥你的推测是真的啊！那个凶手是先把人弄死再提前放到现场的！"

"回去！你上来干吗？"

"让我也参与进来嘛！享受一下推理被证实的感觉！"甄关西摇头晃脑地凑上前。甄关西其实没说实话，他除了因为有些好奇之外，其实更主要的原因是他站在黑魆魆又阴森森的车边，内心很是恐惧害怕。

路彦抬起头，刚准备想提高音量让甄关西回去，忽然发现货厢两道沉重的铁门正在朝中间迅速合拢，路彦大叫不好，连忙飞一般地扑向那铁门。但是已经来不及了，铁门迅速关上了，路彦感觉自己的手臂和手掌撞到铁门上一阵生疼。还未爬起来，接着他听到"咔嚓"一声，透着两扇门的门缝，路彦看到那个白色机械锁的横栓插在两门之上，货箱的门从外面被锁住了。

甄关西急忙冲上来喊道："这是怎么回事？"

路彦面沉如水地爬起来，他从腰间再次掏出枪："后退，退到最后面趴下！"

"干吗？为什么？"甄关西一头雾水。

"如果你不怕被跳弹打中，那你就在这儿站着吧！"

甄关西噎住了，他连忙退到货厢的另外一端趴伏在地，路彦后退几步，举着枪快速蹲了下来，正寻找射击的角度打算扣动扳机。

猛地，货车发动了，刚起步就飞快地提速，路彦一个趔趄向一边跌去，他连忙伸出一手撑住，货车行驶在坑坑洼洼的路面上，路彦的身体跟着整个车身摇晃。

"浑蛋！"路彦怒骂一声，他努力地控制着平衡重新蹲稳，朝那两个门板之间开了一枪。

"砰"的一声，子弹稳稳地穿过两块门板合住的位置，打到那个机械锁的横栓上，溅起一道火花，门板被打穿了一个小孔，但是锁和横栓安然无事，坚固依然。路彦无奈地摇摇头，他明白，这下麻烦大了。

货车在坑坑洼洼的路面上飞快地行驶，路彦和甄关西每次刚刚站稳不久，货车就猛地来个急转弯，两人身体控制不住地飞向一个方向。

甄关西垂头丧气道："哥！我错了！我应该听你的，不该上来的！"

"刚才开门时，我还奇怪底下那锁为什么没锁上呢？"路彦阴着脸，"原来是他在守株待兔。"

甄关西听出路彦声音里的安慰："那现在我们该怎么办？他开动这车这是要做什么？"

"既然他故意让我们拿到了这个道具和血迹的证据，我猜他应该是不想再给我们留活口了吧……"

"什么？他还想杀警察？"甄关西惊呆了，想起"审判者"前几次成功得手，甄关西猛地觉得一阵恐惧压在他的心头上，"哥，你快想想办法啊！"

"给你的枪上满子弹，拿着枪你有什么好怕的？"

"说得也是！"甄关西攥紧手枪，"他敢对我们动手我直接就一枪崩了他！"

突然货车猛地一个急刹车，然后又是一个急转弯，两人又是摇晃。路彦疑惑地想着，他在故意多转弯，想把我们转晕失去方位感，他这是带我们去哪儿？

"趴下！小心跳弹！"路彦话音刚落，他再次朝货箱门板的小孔开了两枪，"砰砰"两声，子弹再次打穿货箱的铁壁，小孔被打成了大孔，但是那机械锁坚硬如故。

路彦枪声刚落，货车又是一个急转弯，两人一阵站立不稳，甄关西趴在地上大叫道："哥，这没用啊！那锁得有几厘米厚打不穿啊！"

路彦正焦急着，忽然货车开始朝斜下方加速，他感觉车好像是在失控下坡，整个车身剧烈地晃动，货厢里犹如天旋地转一般，路彦和甄关西两人死死抓住货厢的铁壁，但仍不免被甩得东倒西歪。紧接着路彦听到"轰隆"一声，接着又是"哗啦"的声音，那是车子冲进水里的声音，整个车身抖动了一下，一种陷入虚空的无力感袭了上来。路彦禁不住苦笑起来，原来他让甄关西拿着枪真是想多了，"审判者"想杀他们，根本就不给他们开枪的机会。

"他这是把车开到水里了？"甄关西惊恐道，他连忙在一旁掏出手机，一阵拨动后他惊恐地看向路彦，"哥，我手机没信号了？"

路彦掏出自己的手机看了一眼摇摇头："他应该是在驾驶座里安装了信号干扰器。"

整个货车的车头朝下扎在水里，冰冷的水带着死亡的气息从空隙渗了进来，路彦背靠着货厢车头方向的铁壁，抬起头看着腾空翘起的车尾，车身在慢慢下坠，水漫进来的速度越来越快，两人的小腿很快就被淹没了。

"怎么办？这该怎么办！我们要被淹死了！"甄关西杀猪般地号叫着，他焦急地躲避着那些漫进来的冰冷水柱，每次不小心被淋到他就忍不住发出一声惨叫。

路彦沉声道："我们去车尾，尽量远离干扰器。"

死亡的威胁是如此真切，两人挣扎地爬到上空的车尾，双脚蹬着两边的铁壁，手掌抓住门上的铁闩，努力地不让自己掉下来。路彦把手电咬在嘴里，打向货厢的另一头，那里已经漫进占整个货厢三分之一的寒水，黑色的水面笼罩着逼人的死亡气息。

"怎么办？怎么办？这水迟早要完全淹没我们的！我们要被淹死了！"甄关西哭丧着脸喊道。

路彦沉默不语，他紧咬手电，空出右手拿着手机，左手奋力地抓着铁壁，右手努力地拨出一个电话，电话无法拨出。

路彦把手电从嘴里拿出，递给了甄关西："你拿着，我接着打。"

甄关西接过手电给路彦打着光，但是路彦努力了半天，一个电话都打不出去。

"完了，早知道我就不该跟你出来调查的！"甄关西瞪大眼睛，呆呆地望向那黑沉沉的水面，"我要在这儿淹死了，我家里人会怎么想？"

甄关西念叨着，脚上沾到水，忍不住一滑，两只手一下没抓稳，整个人向斜下方的水里掉去，路彦连忙伸出左手一把拉回了他。甄关西缓过神来，伸出一只手重新抓住门的铁闩，但是路彦没有了手掌抓力，光凭两只脚在铁壁上的支撑并没能坚持多久，路彦控制不住地坠落下去，"扑通"一声，他掉进了冰冷的水中。

- 3 -

临江城浦航区，凌晨2点的街头已经人烟稀少，一辆加长林肯穿过街道，驶向浦航区的别墅区。后座上虚惊一场的韩利抱着金茜柔声安慰道："没事了，没受伤就好，那个疯子已经被警察抓住了，这件事情彻底告一段落了。"

"刚才那个人怎么对你说'还钱'？"过了两个小时后金茜还是惊疑未定，"你认识他？"

"怎么可能？我怎么会欠他钱呢？"韩利笑笑。

金茜皱着眉头："你还对他说'你疯了吗？'你真的不认识他？"

韩利滔滔不绝道："我只是觉得这么一个人，蒙着脸一声不吭走进来，太奇怪了！我以前跟保镖们也不是没遇到过打劫的，但人家都是一上来就说他们的核心需求，哪像这人，神不神鬼不鬼，所以我说他'疯了'……"

解释完后韩利注意着金茜的反应，金茜却把头扭向另一边，望向窗外的雾霾深处。一股莫名的疲惫感爬上她的心头，金茜觉得，有时候，人与人的交往就像这个置身雾霾一样，互相看不透彼此的真面容。

加长林肯驶过了好几条街道后，金茜从窗外收回目光，她摸了摸胸口，感觉自己的一颗心始终悬浮着："不过说起来，刚才还是很吓人的……有那么一会儿，我还以为我们俩都要出事了……"

韩利搂住金茜肩膀安慰道："没关系的，我们现在没事了，而且现在有小刘、小李和老穆跟着，什么歹徒也靠近不了我们的。"

金茜跟着韩利的视线看向车的前座，一个身穿中山装的高大中年男人和两个年轻人坐在阴影里，他们听到韩利的话，转过头来，目光如炬地冲自己点点头。金茜认得这几个跟了韩利多年的贴身保镖，那个高大的中年男人名叫穆青峰，韩利有时喊他老穆。两个年轻保镖分别叫刘方文和李武，韩利一向喊他们小刘和小李。金茜知道他们身手了得而且为人特别靠谱，不由得放心了点。

韩利转移话题道："别想这个了，好好想想你新戏里面的角色吧，刘导对你还是很赏识的。"

"角色表演没什么好想的……"

"干吗这么颓？"

"颓？做演员悲哀惯了吧……"

"怎么说？"

"有很多演技不如我的演员因为很会炒话题、炒作人设，从而获得更多的关注和资源，挤占生存空间。一开始我还不理解，后来我想通了，公众就是对八卦和炒作感兴趣，对艺术兴趣寥寥。这种情况下，我坚持追求表演艺术的意义在哪儿？"

"没办法，热爱八卦属于人性的一部分，当千千万万的人性汇聚到一起，它形成的结果往往不一定是理智的。"

"我累了……我真的累了，也许再过几年，我就会慢慢退出了吧……"

金茜话音刚落，加长林肯停了下来，前座的老穆沉声说"到了"，起身下车为韩利、金茜拉开门。金茜套上紫色风衣走下车来，她望向不远处别墅的微亮灯光，一扭头却发现保镖穆青峰跟在自己的身旁，而韩利却还在车上没有动身，她回头看向韩利："你干吗？"

"我还有些事情要处理，等会儿再回来。"

"等会儿是多久？"

韩利看了看手表："可能要到早上了。"

金茜皱皱眉头："你忙什么？"

韩利摇摇头："今晚在公司出了这个意外，有些事情我得处理下，你先睡吧，我忙完了就立马回来。"

金茜盯着韩利的脸，她突然发现那张熟悉的脸在昏黄的路灯下变得难以辨认，韩利说的是真话吗？这么晚了一个大男人还能去哪儿？爱情里要的不应该就是坦诚吗？难道说名利场里的爱情都是好聚好散的？金茜心里涌现出无数个疑问，失望的同时，那股莫名的疲惫又爬上心头，让她一时说不出话来。

"那个……"韩利看了看在金茜旁边站得笔直的穆青峰，又看向金茜说，"房子一楼大厅那个安保门是新装的，我让老穆带你去开。他会教你怎么用，放心，在这儿绝对安全。"

"好……"金茜意兴阑珊地点点头，"那你早点回来，卧室门我不锁了。"

金茜无奈地转身走向别墅，穆青峰保持着几步的距离跟在她的身后。但是金茜没走几步，韩利忽然在身后叫了一声。

"喂！"韩利伸了伸手，欲言又止。

"又怎么了？"金茜疑惑地回头。

昏黄路灯打在韩利的身上，他的手停滞在空中，一番欲言又止最后还是没有说出口。渐渐地，他脸上的犹豫消失了，接着挤出一点笑容："好好睡。"

"知道啦！"

冬夜昏黄的路灯下，韩利站在车边，看着金茜踩着高跟鞋离自己远去的情影，不由得悲伤惆怅起来。这是我们之间的永别了吗？从今以后，还能再看到她吗……

看着金茜的身影消失在别墅的门口，韩利的脸色阴沉下来。几分钟后，穆青峰开着他的别克SUV从别墅下的车库出来了。他把车开到韩利身边，接着从车上下来，静静地走到韩利的面前，从自己身上掏出手机拨了一个电话出去，然后恭敬地把手机递给了韩利，韩利接过手机，然后恶狠狠地对穆青峰说道："我需要几个做事干净不留痕迹的家伙！对！现在就要！"

- 4 -

没有办法联系上外界，冰冷的水还在继续涌入，绝望在车厢里四处蔓延，路彦掉入了浸满冰水的货厢底部，甄关西看向坠入水中的路彦焦急大喊："哥，你没事吧？"

甄关西的声音在上面呼喊着，路彦的身体坠入了水下，寒冷从四周涌来，冰水刺在身上如同针扎一样，路彦觉得浑身一阵颤抖，他在水里猛地扑腾而起，把头伸了出来，他发现自己的脸上沾了什么东西，路彦一手举着手机，一手把自己脸上的东西一把抹掉，借着甄关西的手电灯光，他发现那是枯死的水葫芦，路彦向身下的水里看去，那黑乎乎的水里布满了枯死的小球藻和水藻。

这么差的水质就是来埋葬自己的吗？路彦想着，他摸向旁边的铁壁，努力地游动，向货厢一侧靠了过来，路彦发现一只手拿着手机是不可能的，他把手机扔给了甄关西，自己从水里挣扎出来，两条腿在冰冷的水里冻得忍不住颤抖起来。他顺着货厢的铁壁一点点往上爬,被冰冷的水浸泡过后的身体有些不听使唤,他感觉自己的身体里发出"嘎啦嘎啦"的声音。

甄关西一口咬着手电,一手抓着横闩,一手努力地拨打电话、发送短信,全身湿透的路彦爬上去后,甄关西把手电还给了路彦,哭丧着脸说道:"怎么办?我们俩的手机短信都发不出去!"

路彦喘着气,甄关西接着问道:"你说他们会不会给我们打电话?发现我们电话都接不了,然后会不会去查我们的手机定位?"

"可能性不大!"路彦擦了擦脸上的水,"手机收到基站的信号,通信公司才能知道手机的大概位置。"

"那我们真是一点活路都没有了啊!"甄关西彻底绝望了,他面若死灰,胖嘟嘟的脸上完全没有了平日的神采。

路彦低下头,看到货厢里的水转眼间已经漫到四分之三了,要不了多久就会淹没整个货厢,到时候两人将会被彻底吞没,无处可逃。车尾还有一小截在水面之上,路彦向上仰头,贴在那个被子弹打穿的孔上,努力地朝外面看去,外面一片漆黑,什么都看不见。路彦拿过手电往外面打去,只能看到漆黑一片的水面,路彦看向远处,只能依稀看到一点围墙的轮廓痕迹,但是没有办法判断这是哪里。

"哇!"绝望到底的甄关西看着黑漆漆的水面猛地哭了出来,"我干吗吃饱了没事来干警察啊!我真后悔啊!我就应该听家里人的话!"

路彦一愣,他扭头看向甄关西,只见甄关西在绝望之下情绪完全失控了,他对着货厢的铁门拳打脚踢,像个大男孩一般号哭不已。

"呜呜呜,我要是不做警察,现在这个点,躺在家里床上吃香的喝辣的不知道多舒服……我来做什么警察啊……

"我没日没夜地查案辛苦不说,坏人一个没抓着就要先被淹死了,我这是上辈子造了什么孽啊……"甄关西接着捶打着铁门痛哭着,"我逞什么能啊!我要有下辈子,打死我也要改行!"

"闭嘴吧!你这个懦夫!几个小时前,你还说'燕雀'安知你'鸿鹄之志',现在就什么都骂了?"路彦气得冷喝道。他猛地拔出枪,拉开甄关西后,对准那个被子弹洞穿的孔的边沿又开了一枪,"砰"的一声巨响,那个长孔又被打

188

大了一点。

开枪声震慑住了甄关西,他的泪水还在止不住地流,但整个人没有了声音。水面又往上漫上了一截,两人站在最高点的车尾,但是小腿已经被淹没了。

"查案抓人本来就不是你想的那样新鲜刺激,这本来就是很残酷的事情!"路彦紧攥着枪,伸着长臂朝着那长孔的边沿又开了一枪,又是"砰"的一声巨响,那个长孔被再次拓宽,"你要是没有这个心理准备,今天出去后你就回家好好过你的舒服日子去,别来拖我们后腿了!"

"什么……我们还能逃出去?"甄关西呆呆地喃喃道。

"把咱俩的手机掏出来,编辑短信……"

"短信发不出去啊!"

"别废话!按我说的做!编辑短信:我们被人锁在赵钱车库旁货车车厢里,然后车被人开到一个湖里,这水里有着大密度枯死的水葫芦和水藻,快来救我们!"路彦再次伸出枪,朝长孔的边沿冰冷地打出了最后一颗子弹,"轰隆"一声巨响后,那个长孔已经变成了一个不大不小的洞,他沉声道,"编辑完了发送给萧瑶!"

"可是他们完全不知道我们在哪儿啊!怎么救我们?"甄关西哆哆嗦嗦地照做,一番编辑后号叫道,"而且这有什么用!短信完全发不出去啊!"

路彦收起枪,猛地身体上前,抢过甄关西的手机,那手机界面上一直显示着"发送中",但就一直无法发送完成。路彦一声不吭,紧握着手机,朝着门上被子弹贯穿的洞扔了出去,那手机飞向了天空中的黑暗,然后迅速消失不见了。

"这……"甄关西看呆了,"就算没用你也不能拿手机出气啊……"

"还有一个!"路彦抢过甄关西身上另外一个手机,一阵编辑后,他对着那个长孔,费尽全身力气将那手机扔了出去,手机飞向外面的黑暗和混沌后迅速消失不见。在他们的身下,冰水已经涨到他们的腰部。

漆黑冰冷的货厢里,两人泡在冰水中,甄关西又忍不住哭了起来。

"没用的……干什么都是浪费时间,我们死定了……"

"能不能别哭了!像个男人一点!"路彦没好气地说道,"信号干扰器对手机信号的干扰是有一个距离范围的,我把手机扔出去,就是为了让手机飞出这个范围把短信发出去！"

甄关西呆了："这有用吗，万一手机落水里……"

"现在手机防水都还不错，就算落在水里也不会马上停止工作，空中的几秒加水里几秒的时间，已经完全够短信发出去了。"

甄关西的表情渐渐凝滞了："可是萧瑶姐不知道我们到底在哪儿啊！我们自己都不知道我们在哪儿！"

"相信她吧……我给她了线索。"路彦脸上闪过一丝颓然，"她很聪明的，我们只能相信她……"

甄关西愣了愣，显然并不相信路彦口中的"相信"，水面已经漫到了肚皮的位置，甄关西感觉自己的下半身在黑乎乎的冰水中泡得快没有知觉了，货厢里只留下一点点的空间没被水充满，在手电的光线之外一切都是混沌。他战栗着哭道："早知道能发短信出来，我就应该把最后一条短信发给我妈，告诉她以后要按时吃药保重身体……"

听着甄关西的话，笼罩在黑暗冰冷中的路彦也沉默了，他感觉自己泡在冰水里的身体已经僵到毫无知觉，他也不知道自己还能坚持多久。他们两人能活着等到救援的到来吗？或者说，会有救援来吗？手机一定能发出消息吗？萧瑶看到消息后能找到这里吗？他仰头看向上方，投出无数的疑问目光，可那里除了黑暗，就只有无边的绝望回应着他。

凌晨2点多，省厅的办公室里，秦纬拖着疲惫一脸严峻地召集着萧瑶和吴勇等人开着紧急会议："我刚刚跟交通部门那边联系过了，车牌KG2012和ML5868的主人确实都叫赵钱！"

"我们从系统上查到的资料显示，本市叫赵钱的就只有这一个，男，今年37岁，身高一米八左右，曾担任过'易趣'游戏公司的法人代表，前年丧偶去年刚再婚，再婚后没有子女，目前和他妻子住本市北山区新口街38号。"

吴勇一怔："跟李菁说的情况很多是符合的！"

"但是没有李菁说的几年前的妻女被杀事件。而且，这起恶性案件我们也没有在记录里找到。"秦纬顿了顿。

"会不会是李菁在说谎？"

"不排除这个可能。"秦纬沉思起来，"但李菁所说的很成系统，不像说谎的样子。对了,本市叫赵钱的人只有这一个!本省叫赵钱的人,一共有七个,但是没有一个条件符合李菁的描述,所以排除那另外六个,重点查临江城这一个就行了!"

萧瑶点点头:"对了,刚才路彦来电话说,他和甄关西在赵钱的车库边发现了挂着 ML5868 车牌的货车。"

"是吗?"秦纬一喜,"看来李菁说的确有其事啊!"

萧瑶在一旁连忙说道:"而且路彦说他们还在货车上找到了赵钱搬运转移尸体的证据!"

秦纬摇摇头:"看来我还真的冤枉李菁了,这个叫'审判者'的混账东西还真不简单啊!竟然拿着提前杀死的尸体跟我们玩这种游戏?"

吴勇在一旁追问道:"可是吉祥酒店的那个崔莉,我们不是在案发前30分钟还在酒店房间里见到她的吗?怎么会是提前杀死的?"

萧瑶点点头:"路彦说这个是凶手使的一个障眼法,另外他还说尸体上有李菁的指纹,可能是凶手跟我们玩的一个把戏……"

"可是凶手这么做又是为什么呢?"秦纬很是疑惑,理不出来思路,他又敲敲桌子,"凶手说他要杀掉七个人,七个人都是他提前杀死的?难道说还有三具尸体?如果不都是他提前杀死的,那么他故意让我们抓到李菁转移视线后,再接下来真的杀害那剩下的三个人?"

"凶手这么做的动机到底是什么呢?"秦纬疑惑着,吴勇和萧遥一时也没有好的思路。突然,秦纬一拍脑袋,"死者!顺着死者的情况我们或许可以找到凶手的动机!"

"四名死者,现在我们能确定身份的就是第一个徐青和第四个崔莉,第二个和第三个还无法确定是谁……"

"李菁不是交代了他们是薛龙和郭大年吗?赶快让人去系统查清这两人的资料!"吴勇等人连忙应和着,秦纬继续沉思道,"那个崔莉是新加坡人,还不太好查到详细资料……那个徐青的资料呢?"

吴勇汇报说:"我们之前已经查过徐青了,她是外省人,家中独生女,父母已经去世,没有结婚,今年 30 岁,没有职业也没有单位,在本市租房住,名下没有房产……"

"社会关系怎么会如此少？这不太对劲！"秦纬皱紧眉头，"她那个堂妹徐丽人呢？"

"几个小时前她在咱们厅里做完笔录后，就已经回去了。"

"派人再把她叫回来，我们还需要她提供线索！"秦纬转向萧瑶，"你联系路彦和关西，让他们马上把那些证据带回来。时间紧急！我们必须马上采取行动！"

"是！"众人连声应道。

"我们刚刚还查到一件很奇怪的事情，李菁交代的赵钱的第二个住址，那个浦航区的别墅，我们刚查到它的所有人竟然不叫赵钱，而是一个叫张云的商人，而且这个张云出国一年多了，我们一时还联系不上他。真是奇了怪了，既然这个别墅不是赵钱的，那到底是李菁在撒谎还是赵钱在撒谎？"秦纬托着额头沉思道，"李菁说他的虹膜和指纹可以打开那个别墅的智能门与里面的保险箱，不像是在说谎，难道是赵钱骗他的？那个别墅如果不是赵钱的，那他是用什么手段趁主人不在的时候非法进入的？"

"吴勇再审下李菁，然后带着几个人去浦航区的别墅搜查，你们到了后想想办法看能不能打开那门，实在没有办法就把李菁带过去打开，不要暴力破坏进入，如果李菁说的是实话，他是一定能打开那别墅的门的。如果能打开门，你们就进去把证据搜集好。"秦纬飞快地说道，顿了顿，看了看时间又道，"另外，我再带几个人去这个赵钱家拿人。如果他不在家，我们就好好问问他的妻子，查查他家，如果他在家，那就什么都好办了！"

秦纬飞快地起身，一边往身上装着弹夹一边飞快说道："萧瑶，你赶快联系路彦，让他们把赵钱搬运转移尸体的证据带回来！你们痕检赶紧检查下那些东西里有什么线索没。"

秦纬和吴勇雷厉风行地采取着行动。已经快凌晨3点了，大家都已经做好了通宵的准备。萧瑶拿起手机拨打给路彦，电话却无法拨通。

"怎么回事！"萧瑶皱皱眉头，路彦基本没有手机停机的情况，想了想，萧瑶又拨打给了甄关西，不料电话同样传来一句机械的女声：

"对不起，您拨打的电话无法接通，请您稍后再拨……"

"坏了！"萧瑶心里猛道着不好，一个人的手机打不通还好解释，两个人的手机都打不通是怎么回事？他们遇到了什么危险吗？

萧瑶望向正在朝办公室门外快速奔去的秦纬，怎么办？现在救援他们还来得及吗？路彦、关西，你们可千万不要有事啊！萧瑶在心里无声地呐喊，她攥紧拳头，手心出满了汗。

- 5 -

黑暗冰冷的车厢里，冰水继续涌入。路彦也不知道时间过了多久，可能过了几分钟，可能过了几小时，救援的人仍未出现。甄关西的牙齿冻得直打着战，脸色苍白如纸，冻得眼泪都流不下来了："我想我还没淹死就先冻死了吧，早知道我……"

路彦叹了口气，他没有再生气地斥责甄关西，而是游动到甄关西旁边，站在水里抱住甄关西，把他的下半身努力地从水里托起来，自己的身体却在水面陷得更深了，水面已经漫到了他的胸口。

"你这是干吗？"

"我比你能抗冻，这样起码你能多活一会儿……"路彦托住甄关西的身体，他想着，那两部手机一定能发出消息吗？关于这一点，路彦心底也没有十分的把握。如果没有发出消息，他们今天怕是绝处难逢生了。

甄关西看着黑乎乎的水面吞噬着路彦的胸口："可是你会死的！"

"别废话！这次行动是我带你出来的，我怎么也不能让你比我先死……"

无尽的冰冷和黑暗，时间好像都在此凝固了，狭小的空间笼罩着令人窒息的绝望，路彦支撑着甄关西的身体，下半身已经完全没有了知觉，他能感觉到自己的生命力在一点点消失。

"你怕死吗？"

"谁不怕死？我还经历过好几次比这个更危险的时候……"

甄关西愣愣看着路彦水面上的脑袋，那张脸的神情满是黯然："干警察就是要出生入死的，你要有做好牺牲自己的准备……"

甄关西的眼泪又忍不住流了下来，他哭丧着脸说："那也不能就这么死啊……"

不能就这么死了……那还能等到救援吗？还能有救援吗？或许，自己要做最坏的心理准备了。路彦努力寻找着话题，这个情况下，不开口说话会更可怕："每个人都会死的，我们的终点都是坟墓，不过就是早和晚的区别……"

"那我也不想就这么死……"甄关西抽泣着，"我死了，除了我家人，其他人应该很快就忘了我吧……就像你常说的，'生者要忘记死者'……"

"生者要忘记死者？"我常说这话吗？好像跟萧瑶和其他同事说过好几次。路彦心里念叨着，却说不出话了，他保持着这个姿势已经不知道多久了，浑身已经彻底冻僵，触手之处皆是一片极寒，水面淹到他的脖子，再顺着脖子爬到了他的口鼻之上，听觉、触觉、视觉都在慢慢地离他而去，慢慢地，他松开了支撑甄关西的手，整个人沉进了黑暗的水里。

在水下，他只能依稀看到水上甄关西的手电泛着幽微的光，听到他惊慌的哭喊声。深渊在吞噬着他，无边的黑暗囚住他的身体。死神之吻犹然就在唇边，无处可逃。

又到了面临死亡的时刻啊，路彦心里悄然念叨着。他的脑海中，闪现自己父亲的脸和吴思凉的那张脸，又紧接着跳出布偶猫咪对自己撒娇卖萌的样子，然后，突然闪现去年死在他面前的那个她和那张脸。他还记得自己曾跟她开过的一些厚脸皮的玩笑，但是那个喜爱玩笑、活泼开朗的自己，在贺县案子中，在数次受到友情等情感的撕扯和挣扎之后，也随着她的死去而一起消失了。

自贺县那个案子后，他觉得生活像是变成了灰色，在自己都没有意识到的情况下，消沉了许久。如今打起精神来查这个案子，不想转眼间又陷入生死绝境。这一年来他无时无刻不在避免回想起那个画面，但是无论如何小心翼翼，那个场景总是在不经意间偷偷地溜到他的面前，如影随形。原来这根本就不是忘记不忘记死者的问题，这是敢不敢面对的问题。在生死存亡之际，他突然发现自己的心里响起了一声悠长的叹息。

对不起，其实我才是那个忘记不了死者的人。

他张开四肢，一点点地朝冰寒的水底坠落、坠落，无止境地坠落。

第十三章　03:00 疑云重重

- 1 -

凌晨3点，玄色天空之下，临江城浦航区一条偏僻的小路上，无边的浓墨重重地涂抹在大地上，四周荒无人烟，一丝星火也没有，仿佛寒气和雾霾遮挡住了这里一切的光线。但不久，陡然而至的车灯光线撕碎了这条僻静小路的黑暗。赵钱开着丰田车顺着这条小路行驶着，他来到一个池塘边，把车停下。

车灯亮着，赵钱站在小路边，浓稠的黑暗层层包裹着他的身体，他的身前是一块黑魆魆的池塘，幽静无声；身后是一片阴森森的墓地，似有无数诡秘暗影。赵钱靠着车身，借着车灯的光亮点起一支烟，烟圈配合着烟头的光亮，远远望去如同幽森的亡灵火焰。

赵钱一边抽着烟，一边转身缓缓踱步到墓地里，他在一块墓碑前停下脚步，那墓碑上刻着"爱妻李婉芳"，旁边还挨着个小墓碑，上面写着"何朵朵"。一片浓稠般的黑暗里，四周充斥着植物腐败的气息，赵钱又点起一支烟来，深吸一口，烟圈袅袅升起，像在一点一点扯出他身体里的悲伤。他在墓碑前静静伫立着，犹如一个死寂的雕塑。

也不知道过了多久，小路上的黑暗再次被车灯的光亮撕碎，一辆高大的黑色别克SUV行驶而来。别克车在赵钱的丰田车旁边停下，紧接着一个高大男子从车上跳了下来，一阵左右张望。

"在这儿。"察觉到高大男子到来，赵钱从黑暗里走出，他反身回到了小路上。

见到赵钱，高大男子略有不满道："这地方真偏啊！怎么安排在这么个鬼地方！"

"人少，安静。"赵钱平静地说道。

高大男子环视了一下黑魆魆的池塘和森然的墓地，踱步来到赵钱的面前，沉声道："搞砸了吧。"

"对的。"赵钱淡淡说道。

"那小子被警方带去了，你就不怕他把你供出来？"高大男子对赵钱的淡定态度感到有些震惊。

"不怕。"赵钱还是淡淡地说道。

"你是真不怕警方逮到你？看来我是'皇帝不急太监急'了……"高大男子摇摇头，在车灯的光线下，赵钱看到他一脸急躁，额头上的刀疤异常明显。

"急什么？你放心，我不会有事，给你的钱也不会有事。"赵钱微微一笑，他转身从身后的车身里拿出小皮包，"这是答应你的第二份。"

高大男子接过赵钱手中的皮包，一阵沉默，他嘴上虽然没说什么，内心里对赵钱却一阵佩服。接触赵钱以来，他发现赵钱像是有一双能洞察人心的眼睛，每次和他聊天，他都能清楚地知道自己想的是什么。就好比当下自己嘴上关心的是赵钱的安全，但其实心里最担心的，确实是赵钱的钱。

"看来你对那小子很放心，他不会对警方招出你，对吧？"高大男子一边满意地点着包里的钱，一边说道。

"不，他已经招出我了。刚才有两个警察找到我北山区的房子里去了，如果他没招，警方不会这么快找到那个地方。"

高大男子手中的钱包吓得差点掉在地上，他愣了愣道："那你还在这里这么优哉？"

"怕什么？找到我房子又不是找到我的人，我那个房子里没留什么线索。唯一有些线索的货车，也被我处理了。"

"我就知道，这混账小子，这么快就交代了！一点都靠不住！你为啥找这个人？这下子麻烦了！"

高大男子一阵激动，但赵钱还是一脸平静："他对警方供出我，我一点也不意外，我也一点也不会怪他。警方审问时，承受警方的犯罪怀疑和招出我再洗脱自己的嫌疑，李菁面临这两个选项时，选择了后者很正常。因为人都是自私的，这是人性的根本。连帝王将相都战胜不了这个根本，你我这样的凡夫俗子就更不用说了。至于李菁这样还没见过大世面的年轻人，又怎么可能战胜得了呢？"

高大男子沉默了，他有些惊愕，也有些佩服。认识赵钱以来，他觉得赵钱总能一针见血地抓住人与人之间的本质问题，所以在看待一些问题时有着超越常人的犀利。

想了想，高大男子还是很不放心："那你想想，那小子知道你哪些信息，会把你哪些信息告诉警方。"

"我这边的情况不用你操心。"赵钱深吸一口烟，"你那边什么情况？"

"我们刚把那大美女送回去休息，他气得要死，你知道他是那种睚眦必报的人，他要……"

"大美女这么晚才休息啊……"赵钱打断了高大男子的话，他笑了笑，眼睛里泛起锋利的光芒，"你推荐使用的那套安保系统，在金大美女的那个房子里开始使用了对吧？"

"对！你别打断我！我说，他现在开始找人了，他要收拾这个对他下手的'审判者'了！你麻烦大了！你说，现在该怎么办吧？"

"怎么办？就这么办。"赵钱笑笑，"你就按照他的安排来。"

"你疯了？不要命啦？"

赵钱轻轻地把手上尚未抽完的香烟弹到地上，再用浑身的力气踩灭了它："是他疯了，在临死前的垂死挣扎而已。"

高大男子惊住了，一番思索后他像是明悟了赵钱的意思，跟着眉头不由得也疏解了点。接着，他转身把装着钱的皮包放进身后的别克车里，又反身回到赵钱的跟前。

"你真的要把计划进行到最后吗？"

"他作恶多端，我岂能饶他？"

"唉！有时想想，确实也挺不公平的，你说为啥有的人赚钱那么难，他赚钱就那么容易？"

"大爷大妈们的钱，不能赚，只能骗。那家伙就是抓住了这点。"赵钱眼神坚定地看向身后坟墓的方向，"不过，我会让他的所作所为付出代价的。"

"那你的计划，接下来打算怎么办？"

"我的计划照常进行。在我的'审判'计划里，还有三个人安然无恙。"赵钱伸出手，在空中画出一个镰刀的轨迹，"他和另外两个人，我是不会放过他们的。"

对于赵钱的决心，高大男子摇头叹息道："你就非要这么做吗？你可知道，警察随时可能……"

高大男子的话没说完，赵钱深吸一口气，他转身看向身后的墓地。夜幕像黑丝绒一般，紧紧包裹住赵钱。远处的荒野上，传来令人心悸的未知兽类的吼号声。

"找到我又能怎么样？婉芳和朵儿死后，我已经无所畏惧。"赵钱深吸一口烟，他的视线茫然地跳向身后黑暗的墓地，"她们是我在这个世界上唯一的牵挂，当这唯一的牵挂没了，又有什么值得我在意？又有什么能让我害怕呢？"

高大男子知晓赵钱家里遭遇的变故和不幸，也沉默了。他不由心想道，自己虽然没有赵钱那么富有，但好歹老婆孩子热炕头，日子过得倒也幸福。看来每个人都有每个人的幸福和不幸，也没有必要羡慕别人。

不想赵钱沉浸在悲伤中，高大男子转换话题道："那个，那个被警察抓去的小子，真是成事不足，败事有余啊。这下子麻烦大了，给这件事情加了很多变数，可能就让你完不成计划了。"

"你也别说风凉话，那孩子也挺不走运的，丢了工作，房子被房东收回去了，又被韩利骗了钱。"

"'菁'说的不是韭菜么，叫这个名字简直就是'韭菜命'啊。"高大男子面露嘲笑，"现在人不是老说什么割韭菜割韭菜的，果不其然，哈哈，我看他就被割得很厉害。"

赵钱像是看不惯高大男子对李菁的嘲讽，冷冷道："众生皆'韭菜'，你、我、他，谁没被割过？人们都嘲笑'韭菜'，但嘲笑'韭菜'的那些人，自己又何尝没做过'韭菜'呢？"

高大男子一愣，赵钱时常说话真实到让人感到有些不适，他每每单刀直入直达问题的本质，言语犀利得又让人有些无言以对。

"李菁这孩子，他不是命不好，他只是对他人太善良，对自己太残忍了。唉！我已经打算教训那个欺负他的房东，没想到他还帮房东求情，自己主动要搬出去，不愿意给人家添麻烦。他还年轻，比较单纯心软，这既是优点也是缺点。我要想办法，想着怎么再助他一把。"

"怎么助他？他现在被抓进去了！"

赵钱面露迟疑，他扔掉手中的烟头，又点起一支烟，脸上交替闪烁着痛惜和悔恨："李菁可是个好孩子,只是有时候少了点决心去抓住一些机会。难道要我忘了他,再换个人吗?不,我是不想忘了他,他那么好,我想等他,等着他平安出来。"

"行。"高大男子点点头,"那今天我们的计划……"

"你按照我的吩咐干就行。等下我要去趟李菁女朋友那边,我答应李菁要送一份资料给他女朋友,我亏欠李菁很多,这件事,我无论如何也要说到做到。"

高大男子点点头,他想追问赵钱找李菁女朋友送什么资料,但是想想又忍住了。赵钱的话,要是能问得出来,他会主动说,要是他没有主动说,也就问不出来。

"我已经跟他女朋友打过招呼了,他女朋友在等着我过去呢。这件事情我一个人去做,你开车把我送过去就行了。"

"我开车送你?那你的车?"

"现在我们最重要的事情,就是把我这辆车销毁,再把你这辆车借我开。"赵钱指了指自己的丰田车,没有一丝犹豫。

"销毁?"高大男子不由一愣,他又看向自己的别克车,脸上闪过一丝犹豫后点头答应了,"好,你想怎么销毁?"

"把它推到前面的池塘里去。"赵钱指了指面前那个黑魆魆的池塘。

高大男子会意,两人一起发力,快速把丰田车推到池塘里,借着别克车的灯光,赵钱看着自己的丰田车缓缓被水面吞没,像是黑暗中有只怪兽,张开血盆大口缓缓吞下了食物。一阵"咕噜噜"的声音之后,四周又恢复到静谧无声,就像一切都没有发生过一样。

把丰田车推到池塘里后,赵钱把脚下的烟头踢到水坑里,接着他登上了高大男子的别克车,别克车发动机一阵轰鸣,顺着来路朝远方行驶而去。很快,池塘边又重新恢复了安静,别克车里传出几句对话的声音,在空气中轻轻地飘荡。

"话说,你知道,骆驼是怎么被一根稻草压死的吗?"

"呃,怎么被压死的?"

"因为……"

- 2 -

  北山区，掉进水的货车里，甄关西看着路彦一点一点地沉到水里消失不见，无论他怎么呼喊也没有用，他想跳下去救路彦，可是浑身冻僵，压根儿不能动弹了。整个货车已经彻底浸入水里，冰冷的水渐渐充满了对着天空翘起的车尾，甄关西的口鼻被淹到了水下，无法呼吸。

  彻底没救了，一阵令人窒息的绝望扼住了甄关西，他的身体失去控制般地朝水底跌落，掉入水中的手电没过多久就失去了光亮，整个货厢内一片漆黑。他透着水仰看着水上那个对着天空的车尾门，那个被路彦打开的洞漆黑如故。

  突然，那个洞里好像出现了一丝白光，甄关西以为自己看错了，但是紧接着那道白光更亮了，打到他的身体上，残留着的听觉向甄关西传来"吱啦"的切割声。

  有什么东西在切割着货厢门，甄关西明悟了过来，他想使出全身力气划上去，但是四肢无法动弹。紧接着，上面传来"轰隆"一声，甄关西看到门口的黑暗消失了，一道更加明亮的白光照了下来，两个穿着乳白色潜水服的身影飞一般地扑来，一个拽住了自己，一个继续向下潜入水底。

  甄关西被那道身影拖着飞快地升出了水面，扭头向下看去，只见另一道白色身影也把路彦的身影从水里拽了出来。甄关西放心了一点，他狂吐一口污水，晕了过去。

- 3 -

  凌晨3点多的浦航区，秦纬带着三个刑警穿过幽暗的楼道，四人停留在门前。秦纬犹豫了一下，还是敲了敲门，门里半天没有回应，秦纬继续敲着，里面响起一个女人的困倦声音："谁啊？"

  房屋里顿时变得静悄悄的，秦纬再次敲了敲门，接着他听到里面响起了脚步声，那脚步声慢慢靠近门边，然后停下了，秦纬心想里面的人应该是在看猫眼。秦纬的三个同事都躲在猫眼的视线之外，只留秦纬一个人接受对方的窥探。

秦纬编了一个理由，里面的人开了门。秦纬冲进门后，身后的三位便衣刑警也跟着冲进来扑向开门的人，是一个男人。房间里这一男一女吓得面色苍白，女人"扑通"一声倒在地上。秦纬连忙出示工作证道："警察！请配合我们调查。"

两人吓得一动不动，秦纬看向那名男子，他身高一米八左右，年近四十，瘦瘦高高的，正穿着睡衣，头发散乱，确实很符合赵钱的外貌特征，就连五官长相也很符合李菁的描述，但是秦纬本能地觉得有些地方不对劲。

秦纬连忙开口问道："你可是叫赵钱？"

那人点点头道："对！"

"出示一下你的身份证。"

那人拿过身份证递给秦纬，秦纬拿着身份证一阵扫视，他确实是叫赵钱不假。尽管这人几乎完美符合李菁所描述的赵钱的形象，但是有多年查案经验的秦纬敏锐地感觉到一丝不对劲。

"老实交代，过去24小时里你都在干吗？"

"啥？过去24小时？打麻将、看电视、睡觉啊……"那赵钱一脸迷茫。

"谁能证明？"

"谁能证明……"那赵钱身子一阵哆嗦，急忙看下身边的女人，"打麻将的话我是和几个邻居一起打的，打了一天，晚上11点后才回家，回家就睡觉了，这我老婆在家能证明！"

秦纬看着那名女子不停点头，不由满腹疑云，虽然尚未找邻居核实，但是秦纬觉得这个赵钱不似在说谎。李菁说"审判者"叫赵钱，还看到过"审判者"掏出自己的身份证，那身份证上面就写着赵钱的名字的。难道说，眼前这个赵钱和"审判者"赵钱只是同名吗？李菁说的那个赵钱其实是另外一个人？可是本省其他叫赵钱的人完全不符合条件啊！

到底是哪里出了问题？难道是李菁在撒谎？秦纬想了想开口问道："你认识一个叫李菁的人吗？"

"李什么？李金？"

"去芜存菁的'菁'，25岁的年轻男性，程序员，你认识他吗？"

那赵钱一脸恐慌地皱眉想了半天后，还是把头摇成了拨浪鼓："不认识。"

"'易趣'游戏公司，你知道吗？你之前担任过这家公司的法人代表吗？"

听到秦纬这句话，那赵钱像是遭到迎面重击，一时间额头上冷汗连连："啥？我不知道那什么'易趣'啊！我就是个货车司机啊！"

"货车司机？"秦纬紧皱起眉头，"你货车的车牌号是多少？"

"车牌号？ML5868……"

秦纬心里一紧，这个车牌号跟李菁交代的车牌号不是如出一辙吗？李菁交代说在赵钱的车库看到他的货车车牌号就是ML5868，这个赵钱直接承认了这个号码，难道他确实就是自己要找的人？

"你的货车在哪儿？带我去看看。"

"好！啊！不对，我这货车的车牌昨天被人偷了！我正想去报警呢！"

"什么？被人偷了！"秦纬不敢置信，"你带我去看看你的车！"

赵钱穿上衣服，带着秦纬走下楼道，他那辆中型货车正静静地停在自家楼下，随着两人脚步的逼近，渐渐在雾霾中显现。来到货车前，赵钱拿钥匙打开车门，指着货车车头说："就是这儿，我这车在这里停了一天，晚上我打牌回来时，就发现车头的车牌不见了！不知道被谁撬走了！气死我了！"

看着眼前被撬掉车牌的车头，秦纬思索着，为什么这些情况和李菁交代的情况完全对不上？这有可能是李菁在撒谎。如果李菁没有撒谎，那么大概率是"审判者"偷了这个人的车牌。

如果说是"审判者"偷了这个赵钱的车牌，那他为什么要偷一个和自己同名之人的车牌呢？难道说"审判者"和此人之间有着联系？想到这儿，秦纬继续问道："把你的驾照拿给我看看。"

赵钱爬上车，把驾照取给了秦纬，秦纬一阵端详，这赵钱的驾照确实不假，姓名和驾驶资格等信息一应俱全。

"这个，领导，是不是有人把我的车牌偷去了，做了什么违法犯罪的事情啦！我得要说下，那和我一点关系也没有啊！"赵钱在一旁焦急道，他伸出手擦了擦额头上的汗。

小区里的昏黄路灯下，秦纬冷冷地注视此赵钱一脸气急败坏的表情。赵钱的额头上渗着层层冷汗，眼神不停躲闪，不敢和秦纬对视。这个人不光名字和"审判者"赵钱像,连年龄和外貌特征都与那赵钱很接近,这是巧合吗?一阵思索下,秦纬觉得眼前这个赵钱虽然不像是连环杀人犯,但也不像是句句实话的老实人。

秦纬抬起头,带着满心疑问望向头顶上空的雾霾。"审判者"赵钱明明有那么多车牌可以偷,为何会偏偏偷走跟自己同名的人的车牌?难道说,那个"审判者"精心挑选后,选择这个跟自己很多特征都相像的赵钱作为自己身份的掩护?如果是这样,那么"审判者"的真实身份到底是什么呢?

当然也不能排除一种可能,那就是李菁知道赵钱这个人和他的资料,他在面对警方的审讯时,拿这个赵钱的资料编造了一个故事。

秦纬百思不得其解,干脆掏出手机打给路彦,他想知道路彦那边找到的关于"审判者"转移运输尸体的证据是什么,以及那张 ML5868 的车牌现在在什么车上。可是拨打了半天电话,手机里传来的都是一个冰冷的女音——

"对不起,您拨打的电话无法接通,请您稍后再拨。"

秦纬放下手机,一阵诧异。

- 4 -

不知道多久之后,甄关西醒了过来,他发现自己躺在一间温暖的房间里,他愣了愣,身体的知觉也已经恢复了。努力地想坐起来,却看到萧瑶和医护人员看向自己关切的眼神。

"你醒啦!"萧瑶摇摇头,"幸好我们到得还算及时,要再差一点点就真的……"

"这是哪儿?"甄关西捏了捏自己的脸,想感受一下有没有痛的感觉,他扭头看向周围,"这都是真的吗?"

萧瑶笑笑:"第一人民医院啦。我收到你们的短信后就联系了救援,你们被打捞起来之后立马送到了这里,所幸都没有大碍。"

甄关西挣扎地坐起来,看到自己的床边还摆着一张床,路彦正靠坐在床上,阴沉着脸,借着头顶上方空调的风吹着自己的头发。

"还是你比较好,像你路彦哥,救起来的时候已经喝了一大肚子水,好多人给他做人工呼吸，他才慢慢回过神来。"萧瑶从身后掏出两包巧克力递给甄关西笑道，"出生入死一晚上了，来，补充下能量吧！"

甄关西愣愣地接过巧克力，剥开一颗后放进嘴里，甜味逐渐在嘴里蔓延，他还是觉得眼前的这一切很不真实，呆呆道："萧瑶姐你是怎么知道我们在哪儿的……"

"你们发给我的短信里说水里含有很高密度的水葫芦和水藻，这是水质富含磷和氮的表现，什么样的水里会富含磷和氮呢？"萧瑶微微一笑道，"我当时立马上网查本市地图，很快锁定了北山区的一家洗衣粉制造厂。为什么是洗衣粉制造厂呢？因为洗衣粉富含磷和氮，洗衣粉厂生产洗衣粉的过程中如果向水里违规排放的话，水里会长满水葫芦和小球藻。这个厂离赵钱的车库就两千米不到的距离，我又放大了地图看了看，它的身后果然有个池塘，几个条件一综合，我想应该就是这里没错了。"

甄关西看着萧瑶目瞪口呆，他没想到这个平时看起来有些高冷的大姐姐竟然如此机智聪明。他激动地一把抱住萧瑶大腿，因为嘴里含着还未融化的巧克力，说话都有些含糊不清："姐啊！你真是我的再生……再生父母啊！要不是你，我今天真的就要见……见阎王了！"

看着甄关西激动失控的样子，萧瑶平静的眼神闪过一丝不忍，脸上少见地露出几丝温柔，她伸出手，轻轻地抚摸着甄关西的脑袋道："没事了，都过去了，你们没事了就好。"

听着萧瑶的柔声安慰，甄关西却越发情绪失控了："呜呜呜……姐你不知道，当时太吓人……"

"别哭了。"坐在另一张床上的路彦出声了，他指了指房间门，没好气地说，"男子汉大丈夫，哭哭啼啼的像什么样子。你刚才既然说不想做警察，那就现在走吧。"

甄关西的泪水一时间凝滞在了脸上，房间里的气氛突然尴尬起来。萧瑶看向独坐床头的路彦，只见他孤独地背靠墙壁，手臂搭在撑起的膝盖上，几撮湿漉漉的发丝贴在额头，平时正派帅气的脸上，此时堆满了阴郁和狠戾。很显然，路彦因为中了"审判者"的埋伏差点丧命而倍感恼火，但萧瑶知道路彦是不会服输的，每次查案，凶犯越强，便越能激发路彦心底誓要破案的狠劲。"审判者"的猖狂,只会激起他更强力的反击。

几名医护人员见甄关西和路彦已无大碍,皆起身离开房间,房间里很快安静了下来。萧瑶上前,撕开一块巧克力塞给了路彦,紧接着她又拍了拍甄关西的后背,柔声安慰了几句。房间里的气氛缓和了下来,萧瑶掏出一个黑色小装置安放在甄关西和路彦的衣服里:"这是GPS定位追踪器,你们俩带着它,走到哪儿我们都可以追踪到你们的位置。"

甄关西疑惑不解,还没待他开口,萧瑶又掏出一个透明袋递给路彦和甄关西:"这是你们的手机,我们在岸上的草坪上发现的,你们扔的方向还挺好。"

路彦接过手机,追问道:"车上的那些注射器、刀具还有毛毯都打捞起来了吗?"

"毛毯打捞起来了,刀具只找到一把剪刀,注射器一个都没有发现……它们都浸过水了,就算找到,上面也没有血迹了……"

路彦失望地点点头,这个"审判者"做事真是天衣无缝,既能把敌人杀死,又为自己抹去了很多犯罪痕迹。一旁的萧瑶接着说道:"我们的同事正在查驾驶座,找到使用痕迹挺容易的。但是即使我们在上面找到DNA和指纹,也要找到凶手后才能比对出结果,现在,它们对我们寻找凶手的帮助不大。"

路彦点点头。萧瑶接着说道:"对了,秦队刚刚在赵钱家找到了赵钱……"

"什么?'审判者'被抓住了?"

"此赵钱可能非彼赵钱,我们在资料里发现本市有个叫赵钱的,他的年龄和外表都符合李菁对赵钱的描述。他的工作是货车司机,而且,他说他的货车车牌就是ML5868。"

"怎么会?"这么多信息一致,此赵钱还可能非彼赵钱,路彦不由惊住了。

"但他说昨天他的车牌被偷了。虽然他的姓名叫赵钱,且身高、年龄都和李菁描述的那个'审判者'一致,但很遗憾,他是'审判者'的可能性很低。"

"为什么?"

"为什么?你想啊!一个小时前,秦队刚赶到浦航区的这个赵钱家,找到他对他一阵问话的,而那个时候,你不是在北山区的赵钱家车库里遭遇赵钱的袭击吗?"

路彦摇摇头:"说实话,我们并没有看到袭击我们的人,那个袭击我们的人,是不是赵钱，还不能确定，不能排除，他同伙袭击我们的可能性。"

"你们到底是怎么回事？怎么会没看见人，就被锁在车里了？"萧瑶追问道。

路彦苦笑了一下，他没有回答，只是扭头看向甄关西，甄关西胖嘟嘟的脸不由得一红，不好意思地低下了头。

见萧瑶很是费解，路彦就跟她详细解释了下在赵钱车库的一番遭遇，听完萧瑶也不禁皱起眉头："要这么说，确实不能排除赵钱同伙作案的可能性。不过秦队找的那个赵钱，他昨天打了一天的麻将，晚上11点才回家，有邻居给他做证。秦队到他家找到他时，他正和他老婆在家休息。"

"如果秦队找到的那个赵钱不是'审判者'的话，那么为什么那个'审判者'会偷一个和自己同名之人的车牌号呢？"路彦皱紧眉头，"你刚才说什么？年龄和外表也同'审判者'很像？"

"对，秦队找的那个赵钱，身高近一米八，年近四旬，长相也都很符合李菁对'审判者'的描述。"

路彦摇摇头："为什么除了名字一样，还有这么多条件也是一样的？这真的是巧合吗？这个案子里，我不太信这么低概率的事件会发生……"

"秦队也觉得蹊跷，所以他把那个司机赵钱带回来继续问话了，但目前还没有进展。"

"秦队找到那个赵钱是'审判者'的可能性不大，那自诩为'审判者'的家伙本事那么大，怎么会在和老婆休息的时候被我们找到？"领教了"审判者"的数种手段之后，路彦一想到这个隐藏在黑暗中的凶手，他就忍不住冷笑起来，"我看啊，十有八九'审判者'实际上另有其人，其想借一个和自己同名之人来掩护自己的真实身份，所以他才连偷车牌都要偷与自己同名之人的。"

"很有可能。"

"还有，为什么那个司机赵钱外貌和李菁描述的'审判者'的外貌如此像？我看，'审判者'本身名字可能不叫赵钱，他是物色一番找到一个跟自己长得像的人，然后把自己的名字叫得和他一样。只有这样，才能解释，为啥他们两人名字一样，连长相都接近。"

"确实有可能！"萧瑶恍然大悟，但是转念一想，她又问道，"目前我们关于'审判者'的信息，大多都是从李菁那里得到的，会不会也有一种可能，就是李菁和这个司机赵钱认识，于是李菁拿着他的信息杜撰出一个'审判者赵钱'，来蒙骗我们。"

"我不太相信李菁会骗……"路彦扭过头，看向窗外。

"你不相信李菁会骗你是吧？你总是那么容易相信人。"萧瑶摇摇头，叹气道，"我和秦队都有怀疑李菁是不是在撒谎。"

路彦把脑袋扭了回来："那这么说，所有的可能性无非就两种，一是'审判者赵钱'对李菁撒谎了，二是李菁对我们撒谎了。让我选择的话，我更愿意选择第一个。"

"可是'审判者赵钱'对李菁撒谎是为了什么呢？这没有理由啊……"

路彦也无法回答这个问题，一时间房间里沉默了。

萧瑶顿了顿，心想着路彦真是相信李菁。她接着道："我们刚刚才调查到，李菁交代赵钱的两处房子，北山区那个带着车库的楼房是没房产证的，一时间查不到房主的名字。但是李菁交代的那个浦航区的别墅，早就在两年前，它的所有人就变更成一个名叫张云的商人了。奇怪的是，这个张云长期生活在国外，我们一时还联系不上他。"

"什么？"路彦的心猛地揪紧了，李菁交代关于赵钱房子的信息，跟警方查证出的信息完全对不上，难道真的是他在撒谎吗？

"还有，你记得李菁跟我们交代说两个死者分别叫薛龙和郭大年吧？我们正在想办法和他们家人取得联系。现在太晚了一时完全联系不上，我们等天亮再试试。

"还有一件重要事情，李菁说'审判者'妻女在四川乡下坐大巴被人拖下车杀害，凶手还逃亡几年，符合这几个条件的恶性案子我们找了很久，但并没有找到。"萧瑶快速地说着，顿了顿，她继续追问道，"这些信息都跟李菁交代的事情有出入，你还是觉得李菁没有骗我们吗？"

汹涌而来的信息让路彦大脑有些混乱。泡过冰水之后，他觉得自己浑身乏力，大脑昏沉，一时理不清这些线索里隐藏的真真假假。路彦沉默了会儿道："李菁毕竟年轻单纯，容易相信人，赵钱跟他比较亲近，他比较容易相信赵钱的话。赵钱骗了李菁，他再当成真的告诉了我们，我们不能排除这种可能。"

萧瑶撇撇嘴，心想着你路彦不年轻单纯了，不也是那么容易相信李菁吗？

顿了顿，萧瑶看了看时间，转移话题道："现在你对案子有别的什么想法没？"

"赵钱的那个'易趣'公司要多查查。"路彦声音疲倦而又低沉，"那个公司到底是怎么一回事，看看它到底是为什么倒闭的……对了，李菁现在的情况怎么样？"

"我们还在问话，待会儿还要带他去赵钱浦航区的别墅那里核实情况，毕竟李菁说赵钱犯案的道具都在那里，我们要他带我们去现场看看。"

"好，赵钱在北山区的那个车库，我还没来得及进去看，我得找辆车现在过去。"

"别！别去了！"萧瑶一把按住路彦，"你们刚死里逃生的，你就在医院休息一下吧！"

路彦看了看时间，发现已经快凌晨4点了："那个车库，现在有人去调查吗？"

"秦队刚带人去抓赵钱，又有一批人跟着救援队去救你，浦航区的赵钱别墅还要派人去，你不用急，稍等一会儿，我们就会有人去赵钱北山区的车库调查的。"

"不行不行！我就是被水泡了一下，死不了，现在每分每秒都很重要。"路彦摇摇头，他从床上跳了下来，"不管那个车库里有没有啥线索，我都要去看看。"

"你别去，秦队那边肯定会安排人过去的，你和甄关西就好好休息下吧。"

"我也要去！"甄关西也从床上跳了下来，"这个案子还没完呢！"

萧瑶还想阻止路彦，但是被路彦坚定地打断了："那个'审判者'的计划里还有两个目标，我必须尽快抓到他。"

路彦意志坚决，萧瑶只好联系一辆车赶到第一人民医院，把路彦和甄关西送往北山区。路彦换了一套清爽的便衣，他拖着沉重的步伐走出第一人民医院的大门，死里逃生之后，再次踏上大地的幸福触感从双脚传来。路彦快走几步，进入墨黑色的夜色中。他抬起头，放眼望去北山区的方向，凌晨4点时分，更夜阑人静，黑色幕布笼罩着大地，雾霾在黑暗中四处弥漫，也掩盖住了一些秘密的身影。眼前寒气袭人，睁眼如盲。路彦深吸一口潮湿阴冷的空气，在身体里积蓄着再次出发的能量。他捏紧双拳，战意再次从胸中熊熊燃起。

第十四章　04:00 意外遇袭

- 1 -

　　凌晨4点，北山区的新安街头，静谧无声，万物俱籁。赵钱穿着一身黑色风衣，手提一个公文包，快步从夜色里穿过，他左顾右看，走得急匆匆又小心翼翼。

　　天空还是一片漆黑，赵钱站在新安街头朝整条街望去，街头两边的商店和人家都还熄着灯火，依稀看有块牌子还在亮着灯光。赵钱快步走上前，只见那家牌子上写着"文法律师事务所"。

　　赵钱若有所思地打量了牌子一会儿，接着轻轻地敲了敲门，没过多久里面传来一个清脆的女声问道："谁啊？"

　　因为之前和李菁吃饭时见过陈英，于是赵钱开门见山道："我，赵钱，刚才李菁跟你电话说我要来送文件的。"

　　里面传来脚步声，大门打开了，赵钱赶紧闪了进去，他看到陈英站在自己的面前。陈英看起来比较娇小文弱，赵钱目测她身高一米五八左右，她留着齐肩长发，有双水灵灵的大眼睛，是那种看上去就很容易激发男性保护欲的女孩子。赵钱见她此时脸上也挂着熬了一晚的疲惫，而她正亲切地打着招呼："赵老板您好！"

　　"叫我赵大哥就行了。"赵钱微喘口气说道，"抱歉！我来晚了。"

　　"嗯！"陈英点点头，在约莫三个小时前，她接到赵钱的电话，赵钱告诉她现在就要把'德诚'违法的证据送给她，陈英答应了并把地址告诉了赵钱，但是没想到赵钱来得比预期要晚，陈英不禁疑惑问道，"您怎么现在才到？李菁人呢？"

　　"我们在'德诚'那边碰到事情耽搁了……"赵钱顿了顿，一步踏进了门，顺手把身后的门带上了，"李菁跟你说过了，那我就长话短说了吧。今天晚上德诚集团楼下围了一批人，都是发现'德诚'老板要跑路了，所以不少大爷大妈上门要自己的投资款。随后我带着李菁也赶到了现场，我们得知这个德诚集团也持有优鑫长租公寓的股份，而我又接着听李菁说你们正打算起诉'优鑫'，于是我就跟李菁商量后，想再给你们提供一些材料做证据……"

"嗯，贾律师刚才跟我说过'德诚'在'优鑫'也有持股的事情……"陈英的声音很是绵软温柔，"我们待会儿天亮了就把这些材料送市公安经侦大队去……"

赵钱点点头："但对你们来说，最麻烦的还不是这件事情。德诚集团旗下有一堆做理财产品的公司，李菁说你们买了其中一个叫'长寿'的理财产品 28 万。我可以明确地告诉你，这个'长寿'理财产品跟'优鑫'公司一样，都是圈钱骗局。'德诚'老板即将逃亡国外，你们这个钱是退不回来了。"

"什么？真的假的？您确定吗？"陈英顿时慌了。

"我在'德诚'里有熟人，已经有消息传出来说'德诚'老板韩利今天就会跑路去国外，李菁也是知道这个消息后才会那么心急地要你赶快退钱。"

"我按照李菁的意思在软件上退了钱啊！"

"你今天在软件上收到钱了吗？"

"呃，它说会在 15 天内把钱退还给我……"

"你是收不到这个钱的，'德诚'的老板韩利明天一跑路，他旗下的那些公司马上就会破产清算了，到时候哪还有钱退给你们呢？"

"怎么会这样！"陈英心急如焚，毕业这几年，陈英知道自己在事务所打工工资很低，未来两年也不大可能提升太多，李菁存的这笔钱对他们来说很重要，"现在报警来得及吗？李菁说你有那个'德诚'诈骗的证据是吗？"

"对！李菁想让我把我收集到的关于'德诚'涉嫌欺诈的证据一起递交给你们，这样前期你们可以先拿着它到公安那里报警，公安也有了证据留下'德诚'的老板，让他不能跑路。后期，你们也可以用它把'德诚'和'优鑫'放在一起起诉。"

陈英眉头紧蹙，茫然地点点头。

"这就是我搜集到的关于德诚集团旗下一些公司涉嫌商业诈骗的证据，我想把它们一起交给你们的律师。"赵钱把右手的公文包递给陈英，"你们整理后赶快交给警方，这样的话我们才能让警方有证据早点采取行动，控制韩利不让他出境逃跑。"

"好！"

"贾律师人呢？"

陈英指了指楼上："他在楼上呢！通宵在整理优鑫长租公寓的资料，还没结束。他让我过来帮他整理，一晚上没休息了……"

"带我上去，我把这些材料递给他。"

陈英带着赵钱踏上楼梯，她转身看向赵钱在灯光下忽暗忽明的脸："李菁什么情况啊？他的手机不在身上？我刚刚给他打电话一直打不通。"

赵钱稍顿了顿，看着陈英的眼睛说："对，他现在还在'德诚'那边，大爷大妈们堵在'德诚'大楼的下面，李菁也跟着他们一起留意'德诚'的情况。之前他跟我去我的别墅那里，不小心把手机忘在那里了，所以他之前给你打电话拿的也是我的手机。"

"哦，您和李菁也在那里留到那么晚啊？"

"还不是为了'德诚'公司的事情，买了这个理财产品的不少人都听到一些'德诚'老板要跑路的风声，于是堵住了他们公司，吵一个通宵了还在吵呢！"

两人走到二楼，贾律师戴着黑色全框眼镜正在伏案工作，赵钱一番介绍之后，把箱子里的文件递给贾律师，贾律师面色凝重地查看起来。

"有一个情况我得要跟两位说一下，我刚才来的路上发现有人在跟踪我。"

赵钱的话音落地，贾律师和陈英不由得一愣。

"应该是'德诚'公司的人，我之前私下调查他们已经注意到了我，他们知道我手上有这个证据，韩利要跑就最后这么一点时间了，估计他们想要鱼死网破了，所以可能要不顾一切代价拦住我……"赵钱眉头紧锁在一起。

"那我们该怎么办？"陈英很是害怕。

赵钱摆摆手："不要紧，我们抓紧时间早点出发，到了公安局我们就安全了。我就不信，他们还能追到公安局把我们怎么样？"

陈英看向贾律师，贾律师点点头："也未尝不可。"

简单了解之后，贾律师看了看手中的那堆材料，他望向赵钱："你是做什么的？这些材料你是怎么拿到的？"

赵钱正要回答，楼下忽然传来一阵猛烈的敲门声，"砰砰砰"地震耳欲聋。

赵钱吓了一怔："可能是刚才跟踪我的人，找上门来了！他们是想抢我手中的证据材料！"

一时间楼下敲门声大作，顿时，赵钱和陈英紧张地凝住了身体。

- 2 -

凌晨4点多，萧瑶找的车把路彦和甄关西送到北山区赵钱的楼房旁，甄关西跟着路彦一起跳了下来。两人一阵摸索，很快发现，路彦的车仍然孤零零地停在赵钱车库的门外。在手电的惨白色灯光下，路彦看到赵钱的车库外平静如常，好像一切都没有发生过。

路彦在车上一阵寻找，找到一把开锁工具急忙朝车库大门走去。甄关西追在路彦身后问道："哥，你还想去那个车库查什么？"

"你跟来做什么？"路彦转身看向甄关西，一想到之前甄关西不听吩咐跳上货车导致两个人差点被淹死，他就气不打一处来。想了想，路彦保持平静的口气道："忙活一晚上了，你回去休息一下吧。"

"你别这么说啊，我，我还想破这个案子。"

"接下来可能还有很多危险，我怕你会抱怨太累太辛苦。"

甄关西瞪大眼睛，他停住了脚步质问道："你是什么意思？你觉得我是你的拖油瓶是吧？"

气氛一下子剑拔弩张起来，路彦继续朝前走去，他没有回头，只是淡淡说道："这里危险，所以你还是回去等我消息吧。"

甄关西气得高声在路彦身后道："路彦，你可别小瞧我了！"

走在前方的路彦停下了脚步，他转过身，把车钥匙递给甄关西轻轻说道："去我车上休息一会儿，等我消息吧。"

路彦话音落地，他头也不回地穿过重重雾霾，走近赵钱的楼房。甄关西又急又气地怔在原地，想移动双脚，却发现完全迈不开腿。

路彦静静地走到车库门口，发现甄关西留在雾霾里并没有跟上来。他蹲到车库升降门前，拿着开锁工具试图开门，可是紧接着他就发现，这个升降门压根儿没锁。

那个"审判者"会埋伏在里面吗？路彦心中一阵紧张又一阵期待，紧张是因为可能遇到危险，期待是因为马上就有机会抓住那个凶手。路彦顿了顿，心想甄关西就在附近，就算自己有什么危险他也能很快赶来。想到这儿，他伸出手，轻轻地抬起升降门，接着急忙拿手电照向里面，脸紧贴着门的下沿朝里面快速一阵扫视，然而，里面空无一人。

路彦不知自己是该庆幸还是该松一口气，他把升降门彻底拉上去然后走进了车库，找到了开关之后打开灯，整个车库亮如白昼，一切都映入眼帘。

这个车库被一堵墙分割成两个房间，一个靠内一个靠外，靠外面的房间里摆满了乱七八糟的两米长的大袋子。路彦小心翼翼走上前，蹲下来翻看那些大布袋，布袋里传来一股异样的气味，路彦紧皱起眉头，有的布袋分明还有着人体压过的身体轮廓。

路彦把几个大布袋收了起来，见布袋后面藏着一堆小小的药瓶和注射剂，路彦拿起一个药瓶，只见上面写着"抗凝血剂"。

抗凝血剂是干什么用的？路彦一阵疑惑，他掏出手机打给萧瑶，电话很快就接通了，路彦开口问道："抗凝血剂有什么作用？"

"就是字面上的意思啊，它能有效阻止血液凝固。"

"那如果给尸体注射抗凝血剂，是不是能延缓尸斑等现象的出现？"

"是的，你问这个干什么？"电话那头的萧瑶有些疑惑。

"你先回答我的问题，它能延缓多长时间？"

"我记得书上写的理论时间，差不多六个小时吧……"

原来如此！抗凝血剂是个重要证据，它能证明自己当初猜想的正确性了。路彦心想着，正打算跟萧瑶告别挂电话，萧瑶那边追着说道："对了，这边又发生了两个新情况！"

"什么？"路彦警觉起来，这个案子真是随时都有意想不到的事情发生。"你记得第一个死者徐青有个叫徐丽的堂妹吧，我们在犯罪现场还见过她的，她在我们省厅做完笔录就回去了。我们现在试图找她，但是完全联系不上，去她住处找她也没有人……"

"什么？"听到萧瑶说徐丽消失了，路彦不由得一怔，一个人联系不上一般有两种可能，一种是徐丽主动地消失了，还有一种是徐丽遭遇意外无法和外界取得联系。难道说徐丽也遇害了？这个情况下，该相信哪一个呢……

"还有，我们刚刚接到一个报警电话，北山区的明珠小区里，早起的环卫工人在垃圾箱里发现一个被塑料袋包裹的人头！"

萧瑶的消息让路彦不由得一怔，只听见萧瑶那边接着道："我这边马上要跟两名同事出发去北山区的明珠小区了，有消息随时联系！"

路彦放下手机，紧紧攥紧拳头，那个人头是这个案子里前几个死者的吗？要是跟这个案子有关系，应该能从那上面发现不少线索，或许能直接从上面找到死者的准确死因。不过徐丽为什么会失联？难道她是"审判者"的第六个目标，已经遇害了？那个"审判者"难道像个索命的魔鬼一样，在无辜的人身后穷追不舍吗？怒火在胸中熊熊燃烧着，路彦提醒着自己冷静，此时必须耐心地寻找线索，才能打败那个家伙。

路彦深吸一口气，他把抗凝血剂放进大布袋里后，目光移到角落里的纸箱子，路彦上前打开一看，里面有着大量的假发、假胡须、喷胶等化妆易容的东西。这些应该是赵钱准备给自己和李菁用的。路彦心想着，他拿起假发，在假发之下，又有一个大盒子。路彦将盒子拆开，发现里面装着硅胶、固化液、纳米指纹膜型胶、搅拌盒等东西，除此之外还有几双废弃的改装跑鞋。路彦拿起那些鞋放在手上仔细查看着它们鞋底的纹路，发现它们都垫着厚实的皮革，每只鞋重量不一。

路彦扫视盒子里面的东西，心里一阵恍然。他站起身，走向靠里面的那个房间，看到房间里摆满着各式各样的行李，有李菁的衣服，有衣架，行李包的拐角露出高跟鞋的轮廓，盒子上工整摆放着一堆女孩子用的护肤品，果然如李菁所说，这里都是他和他女朋友的行李。路彦想着，他注意到一个开口的行李包里有着两个相框，一个对上翻起，一个斜插在里面，路彦拿起来对上翻起的相框一看，那是一张李菁搂着一个女孩的合影。

这应该就是他的女朋友英子了吧，长得挺温柔可爱的，路彦看着照片笑笑，想着李菁这小家伙还挺有福气的。不由得，他心里也涌出一股自责，这些年，自己工作很忙，竟然一直没有去看望过李菁和他女朋友，以至于现在还是在相片上第一次见到英子的样子。路彦思索着，他伸出手，又拿起另一个插在行李包的相框，看到那上面的照片，路彦的笑容瞬间凝固了。

那是一张不清晰的合影，合影上站满了几十号人，路彦看到了十年前的自己、张霖和吴思凉站在第一排的中间，两边还站着其他几个女同学，在他们身后的三排站满一群孩子，羞涩的李菁就站在第二排最左边，对着镜头咧嘴笑着。这张支教结束的合影，路彦记得只有张霖有，而且这么多年自己也就大学时候在他那儿看过几眼，没想到时隔多年又在这里看到了。

路彦把自己从回忆里抽离出来，接着站起身来，下意识地，他不想把这张照片放在这个杀人犯的车库里，可是带着它在身上去查案也是不可能的。正当路彦踌躇着，车库门外响起一阵窸窣的脚步声。

路彦抬起头，看到四个头戴帽子脸戴口罩的黑衣男人脚步轻盈地迅速走了进来，他们进入车库后就连忙拉下身后的升降门把它关死，接着虎视眈眈地看向路彦。

危险来临！路彦本能去掏腰间的手枪，可是很快他就意识到，之前在落水的车厢里，他就已经打完了最后一颗子弹……

- 3 -

北山区，文法律师事务所的楼下敲门声越发大了，赵钱不由得紧张起来，他环视着整个房间，想出策略后看向陈英道："这些人要看到我在这儿八成要动手，我还是找个地方躲一下。"

"那我们怎么办？"陈英惊慌地追问道。

"别怕，我躲起来你再下去开门，让他们进来。他们找不到我自然会离开，不会找你们麻烦的。"

"好吧……"陈英点点头，她有些发怵，"那我去开门吧。"

陈英"噔噔噔"地下楼，赵钱听到她开门后，门外传来一个暴喝声："赵钱是在这儿吗？"

陈英看着眼前三个长相粗俗的中年壮汉，不由得胆寒地连退几步，但她还是壮起胆子问道："你在说什么？赵钱是谁？"

三个壮汉狐疑地上下打量着陈英："刚才我们看到他进去了！"

"隔着雾霾你们真的看清……"陈英话还没说完，三人推门而入，一掌把陈英推到一边。

"你们干吗？"陈英鼓足勇气喝道，"私闯民宅，我报警了啊！"

"少废话！赵钱偷了我们德诚集团的东西，他要不在这儿，我们马上就走！"三个粗鲁的男人骂骂咧咧地搜了一遍一楼，毫无结果后又踏上了通往二楼的楼梯。

三个壮汉站在二楼的楼梯口向房间里扫视，房间里只有双鬓发白的贾律师正在伏案看着文件，他的背后是拉着窗帘的窗户，房间除了一张桌子之外还有两个书柜和一个衣柜。贾律师抬起头问道："你们是什么人？你们不知道暴力闯入民宅是违法犯罪吗？"

"少废话！赵钱在这儿吗？"

"什么赵钱？我不懂你们在说什么！"贾律师话音落地，三人已经开始了他们的搜寻，他们迅速打开衣柜，只见衣柜里空无一人。紧接着他们又趴在地上查看书桌下的空间，那里也是空无一物。

一番搜查结束后，三个粗俗壮汉意识到这房间里没有赵钱，他们交换了一个眼神，就转身大步朝楼下走去，接着在一楼关上了门。听到他们的脚步声消失在一楼后，贾律师身后的窗帘动了起来，赵钱从窗外爬了进来，他揉着手掌抱怨道："一直抓着这窗的边沿，差点没让我两只手抓断掉！"

察觉到楼下恢复平静之后，陈英飞快冲到赵钱跟前紧张道："现在我们怎么办？"

赵钱摇摇头道："果然，他们是'德诚'派来的，就想毁掉我手中的这个证据。"

"看来这些材料确实能起到很大作用。"陈英炯炯有神地盯向赵钱的皮包，她知道，那里面的证据材料，是守护她和李菁财富的希望。

赵钱点点头，笃定地说："如果我们继续待在这儿，还会有人上门找麻烦，就算我把材料留在这里，也有可能被人搜查带走！我觉得，我们得赶快出发去公安局！到了宁汇区的公安局，我看他们还怎么找我们的麻烦！"

"现在去公安局吗？"

"对，我们要把这个材料尽快带到公安局，这样我们就有证据让警方调查'德诚'。只有警方调查'德诚'，你和李菁的投资款才能保得住。"

陈英默默地点点头，心想也只有这样，才能保护自己和李菁的财产，才能保住其他那些购买'长寿'理财产品的人的损失。赵钱大哥这么心急把它送到公安那里，也是有理由的。

"我的车就停在不远处，我们赶快出发吧。"

赵钱一边朝楼下走一边催促着，陈英连忙快步上前接过赵钱手中的皮包，把那份资料紧紧地抱在自己的怀里。她脑海中不由浮现出李菁那疲惫的身影，毕业后的这几年，李菁的脑袋里就绷着一根弦，那根弦上担着父母和爱人、房子和金钱。担的东西太多后，那根弦早已沉重又紧张，以至于他已经没了力气去欣赏品味生活中的美好细节，他活得粗糙又卖力、无趣又乏味。

尽管陈英觉得自己没给过李菁很多压力，但她还是看到大学时代充满理想主义的李菁渐渐消失了，现在的李菁满脑子想的都是怎么赚钱。但陈英觉得，钱不是衡量一个男性成功与否的唯一标准，毕竟法律系毕业的她，深知挣钱有时是个面目狰狞的活儿。而她觉得李菁的外貌、性格、人品、学历都还不错，这对于她来说已经够了，但她知道李菁觉得不够。如果这笔钱无法保住的话，也许李菁脑中那根弦会痛苦地崩掉。所以，无论是为了李菁，还是为了他们俩，这个材料是一定要赶紧送到公安局的。

雾霾深处，一行三人连忙钻进赵钱的别克车，车迅速启动了，汽车发动机的轰鸣声撕裂了街头的宁静，赵钱小心翼翼地驾车，驶向南边的宁汇区。

- 4 -

北山区，赵钱的车库里，气氛剑拔弩张，借着车库的灯光，路彦看向关上门后冲自己虎视眈眈的几人，他们虎背熊腰手持大棒，浑身上下杀气腾腾，一脸凶神恶煞。路彦心想不妙想打电话呼救，但还没等他掏出手机，来人中一个脸上带着刀疤的男人已经凶猛地朝他扑了过来。路彦连忙一个避让，闪躲到一边，怒视着他大声道："你们什么人？想干什么？"

"来要你的钱和你的命！"刀疤男嚷道。

"什么？"路彦一脸莫名其妙，他气急而笑，拿出腰间的枪指向面前的那个刀疤男，提高音量怒喝道，"你是'审判者'找来的打手？"

从门口扑向路彦的三个大汉猛地停住脚步，他们怔在原地："什么东西？你还有枪？"

路彦原以为自己的接连两声怒喝,能引起车库附近甄关西的注意,但是此时车库门外一点动静也没有。坏了,甄关西不会真的在自己的车里睡着了吧?路彦心想着,就算甄关西不来救援,按照萧瑶所说,待会儿也会有别的同事来这个车库调查,此时自己能拖一点时间就尽可能拖延一下,也许能等到救援的到来。

来不及仔细寻思,路彦迅速把手中的合影照片放在了行李箱里,在他心中,那张支教时的合影代表着他的青春回忆,他可不想让这张照片遭到不法分子的亵渎。收好照片好,路彦连忙把枪对向门口的三人,怒喝道:"你们到底是什么人?"

不想当路彦将枪举向别处时,他旁边的刀疤男猛地扑向他的右手边,路彦快速地反应过来,把枪重新对准他,扣动扳机的时候,路彦看着刀疤男眼里的惊慌,只能无奈地笑笑。他在疑惑到底是什么,能让这些人连命都不要地扑向自己,这一下,枪没子弹的事情也没办法隐藏了。

路彦扳机扣下去,枪却没有任何反应,那刀疤男在恐惧之后迅速地明悟了,他心想着此人是拿玩具枪冒充的。顿时,他们像饿虎扑食一样扑过来,路彦无奈地一拳挥去,打到第一个扑上来的刀疤男,那人吃了一拳后,连忙抬起脚飞踢,路彦连忙后跳跃闪过,但是另外三人纷纷拉开羽绒服,露出他们藏在里面的大棒还有匕首朝路彦冲了过来。

逼仄的空间里,路彦第一次深切地体验到什么叫"双拳难敌四手",一阵无力感渐渐袭来,他刚刚躲过两个人的大棒,第三个人的一个拳头就招呼到他的身上,等他一脚踹飞掉一个飞来恶汉的时候,旁边一个大棒又打到他的腿上。

四个恶汉都身强体壮,体重还占着优势,不一会儿,路彦脸上腿上肩膀都被打得伤痕累累。打斗间,路彦两只手臂分别被两个恶汉挟住,另外两人持着大棒冲了过来,路彦奋力地腾起双腿将迎面而来的两人踢开,两侧挟住肩膀的人猛地一使劲,路彦觉得双臂犹如散架一般,他吃痛地大叫一声,想甩开两人却怎么也甩不开。

逼仄的车库里,路彦再一次深陷绝境。在路彦的身前方,一个满身文身的恶汉提着大棒冲着路彦凶神恶煞地怒喝道:"赵钱,你给我老实点!"

赵钱？这是怎么回事？他们难道以为自己是赵钱？原来他们是找错人了，可是为什么会把自己当成赵钱呢？路彦心中一紧，连忙喊道："我不是赵……"

然而，这句话还没喊完，路彦一个闪躲不及，那文身恶汉的大棒已经砸到他的头上。"轰隆"一声，路彦只觉得一阵天旋地转，意识在飞快地远去，他身子往一旁一歪，晕倒过去。

第十五章　05:00 遭遇暴民

- 1 -

凌晨5点，临江城路上已经有了稀寥人迹，城市正在渐渐苏醒。赵钱开车一阵行驶，来到宁汇区一条无人的小路上，忽然周围发动机噪声大作，从雾霾里开出两辆面包车拦住了赵钱的车。

"不好！"赵钱脸色铁青转动方向盘想掉头，可是车后方，发动机的声音轰鸣着，身后开来几辆摩托车迅速堵死他的路。

赵钱和陈英连忙向身后望去，那摩托车上坐着的都是身穿夹克的黑衣男人，他们操作着摩托车摆成了一排，完全封死了赵钱的退路。

赵钱怒拍一下方向盘："这些家伙肯定是他们'德诚'找来的打手！他们早就盯上我们的车了！故意让这些人在这里堵着我们！"

陈英惊慌地说："怎么办？他们要做什么？"

陈英的话音刚落，在别克车前，两辆面包车陆续走下很多中年人和大爷大妈，他们不少人手持着石头，面目狰狞地扑到车前拍打着车窗和车门。他们怒喊着："开门开门！把证据交出来！"

十几号人围住了自己的车，他们对着车或怒喊，或拍打，或脚踢，或吐口水，陈英只觉一阵天旋地转，从四周袭来的恐惧笼罩住自己，她忍不住惊恐地看向一旁的赵钱："这些大爷大妈又是怎么回事？"

"应该是同样买了'长寿'理财的人，他们担心要是没了'长寿'，投进去的本金就赚不到钱了，所以不想让我们去报警。"赵钱飞快地说完，想倒车掉头跑，却猛地发现车后也围了一帮大爷大妈，他们完全堵死了车的退路。

"可是这个'长寿'的老板都要逃跑了啊！"

"他们不知道，也不会相信，他们肯定是被'德诚'洗过脑了并且接到消息过来的。"赵钱紧握着方向盘，一针见血地说道，"现在他们看我们，就是觉得我们在断他们的财路，他们肯定不会轻易让我们走的。"

"开门开门！快把'长寿'理财的证据交出来！"赵钱一直不开门让大爷大妈们彻底没有了耐心，他们搬起石头，"轰隆"一下砸碎了车窗，陈英吓得尖叫起来。

"这群愚昧的刁民！"贾律师在后座气呼呼地说道，"我要报警！让警察好好治治他们！"

贾律师掏出手机，可是还没说到几句，他右边的玻璃车窗就被人用石头轰然敲碎，紧接着好几只手伸了进来，一把夺走他的手机。

赵钱扭头向身后看去，阴冷的雾霾中，那几个骑着摩托车的黑衣人停在原地没有上来，他们一副坐山观虎斗的样子，静静看着一大群中老年人团团围住赵钱的车。

前无去路，又退无可退，赵钱觉得不能这样下去了，他打开驾驶座的门，猛地一把推开车门边的人，他大声对着人群呐喊道："各位听我说！'长寿'理财是个骗局，他们的老板韩利就要带着钱跑路去国外了！你们和我们的投资马上就要打水漂了，我们不能坐以待毙！我们现在必须去报……"

赵钱的话没说完，一块石头朝他的脸上砸了过来，他连忙伸手挡脸，那石头一瞬间擦破了他手上的皮肉，血止不住地流了下来。

人群朝赵钱涌了上来，赵钱张开双臂，螳臂当车地站在众人面前，他推搡着众人，众人敲打着他，拳头雨滴一样落在了他的身上，他没有还手，只是吃痛地步步撤退。

一个五十多岁的大妈猛地一拳打到赵钱的脸上，她怒喊道："我那30万存着好久了，我等着到年底提个50万出来给我儿子买房娶老婆呢！你说报警就报警啊？你报警了我们这些钱怎么办？"

赵钱正要开口说话，又一个六十多岁的老大爷一脚踢到他的腿上："你真是个黑心鬼啊！我那么多年攒起来的养老金全都在里面，我还指望着鸡生蛋呢。你报警了，我这以后喝西北风去啊！"

众人的怒火迎面袭来，赵钱也忍不住咆哮起来："不去报警这个钱你们也是要不回来的！"

赵钱的声音很大，一下子压制了冲在前面的人，赵钱继续怒吼道："我有确切消息，'长寿'理财的老板韩利马上就要逃去国外，如果现在不报警抓他，你们的钱都将血本无归！"

"胡说！那么大公司就算老板跑了，能一天就倒吗？"

"你报警了，我的钱取不出来了，你负得了责吗？"

"人家韩总，都上了美国纽约时代广场还能是骗子？你编故事也编得像一点好吗？"

"就算他今天跑，那我今天退款！等我收到钱再说！反正你不能现在去报警！"

众人七嘴八舌的声音把赵钱重新淹没，无数只手在赵钱身上推搡、撕扯、击打。赵钱觉得自己的胸膛里有一把火熊熊燃烧着，但是他还是极力克制着不对这些人还手。

一个大妈钻进车里，一把揪住陈英手上的公文包往下撕扯，陈英不想松手，另一个大妈和一个中年男人合力揪住了她的头发和身体，陈英只觉得一阵天旋地转，她被拖到车外，倒在冰冷的泥土上。

陈英尖叫着，想爬起来，不料一只脚踩在她身上，接着一个拳头猛地打到她的下巴上，紧接着无数只手从她的怀里夺走了那个公文包，把那里面的资料全部掏了出来。

她静静地躺在地上，看着无数只手在她的上方撕扯着那些文件，那里面有些是她和李菁辛辛苦苦收集的"优鑫长租公寓"的证据，有些是他们收集起来的众人签名，还有些是刚刚赵钱交给她的关于"长寿"理财诈骗的证据，她看着那些文件在那些人手中被撕成无数块碎片，接着变成了无数片"雪花"，从空中缓缓落下。

- 2 -

凌晨5点多，李菁被手铐铐着双手，重新站在了赵钱浦航区的别墅面前。吴勇和另外三名刑警身着便衣，低调地站在他的身后，吴勇看着李菁开口道："这个门我们除了武力进去就没别的好法子了，既然你说你的虹膜能开这道门和赵钱的保险箱，那我们就不用使用武力手段。现在就看你交代的是不是真的了。"

李菁点点头走上前，对着门的智能扫眼瞪大右眼，"嘀"的一声，那是门锁打开的声音，李菁后退一步，忐忑地瞥了一眼身旁的警察们，吴勇满意地点点头，走上前拉门，门一下子就开了，吴勇警觉地举起枪对着门后的一片黑暗，他身后的警察连忙举起手电照进去，光照亮了房间，大厅里空无一人。

几个警察先进去一阵搜查，确定房子里此时一个人也没有后，站在门口的吴勇迅速带着李菁走了进去。众人拿手电打亮四周，一阵搜寻找到了灯的开关，打开灯后，吴勇站在房间大厅环视着房间里的沙发、桌子、茶几、窗帘、书柜，那些家具上面虽然没有蒙尘，但是吴勇本能感觉长时间没有人使用过它们，这个屋子里压根儿就没有人味。猛地，吴勇没由来地感觉到一阵阴森恐怖，他抬起头，看到客厅对面墙上的那幅巨大的画，一瞬间他明白了那阴森恐怖感从何而来。

那幅巨大的油画上，画着宛如世界末日的恐怖图景，那条巨大的黑蛇带着要吞噬一切的气势对着下方的土地虎视眈眈，它下面的天空上飞舞着冰雹、烟雾，还有蝗虫，那些毒物都朝着下方的土地呼啸而去。地面上大地撕裂，生灵涂炭，人间一片炼狱。整个画面让吴勇觉得很是压抑和绝望，唯一让他觉得还有点希望的，就是地面上那些骑着白马持着长枪要跟那巨大黑蛇决斗的骑士们。

尽管见多识广，但吴勇还是在这幅图面前怔住了一会儿。随后他又疑惑地想着，什么样的人会把这种画放到自己的家里？那个"审判者"赵钱，到底是个什么人？

另外三个警察开始对房间里大小物品进行了仔细的搜查，吴勇看向站在原地彷徨失措的李菁问道："你不是说他有个'审判'名单吗？在什么保险箱里？"

"是的，保险箱就在里面的那个卧室里。"李菁指向最里面的那个房间。

"走！"吴勇挥手示意了一下，让李菁带头走进了卧室，卧室里没有安装吊灯，黑乎乎的。吴勇打开卧室床边的一盏台灯，借着台灯和手电的灯光，房间里的东西在吴勇面前清晰起来。

"保险箱在哪儿？"吴勇目光在房间里一阵搜索，他看到了床脚边上摆放着一只黑色的保险箱，他连忙接着道，"去，用你的指纹、虹膜打开它。"

李菁慢吞吞地在保险箱前蹲了下来，他一阵操作后，"嘀"的一声，保险箱的门开了。

吴勇正要上前拉开门，突然手机响起，是秦纬打来的电话，吴勇连忙接听。

在他身前，李菁静静地拉开保险箱的门，仔细地朝里面看去，赵钱给他的那些钞票安安静静地躺在里面，而那叠写着名单的文件则放在钞票的上面，李菁伸出手，拿出了它。

李菁翻开了手中的文件，快速翻到了第五份，果不其然，第五份名单上面，确实写的是韩利的名字。李菁仔细查看着韩利的相关资料，那上面写的确实如赵钱所说，韩利涉嫌多项经济犯罪的罪名，并且该报告明确指出他的外逃会导致成千上万的家庭失去原本是家庭经济支柱的存款。那报告底下还写了一份抽样调查，调查发现说购买'长寿'理财的人70%以上都是中老年人，而且很多老年人是把自己养老的钱投了进去。

吸血鬼！李菁脑海中不由蹦出这个词，还是吸千万人血的吸血鬼！韩利一旦跑到国外，到时候一些家庭难免会妻离子散甚至家破人亡！李菁觉得胸膛燃烧起一阵火焰，他紧紧握住那叠文件，赵钱说得没错，有些人虽然没亲手杀一个人，但是做出的恶行相当于杀了千千万万人。

李菁的一旁，吴勇正拿着手机惊讶地问道："什么？他不是叫赵钱？那他是谁……"

然而沉浸在愤怒中的李菁并没有注意到吴勇的说话内容，他全部的注意力都在那份审判名单上，他顺着第五份名单接着向后面翻去，看到第六个要被审判的人的名字，李菁不禁瞪大了眼睛。

- 3 -

凌晨5点多，陈英躺在冰冷的宁汇区街道的地上，看着那些纸片在喧嚣的人群中，犹如雪花般地落到自己的身上。她突然想起了去年冬天，李菁带着她在雪地里漫步，李菁指着雪地里不远处的一片新开发的楼盘说，他一定要在28岁之前买下那里的房子和她结婚……脑海里回想着李菁当时的声音，但陈英猛地觉得那似乎是遥远到上一辈子的事情了。

她知道投到"长寿"理财里这笔钱对李菁的意义，也知道这笔钱对他们俩未来的意义。李菁这几年这么努力，不就为了他们未来的一个希望吗，但眼前这些漫天飞舞的纸片，犹如一枚枚锋利的刀片，轻轻松松地把他们的依靠切碎了，也不费吹灰之力地把他们人生的希望摧毁了，只留下一地的绝望。

"你们！滚开！"一想到李菁那焦虑的脸庞，陈英心里一阵格外难过。不知道哪里来的力量，她猛地从地上爬起，一把推开那个刚刚打了她一拳的中年男人，夺过他手上那一叠还未撕开的大信封，那信封装着赵钱给他们的证据材料。

中年男人反应过来，一把揪住陈英冲着她脸上打了一拳，陈英觉得从鼻子到嘴一瞬间失去了知觉，接着满是酸涩，再接着，陈英看到自己嘴里和鼻子里的血都一起喷涌而出，人群再次向她扑来，她一只手捂住自己的口鼻，连忙向前方冲去。

"英子！"不远处的赵钱见到陈英遭到毒打，一直没还手的他猛地一拳打到面前那位中年女人身上，不料却激起人群更大的愤怒，四面八方都有拳头朝他打来。赵钱怒吼一声，不再顾及出手的力度，几拳砸在扑上来的几人脸上，把他们打得七荤八素、连连后退。

车里的贾律师也被人拖到了地上，他肥胖的身体在地上翻滚着，西装被扯落在地反复踩踏。眼前一片模糊的他伸手想捡起眼镜，不料眼镜早就摔得粉碎。他的公文包被人夺了去，里面的文件被人全部掏光撕成纸屑，他一边大叫着"饶命"，一边看着人们仍然不放心地把那个公文包上下来回抖动，生怕里面还藏着一片纸屑。

陈英知道车后有着一排摩托车的人在那儿守着，她毅然选择朝车前的石板街深处狂奔而去，众人岂肯这么放过她，"哗啦啦"地七八个人追了上去。

赵钱看着对着自己冲来的那个年轻人，他伸出手，猛地拽住那人手臂，然后下蹲、弯腰、背转身，一个过肩摔把来人狠狠地摔倒在地。

"你怎么还敢打人啊？"见赵钱下手狠辣，众人怒了，更加凶猛地冲上前来。赵钱左腿直立，右腿抬起，一个飞快的鞭腿踢到冲在最前方那个中年男人的胸膛上，那人惨叫一声，"轰隆"一声向后飞跃三米，砸到后面的人群身上。

见赵钱手脚了得，人群一阵惊吓，一时之间竟没有人敢再次上前，赵钱得到喘息，连忙向陈英身边赶去。

陈英狂奔着，口鼻溢出来的血顺着她的指缝流落，逆风飞舞着，有些洒在她的身上，落成一片片殷红。她冲向石板街的深处，但是还是被一只手拽住，陈英回头看着那个中年男人，那是和她生活在一个小区里的熟悉面孔。

"孔叔！是我啊！"陈英捂住血说道，陈英记得他经常在小区里跟邻居们炫耀他买了两年"长寿"理财赚了多少钱，当初陈英和李菁买之前也咨询过他的意见，想不到他竟然也在这些人当中。

"让你举报！让你举报！"孔叔一巴掌扇了过来，陈英赶紧低头闪避。

"是我啊！孔叔你不认识我了啊？"陈英急了。

"把你手上的材料给我！"孔叔怒吼着伸手，从陈英怀里夺那个信封，见陈英死拽着不放手，他伸出一只脚踹到了陈英的肚子上，陈英惨叫一声飞到地上，她捂着肚子，觉得她的胃、脾、心、肺和肠都疼痛地交织在了一起。

其他人也追了上来，把陈英围住，想从陈英手上夺下信封，却发现陈英把信封死死地抱在怀里，而且力气大得惊人，一时间根本拉不开。于是，人群开始对着趴在地上爬不起来的陈英一阵拳打脚踢，陈英说不出话了，她死死地抱着那个信封，默默地在地上翻滚，身体被无数只脚踹来踹去，她觉得内脏像是燃烧了起来，整个人的意识在慢慢远去。

"滚开！"赵钱浑身是伤地冲上来，拼尽全力拉开人群，看着陈英趴在地上连吐了几口血。赵钱趴下来抱住陈英急着问道："英子，你还好吧？"

陈英吃力地睁开眼睛看了看赵钱，她气若游丝般地说道："跟李菁说对不起……我没能保护好……"

"你不要有事啊！这话你自己跟他说！"看着陈英奄奄一息的样子，赵钱连忙喊道，他对刚刚没有拿出底牌武器感到很是后悔。

他抱起陈英，站起来怒视那些人喝道："你们疯了吗？你们这群疯子！你们会遭到报应的！"

众人围着赵钱想再次逼近，赵钱却毫不犹豫地在西服内袋里一阵摸索，掏出一把假枪指向天空，然后又指向人群。他身上散发出惊天的杀气，站立在原地高举着枪恶狠狠地喝道："谁要下地狱！我现在就可以送他上路！"

赵钱站在原地，犹如末世邪神一般。众人终于停止了前进的步伐，大家都惊呆了，有的人吓得站在原地挪不开脚步，有的人吓得扭头就跑。

- 4 -

  浦航区赵钱的别墅里，李菁震惊地看着第六份被审判的名单，那上面分明写着"金茜"的名字。

  金茜？金茜有那么坏吗？李菁心中掀起一阵惊涛骇浪，或许帮骗子代言就已经算比较坏的事情了吧？如果没有她的代言，自己和英子很可能就不会买这个"长寿"理财。不过话说回来，虽然金茜有错，但她跟前面几个被"审判"的人比起来真的不算什么，她做的事情完全罪不至死吧？为什么她也被写在这个名单上？难道说，她还做了别的穷凶极恶的坏事？

  强忍住内心的疑惑，李菁往后翻到最后一页去看那第七个被"审判"的人是谁，待李菁看到那最后一个名字后，有那么一瞬间，他以为自己眼花了。李菁揉揉眼睛，努力眨眨眼睛，却发现自己没有看错。

  在名单最后的一页，李菁分明看到第七个"审判"名单上写着：赵钱。

  这是怎么回事呢？赵钱他怎么把自己名字写了上去？李菁还没来得及细想，身后的吴勇挂断电话走上前，一把夺过李菁手上的名单开始看了起来。

  "嚯！嚯！这家伙是怎么把他们的资料查得这么详细？"吴勇面色凝重地从第一页开始翻看，整个人完全看出了神。

  在他的旁边，李菁看向书柜，他记得自己的手机之前被放到了书柜那里，他轻轻地走上前，挪开那本《经济学原理》，看到了自己的手机。李菁小心翼翼地打开手机一看，那上面显示着陈英打来的几个未接来电。李菁心里忍不住地燃起焦急，他连忙给陈英拨回去，没想到电话那头一直是忙音。

  李菁屏住呼吸等了好久，但是电话一直没能打通。他放下手机，发现手机上还有一条赵钱发来的短信，李菁打开那条短信，上面写道：我和英子还有贾律师在送证据的路上被德诚的人拦住打伤了，我们带着英子正在躲着他们的人去医院治疗。

  看着短信，李菁身体禁不住一颤，像一把刀子出现在身体里，对着心脏来回戳着，血一滴滴地滴下来。

  "什么？那家伙竟然也想对金茜下手？"一旁的吴勇瞪大着眼睛，他拿出手机，正想联系秦纬报告情况，却突然发现李菁站在不远处盯着一个手机沉默着。吴勇放下手中的资料和手机，向李菁走去："你拿着是谁的手机？"

李菁捏紧了手机没有回答，反而是低头看向吴勇说道："那个，我女朋友出事了，我想去找她，可……可以吗？"

"什么？你要去找你女朋友？"吴勇一脸莫名其妙，"怎么回事？"

"我女朋友被人打伤了……我去看看她，然后就跟你们回去行吗？"李菁可怜巴巴地说道。

吴勇没好气地道："你在跟我们开什么玩笑？你现在可是在押状态！"

李菁觉得刀子捅完心脏后，又有个硕大的铁爪狠狠攫住自己的心脏来回撕扯着，他正痛苦焦急地不知道怎么办，突然他感觉到手机又是一阵震动，他拿起手机一看，赵钱又发来一条简短的短信：伤势很重，可能需要手术。

李菁觉得那攫住心脏的铁爪更紧了，吴勇上前一步，夺过李菁手里的手机："什么人在和你联系？"

吴勇抢过手机后，他查看起来，接着瞪着那个通讯录的名字大喝道："竟然是那个赵钱！"

吴勇把手机放在手上一阵鼓捣后，他抬起头，怒瞪着李菁："赵钱和你联系，你为什么不主动跟我们交代？你在干什么？"

李菁低着头说不出话来，吴勇拿起手机正要跟秦纬报告，突然门外传来一阵急促的脚步声，接着外面的房间里三个警察纷纷怒喝："什么人？"

吴勇和李菁连忙朝外看去，大门边不知道什么时候走来六七个膀阔腰圆、穿着厚重黑色羽绒服的男人，他们统一头戴着帽子，脸上还戴着口罩，浑身上下散发着危险的气息，正虎视眈眈地看着房间里的众人。

突然而至的几个黑衣大汉听着客厅三名便衣警察的询问，他们粗声粗气地问道："你们是赵钱的朋友对吧？"

"你怎么知道我们是他的朋友？"吴勇连忙把手中文件放了下去，一步踏进客厅说道，他还朝另外三名刑警递了眼色，同事们马上领悟到了他的意思——先不要暴露身份，暂时顺着他们意思演一下，看看可能引出什么有关"审判者"的线索来。

"赵钱这个门，我们刚才开了半天都开不了，听说只能他本人和他朋友能开,他在哪儿?"

吴勇心里默然,原来这帮人早就到了,一直在旁边的角落里候着呢,可他们跟赵钱是什么关系呢?吴勇和同事们都穿着便衣,因为雾霾的关系,这群黑衣人也没有发现他们停在别墅不远处的警车,此时竟然完全不知道他们是警察。顿了顿,吴勇决定套他们的话:"你们找赵钱有什么事?"

"他在哪儿?"来人无视吴勇的问题,只是继续追问着。

吴勇耸耸肩膀:"你告诉我们,你找他有什么事,我就告诉你他在哪儿。"

来人陆陆续续地进房间,吴勇细数了一下,一共有七个人,他们中两个径直走进卧室,其中一个人猛地朝吴勇挥拳而去,吴勇猛地一闪头躲避开来,另外一个人趁机扯开自己的羽绒服,掏出藏在里面的一只电棍,猛地往吴勇身上抡去。

与此同时,客厅里的五个大汉也纷纷拔出电棍冲三个便衣警察扑去,三个便衣警察在飞快地拔枪。

吴勇也连忙伸手去拿枪,但是更快一步的电棍打得他身上一阵抽搐,紧接着又是一电棍打到他的脑袋上,他的头溅出了血,那两人凶狠地说道:"你敢跟我们讨价还价?快点交代!赵钱在哪儿!"

紧接着,客厅里响起"砰砰砰"的枪声和撕心裂肺的惨叫声,好几束血从客厅溅到了卧室里,李菁见状吓得连忙蜷缩到床边一角,努力地想把自己从人群前隐藏起来。

看到吴勇的同事们开枪,卧室里两名大汉脸上不禁闪过一阵恐惧:"他们竟然有枪?"

吴勇头部被击,整个人晃晃晕晕地抽出枪,两个大汉见状连忙一起出手,一人再次用电棍击中了吴勇的脑袋,一人一棍把吴勇手中的枪打落在地。

"轰隆"两声之后,吴勇满头是血地晕倒在地,一个大汉弯下腰捡起他的枪,外面的枪声还在继续着,有人疾呼:"你们疯了吗?我们是警察!"

"警察?妈呀!"两个大汉闻言顿时慌了,两人连忙冲出门外,拔腿就跑,"砰砰砰",门外又是响起一阵激烈的追逐打斗声。

北山区赵钱的车库里，一盆冷水浇在路彦头上，他一个激灵猛地醒来，他发现自己双手背在身后，整个身体被人用尼龙绳结结实实地绑在客厅的水泥柱子上，浑身上下剧烈地疼痛。路彦微眯着眼睛，假装还没有醒，偷听着身旁人的对话。在他的身边，那几个戴着口罩的蒙面恶汉正在议论道。

"话说，他们去那边抓赵钱，全都扑了空，看来还是我们运气好。"

"这个赵钱本事不小，还挺能打的。"

赵钱？路彦心里一惊，原以为他们是赵钱安排来埋伏自己的人，却没想到这群人是来找赵钱麻烦的。看来是他们搞错了攻击对象，路彦正要抬头开口拆穿误会，却听到他们接着说道。

"话说赵钱会把老大那钱放到哪儿去？"

"这只有他本人才知道了。"

"老大给了他定金还要他的命是怎么回事？他没干活儿？"

"这个我们就不用管了！"

定金？赵钱收了什么钱？难道他是被人雇用着去杀人的？路彦心中闪过一阵疑惑，那个老大会是谁？他想等着他们说出那人的名字，不料四人一直避而不谈。

当路彦觉得不能这么等下去的时候，又有一盆冷水浇到他的脸上，他也顺势抬起头来，看着四人虎视眈眈地围着醒来的自己，路彦提高音量说："收了他的钱又怎么样，反正他早就是我砧板上的肉了，要捏死他还不是迟早的事？"

几个恶汉一怔："真的假的？你有能耐能弄老大？"

"他还想让你们来找我算账？这如意算盘打得也太天真了。"

"你们之间的恩怨我不管，反正那个老大说了，你的那个钱是不属于你的，我们尽管拿。乖乖交代吧，你的那钱搁哪儿了？这样我们也省点工夫。"

路彦渐渐明白了，这些人的老板和雇用赵钱的老板是同一个人。路彦顿了顿说："那我要是不说呢？"

"那我们就多费点工夫，老大说了，我们打残你打死你，也能拿到一大笔。"

"他说什么，你就信什么吗？"路彦生气道，"他就是个言而无信的小人明白吗？"

"言而无信？以前老大没有过的事儿啊！"四个恶汉有些丈二和尚摸不着头脑。

几番试探之下，路彦基本弄清是怎么一回事了。原来有一个被称为"老大"的人拿钱让赵钱帮他去做事，但不知道怎么回事，那个人又找来一帮打手来埋伏袭击赵钱，并且想让这些打手直接拿回那笔佣金。不过路彦感到失望的是，自己几番试探，他们还是没有说出背后那个"老大"的真名，那个人会是谁呢？谁能雇用赵钱？

或者说，其实根本不存在这个人，赵钱知道警方要来他的车库查案，眼前这些人其实就是赵钱雇来假意谋害他自己、实则伏击警察的？

"真想不到，还有人为那个骗子卖命！我真同情你们！"路彦怒喝道，"他是何许人？他算老几？他能奈我何？"

"别扯这些乱七八糟的了，我问你，老大给你的那些钱，你放在哪儿了？"

路彦轻轻道："搁在我在浦航区的别墅里了。"

"胡说！我们有一批人去了你那个别墅，要是你钱在那儿，他们早就有消息了！"

"为什么不能是他们自己拿着钱跑了，然后再对你们撒谎呢？"

路彦的回答让四名恶汉一愣，刀疤男阴着脸走到一边，掏出手机打起电话来，不料几个电话他都没打通，一番尝试还未成功后，四名恶汉看向路彦的眼神凶狠起来。

路彦仰头看了看上方暗沉沉的天花板，生死时刻，脑海里却不禁浮现出自己那只布偶猫的样子，不知道它一晚上没有看到自己回去，会不会着急？甄关西看样子真的是离开了，萧瑶说要来支援的同事也还没到。路彦在心里苦笑着，时间在一分一秒地过去，这个夜晚也即将结束，凶手仍在逍遥法外，自己还有性命危险，自己到底该怎么做才能走出这个绝境困局呢？

第十六章　06:00 死里逃生

- 1 -

早上6点，临江城东方欲晓，晨雾弥漫。北山区的富丽小区，萧瑶跟着两个警察"砰砰"地敲着门，她朝门里面问道："李老伯你在家吗？"

不久前，省厅收到一个环卫工人的报警电话，那环卫工人自称姓李，用着方言腔调和沧桑声音说他在明珠小区的一个垃圾桶里发现了两颗人头。萧瑶等人连忙赶到明珠小区后却发现那环卫工人早就不见人影。萧瑶连忙与报警电话一番联系，发现对方竟然已经把人头带回了自己家。好在他家就在明珠小区附近的富丽小区，一番波折后，终于在早上6点，萧瑶跟着两个警察同事赶到了富丽小区的李老伯家里。

萧瑶敲门后不久，门里面传来窸窣的脚步声，一个年近六旬的老伯从里面打开了门，他一身环卫工人的打扮，看了看萧瑶和她身后的警察，他开口道："是警察吧？"

"对，李老伯您好！"萧瑶客气地打了招呼，开始直奔主题，"听说您在明珠小区里发现两个被塑料袋包裹住的人头？"

"对对对！"那李老伯心有余悸道，"俺早上过去收拾垃圾，哪晓得那袋子里……"

萧瑶和警察同事们神经一紧，这李老伯在垃圾箱里发现的人头，极有可能就是"审判者"杀死的死者的人头，一旦找到那些消失的人头，死者的身份就比较好确定了，这对查案是很有帮助的。萧瑶连忙追问道："那在哪儿？赶快拿给我们。"

"被我收起来了！"屋里突然传来一个年轻男子的声音，一个头发乱糟糟的年轻男子从卧室里走了出来，他自称叫李胜利，是李老伯的儿子。

"你收起那个干什么？"萧瑶看向他，顿觉十分不妙。

李胜利大大咧咧道："是这样的，我们发现这个东西，没有功劳总有苦劳吧。我们把它上交给你们，有没有什么奖励补助啊？"

原来这个李胜利竟然是想要钱！萧瑶一愣，她还来不及说话，一旁的李老伯开口道："儿啊，人不能太贪了啊，警察有奖励最好，没奖励俺们也应该上交。"

"爸，你不懂！人家打鱼的捞起尸体了都还找死者家属挟尸要价呢！我们这算什么。"李胜利挠挠鸡窝一样的头发，又看向萧瑶，"我这半年窝在家里都没开张了，指着这个赚点外快呢。"

"配合警方调查案件，是公民应尽的义务。"萧瑶沉声道，她压抑着噌噌上冒的火气，通过死者的人头很有可能找到死因和凶手的作案手法，也可能通过找到死者的身份继而找出凶手的身份。警方查这个案子的时间每分每秒都很宝贵，谁也不知道那个"审判者"还要杀害的两个人在哪里，在这户人家拖下去实在是太耽误时间了。

"是吗？我怎么不知道我还有这个义务。"李胜利打了个哈欠，抬脚转身往卧室里走去。

"这孩子……真是……"李老伯尴尬地笑着，他看向萧瑶等人，"他一直以为会有奖金……"

萧瑶寻思着这个李老伯看上去还算比较淳朴老实，应该都是他这啃老族儿子贪得无厌，想挟头要钱，李老伯作为老人家也只能无奈顺从儿子的意思。警方跟凶手的赛跑中，最害怕遇到这种不配合的群众了。萧瑶顿了顿道："奖金我们可以申请看看，现在案子情况很紧急，它是一条重要的线索，请你们赶快交给我们好吗？"

李老伯闻言追着李胜利的背后喊道："听到没有！赶紧把它交上去，会给俺们奖金的！"

"它跟一个很大的案子有关，它或许能帮我们找到凶手。"萧瑶快步上前，她的肚子不争气地咕咕叫了起来，尽管在凌晨1点和路彦吃过一些夜宵，但通宵忙碌之后，肚子里已经是空空如也了。该死的胃啊！平时我天天款待你，为什么你偏偏要在这时候抗议罢工呢？萧瑶一边在心里暗暗埋怨着，一边上前一步向李胜利喝道："你没听过'救人一命胜造七级浮屠'吗？尽快地找到凶手，我们才能避免更多的人被凶手杀害！"

"行吧！那我就大发'善心'一下。"李胜利摆摆手，他走进卧室，萧瑶看到他用身体挡住了卧室里的柜子门，接着打开柜子，从里面取出一个装着球形物体的塑料袋。

看向李胜利不情愿地提着塑料袋走上前，萧瑶屏住呼吸，他们推测出凶手的割头动机有七种可能，但现在只有见到死者人头后才能确定到底是哪一种。一切的真相都隐藏在这个塑料袋里吗？

"真的有奖励吗？你可别骗我！"李胜利不放心地追问道。

萧瑶厌烦得已经不想再回答这个问题，她快步上前伸手，快速解开了那个大塑料袋的结。萧瑶做好了目睹血腥的心理准备，却发现塑料袋里面是一颗篮球。

"这是？"萧瑶抬起头，看到李胜利眼中一闪而过的狡黠，她瞬间明白这是对方跟自己搞的小把戏。

"不给奖励，还想要线索，不行，门都没有！"见把戏瞬间被拆穿，李胜利摆出一副死猪不怕开水烫的姿态。

萧瑶瞪着李胜利，深呼吸着提醒自己保持冷静。萧瑶曾经的人生理想是开个甜品店，因为那样可以尽情地吃很多甜品。上初中后，身高快速蹿到一米七的她经常为遭受校园霸凌的同学打抱不平，那些被萧瑶帮忙出头的同学纷纷送糖请吃饭感谢她，这让萧瑶在打抱不平的事情上非常有成就感，于是后来她就选择去当警察了。可是工作后的萧瑶经常会失望地发现，她有时候明明干的是保护人们的工作，却很难像小时候那样获得人们的理解和感谢，更别说是帮助了。

萧瑶提高音量道："我得告知你，既然你父亲选择了报警，那么就不得对警方隐匿证据、销毁证据，否则是要负法律责任的！报警可不是随随便便的事，况且关乎命案，我们还要带你父亲回去做笔录的！"

"啥啥？啥法律责任？"李胜利不放心地看了一眼柜子，摆摆手道，"我文盲一个，我不懂，也不怕啥子法律责任！"

见李胜利如此死猪不怕开水烫，萧瑶放下塑料袋，一言不发地上前，打开李胜利身后的柜子，果然，在他的柜子里还有一个血糊糊的塑料袋。萧瑶正要伸手去拿，一旁闪过一道疾风，李胜利飞速冲了过来，把那血糊糊的塑料袋抱在怀里！

"不给钱，就不给头！"李胜利大声嚷道。

"岂有此理！"萧瑶怒了，她没想到，那么血腥恐怖的东西，都能有人拿着它勒索钱财，看来有些人真的是一点底线也没有。

萧瑶上前一步，一把拉住李胜利怀中的塑料袋，李胜利反抗想要挣脱，萧瑶死活不放手，两人拉拉扯扯起来。

见萧瑶死不放手，李胜利顿时嗷嗷大叫道："打人啊！打人啦！没天理啊！"

"我还没说你阻……阻挠办公……妨碍执法呢？"萧瑶上气不接下气道。

"抢东西啦！"李胜利继续大叫着，忽然"砰"的一声，他的叫喊声因为塑料袋里的爆炸声戛然而止，在两人的争夺下，那塑料袋里的球形物体爆炸了，里面的红色液体四处飞溅。

"啊！妈呀！血啊！"李胜利被那浓稠的红色液体溅了一脸，吓得坐倒在地惊慌失措。

"闭嘴吧！这是番茄汁！"萧瑶打量了下溅到自己衣服上的红色液体，她捡起落在地上的塑料袋打开一看，是一颗塑料皮革制成的模型人头，里面则塞着一个已经炸裂的大气球，气球里还留着不少番茄汁。

"什么？"萧瑶顿时有些懵，她看向身后的李老伯道，"你确定这是你带回来的？"

"对啊！"李老伯忍不住朝袋里看了一眼，他不禁也一惊，"假的？"

他看向萧瑶疑惑的神情道："这个……就是……是俺从那个小区垃圾箱里捡回来的啦……"

"你不是说发现了……"

"嗨！俺当时打开一个看了一下，就吓得要死噢！剩下那个袋子俺哪敢再打开看，俺就带回来了，哪知道……"

萧瑶顿了顿，看来李老伯也被耍了。她低头看向塑料袋里的那颗塑料模型人头，看来那个凶手还特意多准备了一个模型人头，还故意放入番茄汁。凶手这么做是为了什么？玩弄那个发现人头的人吗，还是拖延警方破案的时间？萧瑶看了看坐在地上一脸哭丧的李胜利，不由想着真是莫大讽刺，李胜利想靠线索要钱，结果还是被那个隐藏在背后的凶手玩弄了一番，他一阵折腾，换来的只是警方追究他隐藏证据、妨碍调查的责任，真是偷鸡不成蚀把米。

知道已经耽误了很多时间，萧瑶不愿再多说废话，来不及收拾溅到身上的番茄汁，萧瑶催促李老伯赶紧交出那颗真正的人头。李老伯看着坐在地上一脸哭丧的儿子，不由得摇摇头，叹了口气，他打开另外一个柜子，把血糊糊的塑料袋拿给萧瑶。萧瑶郑重地接好后，一旁的同事则准备带李胜利和李老伯回去做笔录。

一番波折后，总算找到了它。萧瑶想着，但是在贪财贱义的李胜利那儿耽误了不少时间，也许浪费掉的这点时间，就足以让凶手去杀害剩下的两个目标……萧瑶心里满满都是苦涩，她伸手提起那个塑料袋，开始解结。

萧瑶突然从心里涌起一股深深的疲惫感，她想，也许比起对血腥的厌恶恐惧，更让自己觉得累的，自己的工作得不到人们的理解和包容。也许自己就不该奢求太多，人性本自私，人和人之间的支持和同情本就是困难的事情。

萧瑶无奈地苦笑了下，寻思间，萧瑶打开了塑料袋，接着，她看清了里面的那张脸。

- 2 -

北山区赵钱的车库里，刀疤男在长时间的尝试后，终于打通了电话。刚聊一句他就搂着电话跳了起来，他发出杀猪般的号叫："什么？你们撞上警察了？"

路彦心中一惊，他努力弯动被捆住的双手手指，发现指尖已经可以触碰到捆在一起的绳结，趁四人注意力被电话分散，路彦连忙努力地伸动着手指，想快速解开绳结。

刀疤男恶狠狠地挂掉手机，然后四人凶狠地逼近路彦。刀疤男掏出一把锋利的长刀来："想不到你还报了警，故意让警察埋伏在那儿对付我们兄弟是吧？"

路彦阴着脸，他努力弯动着手指在悄悄解着背后的绳结，四人丧失了最后的耐心："跟你废话那么久也没用，拿不到你的钱就算了，把你的两只胳膊卸下来，回去我们钱也够了！"

刀疤男举起了刀，那刀刃闪着耀眼的寒芒，它一下就刺穿了羽绒服，紧接着那冰冷的刀锋扎破了路彦手臂上的皮肉，路彦感到一股揪心的疼痛，鲜血顺着他的手臂流了下来。

"住手！"路彦痛得倒吸一口气，他怒喝着，"我不是赵钱，我是警察！"

"警察？"四人一愣，接着狂笑起来，"骗谁哪赵钱？你这么怕死啊！"

刀疤男抽回了血红的刀，面目狰狞地再次伸出手，把路彦左右手臂的羽绒服和里面的内衣全部划开，路彦看着自己的伤口，血涓涓地流出。

路彦的手指解开一道绳结之后，正在快速地解第二道绳结，刀疤男旁边的文身男伸出刀尖，在路彦的左手臂上飞速地挑起几个小肉块，路彦的手臂上顿时鲜血如涌，彻骨的揪心疼痛钻进肉里，顺着筋肉爬到心里。

而刀疤男则正举着带血的刀，狠狠地扎向路彦的右手臂。路彦额头上渗出冷汗，来不及痛叫，他猛地挣开捆住身体的绳子，带着无边的愤怒踹向刀疤男。

"你们！去死吧！"

刀疤男被路彦"轰"地一脚踹飞，手上的匕首掉落在地。几人见路彦如此生猛，一时间吓得有些踌躇，不敢上前。路彦扭头，看着自己的手臂上的伤口依然在不停地朝外面渗着血，路彦痛得眼冒金星，只觉得大半个身体都火辣辣地疼，一股虚弱晕眩感也跟着爬上脑袋。

看着狭窄空间里的这些人，路彦想起自己九岁那年跟着父亲的车出门，却遭到一辆货车侧身撞来，在车临撞前的那一刻，路彦看到了货车司机的眼神，他一辈子也忘不了那个疯狂的眼神。千钧一发之际，路彦的父亲扑过来用自己的身体护住了路彦，车被撞毁了，路彦父亲去世了，但是小路彦平安无事。

事后小路彦跟警方说这是故意谋杀，因为他相信那个司机的眼神就是故意谋杀的眼神。但是警方没有相信路彦的话，不仅因为路彦只是个九岁孩子，更是因为他的话没有证据只是建立在直觉上的判断而已。

小路彦受尽委屈地回到家，在后来漫长的等待中，他终于迎来了真相和正义。已经是十五岁少年的他，明白等待正义的煎熬和痛苦，他在心里暗暗发誓，长大后一定要成为一名人民警察，专门替像小时候自己的这样等待真相的人寻找真相。虽然后来继父和母亲花了很多钱送他上了各种培训班，想培养出他的其他兴趣，但是这些都丝毫没有改变他的人生方向。

路彦还记得入职宣誓的那天，当自己念出"我志愿成为中华人民共和国人民警察，献身于崇高的人民公安事业"的时候，他觉得理想彻底点燃身体里的每一处热血。后来，他就那么理想主义那么热血地当了几年警察，直到遇到贺县的案子……直到遇到今天这个案子……在这些案子里，他突然意识到这个世界的违法分子实在太多了，无辜的受害者们也太多了，作为警察，他不可能抓到每一个坏人，也不可能救到所有的人……有时候，他连自己都拯救不了……

可是自己难道就要认输吗？不，绝不能认输，我不能把世界让给那些作恶的人。九岁那年大雨滂沱的夜里，看到父亲尸体的那一刻起，我就坚定了自己绝不认输。

路彦蹲下身子，捡起刀疤男落在地上的匕首紧紧握住，他感觉血液在身体里缓缓燃烧起来，手臂上棱角鲜明的肌肉开始紧绷，伤口上的血渗得更厉害了，血点点滴滴落在他的衣服上，他握着匕首，一个箭步朝那三个恶汉冲去。

救不了所有人那又怎样，至少眼下的这个案子，我一定要抓住那个凶手，不管他怎么诡计多端，也不管他找来多少帮手，哪怕付出一切也要逮住他！

路彦双目通红，带着必死的气势冲来，那三人见状也不由得手忙脚乱起来。文身男提起手中单面砍刀，径直朝路彦劈去，路彦一个闪身避开这一刀，向前踏出一步，飞起一脚踢到他的肚子上，顿时，文身男惨叫一声，倒地不起。

路彦稍作停顿，一旁的两人咬牙切齿地正要扑上，路彦用尽全身力气踢出一脚踹到一人胸口上，然后借力向后飞去，躲过了另一个人刺过来的匕首。

路彦的身体狠狠地摔到身后的地上，他看到被自己踢到胸口的那人捂着胸口猛吐几口血，剩下的那人拿着匕首又对地上的自己刺了过来。

路彦看着那匕首刺过来的寒芒，不由得在心里冷笑起来。就算拯救不了他们，我也要拼尽全力和你们抗争到底……湿漉漉的衣服粘在身上，路彦只觉得血全部涌到头上，他从地上猛地跃步而起，一脚踢到那人握着匕首的手腕上，"哐啷"一声，那人手上的匕首掉落在地上，路彦也扔掉了自己手上的匕首，他凶猛地朝对方直射而去。

路彦扑到那第三个人的身上，带着他的身体撞在白漆刷的墙上，"噗"的一声，墙上粉灰抖落掉在他们的身上。路彦的手肘死死抵住那恶汉的脖子，另一只手臂高高扬起，那人还来不及反抗，路彦的拳就已经打到那人的脸上。路彦咬牙切齿地，拳拳到肉落在那人脸上，片刻之间，那人的脸上就涂满了红色，再接着变成紫色，最后变成了黑色。

路彦低头，看着那人奄奄一息，瘫躺在地失去了反抗的能力，路彦看到自己的手臂上的血溅到了那人脸上。

终于把你们都打倒了吧，路彦恶狠狠地想着，他挣扎地起身，慢慢地站了起来，但不曾想，背后一阵风袭来，路彦来不及躲闪，一个折叠椅猛地砸在他的后背上，路彦疼得猛地向身前倒去，对着地上猛地吐出一口血。

倒地后，路彦余光扫到，原来是那个被自己踹倒的刀疤男爬了起来，他在车库角落里捡起一把折叠椅溜到自己的身后偷袭成功。路彦感觉身体里面内脏像是火烧起来了一样。

刀疤男提着折叠椅再次冲了过来，路彦挣扎起身，一个闪避，但不料刀疤男猛地踹来一脚，路彦一个措手不及被踹倒在地，刀疤男接着扑上来，他把折叠椅压在路彦流血的手臂上，路彦努力地想挣脱开，但发现自己已经没有了力气……

"兄弟们，这人害得我们这么惨，你们说，我们应该怎么处理他？"刀疤男死死压住路彦，对着受伤的三个同伙喊道。

"弄死他！打死他！"那个被路彦踢倒在地吐血的恶汉高喊道。

"不打死也要打残废！"文身男愤怒喊道，他捡起那把砍刀走到路彦的旁边。

完了，路彦无奈地想道，他余光扫到，车库里除了那个被自己连打几拳的人不省人事之外，那个被自己踹到胸口的恶汉也从地上爬了起来。一股巨大的绝望笼罩在路彦的心头，他甩不开上方的刀疤男，而文身男又提着砍刀走到他身旁举起刀，那锋利的刀刃带着呼呼作响的风势朝他的手臂砍去……正在这时，赵钱车库的升降门外突然响起了一阵剧烈的敲门声。

- 3 -

血，全都是血，浦航区赵钱的别墅里，李菁看着鲜红色的血从客厅流进了卧室里，他蜷缩在狭窄的角落里，突然发觉枪声已经渐渐远去，客厅里只剩下人们痛苦的呻吟。李菁闻到空气中弥漫着血腥的气息，他闻到那气息里好像还带着别的什么东西正在呼唤着自己。

李菁看了看扣在自己两个手腕上的手铐，他鼓起勇气站了起来，却看到吴勇满头是血地躺在床边的血泊里，不省人事。李菁在吴勇身旁蹲下来仔细打量着他，吴勇腰间的钥匙串露了出来，那钥匙串上除了钥匙，还串了一个小照片盒，里面放着两个男孩的合影。原来这个吴勇还是两个孩子的父亲？李菁想着，两个孩子的父亲，可惜就这么因公遇害了……

李菁看到赵钱的审判名单放在了地上，他弯下腰把那名单捡起来放进兜里。他没有避开地上的血，径直踩着血走到客厅，映入眼帘的是一片人间炼狱般的景象，两个押着自己过来的便衣警察躺在地上不省人事。还有五个穿着黑色羽绒服的恶汉也倒在地上，他们各自或腿，或腰，或臂，或胸，或脑袋上中了枪，三个人貌似晕倒过去没有了声音，两个人躺在地上丝若断弦般地呻吟着。

不知道怎么了，李菁发现自己并不像自己想象的那么害怕，也没有自己想象的对受伤警察感到悲痛和同情。人是一种什么生物，李菁觉得自己得到了新的认识。赵钱说得很对，人都是为自己而活的，就像眼前的人如此痛苦，但只要那伤不在我身上，我就永远也不可能真的体会到他们的痛苦，归根结底，人，是一种悲欢离合无法相通的生物。

也正是因为人的悲欢离合无法相通，所以就注定了人和人之间就这么自私和冷漠吧，李菁想着，赵钱喝酒时说他正是看透了人性，所以觉得世界变成了一片意义的荒原，不能不说这是有道理的。现在李菁觉得自己也体会到了那种感觉，他觉得自己在看透了人性阴暗之后，就像孤身一人徘徊在意义的荒漠里，久而久之，就算见到各种人也就自然而然地冷漠待之了吧……守护好自己家的那一片瓦砖，过好自己的小日子就行了，在乎那么多别的干吗？在乎那么多别人干吗？"各人自扫门前雪，莫管他人瓦上霜"，从古至今，都有道理。

李菁收起思绪，低头看向血泊里两个押着自己过来的便衣警察，他们中有一个人脑壳被人打伤了，血蜿蜒着流了很远，整个人趴在地上一动不动；另外一个也是后脑勺带血侧趴在地上，身上倒是没有什么伤痕。

有两个恶汉跑了，还有一个警察也不在，李菁想着，应该是那个警察拿着枪追捕那两个大汉去了吧？看到自己同事被人打成这样，估计那个警察说什么也不会放过犯罪分子了。李菁能想到那个警察有多愤怒，愤怒确实能让一个人强大，强大到不再害怕自己以前害怕的东西，就像现在的自己。李菁低头看着手机上的那条短信，他发现自己心里滴出的血在他的胸膛燃烧起火焰，他都能听见那熊熊燃烧的声音。

他知道自己是在押状态，是不能走的，可是现在自己又不能不走。愤怒将恐惧燃烧殆尽，李菁觉得一股强大的力量遍布胸膛和四肢，半响之后，他摇摇头走上前，蹲在不省人事的警察身边，犹豫了下，还是伸出戴着手铐的双手，在他的口袋里寻找手铐的钥匙，一番搜寻却并没有找到。

李菁望向卧倒在一旁的另一个警察，凑了过去，把他翻了个身，他带血的脸转了过来，李菁接着伸手在他的裤子口袋里摸索，忽然，一种坚硬冰冷的触感从指间传来，李菁紧紧握住了那个硬物，从他的裤子口袋缓缓地掏出来。

不料那警察突然艰难虚弱地睁开双眼，他右手颤抖着，对着李菁举起枪来。

- 4 -

北山区，赵钱车库的门外敲门声在继续着，那剧烈的"哐啷哐啷"声震耳欲聋、摄人心魄。文身男一愣，他的砍刀也悬在了空中，紧接着门外传来一声大喊："开门！快开门！"

车库外，敲门声继续着，车库里，刀疤男一阵紧张，他压住路彦，和文身男交流了眼神后，对着门外厉声喝道："什么人？"

"送外卖的！赵钱先生，您的外卖到了！"

"你放到门口就行了！"

"不行，我们店有规定，必须送到本人手上！"那声音说罢，接着敲起门来，"哐啷哐啷"声让刀疤男很是心慌，他和文身男一阵低声交流后，文身男拿起绳子和另一个同伴把路彦捆住，重新绑到水泥柱上。

刀疤男把长刀收进兜里，他走到门边，缓缓地拉起了升降门，只见门外站着一个长得白白胖胖的年轻小伙子，他手上正提着一个黑色塑料袋，面色很是紧张但强装镇定地问道："请问你是赵钱先生吗？"

刀疤男看了看时间，不过才清晨6点过一点，他紧紧地攥住背后的长刀问道："这大清早的，你确定我定了外卖？"

"对啊！"小伙子一边说着，一边紧张地朝着车库里探望，"您半小时前下单的！"

刀疤男缓缓地将长刀从背后拿起："那外卖呢？"

"就是这个！"小伙子把黑色塑料袋往刀疤男面前一放，伸着右手从那里面掏着什么。

刀疤男眼神狠戾起来，他猛地把长刀从身后拔到身前，就要冲小伙子身上砍去，说时迟那时快，小伙子的右手迅速从黑色塑料袋里掏出一把黑色的手枪，枪口对准刀疤男，"砰"的一枪，在他刀砍下之前击中了他的腰部。

"轰隆"一下，刀疤男身体猛地向身后一个趔趄，踉跄几步倒地不起，车库里剩下的文身男和同伙急了，他们持着刀猛地向前扑来。生死关头，小伙子惊慌失措地举起枪，下意识地扣动扳机，"砰"，文身男的同伙被打中大腿，轰地一下倒在了地上。而文身男顿时不敢再上前了，他看着举着枪的小伙子，结结巴巴地问道："你……你是什么人？"

"我是警……警察。"小伙子有些结结巴巴地说道，"公安厅……厅警察！"

"警，警察？"恶汉惊呆了。

"退到角落里去，双手抱头！蹲地！"甄关西鼓足勇气，举着枪色厉内荏地怒喝道。

文身男看着甄关西手上的枪，只好按甄关西的意思照做，他双手抱头，慢慢蹲到了角落。甄关西看到自己控制住了场面，站在原地不禁长舒一口气。

"快来帮我松绑！"路彦看着甄关西有气无力地喊道。

甄关西捡起刀疤男落在地上的长刀，走到路彦身后赶紧割断了捆住他绳子的绳结，他一边帮路彦解着绳子一边开心地说道："我看你以后还敢不敢说我……"

甄关西的话没说完，那个蹲在地上的文身男猛地从地上蹿起，从甄关西的背后扑了过来，猛地一把夺过甄关西手里的枪。解开捆绑后的路彦连忙飞起一脚踹到那人的胸口，文身男身体飞起撞到墙壁上，路彦甩开绳子飞速地扑上前，一把钳住了文身男握枪的右手，把他手中的枪再次夺了回来。

242

带着甄关西制伏了文身男等人，路彦长舒一口气，他让甄关西通知省厅同事前来把这些人抓回去，自己则决定先询问下他们，看看能不能问出些关于赵钱的线索。

- 5 -

浦航区赵钱的别墅里，被枪面对面指着的一瞬间，李菁的脑海里闪过一丝恐慌，但他很快想起了刚刚那短信上的内容，紧接着一股更强大的愤怒击退了恐慌，这是他无法改变的选择，他直视那卧倒在地的警察的眼睛，一动也不动。

那个警察看着李菁，举着枪的手不停颤抖，他没有扣下扳机，而是断断续续艰难地说："帮我报……报警，打120，救命……"

李菁看着他没说话，那个警察叫了几声"救命"之后再次晕死过去，他握枪的手也跟着垂落下来。李菁见状，连忙从他的口袋里掏出那串手铐钥匙，几个钥匙轮番尝试之后终于打开了自己的手铐。

李菁长吐了一口气，他把手铐甩了下来，接着朝门边走去，下意识地，他停下了脚步，转身看向身后躺在地上的两个警察，要救他们吗？李菁有些迟疑，心里好像有两个小人儿在打架，小人儿甲说："人不能见死不救啊，现在打电话没准这几个警察能救回来。小人儿乙立刻反驳说："自己打电话报警的话，警方会不会把自己也当成犯人？之前警方猜测我是凶手的事情还历历在目呢！"小人儿甲小声反驳道："做人要有良心不能太自私啊！小人儿乙又立刻反驳道："我可以对别人无私，但别人能对我不自私吗？既然别人不能对我无私，那凭什么要我对别人不能自私？"

李菁犹豫地走回那个晕迷的警察身边，俯下身再次在他身上一阵搜索，不一会儿，李菁找到了他身上的手机，把它拿了起来。

打开手机，李菁在键盘上打出110，手指却停在拨打键上没有动弹。在德诚大厦旁的那个地下车库里，他心里长出的那个坚硬厚实、尖锐冰冷的新东西此时正在泛着摄人寒光，他心里的那个小人儿乙正跳在那东西上对着自己大喊："他们跟我有什么关系，我为什么要救他们？不要多管闲事！你忘了？你不就是因为多管闲事才丢了工作的吗？"

　　李菁站在门口，屋里灯光拍打在他的身上，地上铺泻着他长长的影子。他看看时间，快早上7点了，放眼望去，天边亮光氤氲开来，城市也渐渐开始了喧闹。而天空中竟然飘起了雪花，站在雪花下，李菁眼前空茫一片，远方城市的喧闹声若隐若现，李菁想着那都是自己的幻觉吧？生活其实根本就没有诗和远方，有的只是脚下这片冰冷的土地。

　　"人都是为了自己的利益而活的！"赵钱的话在李菁耳边响起。李菁摇摇头，他没有拨出电话，而是把手机放到那个警察身上。李菁接着走到卧室里的保险箱前，把那里面装着钞票的棕色大皮包拿了出来。李菁抬起膝盖，接着把大皮包放在膝盖上，他清点着里面的钞票，接着小心翼翼地拉上皮包的拉链。

　　李菁紧抱怀里的皮包，让双臂感受着皮包里钞票的分量和重量。经历了这么多事情后，他觉得，有些东西会变得越来越不重要，但是钱，会变得越来越重要。李菁觉得，这段时间以来积淀下的痛苦和心酸，都在自己心中凝结出了一个硬道理，那道理无法回避也无法躲闪：人生在世，很多东西，一定要有钱之后才会有，否则什么都没有，连人的基本生存都没有。人用钱来武装自己，驾驭他人。人和钱之间就是这么现实，也可以说丑陋。人和人之间就是这么缺乏浪漫，也可以说冰冷。

　　李菁一边思绪蔓延着，一边抱着皮包走出赵钱的别墅，可是没走几步，李菁就意识到了一个严重的问题，天刚开始蒙蒙亮的郊外，离市区还很遥远，自己带着一大笔钱打车又不安全，该怎么去找英子？

　　李菁扫视周围，那辆押送他来的警车映入眼帘。李菁踌躇了一下，再一次走回房子里，他蹲回那个没有什么气息的警察身边，把他裤子里的车钥匙也掏了出来。

　　李菁带着一大包钱飞快坐上车，车子的发动机轰鸣起来，他忍不住掏出自己的手机，盯着手机屏幕一阵犹豫之中，他在通讯录找到了路彦，接着尝试着给路彦打出了电话。

　　"嘀嘀嘀……"电话那头一直没有人接。

　　李菁一番愣神，他知道自己没有时间等待了，只好进入短信编辑界面，编辑了一条短信发给路彦：哥，你的几位同事在赵钱的别墅里遭到了一群黑衣人袭击受了重伤,请快点派人来医救。这些黑衣人真的和我没有关系,我也真的不是什么犯罪分子、杀人凶手,现在我有急事要去办,结束后我会自己再回警局的。

编辑完了,李菁把短信发了出去,他松掉离合,踩上油门,车子飞快地朝前方冲去。他看了看时间,清晨7点,天边的光越来越亮,这个城市已经从黑夜里苏醒。

第十七章 07:00 阴差阳错

- 1 -

　　清晨7点，北山区晨曦初露，赵钱的车库里，路彦和甄关西控制现场之后，路彦环视现场，他看到刀疤男还有一点意识，于是走上前，一把揪起刀疤男质问道："雇你来的那个老大是谁？"

　　"你真是警察？不是赵钱？"刀疤男虚弱又惊恐地说道。

　　"就你们这智商，也能出来干这杀人放火的买卖？"路彦晃晃身子，却觉得浑身上下像散了架一样剧痛，"你们为什么一进来问都不问，直接把我当成赵钱了？"

　　"那个老大跟我们说，赵钱一米八左右，穿衣服整整齐齐的，皮肤比较白，长得像小白脸……"刀疤男捂着腰上的伤口，血把他的腰、肚、腿上的衣服都染红了，他疼得说话声音越来越小，"我们没有赵钱的照片，来的时候正好你就站在他的车库里，而且老大还说除了赵钱，谁也打不开他车库的门……"

　　路彦一阵摇头，赵钱的这些特征倒确实跟自己很接近，他们那个老大跟他们这么交代意味着什么？难道那个老大知道自己会来这个车库，故意让人埋伏自己？他会不会就是赵钱本人？想了想，路彦追问道："让你来的那个老大真名叫什么？"

　　"我真的不知道啊……"

　　一旁的甄关西歪歪脑袋，装出一副凶神恶煞的样子："哥，不用跟这不老实的家伙废话了！我看不如……"

　　"我真不知道！饶命啊！"刀疤男虚弱地求饶着，"每次那个人跟我们联系，从来只告诉我们哪里有活儿，我们办前他付一些定金，办完后再结尾款。就算跟我们见面也从来蒙着脸，没见过他正脸，他真名叫什么，我们真不知道啊！我们就是想赚点钱回家过年啊！"

　　"你老大是怎么跟你们说这件事的？"

　　"老大打电话给我们，答应只要我们把赵钱抓到他面前就有奖励，还说他给赵钱的那些钱，如果我们能帮他找回来，我们也能分到一些……"

"就这么多？而且他说把赵钱打死也有奖励对吧？"路彦冷笑道。

"我们从来不杀人的！我们想着顶多把赵钱弄残……"

路彦冷笑道："那赵钱的本事，我们警方都头痛。你们不过就是些打手，竟然还以为能教训得了他？"

"真是有钱能使鬼推磨啊！"甄关西一个劲儿地摇头。

路彦紧皱眉头寻思着，为什么那人要抓赵钱？还要找回来他给赵钱的钱？难道"审判者"是被人雇去杀人的？如果他是被雇用杀人的，那么他制造出这个连环杀人案的动机也就出来了，可是那人雇赵钱做这件事的动机又是什么呢？还有，如果说那人给赵钱钱让他去杀人，为什么现在又恼羞成怒派人来找他算账呢？赵钱不是已经成功地制造了一个连环杀人案吗？

路彦的脑海里升起无数个疑问，一时间灵光一现，他猛地拎起刀疤男的衣领大声问道："你那个老大通知你们的时候是什么时间！我要具体的时间！"

"凌……凌晨1点多的时候……"

"凌晨1点多……"路彦若有所思地想着，这个时间对于那件事情是完全可以对得上的。

"那个老大跟你们联系的电话号码是？"

"这个我们真不能说……这是行规，说了我们以后就吃不了这碗饭了……"

"还想着以后吃这碗饭？你知道你们牵扯一起连环杀人案中了吗？你知道袭警是什么后果吗？"路彦冷笑道，他看到刀疤男极力捂住他的枪伤，但是血还是止不住地涌出来，从他的指缝流到了地上，整个地面都已经被血染红了一大块。

"血这么流下去你会死的。"路彦叹了叹气，"你这么大年纪了，应该也有老婆和孩子吧，你早点告诉我，我早点叫医生来，这样你还有得救，就算你自己不要命，你也要为你的家人想一想。"

刀疤男眼中闪烁起明亮的光，但转瞬又暗淡了下去，稍作片刻，他艰难地开口道："我真不知道那个老大电话号码是多少，每次都是代理电话号码联系，他给我们发任务，然后每次任务完了后就给我们银行卡里打钱。'老大'也只是个称呼，他本人的信息我们都不知道。"

路彦皱皱眉头，如果调查银行转账记录，应该能查出那个"老大"是个什么人，只是时间上怕是等不及了。想了想，路彦追问道："那个老大，之前交代你们的任务有哪些？"

刀疤男眼神一阵迟疑，犹豫一下还是开口了："三个月前，西南工地上盖新楼，一些老百姓对拆迁补偿不满意，到开发商地上去闹，老大让我们拦人……一个月前，那个'优鑫长租公寓'的老板跑了，公司大楼前围着一堆来闹事的租客，我们过去负责赶人……"

甄关西连忙掏出手机一阵搜索，路彦在一旁追问道："还有吗？"

"还有最近一次，那个什么美人……《美人宫计》的剧组拍外景跟当地老百姓起了冲突，我们去当地找那些老百姓……"

甄关西在一旁拿着手机疾呼道："那个！西南工地那栋楼是德诚集团投资盖的……"

"李菁说韩利也入股了'优鑫'……"路彦皱眉道，他看向一旁的甄关西，"那个《美人宫计》剧组演员都有谁？查查它的出品方！"

"演员里有金茜！出品方有'德诚'！"甄关西拿着手机大喊道。

路彦一阵恍然，好多疑点此时在脑海中连成一条线，思路也变得慢慢清晰了起来，看来自己想要查清"审判者"到底是怎么一回事，必须先查一查"德诚"的人了。路彦想着，他顿了顿，看向甄关西："你从哪儿来？"

"我从车上来啊，我刚才一回到车就睡着了，好在我睡得不踏实很快就醒了，听到一些奇怪的惨叫声，我就来车库里看看你，结果……"甄关西扬扬得意地说道，"你看，幸好我来了吧？"

路彦没说话，他走到赵钱车库的角落里，在那里拿出两卷未拆封的纱布。

"话说，我刚才在车上接到厅里的电话，现在有一个坏消息和一个更坏的消息。"甄关西看着拿着纱布正在包扎自己伤口的路彦，他面色凝重了起来，"你要先听哪一个？"

路彦面色凝重地看向甄关西："先讲坏消息吧。"

"吴勇和三名同事带着李菁去李菁交代的赵钱别墅里调查，结果在那里遭到一群人的袭击。秦队带人去了现场，发现吴勇、老任还有老方都身受重伤，晕迷不醒，七个歹徒有五个被击晕都留在现场，老马追击剩下两个歹徒，但是被他们逃掉了。"

路彦感觉心中一块石头渐渐沉向心底，他望向甄关西："那更坏的消息是什么？李菁也受伤了？"

"不，李菁不是受伤了，他是消失了。在现场也没有发现他受伤的痕迹，那辆警车也不见了。"

"什么？"路彦觉得那块石头彻底沉在了心底，这么说，李菁是没有遇到危险的，难道他是主动消失的？这意味着什么？

"我们都怀疑那些袭击警方的人跟李菁是有关系的，这是他下的套，而且很可能是李菁把警车开走了。"甄关西看着路彦眼里的犹豫说道，"如果他是无辜的，那他为啥要跑呢？"

"李菁把车开走了？"路彦疑惑着，他猛地想起自己的手机里还有李菁的电话号码，或许能联系上李菁试试，路彦低头在地上寻找到了刚才打斗中被人狠狠砸在地上的手机。

路彦拿起手机本想先联系省厅，不承想刚一开机，手机屏幕就跳动着李菁的一条短信，看着李菁短信上说的那些话，路彦不禁屏住了呼吸。

吴勇遭遇袭击跟李菁没关系？李菁说有急事要去办，结束后会回警局？这是怎么回事？尽管李菁此时的行为已经变得很可疑，但是路彦发现在自己的心里面，还是很难把李菁往犯罪分子上面去想。

带着满心的疑问，路彦连忙顺着李菁的号码拨打回去，拨打半天终于接通后，电话那头传来汽车行驶的轰鸣声，路彦焦急问道："李菁你是怎么回事？你怎么跑了？"

"刚才那几个警察大哥和我在赵钱的别墅里碰到一群黑社会，那几个警察大哥都被打伤了！那黑社会也倒了好几个，还有几个跑了，也有警察大哥追出去了，我看没人管我了，就……"

李菁的声音有些慌张也有些惶恐，路彦神经一紧连忙追问："他们伤势怎么样？袭击他们的人是什么样子的？"

"他们都晕倒在地，具体怎么样我也没怎么看……那六七个黑社会的人，穿着黑色羽绒服，手上拿着电棍……"

路彦皱起眉头，李菁他们遇到的黑衣人跟自己遇到的是一样的，再联想刀疤男之前说过的"我们有人去了你别墅那边",路彦一阵恍然,看来是这群黑衣人分批袭击赵钱,结果没有遇到赵钱,反而袭击到了自己和押送李菁的警察们。

一阵寻思,路彦沉声道:"李菁我问你,你跟那些黑衣人有关系吗?你有没有在现场报警打120救警察们?"

"哥!我对天发誓!我跟那些人没一点儿关系!报警……我不敢……"

路彦感觉自己的火气又噌噌蹿起来了:"你可知道你现在是在押状态?警察们遇袭了,你为什么不留在现场呼叫救援,而是开车跑了?你可知道你在押状态逃掉了,性质很严重!"

"哥……我……我女朋友英子被人打伤住进了医院,我要去看她……"

"什么?英子被人打伤住进医院了?"路彦不敢置信地问道,他第一反应就是李菁在撒谎,这才早上7点多,英子是怎么被人打伤了,想了想,他追问道,"你是怎么知道这个消息的?"

"我的手机放在赵钱的别墅里,刚才几个警察大哥带我回别墅的时候,我看到我手机上的短信,英……英子说她被人打伤了,情况很严重,现在在医院……"

"怎么这么巧,她在这个时候被人打伤了?"路彦摇着头,"这太奇怪了,你叫我怎么相信你?"

"是真的!哥,算我求求你了!我要撒谎天打雷劈!"电话那头李菁都快急哭了,"我现在去医院看看英子的情况,然后我自己会回公安局……"

路彦沉默了,虽然理智告诉自己这一切充满蹊跷,但是情感上自己还是相信李菁不会跟自己撒这个谎,一番犹豫,路彦想出一个折中的方案:"你现在在哪儿?"

"我在浦航区,正开车去宁汇区市立医院的路上。"

"浦航区淮北路有个星月咖啡馆,你现在开车去那里等我。"路彦语速飞快地说道,"我现在出发过去,等我到了后带你一起去市立医院!"

"哥,我等不及了!我现在就要……"

"等不及也要等!你知道你现在私自逃离后果多严重吗?"路彦大喊一声,猛然提高的音量让电话那头的李菁不禁身体一震,"你还年轻,不要一步错步步错！如果你跟我说的都是真的，这个案件上你的问题，还有回旋余地，但如果你现在因在押状态下逃掉，那就麻烦了，懂吗？"

电话那头的李菁沉默了，路彦接着说道："在星月咖啡馆等我，只有我作为警察，控制住你然后进行行动，这样你才能不算在押状态下的出逃……"

虽然电话那头的李菁十万火急，但还是被路彦劝服愿意在星月咖啡馆等他。路彦挂掉电话，低头看了看躺在地上痛苦呻吟的那几个恶汉，他转向甄关西道："我们兵分两路，我去星月咖啡馆，你在这儿等到同事们来把这几个家伙带回去问话。"

"我一个人在这儿等多没意思，我要跟你一起去抓李菁！"

"如果你这边解决速度快的话，你可以跟到星月咖啡馆来，你这里要耽搁久了，可以直接去市立医院跟我会合。"路彦没有跟甄关西过多争执自己的安排，他觉得甄关西虽然有着众多不成熟的行为，但是在这些涉及案件的关键安排上是不会出问题的。

虽然甄关西满腹牢骚，但还是拿着手机催促了省厅同事，请同事们快来赵钱的车库把刀疤男们带回去。路彦见状放下心来，他简单地把身上的伤口包扎好，接过甄关西递来的车钥匙，快速跑步到停车处，急忙启动引擎朝星月咖啡馆疾驰而去。

- 2 -

李菁开着车，穿过浦航区的街道，发现自己的心脏"怦怦"狂跳，他满手是汗地握在湿滑的方向盘上，感觉自己身体里一团火在熊熊燃烧，那团火烧得又急又怒又无可奈何。

不知道过了多久，也许片刻之后，也许用了很久，李菁发现自己已经开着警车来到淮北路上，眼前不远处就是星月咖啡馆。早上的咖啡馆，门口雪花纷纷扬扬，已经有一些上班族忙忙碌碌在门口进出。他脑子里满满都是赵钱之前的短信。英子到底怎么了？她受了多重的伤？李菁发现自己开车来的路上一直有种想掉转方向盘朝宁汇区的市立医院驶去的冲动，但是他强忍住了。李菁脑海里一直盘旋着路彦的话，他想着如果是路彦押着自己去医院，倒也两全其美。

　　李菁拿起手机，想给赵钱打个电话问下英子的具体情况，可是刚打开手机就看到自己手机屏幕上那张壁纸，那是当年路彦他们支教结束时候和同学们的合影，自己也站在照片上的一角。蓦然间，李菁发现自己这两三年确实没怎么联系过张霖和路彦这两位哥哥，倒不是忘记了曾经他们资助过自己的恩情，而是自己总觉得还没混出头，不好意思去见他们，他总想着取得更大的成就后再站到他们两人的面前。

　　然而李菁哪里知道，再和路彦见面，竟然是在审讯室里，自己一番惊慌失措后只剩无地自容。李菁并不是害怕路彦所说的"加重罪行"，其实他对在押期间私自逃离会加重多少罪完全没有概念。他之所以在十万火急之下还愿意开车来咖啡馆等待，只因为让他这么做的人叫路彦。被别的警察连番审问后，李菁发现到头来还是路彦对自己信任爱护，他还是几年前的那个正直热情的哥哥，从来没有变过。李菁一想起在自己刚开始被审问时对路彦还有隐瞒，就感觉更加羞愧。

　　自己已经让路彦很失望了，怎么办？只能做一点事情，不让他更失望。李菁收起思绪，把警车停到路边后往咖啡馆门口走去。走了几步后，李菁猛地想起把那包钱放在车内未必安全，有人可能会打破车窗把包拿走。想了想，李菁回到车上，把那棕色大皮包拿了出来，顺带打开了警车的后备箱。

　　李菁抱着棕色大皮包，那种厚重又舒服的感觉从双臂和胸口袭来，钱确实能给人带来很多的安全感。李菁想着，一边朝后备箱走去一边拉开拉链查看里面的钱，不承想，里面一沓钱从皮包边缘处掉了出来。李菁赶紧把那一沓钱从地上捡起来放进皮包，然后把皮包放进后备箱里锁起来。

　　做完这一切，李菁长舒一口气，他走到星月咖啡馆的门口，摸了摸空空如也的肚子，进咖啡馆买了块面包。三下五除二把面包吃了下去后，李菁朝四周一阵端望，路彦还没有到。李菁掏出手机给赵钱打了个电话，电话那头很快接通了，赵钱疑惑的声音从电话那头传来："你不是被警察抓去了吗？"

　　李菁没有回答赵钱的问题，而是急着追问道："我在一个咖啡馆……英子她到底是怎么回事？"

　　"我们去公安局提交证据的路上，被韩利的人堵住了，他们人很多，英子和贾律师都被打伤了。现在英子在急诊室里抢救,我在急诊室外面候着……"

李菁觉得心脏一阵揪痛:"英子她……"

"你怎么回事?不是被警察抓去了吗?"赵钱疑惑地打断了李菁的话。

"几个警察押着我去你家别墅找线索,结果他们被不知道从哪里跑出来的人打伤了,我就趁机把警车开着跑了出来……"

电话那头的赵钱一阵沉默,紧接着他沉声道:"那你怎么还不来看看英子的情况?你在什么咖啡馆?在那儿做什么?"

"我在浦航这边的星月咖啡馆,我在……"李菁话没说完,忽然觉得身后有人拍了拍他的肩膀。李菁回头,不禁脸色大变,身后那人竟然是网络借贷公司雇用的追债人宋涵玉,此人虽然名字温文尔雅,长相却五大三粗,他一脸横肉,顶着一头乱糟糟的头发,正不怀好意地盯着自己。

"刚想今天上你家要钱呢,结果在这儿遇到你了,哈哈挺巧的啊!"

李菁脸黑了下去,他之前找一个网络借贷公司借了5万块钱,和自己的存款放在一起买了"德诚"的"长寿"理财。那个网络借贷公司的利息是5.5%,远远比"德诚"给的利息低。李菁本想等买"德诚"的理财到期后取出来,把借的5万块钱还掉。不料前些天,眼前这个宋涵玉就突然带人上门催债,姿态咄咄逼人,李菁若不还钱,他们恨不得要把李菁生吞活剥。在李菁好说歹说一番求情后,他们总算放过了李菁,不承想,在这个地方又遇见了他们。

"话说你在这儿干吗呢,我们刚才有个兄弟说看到你身上带了钱?"宋涵玉摇头晃脑地说道,他朝坐在咖啡馆深处的几个同伴招了招手,"刚才一个兄弟说看到你包里钱多得都掉了出来?"

李菁看向宋涵玉身后面色憔悴头发杂乱的几个人,不禁一阵头疼,宋涵玉和他带的几个混混,估计晚上跑哪里通宵鬼混去了,大清早来这个咖啡馆找个地方趴着睡会儿,不承想就看到自己掉了一沓钱,这下子麻烦了,李菁暗暗想着该怎么抽身。

李菁挤出勉强的笑容:"没有的事,你们看错了吧,我要有钱,早就还了。"

"跟我撒谎?"宋涵玉一声冷笑,他身后的人都起身围了上来,"你上次说这个星期能还的,你还想拖到什么时候?"

"再给我几天时间,我保证一次性还清!"李菁心想着,自己无论拿不拿的回投资"长寿"理财那个钱，光凭赵钱给的那笔钱还掉那5万贷款也是没问题的。

"已经等了你一次了！还想让老子等多久？"宋涵玉伸手拽起李菁的衣领，提高音量道。

"快还钱！我们指望着你那钱的抽成回家过年呢！"

"再不还钱，我们今天废了你！"

众人围了上来，对着李菁虎视眈眈。

"喂喂！你们要闹事的，出去闹！别在我这里！"咖啡馆的服务员喊道，宋涵玉等人见状连忙把李菁拖拽了出来。

一番拉拉扯扯，李菁被他们拉到警车边，宋涵玉等人朝车里一阵探望，不禁疑惑道："你一个小打工的，是从哪儿弄来一辆警车的？偷的？"

李菁不想过多解释，他心急如焚朝四周探望，路彦的身影还没有到。不想宋涵玉等人见他不说话，猛地一拳打到李菁的脸上，李菁一声惨叫，还不待他还手，几双手伸了出来，把李菁的脑袋摁死在车前盖上。

"今天要再不还钱，我们就弄死你！"宋涵玉恶狠狠地喊道，身后的人跟着应声喝道。

李菁的脸紧紧贴在冰冷的车身上，一团怒火从心中燃起，他知道以宋涵玉为首的这些混混平日游手好闲，寻衅闹事。网络借贷公司雇用催债，每次催债成功都能抽取20%的分成。这些人为了赚分成，在催债时候什么事情都敢干。赵钱说得太对了，人在利益前的面孔都是如此的丑陋粗鄙，上到韩利这样的公司总裁，下到宋涵玉这样的街头混混，都是为自己的利益不顾一切。既然他们都是为了利益毫无底线，什么手段都使得出来，那我还跟他们讲道理情义干什么呢？

"滚开！"李菁猛地一起身，把摁在他身上的几只胳膊奋力地挣脱开，他一个转身，猛地一拳打到了宋涵玉的脸上。

怒火在李菁心里燃烧着，他猛地抬起腿，冲一个扑上来的混混飞踹一脚。宋涵玉等人见李菁竟然还敢反抗，不由得火冒三丈，拳头如雨点般落到李菁的身上，李菁双拳难敌众手，很快被再次打趴在车上。

宋涵玉等人拎着李菁来到后备箱处，几只手在他身上摸索着后备箱的钥匙，李菁哪里肯让他们把钥匙夺去，他挣扎地又飞起一脚，把扑上来搜身的一人踹飞了出去。众人见李菁反抗激烈，不由得也下手狠辣起来。拳头一拳接一拳地打到李菁的脸上，不一会儿，李菁被打得鼻青脸肿皮开肉绽。

李菁本想把那5万块钱从车里拿出来，直接还给他们，可是一想到自己皮包里的钱可远远不止5万块，他又不敢这么做了。谁也不知道这些人看到自己还有多余的钱后会做出些什么。车钥匙被人强行从口袋拽了出来，有人摁倒李菁，另外又有人拿着钥匙打开了后备厢的门，李菁那一皮包的钱暴露在众人的面前。

"好啊！你有这么多钱，还不肯还钱！"有人惊呼道，又有人伸出手，抓起一把皮包里的钱。

李菁挣扎着弯下身，捡起地上的一块石头，双眼通红朝那个抓钱的混混手上敲去，那人惨叫一声放下了钱。李菁双眼通红，见又有人扑了上来，李菁毫不手软地抄起石头猛地砸到那人头上，那人号叫一声，头破血流地连退几步。众人一惊，他们没想到李菁会下如此狠手，一时间，竟无人再敢上前。

趁一众混混怔在原地，李菁赶紧把被抓出的钱收回皮包里，他重新拉上皮包拉链，抱着皮包转身就跑。

"哪里跑？"宋涵玉大喊一声，带着众人追了上去。李菁抱着皮包，慌不择路冲进咖啡馆旁边的小巷子里玩命逃着，在他身后，一群人杀气腾腾穷追不舍。

- 3 -

路彦开着车穿过浦航区的街道，顶着纷纷扬扬的雪花来到星月咖啡馆门前。他刚停好车就心急如焚地冲向咖啡馆，一阵张望后，他没有看到李菁。

路彦沉住气，目光从咖啡馆每一个人的脸上扫过，他还是失望了，李菁根本没在这儿。这是怎么回事？李菁明明答应了会来这儿等自己，他难道会骗自己？路彦不敢置信地掏出手机打电话给李菁，然而电话那头却一直没人接。

路彦问向一旁的服务员："你有看见一个戴着眼镜身高一米八左右的年轻人来过吗？"

那服务员一头雾水满脸困惑，路彦连忙补充道："身材敦厚，穿着牛仔裤，上半身是格子衫和黑色羽绒服……"

"噢噢，你说的那人啊，刚才来这儿没多久，就被一帮人追着催债，后来他们还出去打了起来！"

"什么？跟追债的打起来了？"路彦心里暗叫不好，他被服务员带着走出咖啡馆的门口，服务员伸手指向门口几十米开外的那辆警车道："喏！他们刚才就在那儿打那个小伙子的，长这么大我还是第一次看有人在警车边打架，有人头都被打破了……"

路彦急道："那他们现在人呢？"

"跑了吧，我看到他们顺着那个巷子跑了出去……"

服务员冷漠地指了指门外远处的一个巷子，路彦见状连忙朝李菁停在路边的警车奔去，警车里面空无一人，车身上有不少剐蹭的痕迹，旁边的地面上则洒落着滴滴血迹。

李菁应该就是开这辆警车从赵钱别墅来这里的，然后他应该是遇到什么事了。这是一个巧合吗？路彦仔细查看了下警车，又蹲下身看了看地上的血迹。那摊血迹滴滴点点，往远处延伸了很远。这血就算不是李菁的，也跟李菁有着很大关系。路彦心想着，连忙顺着血迹的路线追了出去。

路彦的身影刚从警车边离去，隐藏在咖啡馆一旁的几个黑衣人走了出来。他们盯着路彦的背影稍作议论，也拔腿悄悄跟了上去。

第十八章　08:00 渡尽劫波

清晨8点，东方已经完全破晓，雾霾渐渐退散。浦航区的小巷子里，李菁抱着皮包慌不择路地逃着，穿过几条巷子后，他逃进一个小区，冲进小区里空旷的地下车库。前方的车越来越少，李菁不知道自己跑了多久，忽然前方只有一面光秃秃的墙壁，没有了路，他转过身向身后看去，宋涵玉正带着他的兄弟们凶神恶煞地追了上来。

"打伤我兄弟，就想这么跑了？"宋涵玉喘着粗气，他带着人追了上来，有两人扶着那个被李菁打破脑袋的人，那人疼得龇牙咧嘴，脑袋上还在流着血。

"别上来，要不然我跟你们拼了！"李菁死死抱着皮包大喊道。

"今天不把医药费和你欠的钱留下，你小子就别想从这儿走了！"宋涵玉气得大喊，他带着人再次朝李菁扑来。

一行人再次扑上来，这次他们率先控制住李菁的四肢，再有人跟进夺下了李菁手里的皮包。宋涵玉拉开皮包拉链，看到里面那成捆成捆的人民币，眼里不禁放出光来。

"你小子从哪儿弄到这么多钱的？"宋涵玉虽然有些疑惑，但是他并没有思索太久，伸手在皮包一阵摸索，很快掏出一沓人民币，"这五万，是你欠的钱，现在我要回来，天经地义！"

李菁极力挣扎着，但是摆脱不开控制。宋涵玉拿出五万块钱后，又把手伸进了皮包，这一次他掏出比上次更多的钱。

"要不我们把这些全带走吧！"宋涵玉身旁有人建议道。宋涵玉皱起眉头，原本他们这些讨债的就经常在打法律的擦边球，要是今天把李菁这包钱直接带走，那可就构成了严重的抢劫罪了。想了想，宋涵玉冲着小弟们摇摇头。

接着，他从李菁的包里又数出十万块钱，依次放进旁边几人的兜里，他看向愤怒的李菁道："你把我兄弟头打破了，医药费怎么得要十万吧！加上你欠下的五万，我一共从你这儿拿了十五万。"

李菁怒极而起，他猛地甩开旁边人，凶猛地朝宋涵玉冲去，不料还没冲出两步，就再次被人扑倒在地，几个混混死死地控制住他的身体。紧接着，脑袋被人恶狠狠地踩在了脚下。

宋涵玉看着李菁的脸颊死死地贴在了地上，眼镜都摔到了一旁，两人眼神交错之际，宋涵玉不禁一惊，李菁那眼神里除了愤怒之外分明还有一股恶毒的杀意。

要是为了追债闹出人命就不好了，宋涵玉寻思着，他收好钱后心生退意，正想把皮包还给李菁招呼兄弟们走人，不远的身后方突然传来一声怒喝："你们干什么的！"

听见这个声音，李菁惊喜地看向宋涵玉的身后，只见路彦由远至近跑了过来。看到李菁被人挟持住，路彦顿了顿，心想自己幸好顺着地上血迹及时找了过来，要不然还真有可能冤枉了李菁。

"你谁啊！想多管闲事吗？"宋涵玉瞪向穿着便衣的路彦，只觉这人胆子真大，独身一人赶来，浑身带伤竟然都敢多管闲事。

路彦无视宋涵玉的话，他径直走到李菁的旁边，冷眼看向把他压在地上的三人道："放开他！"

那三人见路彦身上虽然带着大大小小的伤，但眼神无所畏惧，一身威猛的气势不可当。多年混社会的经验告诉他们，这是个狠角色。稍作思考，本不想惹出大麻烦的他们赶紧松开了手脚。

路彦上前扶起李菁，在李菁激动地控诉下，他明白了事情的缘由起末。顿了顿，路彦看向拽着装满钱的皮包的宋涵玉道："李菁欠借贷公司的五万块按法律流程来还，你们这样暴力催债是违法的。直接抢夺李菁的钱包，更是抢劫犯罪……"

"你谁啊！老子们的事情要你管！"

"我是警察。"路彦冷冷的声音把众人的嘲笑声压了下去，他走到宋涵玉的面前伸出手，"把钱放下！"

路彦伸手从宋涵玉手上拽回李菁的皮包，把那皮包重新交到李菁的手上。然而宋涵玉并没有归还拿走那十五万的意思，路彦要求宋涵玉归还。宋涵玉看向李菁急道："你找个警察来有什么了不起的啊！欠债还钱天经地义！打人犯法赔钱治病也是天经地义！我兄弟做手术不要钱吗？你都有这么多钱了！只拿你十五万已经是很对得起你了！"

路彦看向李菁，李菁只是痛苦地摇摇头："英子在医院，治疗可能会需要很多钱。这些钱……一分都不能少……"

路彦看了看李菁手中的皮包，从之前李菁交代的情况来看，他也猜到了李菁这笔钱是怎么来的。李菁说英子在医院需要钱也确实能理解。路彦寻思着，李菁和这些催债的闹起纠纷，被逼无奈下以至于大打出手打伤了对方成员，李菁和他们都有过错，但与这件事情相比，眼下那起连环杀人案才是调查重点。

路彦不想在此耽误过多时间，快速把李菁和这些人都带回警局交给同事们处理才是正经。正当他要对宋涵玉等人说话的时候，只听空旷车库的不远处又传来密集的脚步声，四个黑衣人从宋涵玉身后不远处走来。他们浑身上下黑衣黑裤，脸上还戴着黑色口罩挡住了脸。四个黑衣人一个高大，一个肥胖，一个斗鸡眼，还有一个光头。

路彦眼神凝重起来，这几人跟自己在赵钱车库里遇到的那些黑衣打手简直如出一辙。路彦不禁警觉起来，这些人找到这里，是因为自己，还是因为李菁？

"你们谁是李菁？是你吗？"四个黑衣人中光头冲着戴着眼镜的李菁开口道。

刀疤男口中的那个"老大"派打手在找李菁？李菁怎么会跟他们扯上关系？路彦疑惑地看向李菁，只见他看向黑衣人的眼里也是一片迷茫。

"我就是！怎么了？"李菁迟疑了一下还是开口道。

那四名黑衣人闻言，又仔细打量了路彦和宋涵玉等人。其中一黑衣人开口道："李菁，你跟我们走一趟。"

"你们要干什么？"路彦觉得自己不能再迟疑了，他站在李菁的身前，这些追债的虽然贪财还不至于伤人性命，而这些黑衣打手，那可是玩命下死手的。路彦看了看身后的李菁，心想就算自己拼得伤更重，也不能让他们把李菁带走。

那高大黑衣人上下打量了下路彦："你是什么人？"

"我是警察。"

显然跟刀疤男一样，四名黑衣人对警察身份还是有些忌惮的。他们沉默了一会儿，其中一人掏出手机打电话。路彦看得出他们乍遇警察，顿时没有了主意，想打电话给幕后指使他们的人求问办法。路彦皱起眉头，他们此时通话的人，十有八九就是刀疤男口中的"老大"。那个人到底想干吗？

怎么办呢？这一群催债的人暂且不提，光这四个黑衣打手，恐怕自己已经很难对付了，这种情况下，还怎么安全地带着李菁离开？路彦思索着，他掏出手机，快速联系省厅请求支援，却发现自己的手机在地下车库里信号很差，电话很难打出去。

路彦还未联系上同事，一旁挂掉电话的黑衣打手们却已经凶猛地冲了上来。路彦无奈地摇摇头，势单力薄之下他只能仓促应战，他拔起腿，以迅雷不及掩耳的速度踹飞冲在最前面的一人。路彦不敢久战，他急忙把李菁拉着朝车库出口方向逃去。

"钱！我还有十五万块钱在他们那儿！"

"先把命保住要紧！"路彦拉着李菁拼命跑着，"你出去了赶快报警，让公安派人来援助。"

然而路彦拽着李菁并没有跑多远，就被黑衣人追上了，眼看黑衣人越追越近，路彦把李菁猛地朝前方推去，自己则停住脚步，留在原地拖住追上来的四个黑衣人。

见识到路彦的身手后，这次黑衣人学聪明了，他们将路彦团团围住，一齐扑了上来，路彦本就带着伤，一时手忙脚乱无力应付，片刻之下就被黑衣人打倒在地。

四个黑衣人都停下来围打路彦，一时无人追赶李菁，李菁抱着皮包在停车场里跑了长长一段距离，他停下来，回头看到路彦已经被打倒在地，空旷的停车场里回荡着路彦的痛叫声。李菁紧咬嘴唇，觉得那声音分明在扯动自己的心脏。

那被围住打的人可是路彦啊！李菁想着，世界虽然对待自己冰冷，但是路彦和张霖从来没有对自己冷漠过。自己可以不对别人有情，但总有那几个人自己是不能对他们无情的。没有思考犹豫太久，李菁下定决心，抱着皮包转身跑了回去。

"住手！放开我哥！"李菁冲着蒙脸黑衣人喊道，"你们到底找我干吗？

直接说就是了！"

"他是你哥？"黑衣人没有回答李菁的问题，反而对路彦和李菁的关系好奇起来。

"蠢货！你跑回来干什么？"路彦见李菁竟然又跑回来，不由急道，"快滚啊！"

李菁没有回答路彦，他看了看被按趴在地的路彦，又看了看黑衣人道："对，有问题吗？"

"你要我们放掉他？也行啊！"黑衣人狞笑道，"拿你怀里那包钱来换吧！"

李菁皱着眉头，额头上渗出硕大的汗水，连眼镜上也蒙上一层厚厚的水汽，他一阵迟疑："你们是说，我把这包钱给你们，你们就会放人？"

"当然！"

"你个笨蛋！快走啊！"路彦怒喝着，但李菁对他的话没什么反应。他紧咬嘴唇，迟疑了会儿但还是踱步上前，把怀里的皮包递给肥胖的黑衣人。

"你们把我哥给放了，这里面有不少钱……"

黑衣人收下李菁的皮包，打开一看，眼里不禁放出光来。几人想把皮包里的钱平分掉，但是很快他们就发现身上没有足够的空间装下所有的钱。

"钱给你们了，现在可以把我哥放了吧！"

不料几个黑衣人压根儿没有理会李菁，他们没有放开路彦。高个子黑衣人再次接到一个电话，放下电话后，他怨毒地看向同伴道："老大说这个钱我们不能全部拿走……"

"什么？那这个钱怎么处理？"

"这钱我们不能拿，只能这样……"

黑衣人冲宋涵玉招招手，呆立在一旁的宋涵玉连忙带着小弟们上前，黑衣人抓了几把钱放进自己口袋里后，又把皮包里剩下的钱拿出来全部撒在天上，那红色的钞票像雪花一样在车库的上空漫天飞舞，宋涵玉和他的小弟们在下方欢欣鼓舞地争夺着钱。

李菁呆呆地抬起头，看着原本属于自己的钱，此时被众人贪婪地哄抢，前一刻被自己看得无比珍贵的钞票，现在有些还被踩踏在地上如废纸一般。那些属于自己和英子的希望之花，此时全都化作了碎片，被眼前这些人反复践踏。李菁心痛地说不出话来，怒火燃烧掉李菁的恐惧，他气愤地朝黑衣人冲去。

黑衣人哪肯给李菁机会，两个黑衣人很快将李菁扑倒，不过李菁冲过来后也给被制住的路彦提供了机会，路彦趁机在地上翻身而起，把身旁的黑衣人踹倒在地。

"你个蠢货！给他们钱干什么？你给了他们钱，他们也不会放过我们的！"路彦猛地一把把李菁推出打斗范围之外，"你快走！"

"我不！我走了你怎么办！"

光头黑衣人冲着说话的路彦背后飞踹一脚，李菁见路彦来不及躲避，他拉过路彦身体，替路彦挡过那一脚，两人同时跌倒在地上。

"别多管闲事！"光头瞪着李菁道，"你要走人就赶快！"

路彦闻言神情一动，一开始他还以为这些黑衣人是来找李菁麻烦的，但是现在看样子并不是，他们的意思是李菁可以离开，幸好。路彦在心里暗暗叹了一口气，还没等他说话，李菁护住路彦的身体："你们要对我哥干吗，大不了我跟你们拼了！"

"是吗？就这么想替他死？"高大黑衣人又飞起一脚，把李菁踢倒。顿时黑衣人围上去殴打起李菁来。

"哥，你快走！"李菁吃痛大喊。

脱困之后的路彦倒在地上，听着李菁那徒劳的呼喊，看向他被围打下望过来的坚毅眼神。好小子，这么多年原来你没有变。路彦心想着，忽然鼻头一酸。一时像是时间静止了，十年前的往事在这一刻突然又集中在路彦眼前闪现，也带回了那时候所有的情绪和记忆。那个挑水送药的淳朴男孩，那个追着大巴车狂奔不止的单纯少年，仿佛穿越了十年的光阴荏苒，又活生生地回到了路彦的面前。

一时间，路彦觉得李菁这声"哥，你快走"，像是一个青春的证明，给他们的青春盖上了一个戳印，证明他们的青春没有白费。当年他们一番支教，在那些孩子身上花费的时间并没有白费，那些淳朴的李菁们也并没有变。

路彦觉得浑身上下变得暖洋洋的，他突然又笑了，他吐了一口血沫，坐起身来擦了擦嘴边的血，看着眼前几个殴打李菁的黑衣人，路彦哈哈大笑起来，眼泪在眼眶里直打转。

"我就说嘛！我们当年去支教，是绝不会教出一个杀人犯出来的！"

路彦话音刚落，他迅猛地跳了起来，像是身体里的潜能被激发出来，路彦飞起两脚踹倒两个黑衣人，拉着倒在地上的李菁埋头就跑。

"我比你能打！他们不敢拿我怎么样！你赶快出去，去报警，去医院看完英子后就在医院等着我们过去找你，哪里都不要去！"

"可是这里……"

路彦死死抓着李菁的双臂："听着！只有你出去了，我所做的一切才有意义！"

两个黑衣人又追了上来，路彦踢了李菁屁股一脚匆忙上去迎战，他大喊道："走啊！"

万般无奈之下，李菁见路彦跟那两个黑衣人打起来并未落于下风，只好飞一般地跑了出去。

李菁走了，几个黑衣人并没有去追，他们集中攻击着路彦。路彦被光头再次踹倒在地。倒在地上的时候，他看到李菁的身影消失在车库前方的尽头。不由得，路彦的心里稍微踏实了一点。

好小子……挺好的，只有你赢了，我才算没有输。

一旁的黑衣人把路彦按倒之后，商量着怎么处理他，光头道："老大马上要到，他说不能让这个警察看到他的脸！"

"那干脆把他的脸蒙住吧！"

黑衣人用尼龙绳将路彦的手脚捆绑起来，又找来一个头罩，套在了路彦的头上，遮挡住路彦的视线，别人也看不见路彦的脸。片刻之后，车库里再次传来一个脚步声，几个黑衣人对那个脚步声的方向客气地喊道："老大！"

看来是这几个黑衣人打手的老大来了。路彦在心里暗想可惜自己的脸被蒙住了，要不然真要好好看看他到底是谁。

路彦侧耳倾听，他听到那人脚步沉重，应该挺高挺壮的。那脚步声停在黑衣人打手旁边，和他们一阵低语交流。具体讲什么，路彦无法听清。片刻之后，光头低声招呼着还留在现场的宋涵玉等人，示意他们离开。宋涵玉等人不敢多问许多，连忙带着钱匆匆离开了车库。

一阵嘈杂的脚步声后，车库里顿时安静了下来，路彦蒙着脑袋，隔着袋子他感觉有个高大人影靠近了他，这个人应该就是黑衣人口中的"老大"了吧。要死了吗？路彦在心里轻轻叹道，还不待路彦说话，他感觉有一只粗大的手在他身上摸索着什么。

路彦感觉那人找到了自己的手机，紧接着那人把手机掏出来狠狠摔到地上，路彦听到手机碎裂的声音。

他毁我手机干什么？还不待路彦开口，他感觉那只手又把一个硬邦邦的物体放进了他的兜里。

这是怎么回事？这个人送自己东西做什么？那个小的硬物是什么？路彦心中闪过几个念头，正在路彦寻思的时候，突然车库外传来警车的警笛声，和一个被扩音器放大后的女声："里面的人，你们被包围了！放下武器，赶快投降！"

路彦笑了，这是萧瑶的声音，不过为什么是她拿扩音器喊这话？还不待他想明白，不远处的车库里传来甄关西的怒喝声："你们干什么的！抱着脑袋蹲地上去！"

路彦又听到甄关西的几声怒喝，紧接着他听到黑衣人仓促逃跑的脚步声。"砰砰"几声枪声响起，路彦猜是甄关西追赶的时候开枪了，但是他没有听到有人惨叫。车库里很快就安静了下来，静得路彦能听见自己的呼吸。但没过多久，又传来一个较为轻盈的脚步声，一个人快速冲到路彦的面前拉开他的头罩。

"是你？"路彦看到站在自己面前的是萧瑶，不由舒了一口气，他在萧瑶的帮助下快速解开捆住自己手脚的绳索。

来不及听萧瑶解释说些什么，路彦快速把手伸进自己的衣服里，把刚才那个高大黑影放在衣服袋里的那个硬物掏出，让他震惊的是，那个东西竟然是个硬邦邦的黑色手机。路彦快速打开那手机，发现屏幕只有一个追踪定位的软件和一条录音。

路彦不假思索地播放那条录音，手机里传来一个粗糙沙哑的男人声音："我是韩利的保镖穆青峰。韩利正在潜逃出国的路上，此时正坐车在北山区东方路上快速地开往港口的方向，黑色路虎车，车牌JF9888。我把可以追踪他位置的手机给你了。"

"这是怎么回事？"萧瑶有些迷惑。还不待路彦开口解释，只见甄关西提着枪悻悻地走了回来，他看向路彦两人垂头丧气道，"跑了，一个也没打中，一个也都没逮着。"

"他们身手不错，追上他们本来就很难。"路彦好言安慰道，他看向萧瑶，"怎么就你们两，刚才那喇叭声……"

"你以为大部队真的来了啊？我那边有了新的发现，正想来告诉你，之前幸好在你身上放了追踪器，然后找到这个位置了，然后就碰到关西，关西刚才偷偷进来后发现你又被人围住了，我们一阵商量，就想伪装出大部队到了的样子救出你。"

"你不是跟我说，等赵钱车库那边结束后就让我来这边嘛。那边结束我就来这个咖啡馆找你，可是又没找到，然后就遇到萧瑶姐，然后……"甄关西扬扬得意道，"你看，我和萧瑶姐又救了你一命对吧？"

"哈哈……"路彦爽朗地笑了两声，他把那黑色手机放在眼前仔细端详，笑容渐渐冰冷下来，"也许那家伙本来就没想要我的命……"

甄关西不解："什么意思？"

"刚才你追他们的时候，除了四个一身黑衣的人之外，还看到什么人，形容一下他的样子。"

"我还看到穿一身灰衣服的，个子身高一米九多，肩膀很宽，长得五大三粗的，跑起来比谁都快……"

这人应该就是黑衣人口中的"老大"了，路彦心里一边想着，又问向甄关西："你可看清他的脸了？他长得有什么特征？"

"特征？"

"噢！对了，我看到他的额头上有块刀疤！"

甄关西话音刚落，忽然发现面前的路彦和萧瑶变得一脸震惊。长得高大粗壮，额头上有着刀疤，这不是卡迪斯酒吧里那几个托交代的雇用他们那人的形象吗？

看来这个"老大"是"审判者"赵钱的同伙？那为什么他又派出打手去找赵钱的麻烦？路彦捏紧手里的手机，不禁冷笑起来。那录音里说"我是韩利的保镖穆青峰"，这是那个"老大"在自报家门吗？如果这个"老大"就是韩利的保镖穆青峰，那么他之前指使那些黑衣人给德诚集团做事就好解释了。

可"审判者"和德诚集团又有什么联系？雇用"审判者"赵钱的是这个穆青峰，还是这个穆青峰背后的韩利？一瞬间，"审判者"赵钱，"老大"穆青峰，德诚集团韩利，三个人竟然联系到了一起。他们三人之间到底是什么关系？

"发什么呆呢？"萧瑶的声音打断了路彦的思绪，"我们在明珠公寓找到了一颗人头，经过比对，是在肃州河边发现那第二名死者尸体上的人头，根据李菁交代的信息，第二个死者不应该是叫薛龙的老赖吗？可实际上，那人头的脸根本就不是薛龙的脸！"

"那张脸是谁的？"路彦震惊道。

"我们还在查。还有，李菁交代那个叫郭大年的死者，我们在本市只找到一个叫这个名字的人，那个郭大年他是本市的一个卖水果的小贩，他在家刚刚起床。据他邻居和家人交代，他根本就不是李菁口中强迫女人卖淫的恶棍。"

路彦一阵惊骇，照这么说，难道那两个死者根本就不是薛龙和郭大年！如果李菁没有对自己撒谎，那赵钱他费这么大劲骗李菁是为什么呢？难道说是李菁在撒谎？路彦皱起眉头，他说的是假话那就意味着……路彦正寻思着，萧瑶接下来的话又打断了他的思绪。

"还有，秦队跟我说，一对母女坐大巴被杀害的案子，我们找了好久终于找到了，不过不是在四川，是在湖南发生的，时间也不是两年前，是一年多前，一对母女在湖南乡下被人从大巴车拖下来杀害，但是凶手当场就被抓了，死去的女人丈夫叫何金明，不叫赵钱。"

"什么？"路彦一头雾水，为什么这么多信息都对应不起来？

"还有一个情况，我们一直到现在还没能联系上徐丽！"

路彦和甄关西闻言一起沉默了，徐丽消失是因为被绑被害，还是她自己主动消失的？两人一时也想不出头绪，路彦问向萧瑶："既然第二个死者的人头找到了，那作案手法和死因发现了吗？"

"我没看出来那人的死因。"萧瑶摇摇头，"我们刚刚已经把它转交给了法医，相信要不了多久法医应该就能查到死因了吧。"

路彦点点头，他看了看时间，已经快上午9点了，离"审判者"所说连环谋杀截止时间没剩多少了，还会有更多人遇害吗？怎么去救他们？一时间众多谜题交织在一起，让人理不清头绪。路彦闭上眼睛，他让思绪跳得更远。为什么"审判者"杀害的第一个人的堂妹徐丽也消失不见了？死者的指纹被去除……亲戚消失不见……几个目标死者身份模糊不定……但"审判者"有一个目标的身份是确定的，为什么那个韩利的身份是确定的？

路彦陷入了挣扎，接下来应该怎么去找那个自称为"审判者"的凶手，还是去找韩利？

韩利被"审判者"窃听追踪了，说明"审判者"和韩利有联系。雇用"审判者"赵钱的那个人很可能是韩利而不是他的保镖穆青峰。韩利雇用"审判者"为他做事，做了什么事？看来韩利是一切的源头，他的身上隐藏着打开这一切秘密的钥匙，找到了他，也许就能弄清楚"审判者"的真实身份和犯罪动机了。

路彦做好了决定，他站起身，同萧瑶、甄关西走出车库，路彦看向萧瑶道："你联系厅里，支援几个人，跟我去找这个韩利。"

萧瑶还来不及追问，一旁的甄关西喊道："我也去！"

路彦把手搭在甄关西的肩膀上，对着他郑重叮嘱道："你还有更重要的事情要去做，你联系厅里同事，跟他们一起赶去市立医院。出示你的工作证，问刚刚有没有叫陈英的人被送到了医院，如果有，立马去她所在的科室把李菁带回来，如果没有这个陈英的话，你马上联系告诉我……"

"就这么一件小事？这就是你说的更重要的事？"甄关西跳了起来，难以置信道，"让我跟你去抓韩利吧！刺激多了！"

"别胡闹！切记！你和同事们现在就出发，去市立医院找到李菁，把他带回来！"

"我看你还是不相信我！"甄关西拿着手机扬起了眉毛，嘟囔着，"抓个李菁还让我跟一群同事一起去？我一个人就能搞定！"

路彦抬头，街道上空雪已经渐渐下大了，他用力拽着甄关西的肩膀道："别大意！听我的，一定要和同事们一起去！"

"行吧行吧！这么简单的事情我肯定会处理好的啦……"甄关西有些不耐烦地摆摆手，"车你们开吧，我打个车过去，在路上我联系厅里同事们。"

看到甄关西离去的背影，路彦心里有些担忧，但是一想到甄关西在赵钱车库里的随机应变，路彦不禁又稍稍安下心来，刚刚甄关西和萧瑶的处理也十分冷静聪明，看来甄关西的学习能力很不错，在这么短时间里，他已经学会怎么做一个警察了。顿了顿，路彦抬头看向天上飘舞的雪花，其中一朵落在他脸上的伤口上，他又看了看时间，马上就要上午9点了，那个凶手还剩两个目标，到底是谁？到底在哪儿？要想厘清这些头绪，要想找到那个凶手的身份，只能从一切的源头找起。

路彦轻轻弹开脸上的雪花后，看向萧瑶轻轻道："我们抓紧时间出发吧，除了要和'审判者'赛跑，现在我们还要追上韩利……"

第十九章　09:00 生死抉择

- 1 -

上午9点的浦航区，赵钱的别墅外大雪纷飞，救护车的鸣叫声摄人心魄，天色已经完全亮了。屋内秦纬带着人阴着脸检查着，他看向地面上的血和伤员，愤怒在他的心头熊熊燃烧着。

一旁的医护人员连忙把倒在血泊中的伤员抬上救护车，吴勇躺在担架上从秦纬身边匆匆而过，秦纬连忙低头看向他，只见吴勇嘴唇微动，秦纬连忙低头去听，只见吴勇气若游丝般艰难说道："还有……李菁……他……他跑了……"

吴勇的担架抬了出去，秦纬在保险箱里一阵寻找，然而他失望了，保险箱里既没有李菁交代的审判名单，也没有李菁说的钱。

秦纬一阵寻思，路彦猜得没错，那个"审判者"就是严格按照"六芒星"的轨迹来作案的，只是现在时间离他在德诚大厦作案已经过去好几个小时了，那么凶手剩下的这两个目标现在还是平安的吗？可是守在食品厂和KTV的警察刚刚还报告说他们那里没有异样，那么凶手是还没有动手吗？可能凶手就是李菁，他之前被警方关押着，所以没有办法再去杀害剩下的两人。

秦纬寻思着，别墅这里又是怎么回事？难道说李菁故意让同伙在此埋伏，然后带警察前来让同伙伏击警察，自己好逃亡走人吗？如果是这样，那自己让吴勇他们带李菁来这个别墅就大错特错了。

片刻之后，秦纬掉转目光看向左右，下属来汇报道："吴勇开着押送李菁的那辆警车不见了，我们在附近找遍了也没有找到，根据屋子外的车印来看，应该是有人把它开走了，警车旁边有李菁一个人的单独脚印，推测是李菁开走的可能性极大。我们在这儿找到李菁的手铐，它被人打开后扔在了地上。另外我们也没有找到李菁受伤的痕迹。"

秦纬摇摇头，看来李菁这小子真不简单，自己还真是低估了他！他就是凶手吗？他如果是凶手，如今逃亡倘若再继续犯罪，试图谋害那剩下的两人，那对社会真是个巨大危害。秦纬气红了脸，他紧握双拳："联系媒体，欢迎广大市民提供李菁行踪的线索！"

上午9点多，宁汇区的市立医院人声鼎沸，李菁身披雪花，满头大汗地穿过医院大厅熙熙攘攘的人群。刚刚在浦航区的车库里，他听到警车的警笛声响起后，就知道路彦得救了。一时放心之下，他原本想去见路彦，可是又害怕见到警车里的其他警察。一番犹豫之后，李菁干脆选择打车来到了宁汇区的市立医院。

急救室的门外冰冷的铁椅上，赵钱一身邋遢坐在那里。他整齐的头发变得十分杂乱，身上的衣服多处被扯破，手臂上裹上了纱布，脸上有很多擦破皮的伤口，那伤口上都涂上了消毒的红汞。看见李菁来了，他挣扎着站了起来。

"怎么回事？"李菁喘着粗气，他焦急地望向急救室的门。

"我和贾律师带着英子开车去公安局的路上，被'德诚'的人拦住了。"赵钱的双眼瞬间红了，他的声音哽咽起来，"都怪我没能保护好英子，她被人打伤了，失血过多，医生正在检查具体情况……"

"英子！"李菁急了，他火急火燎地飞步上前，伸出手就要推开急诊室的门往里面冲。

"你干什么？"赵钱一把拉住李菁，"医生正在检查和急救！不能打扰医生！"

被赵钱拉住，李菁狂喘粗气："医生说英子现在是什么情况？"

"医生说没有脱离危险……"

"怎么会这样？"李菁瞪大眼睛，眼睛里喷出怒火，"你本事那么大，怎么会这样？"

"在你找韩利算账不成后，'德诚'的人就盯上了我，他们知道我手上有他们的证据，就一直派人跟踪我……"赵钱放下拽住李菁的手，他低下头，声音里满是苦涩的懊悔，"我提前开车出发，但还是在路上被他们拦住，他们的人分为两拨，一拨动手把我们的退路截断，另一拨是买了他们理财产品还被洗脑的大爷大妈们……"

"怎么会……"李菁捏紧拳头，觉得痛苦在撕扯着他的心，满腔怒火无处发泄。他看了看赵钱，开口问道，"是'德诚'找来的那些打手对英子动手的吗？"

"他们的那些打手全程没有动，是那些被洗脑的大爷大妈们……我一开始见他们是普通老百姓，就没怎么还手，但是那些大爷大妈们动作越来越大，我拦住了他们，贾律师和英子带着证据想逃掉，但还是被他们抓住了……"

赵钱还想说话，突然身旁传来一阵推车轮子在地上滚动的声音，李菁跟着赵钱看了过去，急诊室旁边的那个房间，贾律师虚弱地坐在一个推车上被护士推了出来，李菁看着他在推车上打着点滴，头上裹着纱布，整个人伤痕累累，很是虚弱。

"他们，他们有好几十人……"看着李菁，贾律师喘着粗气说道。护士小碎步推着推车带着他快速奔向另一个科室，他的声音在走廊上渐渐远去，"毁了，那些证据全没了，那些畜生，没天理了……"

"'德诚'给那些大爷大妈洗脑洗得真好，他们'德诚'自己人不动手，故意借那几十个大爷大妈来动手，这样他们自己就没有多少法律责任，太恶毒了……"赵钱摇摇头，他止不住地苦笑起来，他伸出手从自己旁边的包里找到手机，打开行车记录仪的软件递给了李菁，"这里面有我行车记录仪记录下来的当时录像，你可以看看。"

李菁呆呆地接过手机，刚看一眼，视频里那疯狂偏执的人群，愤怒狰狞的面容，不堪入目的恶骂，纷纷迎面而来，赵钱被众人围住，他狼狈不堪地左一拳右一拳地挥出将来人击退，一旁的贾律师摔倒在地被人踢来踢去，英子则拿着文件，被一群人穷追不舍，她瘦小的身影像个断线风筝飘零在马路上，被汹涌的人潮追上，然后弱小无助地落下。

"'德诚'煽动这些人，跟他们说我们的证据会让'长寿'理财垮掉，让他们的钱打水漂。他们在乎'长寿'理财是不是骗局吗？他们在乎的只是自己的钱罢了。为了自己的利益，这些人什么事都干得出来……"赵钱一旁开口说道，"你不知道那些被煽动起来的大爷大妈们有多可怕，我后面一拳打倒一个都没能制止住他们，最后逼得我掏出那把假枪才把他们吓退了。"

视频里，英子被一群人追上围住连踢带打，李菁感到血液在发疯似的悸动，太阳穴青筋暴起，心头那怒火快要按捺不住，他抬起头看向赵钱："怎样才能找到韩利?"

赵钱看着李菁皱起眉头："你还想找他算账？"

"你的'审判'不是没有完成吗？"

赵钱愣了愣，他看着李菁："你去'德诚'办公室找他，后来都发生了什么？你没有得手还被警察抓了是吗？"

"对。"

"他们有没有为难你？"

"还好，审问我的警察是我之前认识的一个哥哥，他对我还好……"

"你有个熟人是警察啊！"赵钱上下打量着李菁，"那你是被放出来的吗？"

"没有，他们带我去你浦航区的别墅去调查，突然来了几个黑社会袭击我们，几个警察都被打伤了，我就趁机跑了出来。"

"他们去我那房子去调查了？……"赵钱若有所思道，"这么说，你把我交代出去了？"

"对不起，我也没有办法。"李菁低着头，接着他看着赵钱眼睛问道，"因为警方怀疑我是杀人凶手，这又是怎么回事？"

"他们是为了逼你交代，才故意这么说的吧？"赵钱皱起眉头。

"是吗？我在那个哥哥面前不知道该怎么解释，这件事情，我想我让他太失望了……"李菁垂下了头，说不出话来。

"没事，有什么误会我来帮你解释吧！等我完成剩下的两个'审判'，我就去自首。"赵钱笑笑，他把手放在了李菁的肩膀上，"没关系的，我已经差不多完成了我的理想，只是很抱歉把你牵扯了进来。"

李菁摇摇头，他正想说话，忽然，身旁急诊室的门打开了，一名穿着白大褂的中年男医生走了出来，他看了看赵钱和李菁开口道："你们是陈英的什么人？"

李菁连忙回答道："我是她男朋友……"

医生皱皱眉头："有她的直系血亲在吗？手术需要签字缴费。"

"什、什么手术？"李菁完全怔住了。

"患者陈英多根肋骨骨折，多处内脏遭到外力袭击且受损，其中肾裂伤已经造成患者内出血严重，我们已经开始输血，建议立即开始肾裂伤修补手术！"

李菁觉得自己被一道恐怖的窒息感扼住："肾裂伤？……"

"另外患者的脾中心部已经碎裂，脾门撕裂且有着大量失活组织，这种情况保留脾脏手术已经很难成功，所以我们建议立即实行脾脏切除手术！"

"脾切除了……人会怎样？"李菁喃喃道。

"人不会死，就是身体会差很多，容易生病，老得快些……"

一股彻骨的冰寒从李菁头顶直贯而下，他已经听不到医生后面的话了，他冲进了急诊室里，看到几个医护人员正在病房里忙碌，英子头发披散躺在病床上，她的身上正插着皮管输着血。

突然间，病床消失了，医生消失了，护士也消失了，李菁觉得全世界消失得只剩下他们两人，李菁忘记了时间，忘记了那些欢乐和苦痛，甚至忘记了他此时口袋里手机响起的铃声。

他想起了当初跟英子刚刚认识的时候，英子那娇小可爱的样子狠狠地戳进他的心底柔弱处。他还记得他颤颤巍巍地去牵英子的手时，自己那飞快的心跳。毕业后，自己曾忐忑地问过英子，自己现在没有房子，未来几年也看不到希望能买房子，她还愿不愿意跟自己在一起？英子笑着点头。

李菁不知道怎么用语言去形容那时候的心情，英子是那种面包自己挣、你给我爱情就好的女生，拥有这种女孩让李菁觉得是自己此生莫大的幸运。这些年，李菁觉得虽然自己人生起点不太好，但是一直都很幸运地遇到贵人和好人，比如说路彦、张霖、赵钱这样的贵人，比如说英子这样的好人。然而这一份好运好像在今天彻底到了头。

李菁拉起英子伤痕累累的手，英子察觉到他的到来，微微睁开眼睛，看到李菁就在自己面前，双眼里不禁多了一些神采。

"怎么会这样……"李菁脱口而出，然而病床上的英子说不出来话。没等到李菁再开口说话，医生冲了过来，拽住李菁把他带出了病房："你们谁是患者的直系血亲？要做手术，现在需要人签字交费！"

"我来签字吧！我是她的亲哥哥。"赵钱见一旁的李菁焉头耷脑沉默着，连忙抢先说道。

"好，签完字赶快去把费用交了吧，这两个手术后患者需要绝对静躺两个星期，需要住院一个月，后期完整治疗还需要再用药静养几个月，整个过程下来总体花费约几十万，提前跟你们说一下，你们好有个准备。"医生叮嘱完，接着带着赵钱走了出去。

李菁被孤独地留在走廊上，他盯着面前雪白的墙壁，忽然有种想迎头直撞上去的想法。他没想到英子的治疗费用会这么高，高到让他们难以承受。这是医院收费太贵的问题吗？这是自己太穷吧！自己已经身无分文了，难道这个费用还要让英子家里出？

一想到这儿，李菁就觉得羞愧难当，英子老家在距离临江城几百千米的一个县城里，家里还有个妹妹，父母都是老实本分的工薪族。如果他们知道女儿和李菁在一起时遭遇了这样的伤害，不知道他们会怎么想。

李菁陷入莫大的懊悔之中，虽然英子是那种外柔内刚的女孩子，但割掉脾脏这件事情足以让任何人崩溃。自己就不应该把英子牵扯这件事里来，自己就不应该让赵钱和英子带着证据去公安局，这些事情就应该自己一个人承担，然而这一切都无法挽回了。

空荡荡的走廊里，李菁头抵着墙壁，一下一下地撞击着，时间一分一秒地过去，绝望一点一滴地蔓延……

- 3 -

出租车在拥挤的市区街道穿梭，甄关西坐在车里看着窗外飘舞的鹅毛大雪，百无聊赖地在心里回想着李菁的样子。甄关西数次拿起手机想按路彦吩咐联系厅里，但是最后都放下了手机。因为他的心里一直堵着一口闷气，他想在路彦面前证明自己的能力，让路彦彻底地对自己心服口服。一番犹豫之后，他还是选择独自前来。

渐渐地，市立医院灰白色的高大建筑在大雪中探出了身影。司机师傅回头看着甄关西，客气道："警官，您到了。"

甄关西"嗯"了一声，付了车钱走下了车，雪花中，他抬起头看了看市立医院那栋几十层的高楼，再看看门口熙熙攘攘的人群，陡然间，一种不舒服的感觉爬上他的心头，他感觉自己的心跳猛地加速了。

这是不祥的预感吗，甄关西寻思着，他不禁想起刚刚路彦对自己的那句叮嘱——一定要联系厅里然后跟着厅里人一块儿过来调查。

看着医院高楼，甄关西觉得现在不是逞个人英雄主义的时候。想着还是联系省厅同事们来医院和自己一起执行抓捕。

可是一想到路彦之前在办案时候让自己回去，甄关西又不禁犹豫了，他看向漫漫大雪中的市立医院大楼，不由心想着："你让我联系省厅同事，然后跟着同事们一起来行动，这不还是瞧不起我的能力吗？我已经救了你一次，这次再要单枪匹马地把李菁抓回去，我看你以后还敢瞧不起我吗？"

一边寻思着，甄关西一边又摸了摸自己的佩枪，他想着，现在已不是夜晚，大白天在人声鼎沸的医院，自己拿着枪抓个李菁有什么好怕的？一想到"金利"那淳朴的样子，甄关西觉得自己的胆子又大了几分。稍作犹豫，甄关西直接迈开脚步走向医院正门，出示证件后，甄关西很快问到有个叫陈英的人在今天的早些时候被送进了急救室。

问到急救室在六楼之后，甄关西连忙奔向电梯，心中揣着满满的兴奋。

电梯门开了，甄关西顿觉一股清冷迎面而来。这六楼人流稀少，惨白的灯光打在白色光滑的地板上，走廊上的长椅上稀稀拉拉地坐着人，偶尔听到几声低低的抽泣。

甄关西蹑手蹑脚走上前，他伸手放进右边口袋，握住口袋里的手枪，慢慢地穿过走廊，仔细打量着坐在长椅上的每张脸，但是没有一个是李菁。

一个端着托盘的护士和一个中年男人从甄关西身旁走过，甄关西连忙拉住那个护士，出示了证件问道："陈英在哪个病房？"

护士顿了顿指向一个病房，甄关西连忙飞快地朝那里走去，近了近了，他看到前方那病房门此时是开着的，似乎还能听到里面传来一个男人抽泣的声音，他顿时加快脚步。

正当甄关西离那门只剩几步路的时候，身后突然伸出一只手拍了拍他的肩膀，甄关西回头，是那个刚刚走在护士旁边的中年男人，他正一脸疑惑地看着自己。

"我是陈英的家属，请问你找她有事吗？陈英现在正在做手术，病房现在是不让别人进去的。"

"我找人，不是找陈英。"甄关西摆摆右手，干净利落地答道，他不想跟病人家属有任何纠缠，找到李菁快速带走他才是当务之急。

话音刚落，他转回头抬起脚向那病房门走去，不料背后突然一阵冷风来袭，甄关西顿觉不好，他连忙伸手去掏右边口袋里的手枪，但是有一只手抢在他之前伸进了他的口袋熟练地握住那把手枪。

甄关西大叫着不好，紧接着，硬邦邦的枪口对准了自己的后背，那个中年男人也以无比迅捷的速度跟着拥了上来，装成从背后抱住的样子紧紧地贴住后背，用他自己的身体遮挡住了那支枪。

为什么这个人操作枪支的动作如此熟练？甄关西惊恐地想着，难道他是……枪管那硬邦邦的触觉如此真实，死亡的感觉如此真切，甄关西的双腿忍不住轻颤起来，而那个人已经凑了上来，在他的耳边轻轻地说道：

"听着，如果你现在反抗或者大喊大叫，子弹将会以斜上方45度的角度打穿你的心脏，如果你不想死，那么现在就按照我的吩咐来做。"

赵钱把枪缩到羽绒服的手袖里，再把手袖上的口子扎了起来，枪就隐藏在手袖里，接着赵钱把那袖里的枪口斜斜地抵在甄关西的腰上，甄关西吓得不敢有任何动作，他心里满满的都是懊悔，早知道，自己就应该听路彦的话跟着省厅同事们一起来的……

"走！"赵钱低声命令着，甄关西被迫掉转方向朝电梯走去，他被赵钱押着穿过急诊室的走廊，偶尔有人从他们身边经过，甄关西抬起头试着朝他们递眼色，但是他们行色匆匆并没有注意到。

"不想死就收起你那点小心思，去楼梯，低头快走。"赵钱的声音在甄关西的耳边轻轻响起，接着用枪管撞了撞甄关西的腰，甄关西觉得双腿一阵发软，连忙低下头向前走去。

赵钱押着甄关西走下的楼梯，趁无人在旁，他猛地敲击甄关西的后脑勺，两下之后，甄关西晕倒在地。赵钱拽着甄关西从医院一楼的无人后门走到停车场，来到一辆别克SUV前，把甄关西五花大绑又封住了嘴，然后把他关在后备箱里锁上了门。

- 4 -

北山区，韩利坐在路虎车的后座上，看着窗外的车水马龙。上午9点时分，正是上班早高峰时期，路虎车逆着车流向郊外驶去。

都怪罗守义的长租公寓，他自己出事就算了，还弄得我一身臊洗不清，经侦大队到底掌握了多少材料呢？韩利清楚地记得，上次警方找自己问话的时候，已经明确地告诉自己最近不要出境，随时准备配合调查。这种情况即使自己拿假护照去机场坐飞机，恐怕还是会存在被抓的风险吧……本来是打算过几天再走的，但是昨晚警察再次借查案找上门来，那种冥冥中的不安感越来越强烈了，看来去国外是一刻也不能耽误了。

原有的安排面临风险，韩利和穆青峰一番紧急商量后决定启用备用方案，准备好的轮船、快艇还有直升机，也要看情况拿出来使用了。

穆青峰已经交代美国那边的人在洛杉矶等自己，到时候会和自己说明信托基金的事情。这趟出行去海港，为了安全，除了保镖李武和刘方文谁都没带，应该不会走漏任何风声。行动路线也只有自己、穆青峰、李武和刘方文四个人知道。穆青峰、李武和刘方文是自己可以信任的人，况且他们一些家人还在自己的"照顾"之下。

最后看一眼祖国吧，马上就要彻底跟这个地方说再见了。韩利想着，其实最让人留恋的就是在国内的一些人了，最主要的就是她。今天之后，跟这些人就再也见不到了吧？韩利注视着窗外的大雪，他忍不住想起了那张脸，金茜那张明艳动人的脸，心里忍不住一颤。可是，他记得自己的那句信条，成大事者绝不能有妇人之仁，该舍弃的东西就要坚决地舍弃。

可是舍弃太多东西后，自己就会一无所有了。自己是怎么走到这一天的？为什么在很多人看来自己已经很有钱了，可还是想拼命挣钱？这几年，自己为了赚钱甚至都没怎么休息过，也许以后在国外可以好好休息了？女人有时候真的很聪明，金茜说有的人是贫穷且忍受着贫穷的痛苦，而自己是富有却忍受着贫穷的痛苦。这句话是如此精准，精准到自己一想起就后背直渗冷汗。

韩利发现，当国内的这一切都面临结束的时候，金茜的音容笑貌还是徘徊在自己眼前，韩利努力地想把她从自己的脑海中排除出去，却发现一时不能做到。

路虎车正在飞速地朝郊外驶去，路上同行的车已经稀少，韩利盯着东方城市的方向，那里被雪花模糊了视线，近处则是犬牙交错的立交桥，韩利随意地一瞥，却猛地发现在车身不远处的后方，不知道什么时候驶来了一辆警车！

怎么回事？韩利的心猛地提到了嗓子眼！这警察是来抓我的？警方是怎么知道我的行动和路线的？来抓我的话，为什么只来一辆警车？韩利极力向那警车上看去，依稀看到那辆一点点靠近的警车副驾驶座上没有人，难道就来了一个警察？

来不及细细思考了，这个时候不能再有任何侥幸心理，韩利扭头大喝道："我们走小路，把身后那辆警车甩掉！"

司机李武也注意到身后的警车，他连忙猛踩油门，路虎车飞快冲到公路下那无人的乡间小路上，一眨眼就把身后的警车甩开一段距离。

韩利紧紧贴在左边车门上，惊恐地从左边后视镜里看到，身后的那辆警车在转弯冲下公路的时候竟然毫不减速，它像头野兽一样凶猛地朝乡间小路上扑了过来，整个车几乎飞在空中一阵然后再落到田野的地上。

"那疯子不要命了吗？"韩利惊恐地看着后视镜，警车正在一点点地接近，紧接着，他看到让他更为惊恐的事情，那个坐在驾驶座开车的警察竟然伸出了手，那只手上分明握着一支枪。

韩利和李武都惊恐起来。韩利连忙趴伏在座椅上，但是过了好一会儿他都没有听到开枪的声音。紧接着，他感到车身往左侧蹋陷了一点，在急转车中过程中，李武恐惧开枪下伏导致车身冲进了一个泥坑，飞快的车速下，汽车一颠一颠的，李武竭力踩着刹车，将路虎车稳定了下来，但是警车已经追了上来。

回头见警车已近在咫尺，李武大喝道："韩总，要掏家伙对付吗？"

韩利从后座上爬起来正要说话，却猛地发现那辆警车已经开到自己路虎车的前方停下，车门打开，从上面只走下来一个警察。韩利想起自己几个小时前刚见过他，但此时他浑身带着伤，两只手臂都被纱布缠着，他的脸上青一块紫一块的，还有小的伤口在流着血，腿上的裤子也破了几个洞，有的洞里面还有正在流血的伤口。看着他阴冷着脸，带着满身的嗜血气息一点一点地逼近，韩利和李武、刘方文一时间惊骇得忘了反应。

路彦提着枪,一瘸一拐地走到路虎车前,他伸出带血的手,拿着枪往路虎车车头上一放。看着车里的韩利,他的嘴角扯出一丝微笑。

"我们又见面了。"

第二十章　10:00 最佳跑路

- 1 -

上午 10 点，市立医院的手术室里，陈英的手术正在进行。李菁站在手术室的门外，他面墙而立，把额头抵在墙上，一想到英子差点没有了肾，也从此没了脾，他不敢想象日后的生活里英子因为这个会遇到哪些苦难，他觉得自己根本不敢面对英子手术醒来后的脸。

半个小时前，李菁拨通了英子父母的电话交代了英子的情况，电话里并没有预想中的怒火，英子的父母只是匆匆忙忙问了地址后，就连忙坐大巴车向临江城的市立医院赶来了。英子的老家是在一个紧挨着临江城的县城里，到达临江城只要一个小时的车程。李菁看了看手表，他想着，到时候有他们，照顾英子的事情也就没有什么好担心的了，需要担心的，就只是钱而已。

英子的治疗还需要很多钱，需要很多很多钱。李菁清楚英子家的条件，他知道这笔钱会让她的父母很是为难。刚刚自己还有一大包钱，可是却被那些强盗毁掉了，不知道警察能不能帮自己追回来。被韩利骗走的那几十万要回来希望渺茫，也不知道警察能不能帮自己追回。现在的自己，身无分文，一贫如洗。

钱，钱，钱，一想到钱李菁就止不住地苦笑。赵钱说得一点没错，人真是干什么都需要钱，干什么都绕不开钱。该上哪儿弄来那一大笔钱呢？李菁攥紧了拳头，越想越苦涩，越想越愤怒。李菁想，自己能不能就这么一拳打到墙壁上，把自己的拳头打碎了，那样自己或许就能感受到英子肾脾碎裂的十分之一的痛苦了吧？李菁猛地对着白漆刷的墙壁狠狠地打了几拳，越打心中的怒火就燃烧得越旺。他在心里咆哮着，接着又打了几拳，那涌出来的血溅到了墙上，拳头上混合着血和泪，血糊糊一片。

李菁突然很后悔，他后悔自己为什么没有在"德诚"的休息室把那把匕首捅向韩利的胸口，如果当时自己能让韩利咽了气，他肯定不能再让英子受伤了，英子也不会有任何的残缺了。

这个想法的出现是如此的自然而然，自然得让李菁自己都没有吃惊，但突然间，十年前那两个哥哥对自己说过的话又回到耳边，十年来，无数次的午夜梦回，那个夏天的画面总是在不经意间反复钻进李菁的心头。一股难以挣脱的锥心痛楚汹涌袭来，李菁双手撑墙，弓着身子，像蛮牛一样脑袋对着墙壁"轰轰轰"地撞着，他在心里怒吼着，使出全身力气撞着那墙壁，他的鼻血被甩到地上，散成血花。

仇恨的怒火攫住了李菁，李菁没有抗拒，反而冲进怒火让火焰焚尽全身。他拼命地撞击着墙壁，他能感受到那种头部传来的彻骨疼痛，但他又从那种疼痛中获得了恶狠狠的快感。李菁想，那么多人都被社会改变了，凭什么就我不能被社会改变？对这么大的社会来说，我算什么？我根本什么都不算。就算我被社会改变了，有人在乎吗？

房子、工作、金钱、爱情，我一个都保护不了，想死那是不可以的，想生那也是不可能的。李菁感觉自己心里长出的那个坚硬厚实、尖锐冰冷的东西在飞快地长大，枝蔓长遍了全身。他知道自己已经在心里挖了一个很深的坑，把过去的那个自己直接硬生生地扔进去狠狠地活埋。他听到过去的自己在土里发出痛苦的哀号，但是现在的自己还是头也不回地离开、远去。

韩利，你掠夺走了我的钱，打伤我的英子，凭什么我就该尝着你给我的这么多痛苦？是的，韩利，我不能跟你比，所以下地狱的只能是我不能是你。可是我不想下地狱，就算我真的下地狱，至少我也要拉着你一起。

"你怎么了？"赵钱的声音打断李菁的思绪，李菁从狂怒中抬起头，他看到赵钱手里拿着一纸单子，正站在走廊上的不远处看着自己。

- 2 -

上午10点多，北山区郊外的荒野上，雪花飘飘洒洒，李武瞪着路彦，他和副驾驶座上的刘方文一起从胸前的西服口袋缓缓掏出了匕首，那是他们为此次行动准备的，他们既是司机也是韩利的保镖，韩利对他俩一直不错，这个时候他们愿意不顾一切保护韩利顺利到达目的地。

漫天大雪拍打在路彦的身上，他看着李武、刘方文凶狠的眼神和他们举起来的匕首，不禁咧开嘴笑了，他把自己的枪放在路虎车的车头上，冲着车里三人大声喊道："放下武器！"

看着路彦赤手空拳地警告，李武、刘方文还有韩利都不由得一愣，一时忘记了反应，路彦斩钉截铁地说道："你的定位被追踪，你的聊天被窃听，一个小时前，有人告诉我关于你的行动和位置，我怀疑这个人跟连环杀人案有关。如果你就这么带着窃听器潜逃，你迟早也有危险的。"

韩利彻底愣了，如果自己真的被人窃听了，那么即使自己逃亡国外也是不安全的。他盯着路彦的表情想判断这番话的真假，这个姓路的警察是怎么知道自己的位置的？他又为什么一个人前来？路彦的话虽然很难让人相信，但韩利发现这竟然是这两个问题唯一合理的解释。

李武和刘方文举着刀，紧张地看着韩利，韩利盯着路彦，阴着脸对李武和刘方文摆了摆手，两人会意，护着韩利从车上走了下来。见路彦没有拿枪，李武一个箭步上前把匕首架到路彦的脖子上，刘方文则快速地拿起了车头上路彦那把枪，指着路彦。

李武在一旁焦急说道："韩总，这人纯粹就是胡编乱造，我们还是抓紧时间赶紧解决了他吧。"

"别拿那把枪了，它早就没有子弹了。"路彦冲刘方文微微一笑，又扭头看向韩利，"昨天晚上，你和金茜聊到你要出国的事情，金茜追问你出国多长时间，你却支支吾吾地说不出口，这些都是'审判者'窃听到的，他的小弟被我抓了，我因此得知你一直处于被他窃听的状态。"

"这怎么可能？"韩利不敢置信。

"这个手机，上面的软件有你路虎车的位置。"路彦举起手中的手机，韩利拿过来看了看，顿时脸色大变，连忙把那手机放进自己路虎车的后备箱里锁住了。

雪越下越大了，风在呼啸，空旷的郊外马路上，路彦盯着韩利的动作，他的眉头疏散了。

"谢谢你告诉我这件事情，要不然我真有不小的麻烦。"韩利抬起头，看着路彦彬彬有礼地笑了起来，"但是我要走了，所以我要……"

"所以你要卸磨杀驴了吗？"路彦平静地说道。

"对不起，路警官，你不会真的以为你一个人来，就想让我跟你回去吧？"韩利那礼貌的笑容渐渐邪异起来，"按照我原本的计划，此时我不应该在这里了。"

韩利话音刚落，刘方文的匕首和李武的一起抵在路彦的脖子上，韩利转过身，背对着路彦走向另一个方向，他挥挥手，李武、刘方文会意，两人押着路彦朝一旁的农田里走去……

"那个追踪并窃听你还把你的行踪告诉我的人，他是你亲近的人，否则他根本没有能力窃听你那么久。"路彦直视韩利的背影，面对着死亡威胁坦然自若地说道，"那个人想让警方截住你，希望你死，你就不想知道他是谁？你就不想知道他还了解你多少秘密吗？"

韩利缓缓转回身看着路彦的眼睛："这跟你有关系吗？"

"我来找你就是想调查出那个人的，告诉我关于他的信息，我帮你除掉这个心腹大患。"

韩利看着路彦瞳孔紧缩了下："谢谢你的好意，不过我自己会处理的。"

"你不是他的对手，要不然我也不会站在这里了。"路彦肯定地说道，"我只管刑事犯罪，你如果有经济问题那也不归我管，我这次行动后面也没有警力支援。你把我想要的线索告诉我，我马上就可以放你走。"

"你不觉得你的理由太可笑了吗？"韩利轻蔑地笑了，"那个人告诉你我的位置和行动就成了刑事犯罪？所以你就要逮捕他？"

"韩总！别跟他废话了，马上解决了他吧！我们赶时间啊！"李武在一旁焦急地喊道。

"过去的24小时里，想弄死你的人不是我们，而是那个连环杀人案的制造者——'审判者'，还有你那个保镖穆青峰。穆青峰联系我告诉我你正在出逃，可见他追踪了你并且跟'审判者'一样都希望你死。"路彦不再卖关子，单刀直入道，"而且我有确切的消息说'审判者'窃听了你，能神不知鬼不觉地窃听你，这个人跟你关系绝对不一般。所以，我想你这个保镖跟'审判者'又是什么关系？他们跟你又有什么联系呢？"

听到路彦的话，风雪中韩利的身影不由得怔住了。

市立医院手术室门外的走廊上,赵钱看着李菁脸上挂满泪水,鼻孔正在流血,他惊愕地走到李菁身边,还不待他接着开口,李菁开口问道。

"我上哪儿可以找到韩利?"

赵钱眉头一皱:"你要找他干吗?找他算账?"

李菁没有说话,鼻孔深处发出"嗯"的一声。

"现在还要去找他,你疯了?"赵钱摇摇头,他叹了口气接着说道,"之前你求我不要杀他,你说你要去找他先要钱,我怎么说你都不听,后来你要到钱了吗?"

李菁低下了头,沉默不言。

"你把事情想得太简单了,跟文明人讲文明的逻辑,但是跟他这样的强盗,你只能讲强盗的逻辑。"赵钱无奈地摇摇头,他拍了拍李菁的肩膀,把手上的缴费单递给李菁转移话题道,"初步的一些费用我刚刚替你交过了。"

李菁接过那张缴费单默默地看了一会儿,他抬起头看着赵钱:"那你能帮我找到韩利吗?"

"非要找他?"赵钱顿了顿,"你还想像上次那样被警察逮去吗?"

"我问你,如果我起诉韩利雇人打伤英子,要求赔偿我们500万,能成功吗?"

赵钱皱眉想了想道:"很难。第一,那些大爷大妈虽然是韩利派手下鼓动过来的,但动手打人是他们的自主行为,很难在法律上让韩利承担全部的责任。第二,韩利会有很厉害的律师为他辩护。第三,500万的数字有些大。"

李菁咬着牙,像韩利这样的成功人士,身边聚齐了一帮人帮助他,有很多律师和保镖在帮他保护着他的财产。自己一介平民,没有背景无依无靠,该怎么从他手里要回属于自己的钱?李菁一拳打向墙壁:"韩利本来就欠我28万,我得把这个钱要回来。英子的手术和休养恢复的钱起码要几十万,没了脾伤了肾,以后生活、工作都会受到重大影响,以人生几十年时间来算,这个伤害大到无法估量,总的算起来韩利赔我们500万根本不算什么。"

"好吧……可是韩利马上人都要去国外了,你找谁打官司?"

"既然打官司没用而且也来不及了,那我现在就需要找到他。"李菁咬牙切齿道,"帮我找到他好吗?"

"你想找他要赔偿?"

"何止要赔偿?他对英子作的恶我要全部还给他。"

李菁的声音坚定如铁,赵钱看着他的身上泛起一阵惊人的寒意。顿了顿,赵钱叹了口气:"罢了,其实我现在也不知道韩利在哪里,但是我知道有个办法可以找到他。"

"什么办法?"

"你知道金茜吧?可以先把金茜控制住,控制住金茜就可以威胁韩利拿钱过来找她。"

李菁皱皱眉头:"不能直接找韩利吗?"

"韩利是有保镖的,几个小时前被你袭击过现在更是保镖不离身了,你就算直接找到他又能怎么样?难道你以为你还能打得过那些保镖不成?你控制住金茜,韩利才会主动来找你,才有可能听你的吩咐,拿钱跟你换人。"

"好吧。"李菁一番犹豫又咬咬牙道,"可是我也找不到金茜啊!"

"我知道她在哪儿。"

"真的?"

"真的。而且她现在没有防范,控制住她就能收拾得了韩利,放心,韩利一定会去救金茜的。"

"你确定?"

"当然确定。"赵钱脸上抹上一股神秘的笑容,"因为……金茜是他唯一的软肋。"

- 4 -

北山区的郊外荒野上,路彦和韩利针锋相对,路彦话说完,他看到韩利瞪大了眼睛,脸上闪过一丝恍然。

"那个'审判者'已经制造了好几起谋杀案,并且也试图杀过你,我追查了他一整夜，感觉他就近在眼前了。"路彦叹了口气，"我需要通过这个穆青峰去找到'审判者'。我想，他是你的保镖，你应该有办法找到他吧？交代出他的事情，这里我就放过你。"

"哈哈哈！"韩利突然忍不住狂笑了起来，平时彬彬有礼的样子像是虚伪的外皮一样瞬间被撕破，他笑弯了腰，脸仰视着天空，看着雪花落在自己的脸上，"说实话路警官，我真的很佩服你的自信，你明明刀架在脖子上，还能对我说答应你的条件你就放过我……哈哈哈……"

"人们经常用狂笑来掩饰自己内心的慌张。"路彦镇定自若地向韩利说道，"帮我抓住'审判者'和穆青峰吧，你不是他们的对手，这样下去，你肯定会被他们所害。"

韩利阴着脸，没有说话，漫漫大雪中，路彦和他对峙着，时间好像在此凝固了，突然，空气中猛地响起一阵铃声。李武和刘方文的手机反常地同时响了，韩利愣了，他走上前捡起了那个落在地上的手机，看着那屏幕上的内容不由得怔住了。他不敢相信一般走上前，打开路虎车上那个密封盒子，重新拿出了自己的手机，他盯着自己的手机屏幕，双手不禁微微颤抖起来。

路彦见韩利的反应，也想上前一步看看手机里到底是什么，不料一旁的李武和刘方文连忙将他按倒在地："不准动！"

韩利抬起头，难以置信地看向李武和刘方文，他的嘴唇在微颤："他……他把金茜绑架了……"

刚刚制止住路彦的李武和刘方文抬起头看向韩利，他们一头雾水："谁？是谁？"

"我说过了，你不是他的对手。"路彦在刘方文和李武的身下挣扎地探起头，他看着韩利庆幸地挤出一丝笑容道，"你是斗不过他的。"

雪呼呼地下着，韩利盯着路彦恶狠狠地说："放开他！我们回去救人！"

"放开他？我们不走了？"李武急了。

"韩总啊！不能为了一个女人把自己的前途搭进去啊！"刘方文直跺脚。

"我说放开他！"韩利忍不住猛地咆哮一声，平时斯文儒雅的脸上布满青筋，满是狰狞。

李武和刘方文无奈地放开路彦，路彦挣扎着从地上爬起来，他查看着被李武、刘方文压得又流血不止的伤口，大雪里一阵静默后，韩利盯着路彦一阵思索后开口了："交易吧，我告诉你关于穆青峰的事情，你放我走然后帮我去救出金茜。"

路彦笑笑："这么看得起我？你直接报警别的警察也能救。"

"就是因为我不能报警，所以我才需要你。"

"那好，敌人的敌人就是朋友。"路彦笑着朝韩利走去，他伸出手，"现在，我们是朋友了。"

- 5 -

宁汇区市立医院，李菁终于等到了英子的父母，把英子父母接到病房外后，李菁心中一块石头落地。英子父母没有对李菁发火，只是对治疗的费用感到有些为难。记下英子父母的银行卡号后，李菁起身离开。

有英子父母在，照顾英子的事情就不用担心了。现在关键的是，如何筹到治疗的费用。李菁思索着，他走出大楼，看着雪花纷纷而下，在雪地的尽头，一身黑色风衣的赵钱正等着自己。李菁抬头看向天空，看着那像芦花一般柔美的雪撒在自己的脸上，他却觉得这无尽的温柔和浪漫，都似是遥远到另一个世界的事情了。

李菁一阵沉默穿过雪地，赵钱带着李菁走到他的别克 SUV 前停下，李菁开口问道："你换车了？"

赵钱点点头，坦然地轻声道："自从你在'德诚'办公室失联后，我觉得再开那辆丰田车就很危险了。"

李菁点点头，人性确实经受不住考验，赵钱换车是无可厚非的。想了想，他开口道："这辆车可否借我？"

"行啊！"赵钱伸手放到别克车门把手上，他再次上下打量了下李菁，"不过你可考虑清楚了？走出那一步，你就再也回不了头了。"

李菁没有急着回答，他再次抬头看向天空，任由一片片雪花落到自己的脸上。其实李菁听天气预报说最冷的时节已经过去了，但是他没想到现在比之前更冷，现在有一种寒冷刺穿了他的肌肤，侵入他心脾，直透他骨髓，然后在身体里慢慢扩散，最后连他的血液都凝固了。当感觉血液都凝固后，李菁已经有点分不清自己是人还是行尸走肉了。

"都这么久了，你不也活得好好的吗？"

"那是我的本事，不是你的本事。"

"那就把你的本事教给我。"

茫茫大雪中，两人相视无言。片刻之后，赵钱把车门拉开，带着李菁坐上车，一阵寻找，赵钱拿出了后排的一个黑箱子，掏出里面的东西对李菁一一介绍着。

"金茜呢，现在正在韩利的别墅里休息。她不拍片的时候会吃点安眠的东西帮助睡眠，她昨晚回去得很晚，卸妆洗澡基本要弄到凌晨4点左右才休息，所以今天她大概会睡到中午甚至下午。就算她醒来了也没关系，今天她休息，没有工作安排，她的助理和经纪人不会来找她，别墅里就她一个人，你带着工具去找她很安全。这辆别克车是韩利保镖的车，你开着它进去，小区的安保人员认得它，不会说什么。"

听着赵钱的描述，李菁脑海里不禁浮现出金茜那光彩照人的样子，他盯着赵钱的手表道："我看到金茜也在你的审判名单上，跟前面那几个人比，她有那么坏吗？"

"韩利是以恶为名的坏，金茜则是以爱为名的坏。这个世上没有无缘无故的爱，也没有无缘无故的恶。作为明星，金茜受到了那么多人的爱，她就应该对自己的言行负责，要对得起这份爱。但是她辜负了这份爱，她伤害那些爱她信任她的人，从这一点上讲，她该上我的审判名单。"

"也确实。"李菁仰起脖子，看向漫天飞舞的大雪喃喃道，"不是她代言了'长寿'理财，英子和我很可能不知道它，我们很可能就买了其他理财。某种意义上讲，她是一切的开始。"

赵钱顿了顿，他继续介绍进入别墅的方法以及绑住金茜后去往的地址。

"我调查金茜很长一段时间了，也准备了很久。这些工具给你。"赵钱平静说道，他从驾驶座位下掏出一把黑色手枪，李菁认得那并不是赵钱之前拿出来的那把假枪。

"你这枪不是之前那把假枪？"李菁顿了顿，还是开口问道。

"这把不是我那假枪,这是现在公安通用的92式手枪,我从一个被我击晕的警察身上拿到的。"赵钱顿了顿说,"把它给你是为了以防万一,但我还是想说,不到万不得已你千万不要使用这个。"

赵钱让李菁坐在了别克车的驾驶座上,然后平静地开始指导李菁如何使用这把枪,李菁机械地点点头,他伸出手,把枪握在了手中。一瞬间,李菁感到了满满的掌控感,那种关乎权与力的掌握感,那种他从未拥有过的掌控感。

可是跟着那掌控感之后紧接而来的是罪恶感,李菁垂下手臂又垂下头,他低声:"我不想把她怎么样,可以吗?"

"当然可以。你用金茜达到你的目的后,想怎么处置她都行。"赵钱看了看手表的时间,他平静地说,"我还有两个目标,既然你要替我完成一个,那我就去做最后一个了。"

"最后那一个'审判'?"李菁想了想,眼前猛然浮现那审判名单上的最后一个名字"赵钱",他很快反应过来,连忙追问道,"你要做什么?"

"还是那句话,死亡是最伟大的平等,也是最伟大的自由。"赵钱跳下车,看向四周的雪景,"与其苟且地活,不如痛快地死。我已经做了我生命中最有意义的事情,现在我已经死而无憾了。"

李菁不禁一怔,原来自己想的没错,赵钱所谓第七个'审判'其实就是杀他自己。

"你……"李菁刚要开口,就被赵钱挥手打断:"你不要再劝我了,反正我也没几年可活的了,与其被抓去吃牢饭不如自己给自己一个痛快。"

李菁张开的嘴巴又无奈地闭了回去,赵钱站在车外,伸手拍了拍坐在车里的李菁的肩膀:"此生能够相遇,已经是相当大的缘分了……这辈子我们都太苦了,希望下辈子我们都能好好的吧。"

赵钱的话让李菁不禁红了眼眶,李菁还想说点什么,突然不远处的街道传来了警车的警笛声,李菁猛地一惊,扭头看向赵钱,只见他皱起眉头,正看着警笛声传来的方向,然后猛地帮李菁关上车门:"这辆车是韩利保镖的车,你开着它快走!"

李菁还想再跟赵钱说些什么,但时间已经不允许他再过多停留。李菁被迫踩下油门,朝医院门外开去。那警笛声已经越来越近,李菁驾驶车从警车边擦过，他忍不住看了一眼后视镜，赵钱还站在雪地里看着自己，也许，这一别就是永别了吧。李菁想着，要不是有那些作恶的人，自己会成这样吗？伤感被怒火顶替，复仇的火焰席卷着他的心头，他猛地踩下油门，别克车呼啸着朝远方而去。

赵钱站在原地，他看到两辆警车正呼啸地穿过风雪，朝着市立医院大楼奔来。而李菁驾驶的那辆别克车在漫漫大雪中与两辆警车擦身而过，驶向远方。看着那别克车在视线里越来越小，逐渐消失不见，赵钱脸上不禁浮现出一丝微笑。

"都结束了吧……"赵钱缓缓抬起手臂，伸出食指中指又竖起大拇指，并出一个手枪的形状，对准自己的右边太阳穴，接着，他微笑地抬起头，仰望着满天芦花一般柔美的雪沉声道。

"'审判者'赵钱，以'审判'为生，靠'裁决'而活。暴戾恣睢，滥杀无辜；狼顾鸢视，作恶多端！我现在'审判'我'七宗罪'之'嫉妒'！裁决地点市立医院，裁决死刑！"

他抬起手指，对着自己的太阳穴做出了个开枪的手势，随着轻轻地"啪"的一声，他张开四肢，任身体倒在了雪地里。

第二十一章 11:00 灵魂至暗

- 1 -

上午 11 点，北山区的荒野上，大雪纷飞，路彦的警车车门紧闭，韩利和路彦并肩坐在警车后排，刘方文和李武守在警车外警惕地张望。

"有人在我身边安装窃听器还窃听我这么久，我真不知道这人是谁，谁能做到这一点……除了这几个保镖之外，一些朋友和公司里的一些高管甚至那些女人们都是可以做到的……"韩利努力平复着呼吸说道，"但我今天的行程，除了刘方文和李武之外，就只有一个人知道……"

"你的保镖穆青峰？"

"对！"

"是他告诉了我你的消息，他为什么那么希望你被逮住？"

"我不知道……"韩利疲惫地托了托额头，"我真没想到他会背叛我……"

路彦皱皱眉头："那么问题来了，穆青峰跟'审判者'有什么联系呢？他会不会就是制造了连环杀人案的'审判者'？"

韩利摇摇头："这不太可能吧……"

"这么笃定？"路彦盯着韩利，"告诉我关于穆青峰的一切。"

"他就是我的一个保镖……"韩利欲言又止，摇摇头，"他不太可能是这个连环杀人犯……"

见韩利不想多说，路彦决定换个方向："现在绑架金茜的是穆青峰？"

"那个人没说他是谁，但我知道肯定是穆青峰，刚刚我一收到短信就知道了。昨晚金茜在我那个房子里休息的，这件事情只有我和他们三个保镖知道。那个房子的安保系统当初是穆青峰推荐我要的，他知道怎么进那个门……"韩利一脸苦涩，满是痛苦，"路警官，你一定要帮我救出金茜。"

"穆青峰绑架金茜干什么？要钱吗？"

韩利痛苦地抓着头发，他把刘方文的手机递给路彦道："他说让我带着钱去找他，报警的话金茜就必死无疑……地址他会在随后的信息里告诉我，我现在打金茜手机已经联系不上了……"

路彦看着手机里的短信，同样是一条用代理软件发来的信息，他不禁陷入了疑惑，穆青峰这个时候抓住金茜是为什么？为了钱？想了想，路彦伸手去掏腰间的手机："我联系市局，马上出动人去营救金茜。"

韩利连忙伸手，将路彦握住手机的手按住："不能！穆青峰不好对付，警察大部队出动他肯定会察觉到，到时候金茜就凶多吉少了！你答应我的！就你一个人去！穿便衣！"

"那你告诉我关于穆青峰的一切，还有他和你之间的一切。我要听实话，要不然我不可能赢他。"

"穆青峰……他的爸爸穆青山就是我爸爸的保镖，他爸爸跟了我们家几十年，小时候我被人绑架过还是他爸爸穆青山给救下来的。我们家和他们家都想让他继续做我的保镖，以前还把他送到南美委内瑞拉的猎人学校学习……"

"那个很有名的特种兵训练中心？"

"对的。"

"他什么年龄？做你保镖多少年了？"

"他四十，比我大三岁，七年前做我保镖的。"

"在那之前他在做什么？"

"做什么？"韩利不禁皱皱眉头，"他猎人学校毕业后在国内待了几年，然后来找我说要做保镖的，那几年他在做什么我没怎么具体问，他自己说就是做一些小本生意去了。"

"身高？相貌？"

"身高比你高，他大概有一米九。"韩利顿了顿，"照片没有，他从不拍照。"

"那他外貌上有没有什么特征？"

"特征，没有吧……对了，额头上有块疤。"

"什么？"路彦一阵恍然，看来这个穆青峰就是塞钱给卡迪斯酒吧那两个托的人，也就是那些黑衣人的"老大"。如此看来，穆青峰肯定是熟知"审判者"的计划的，他们是什么关系？

路彦往身后座椅上一靠，他不禁沉思起来：身高，年近四十，特种兵学习出身，除了额头上有疤痕这个特点……赵钱的身份是假的，"审判者"会不会就是穆青峰伪装出来的呢？

"那个狗屁'审判者'不可能是穆青峰。"韩利沉声道,"就在你们说连环杀人案要找我头上时,穆青峰就在我公司里,跟在我后面。"

路彦点点头,看来穆青峰和"审判者"赵钱是两个人,他们多半是同伙的关系。想到这儿,路彦追问道:"你认识那个'审判者'吗?"

"不认识。"

"韩利啊韩利,事到如今还不肯跟我说实话吗?我知道你经济上有问题,可能想潜逃出国,但让我感到奇怪的是,几个小时前你刚刚遭到攻击,公司大楼被人用车撞了,按理说你还有一屁股的事情要处理,为什么现在急着要走呢?"路彦靠在车座上悠悠地说道,"就在几个小时前,我在赵钱的车库碰到一群来找他麻烦的打手,那群人是你'德诚'经常雇用的,他们对我全都交代了,你不仅知道'审判者'赵钱的住处,还给了他一笔钱,你给他钱做什么?你又是为什么要恼羞成怒地找人去抓他?"

韩利面色铁青,一声不吭。

"穆青峰告诉我你出逃了,他希望我抓住你,"路彦顿了顿接着说道,他的语速越来越快,"很明显,他不想让你活着,但这个人为什么要借助警方的力量?你跟他有什么彻骨的仇恨?"

韩利犹豫了下开口道:"其实告诉你也没什么,前段时间,我希望穆青峰帮我介绍黑道上的一个人处理点事情,你知道我做生意这么多年,各种江湖风险都遇到过,什么怪人也都遇到过,有时候要白道出面,有时候也需要社会边缘人士出面威慑下。所以,穆青峰就给我大力推荐了什么狗屁'审判者'。"

"哼,你总算承认你雇用了赵钱。"路彦冷笑道,"所以那些找赵钱麻烦的打手也是你雇用的对吗?"

"'赵钱'是谁?我让穆青峰去对接那个'审判者',我没接触过,不知道他叫什么。"韩利疲惫地摆摆手,"我平时事情那么忙,这种三教九流的人我哪有兴趣管那么多,我都是让穆青峰去办的,这次派点人去教训那个'审判者',也是穆青峰一手安排的。"

路彦看韩利的样子不像是说谎,顿了顿追问道:"你雇用'审判者'做什么?"

"生意场有些对手他们不择手段,也容易碰上不顾一切的刁民,这个时候就需要不怕死的人出马恐吓一下。"

"哈哈，真的只是恐吓一下吗？"

"你乱猜什么？我雇那个神经病还能干什么？"

"当然是雇他来杀人啊！"

"笑话，我虽说做过一些打法律擦边球的事情，但杀人我绝不会碰的！这是我们家的家训！"

"都这个时候还'家训'……哈哈哈……"路彦忍不住大笑起来，他努力地控制住自己的笑容，"'杀人'……如果你'杀'的是你自己呢？"

韩利愣了愣，随即笑了笑："我要真想死的话，自杀就是，何必请别人动手？"

"哈哈哈！因为你不是真想自杀，你是真想跑路啊！"路彦盯着韩利那张笑容凝固了的脸，一字一句地说道，"而'死亡'，就是最高级别的跑路。"

- 2 -

上午 11 点多，浦航区的漫天大雪里，李菁停下了别克 SUV，他戴着墨镜茫然地看向大雪中的那个别墅小区。此刻，这个城市里的一切似乎都在受着大雪的"审判"，暴风雪像是个无情的"判官"，一片片雪花，利刃似的，雪漫不经心地倾轧着街道和房屋，尽情蹂躏着整个世界。暴风雪中，整个世界再无从前的温情，有的只是冷漠。

李菁呆呆地开着车来到那个别墅小区的门口，在防护栏前面久久停留。

"你没卡吗？你干什么的？"别墅小区的门卫开口问李菁。

李菁沉默着没有说话，心脏"咚咚咚"地狂跳不止。

"你干什么的？"门卫神情严肃起来。

"韩利……韩总的保镖！"李菁心脏怦怦直跳，他紧攥着方向盘，准备拨动方向盘掉头的时候，忽然听到门卫旁边的收音机传来新闻播报的声音："紧急通报一条新闻，临江城北山区刚发生一件严重的袭警事件，在押的犯罪嫌疑人李某逃离现场，现向广大市民征集李某的行踪线索，欢迎广大市民朋友积极举报，对举报成功者，警方予以 10 万元奖励……"

李菁觉得浑身上下冰冷彻骨，他收回转动方向盘的手，在包里一番搜索掏出门卡。见到他有门卡，又见他开着确实是韩总保镖的车，保安赶紧闭上了嘴。

李菁开着车慢慢地进入小区。这小区都是别墅，此时的大雪里看不到一个人，显得有些荒凉。李菁把车停在韩利别墅门前，别墅门前的树在暴风雪里缩着脖子，往日里靓丽的房子也在此时披上了白色的囚服。李菁跳下来，走到韩利别墅的门前，他看到门上面长长的花雕木纹，不知道为什么，突然想起了母亲经常做的臊子面。猛地，一阵疼痛再次爬上他的心头。

要这么做吗？要这么做吗？

李菁盯着别墅的大门，突然觉得心里猛地沉下一块大石。他不停地搓着手，踌躇不定地来回走动，考虑要不要上前打开那扇门，额头上的汗不自觉地渗出，心里像是酱、醋、油瓶打翻了一样，各种滋味淹没心头。

举报自己竟然都能拿到10万块钱。既然这样，要不然让英子的父母来举报自己，让他们拿这10万块钱，给英子治病吧……李菁想着，这个世界真是残酷，那些强大的人，他们已经拥有很多了，可是世界偏偏还要给他们更多；弱小的自己，世界连自己仅有的那点东西都要拿走。怎么办？难道自己还有的选择吗？

李菁想起父亲在酷热的夏天里劳作的样子，想起母亲坐在烛火边缝制衣服的样子。他想起这几年自己辛辛苦苦敲键盘写代码的样子，想起自己和英子加班回家倒在沙发上累得不想说话的样子。

李菁闭上眼睛。

这世道，钱太重要了，想过没钱的生活，那是不可能的，连基本的生存都不可能。想过有钱的生活，那是不可以的，像韩利这样的王八蛋时刻都在跟自己说着不可以。

遇见韩利这样的人后，转眼间，我也就跟着变成了我曾经不敢想象的那种人，但是那又怎样？这个世界上那么多人都被时间改变了，凭什么我可以是例外？那么多人都被世界改变了，凭什么就我不想被世界改变？

赵钱说得不错，一命二运三风水，四积阴德五读书。当我没有出生在"罗马"的时候，想要到"罗马"去，不仅没有找到自己去"罗马"的那条路，确实还走到了那些带着坑和墙的路上去了。难道说人生不是许多选择叠加后导致的偶然，它真的都是"命"主导下的必然？可是我不信命、不服命，也不从命。如果我今天遭遇的一切不幸都是"命"主导下的必然，那我偏偏就要逆天改命。

自己被韩利骗走了许多钱，而英子手术还需要很多钱，真的不能再等了，真的不能再等了。

李菁睁开眼睛。

他返回车上，把要带上的工具统一放到一个拎包里，接着他给自己戴上帽子和口罩。全副武装之后，他再次走下车，静静地走向韩利的别墅。

- 3 -

北山区，天空中的雪花纷纷扬扬，把广阔的天空和无垠的大地连接起来，一望无际的荒野农田上，此时都覆盖住了一层雪白。路彦的警车里，路彦和韩利面对面坐着，气氛剑拔弩张。

"我一直在想前几个被'审判者'杀掉的人身份都比较模糊，为什么你作为'审判者'第五个目标的身份却如此清晰真实？又是为什么偏偏你没有死？"路彦盯着韩利沉声道，"你的经济问题被经侦大队盯上之后，我想你没有哪一天睡得好吧？你无时无刻地想逃跑去国外，可是你又担心在机场就被警方抓住，你不时听到那些人即使逃到美国也被'猎狐行动'抓了回来，所以你要找个能安全逃走还能不被抓回来的万全之策是吗？

"'审判者'杀的那几个人，把头和指纹都去掉了，我们一时半会儿很难确定他们的身份，而我们查到的那些死者的身份，竟然还是假的。这个'赵钱'的身份也是假的，是'审判者'盗用来的，可见这个'审判者'伪造身份和隐藏身份的能力很强，他制造出假的身份，是可以暂时掩盖那个真实身份的。我猜你是想让'审判者'伪造你韩利的死亡，当警方和全世界都以为你死了的时候，你偷偷换成另一个身份逃到国外去，这就是你的如意算盘对吧？

"虽然这种做法太冒险，也太容易被人识破了，但是毕竟你跑路只需要十个小时。这个骗局只要持续几个小时不被人识破，对你来说也就够了。"看着韩利渐渐黑下来的脸色，路彦继续开口道，"可是你把我们想得太简单了，也把'审判者'想得太简单了。不知道什么原因，他并没有按照你的吩咐来行事。那个'审判者'，他制造出一个连环杀人案后还跑来真的袭击你，所以你就很生气，然后你就让穆青峰找来一些打手去找那个'审判者'算账对吗？

"但是你也被他耍了，告知我你出逃信息的穆青峰，可能和'审判者'是一伙的，也可能就是同一个人。正是他们追踪并且窃听了你。"路彦盯着韩利道，"所以我有极大的把握说，穆青峰背叛了你。"

沉默良久，韩利终于开口道："这都是猜测，你没有证据。"

"没有证据不要紧，只要我们找到那个'审判者'一切就水落石出了。"

"找到证据又能怎样呢？难道我有罪吗？"韩利一开始脸上的惊骇渐渐退散了，他重新恢复了风度和微笑，"听着……我没让那个家伙杀人，我只是让他假装杀了我，至于怎么操作那是他的事情。更何况，他也没有按照我的吩咐来做，我不知道为什么他要跑去制造一个连环杀人案，我也不知道他为什么还弄了一个毛头小子来真的袭击我，我全都不知道。"

路彦盯着韩利："你真的什么都不知道吗？"

"我真的什么都不知道。"韩利无辜地摇摇头，"你的推理全都是对的，去找'赵钱'麻烦的那些黑衣人确实是我找的，因为'赵钱'这个人先惹了我，所以我才派人去报复他一下的。"

"所以你觉得你无罪？"

"路警官，就算我雇用'赵钱'杀我自己有罪，可你们总不能拿一个未发生的事情来判我有罪吧？"

路彦皱皱眉头："你让那些黑衣人帮你要回你给'赵钱'的那笔钱？你给了他多少钱？"

韩利微笑着摇摇头："只是一点小钱而已，我又不傻，随便来个人都能让我出大钱？找他那也只是我众多的方案之一，但遇到骗子也是没办法，不过骗我他会付出代价的。"

"怎么找到'赵钱'和穆青峰？"

"我要是知道怎么找到那个'赵钱'，他现在早就被我逮住了。"

"那我想你肯定有办法找到穆青峰的。"路彦死死盯着韩利，"而且我想你也很想救金茜。"

"我们做个交易吧。"韩利眼里闪过一丝阴狠,"我告诉你怎么找到穆青峰,你去帮我把金茜救出来,你不能通知其他警察,就你一个人!"

"没问题!"路彦爽快地答应了。

顿了顿,韩利盯着路彦开口道:"穆青峰的老婆和孩子都正被我的人照顾着,他们在宁汇区中延路100号,这是穆青峰老婆娘家的老房子,我想这会儿,穆青峰应该发现他联系不上他老婆孩子了吧……"

"好!"路彦正要追问金茜在哪儿,忽然刘方文从外面猛地拉开了车门大喊道:"韩总,好像又有警车来了!"

韩利猛地钻出车来,他跟刘方文、李武站在荒野上,对着公路远处看去,大雪模糊了视线,但那个方向还是传来隐约的警笛声。

"你不是说警方完全不知道你的行动吗?你不是答应我说交代了'赵钱'的事情你就放我走吗?"韩利又惊又怒地看着车里的路彦道。

路彦靠在车座上,他费力地跷起带着血洞的腿,悠然自得道:"我确实答应你交代了'审判者'的事情就放你走,可是你这不是没有完全交代吗?"

"你!你骗我!"韩利一阵气急,一时说不出话来。

"韩总!别跟这畜生废话了,赶紧处理了他吧!"李武猛地拉开另一边的车门,冷冰冰的匕首重新架到路彦的脖子上。

"韩利,我想你明白,经济犯罪只是判多少年的问题。"路彦处乱不惊,他抬起头看着韩利微笑着,"而杀警察,肯定就是死刑噢!"

"你到底要做什么?我从来没惹过你!"韩利双脚跺地,一阵抓狂,"你是刑警,不管经济方面的案子,放过我好吗?"

"我去过波士顿,麻省理工和哈佛都在查尔斯河北岸,两个学校相隔很近,你真在哈佛读过硕士的话,你不可能在听我说麻省理工在查尔斯河南边而毫无反应。"路彦盯着韩利道,"除了学历,你还有很多东西都是假的吧?弄个假的哈佛学历,造个假的华尔街从业经验,然后在纽约时代广场打打广告,包装成'商业领袖'的模样,骗女人骗大爷大妈骗全天下!"

路彦说完,韩利一脸阴沉,沉默不语,他没想到路彦第一次和他见面时就给他在话里设了套。路彦缓和了语气:"假的就是假的,永远成不了真的,那些假东西迟早都会在法律下暴露出来。就算跑又能跑到哪儿呢?韩利,认清现实，放弃吧。"

"放弃？别开玩笑了好吗？"

"唉！何必呢？金茜到底在哪儿？我们要去救她。"

远处的警笛声越来越近，韩利脸上一阵抽搐，一时间他陷入了挣扎，猛地，他像是下定了决心道："金茜我自己去救！你还是先保住你自己的小命吧！"

韩利说罢，不再理会路彦，他焦急地看向李武、刘方文："我们马上走！"

李武把刀抵在路彦的脖子上，接着伸手用力把路彦从警车上拖拽出来，路彦没有反抗，他站在原地，看着那两辆警车已经开到很近的马路上了。

"刘方文你来开车！"韩利吩咐道，却发现刘方文并没有动，他扭头看向刘方文，发现刘方文视死如归地迎着风雪。

"韩总，你自己把路虎车开走吧，我们要留下帮你拖下时间。"刘方文轻轻说道，说罢便钻进路彦的警车里，发动警车掉转方向，凶猛地朝追击而来的警车冲去。

"你？"韩利一阵无奈，但还是快速地钻进路虎车，他发动车朝马路的前方飞快地行驶而去。路彦想阻止，但李武的刀就架在他的喉咙上，路彦没有办法，只能眼睁睁地看着韩利开着路虎车在视线里越来越小。

另一边，追赶的两辆警车很快就到了，其中一辆警车正要加速追赶韩利的那辆路虎车，但刘方文驾着警车不畏死地撞向了它，那辆警车连忙掉转方向努力避开，一时间追击被打断了。

"停车！否则我就一刀捅死这个警察！"李武则把刀架在路彦脖子上冲着警车怒吼道。

两辆警车都停了下来，警察们冲了上来。面对警察"放下刀"的怒喝，李武毫无畏惧地架着匕首，刘方文则从警车上跳下来，高举着路彦没有子弹的枪威胁着警察们，但很快，冲来上的警察制伏了他们俩。李武肩膀中枪，血溅到路彦的脸上，路彦抹掉脸上的血，挣扎地看着韩利驾车消失的方向，尽管刘方文和李武的垂死挣扎只耽误了警方一分多钟，但是已经让韩利驾驶的那辆路虎车彻底消失在视线里了。

- 4 -

　　李菁推开门在门口怔了怔，接着走了进去，一切都很安静。房子里开着中央空调，恒温恒湿，李菁感受到空气里传来的一阵温暖。李菁心里忍不住有些忐忑，赵钱说这别墅现在除了金茜没别人，这是真的吗？

　　然而李菁确实没有听到有人发出声响，时间一长，李菁的胆子也渐渐大了起来，他左右打量，很快就熟悉了整栋别墅的户型布局。

　　确认这栋房子里除了金茜就没有别人后，李菁坚定决心，他朝着主卧室走了过去，卧室的门没有关死，微微掩住的，李菁蹑手蹑脚走到微掩的门前，透过门缝朝里面看去，卧室里因为窗帘被拉上所以光线暗淡，一时难以看清里面的人和物。

　　李菁屏住呼吸仔细听着，门里面传来睡觉的均匀呼吸声。那就是金茜了吧？李菁踌躇着，房间里弥漫着清新的香气，隔着门缝依然清晰可闻。借助门外射入的光线，李菁渐渐地看清，卧室里那人睡觉时随着呼吸一起一伏的身体曲线凹凸有致，分明是一位女性。

　　李菁深吸一口气然后屏住呼吸，他伸出右手放到门上，正要推开它的前一刻，他猛地怔住了。李菁知道这只手推下去后，一切就都木已成舟。踌躇间，李菁脑海里闪过好多画面，也突然再一次闪出路彦和张霖的脸。李菁猛地想起张霖曾经对他说过的那些话，他也想起自己上大学在文学比赛里拿奖时路彦坐在下面看着自己微笑的表情。十年来，无数次的午夜梦回，他脑海里老是出现那两个人的音容笑貌，但在此时此刻，李菁恍惚地想起，似乎那已经是上辈子的事情了。

　　李菁右手放在门上没有发力，他的左手一把死死地捏紧了挎包，他不禁陷入撕扯和挣扎：

　　哥，后来我才知道，这个社会，金钱是衡量一切也是定义一切的标准。拥有金钱的人，才有放弃金钱追求别的东西的权利，没钱的我，没有这个权利。

　　哥，后来我才知道，这个世界，真的太不公平了，卑鄙者用卑鄙通行天下，崇高者只能独守着崇高的墓志铭。我固守的东西被那些不择手段的人反复摧残，我不想被欺负一生然后躺在坟墓里去享受那崇高的墓志铭。

哥，后来我才知道，这个社会，人都有着自己的处世原则，可是人为自己争取利益，又是根本的根本。当我以前的原则已经无法为自己争取到利益的时候，原谅我作为凡夫俗子没有力量去撼动这根本的根本，我能撼动的，只能是自己的原则。

哥，你们是好人，你们是真的好人。只是我的此生，已经没有了资格再做你们那样的好人。

真的对不起。

李菁放在门上的手发力，推开了面前的那道门。接着，他融进黑暗中。

- 5 -

北山区的郊外，路彦脸上带着血迹在原地，刑警们把受伤倒地痛苦呻吟的李武和刘方文带上了警车，接着送回了市区。路彦则被萧瑶带到另一辆警车上稍作休息，他接过两瓶矿泉水清洗掉了脸上的血污。路彦看了看自己浑身上下破损严重的衣服，裤子的破洞里，小腿正往外渗着血。

片刻的喘息时间里，路彦突然发觉自己已经伤痕累累，身体处处都有些疼。几个小时的生死肉搏后，肚子里空无一物，饥饿带来的巨大的无力感攫住了他，他衰弱地躺靠在后座上："饿死还是痛死，这是个艰难的选择。"

"要死也别做个饿死鬼！"萧瑶打开车门，坐了进来，神不知鬼不觉地从身后拿出包子、馒头和一杯豆浆。

"啊！"路彦两眼直放光，他像是跟馒头有着深仇大恨似的，一把夺过馒头后就生猛地啃了起来，使出浑身力气以最快的速度把馒头咽下去。

"慢点慢点，抓人可以猛，吃东西没有必要这么猛！"萧瑶平静地打量着路彦身上的破损伤口，眼神里闪过一丝不忍，她忍不住伸出手，轻轻拍了拍路彦的后背，帮他下咽。

路彦脖子上青筋四起，面色通红，与此同时，两块馒头被他生猛地吞咽下去了。路彦寻思着，虽然让韩利跑掉了，但这一趟还是收获颇丰的，不仅验证了自己的推理，也从韩利这里得到了追查穆青峰的信息。想了想，路彦又给自己嘴里塞进一块馒头,他含糊不清地说道:"好吃……"

一整天的奔波之后,两人得到了一个难得的喘息时间。萧瑶连忙也掏出了几个包子,吃得不亦乐乎,这份平日里自己很难瞧上的食物,此时吃到嘴里只觉得一阵香味四溢,唇齿留香。她一边细细品味,一边开口问向路彦:"怎么样,拦住韩利问到了什么没?"

路彦使劲咬着馒头道:"韩利通过保镖穆青峰雇用'赵钱'为自己做事,在'赵钱'没有按照他吩咐做事后又雇了一批打手去报复他。有意思的是,我竟然收到韩利的保镖穆青峰送来的手机和里面的短信,他告知了我韩利的位置,这不是借我的手去收拾韩利吗?"

萧瑶皱起眉头,问道:"你是觉得穆青峰跟'审判者'有联系?"

路彦把堆积在喉咙里的馒头恶狠狠地咽了下去,他觉得食物在填平些自己的郁闷后,又为自己接下来的反击提供了能量,他感觉一股暖流在全身上下散开,身体在恢复着力量。顿了顿,路彦沉声道:"韩利说了,'审判者'是穆青峰介绍给韩利的,现在穆青峰追踪了韩利,'赵钱'窃听了韩利,怎么这么巧?"

萧瑶一阵恍然,她连忙说道:"对了,你提醒我们重点查的'易趣'游戏公司,这家公司特别有意思,两年前它因非法吸纳公众存款被一家叫'金领'的游戏公司举报了,而这家'金领'游戏公司竟然也起诉易趣侵犯了他们的知识产权,'易趣'游戏公司被罚了很多钱,被迫破产关门了,而这个公司当时的法人赵钱也被警方带去问过话,但有意思的是,他根本就跟'易趣'的日常经营没关系,公司的实际创办者和经营人是另外一个人……"

"找别人来做企业的法人代表?"路彦一怔,这是有些人开公司用的套路,"那'易趣'的实际经营人是谁?叫什么?"

"他叫何金明……"

"那个妻女被杀的何金明?"路彦一阵恍然,"这个何金明知道自己做的是违法的生意,所以找别人来做法人给自己顶包!"

"对,就是他!我猜的也是这样,当然法律也没这么好骗,这个何金明被逮到后,遭到巨额罚款后又被判刑三年,但因为表现好获得减刑,在三个月前被放了出来。"

何金明那个妻女被杀的事情是真的吗？也有可能有着蹊跷。路彦细想萧瑶的话，好多线索在脑中连成一条线，那团迷雾在渐渐解开中，他顿了顿问道："那个'金领'公司跟德诚集团有关系吗？它有没有'德诚'的股份？"

"这个我们详细查过了，'金领'跟'德诚'在股权方面是没有关系的，它的创始人和法人代表在去年申请了公司破产，那人的联系方式有变动，我们现在一时半会儿也还没能联系上他。"

"竟然这样……"路彦有些失望，他想再吃点东西，却发现几个馒头都已经被他吃得一干二净，他皱起眉头，"秦队抓到那个开大货车的赵钱是怎么回事？他跟'易趣'的企业法人赵钱是什么关系？"

"他就是'易趣'的法人代表赵钱，在不久前的审问中，他已经交代了，何金明跟他认识很久了，并且给了他一笔钱让他做自己的企业法人代表，到目前为止他只承认了这个。"萧瑶顿了顿，眼神变得犀利无比，"但我猜他交代的车牌被人偷了十有八九也是假的，八成就是他收了钱再亲手给那个'审判者'的，'审判者'需要用他的身份给自己打掩护，而他本人也愿意给'审判者'打掩护。"

"这么说的话……"路彦把豆浆包装撕开，倒在嘴里一口气喝掉了。接着，他舔了舔嘴唇，忍不住冷笑起来："'审判者'的真面目，不就要呼之欲出了吗？"

萧瑶不置可否，她没有就这个话题继续聊下去，而是问向路彦道："甄关西和李菁失踪了，你知道吗？"

路彦的冷笑凝固了："怎么回事？"

"我们厅里同事赶到市立医院的时候，那里已经没有李菁和甄关西了，他们不知道去哪儿了。那里确实有个叫陈英的病人正在做手术，陪护在病房外的是陈英的父母，他们对李菁和甄关西去哪儿了一无所知。"

"陈英的父母？"路彦皱眉道，他一时想不出所以然来，只是心里突然涌起一阵深深的不安，猛地，路彦又觉得有些不对劲，"不对啊！甄关西没有联系省厅同事们跟他一起去抓李菁吗？"

"同事们从始至终都没有接到甄关西的电话，他应该是一个人去医院抓李菁的。"

"他在干什么？"路彦忍不住捶了一下车座气道，"这个混账家伙！我再三叮嘱他一定要和同事们一起去抓李菁的！"

"你平时查案的时候总是有很多自己的想法，这个甄关西跟了你是不是也耳濡目染了？这还不到一天时间，他就变得不喜欢听前辈们的话了……"萧瑶摊摊手，"你看，有时候自我想法太多了不是好事对吧？"

路彦愣了一会儿，他不由十指并掌掩住了脸，声音里满是苦涩："甄关西在赵钱车库救我的时候，挺随机应变的，我以为他能处理好抓李菁这件事情……我错了，我想我也许害了他……"

"路彦，你知道你最大的问题是什么吗？"萧瑶给路彦递了张纸巾，郑重地说道，"你总是容易把身边的人想的都跟你一样。你不喜欢骗人，也就把李菁想得也不会骗人。你能处理好去医院追查的任务，所以你以为甄关西也能处理好。路彦，人跟人真的是很不一样的，所以我觉得你对甄关西还有李菁的信任，都是值得商榷的。"

听着萧瑶的话，一阵深深的愧疚和不安爬上路彦的心头。消失的李菁、消失的甄关西、疯狂跑路的韩利、神秘的"审判者"，这纷繁复杂的谜题到底该如何厘清？李菁的消失，他是被迫还是主动的？甄关西又遇到什么样的危险？

"你也别太自责担心。"看到路彦很是失落，萧瑶拍拍他的肩膀，"我在甄关西身上放了追踪器，我马上就和同事们按照追踪器的定位去找他。"

路彦稍稍安下心来，他点点头，看向车窗外。萧瑶开口问道："接下来你要怎么行动？"

"不管穆青峰是不是就是'审判者'本人，他至少都和'审判者'有着千丝万缕的联系，我现在要先通过他找到'审判者'。"还不待萧瑶追问，路彦打开车门走出警车，拨通了秦纬手机说道，"秦队，我要跟你申请一件事情！"

"什么事情？"秦纬一听到路彦有请求就头疼起来。

路彦顿了顿，他悄声跟秦纬说了完整的计划，并补充道："只有这样，我们才能以最快的速度抓到'审判者'。"

"你竟然知道提前申请，难得啊！"听完路彦的讲述，秦纬苦笑着，"这件事情会不会太危险？"

"没办法，"路彦看向韩利逃走的方向，他咬咬牙齿，"不入虎穴，焉得虎子。"

第二十二章　12:00 真相大白

- 1 -

宁汇区的中延路是一条老街，中午 12 点，雪花飘飘洒洒，中延路的青石板路上已经堆了厚厚的一层白衣，平日里热闹的商家此时在大雪中也人迹稀寥。穆青峰大步从雪地里踏过，他冲到一个老房子前，破门而入。

穆青峰站在客厅门口朝里面看去，只见房间各种杂物胡乱散了一地，花瓶被打碎在地，地上还有着丝丝血迹，这个房间里像是刚刚发生过一场打斗。见到此景穆青峰不由心神一颤，他扭过头又看到，客厅中央沙发上，躺着两个穿着黑色皮夹克手拿大棒的男人，两人的脸上也都有着不同程度的伤口，看起来是刚刚经历了一场激烈的打斗，其中一人皮肤黝黑、满脸是血，看着尤为狰狞。两人见有人冲进来，连忙从沙发上起身。

"我老婆孩子呢？你们把他们怎么了？"穆青峰看着两人朝自己举起了手中的大棒，他捏紧拳头追问道。

那个满脸是血的恶汉开口道："终于等到你了！哈哈！老实跟我们走一趟吧！"

"是韩利让你们来等我的？"穆青峰看着那人皱起眉头，他觉得有些奇怪，韩利是从哪儿找来这些蛮不讲理的狠角色的？顿了顿，他看向那满脸血的恶汉问道："你叫什么？"

"老子叫严平！"那严平说罢就挥着大棒朝穆青峰扑来，穆青峰敏捷地一个避让，又接上一脚将严平踹回到沙发上。

"这点三脚猫功夫还想找我过招？"穆青峰冷笑着，另一个皮夹克男子也冲了上来，他同样一脚将其踢倒。穆青峰追问道，"你又是哪里来的家伙？"

那人没有开口说话，他胆子明显没有严平大，他从地上爬起来后拿着大棒看着穆青峰就不敢上前了。

见他不敢上前，穆青峰接着上前一步，制止住严平再次冲过来的身体，再伸出手掐住他的脖子道："说！我老婆孩子在哪儿？"

"哈哈，早就被我们收拾一顿转移了，韩总说你窃听了他还追踪了他，还把他的位置发给警察通知警察去抓他，你觉得他会轻易放过你吗？"严平狞笑道。

"什么？根本没有的事！"穆青峰脸上闪过一丝愤怒，"你再胡说八道！我废了你！"

"警察都说是你联系他们的，要不然你以为为什么要把你老婆孩子一阵毒打再带走？等着吧，韩总说不会让他们好过的！"严平笑容异常狰狞，"你有本事就杀了我俩，杀了我们你就永远不知道你老婆孩子在哪里了！"

"一阵毒打？"穆青峰气极，但又无可奈何，他放开严平，顿了顿接着问道，"韩利我现在联系不上他，你们有什么法子能联系上他？我想跟他解释这件事情。"

严平冷笑一声，他看了看一旁的同伴："想解释？也行，让我和吴进把你绑着带回去，在韩总面前磕几个头再解释吧！"

"做梦！"穆青峰顿了顿，他再也忍不住怒火朝严平和吴进冲去，"今天我就把你们都逮回去，打到你们交代出我老婆孩子在哪儿为止！"

两个恶汉都低估了穆青峰的拳脚功夫，带着怒火的穆青峰犹如猛虎下山一般，很快就把严平和吴进打倒在地。见不是穆青峰对手，趁穆青峰打倒严平的时候，吴进冲到窗子边破窗而出，接着在雪地里朝远方落荒而逃，穆青峰想追上去，不料严平又冲上来缠住了他。

穆青峰猛地挥出一拳打到严平脑袋上，严平惨叫一声跌倒在地，整个人昏迷了过去。穆青峰追到窗边朝外看去，那个吴进已经消失在雪地里。

穆青峰气得转回身，看着晕倒在地的严平，他蹲下身对严平一阵搜身，发现他身上没有武器也没有手机，根本就找不到有关自己老婆孩子的线索。

顿了顿，穆青峰一阵无奈地在房间里找来一根绳子将严平团团捆住，再把他拖着带出了房子，扔在自己的大众 SUV 后座上。然后穆青峰掏出手机拨打出一个电话，电话那头接通了后他怒喝道："怎么回事？韩利怎么觉得是我窃听追踪了他？"

电话那头的人没有说话，穆青峰继续追问道："韩利怎么会觉得是我告诉了警方出逃的行踪？你让我给警察的那个手机是不是有问题？"

电话那头的人开口承认道："是的，我是以你的名义跟警方说了韩利的行踪。"

"你这个畜生!你这么做可知道是什么后果?我老婆孩子被韩利的人劫走了知道不知道?"

"怎么回事?"

"我把他们原本安顿在中延路的老房子这里,现在他们不见了,只剩韩利的两个打手在这儿,有一个被我逮了,身上什么线索都找不到……"穆青峰气得语速飞快,但是他话没说完就被电话那头的人打断了。

"这件事情恐怕没你想的那么简单……"

"怎么没我想的那么简单?"

"这样吧,你把你逮住的那个打手带到我这里来。看看情况,我们一起想办法。"

电话那头说完就挂断了电话,穆青峰愣了一下,只好无奈地发动大众车,朝宁汇区的小巫山上开去。

小巫山位于宁汇区的最南端,高度不高,上山坡度比较缓,穆青峰驾驶的速度很快,不一会儿,他便开着车来到山腰上一个坡度较缓的观景台处,此时的观景台掩盖在一片茫茫大雪中,上面一片雪白,杳无人烟。观景台的身后,孤零零地矗立着一座水泥房。穆青峰把车停在水泥房门前,接着把五花大绑的严平从后座里扛出来,带进了水泥房的客厅。

"扑通"一声,穆青峰把严平扔在地上,接着朝屋子里怒气冲冲地大喊:"'赵钱'!你给老子出来!"

然而屋子里并没有声音回应他,穆青峰忍不住追着怒吼道:"何金明!你给老子滚出来!"

但是屋子里仍然是静悄悄的没有人回应,穆青峰忍不住环视着整个房子,见客厅中央位置摆放着一张木制方桌,周身围着几条长椅,客厅角落里摆放着一个烧煤的炉子,此时一个水壶正在炉子上烧着,一股黄酒的酒香从那个水壶里溢出,在客厅里飘荡着。穆青峰又怒吼了一声:"你再不出来,我就把你这儿全掀了啊!"

"大喊大叫什么啊?"一个中年男子的声音从侧屋里传来,片刻之后,有个人从侧屋里慢吞吞地走了出来,他双手背在身后,看了看地上的严平愣了愣,"这人就你说的打手?"

穆青峰没有回答问题,而是瞪着何金明怒喝道:"我问你,你为什么要以我的名义联系警察,告诉他们韩利的位置?"

"没办法。"何金明爽快地承认了,"再不让警察去抓他,韩利就要跑到国外了。"

穆青峰比何金明身材高大,长相粗犷且更加健壮,他咄咄逼人地走到何金明的面前:"你可知道我老婆孩子被韩利的人控制了?你这么做,不是把我一家人往火坑推吗?"

"这我还真不知道。抱歉,我只能以你的身份去联系警方,这样警方才会相信,因为一般来说只有你才有能力窃听和追踪韩利。"

"你这个畜生!"穆青峰猛地揪起何金明的衣领怒喝道,他又伸脚踢了下躺在地上的严平,"韩利听警察说我背叛了他,就派人把我老婆孩子都给逮走了,我赶去救,却只抓住这个小喽啰!你说现在该怎么办?"

"你放心,该给你的钱我一分也不会少你的。"被揪住衣领,何金明依然冷静地慢悠悠的说道。

穆青峰顿时火冒三丈,他气得唾沫横飞:"这不是钱的事!这是我老婆孩子命的事!"

"你放心吧,你老婆孩子都被警察救走了,怎么会有事呢?"

"被警察救走了?"穆青峰不敢置信地瞪着何金明,"你在胡乱说些什么?"

"韩利自己现在都焦头烂额了,哪还有工夫去找你老婆孩子麻烦?"何金明说着,又看向地上的严平冷冷一笑,"我的警官先生,你还要眯着眼睛偷听多久啊?"

穆青峰惊呆了,何金明拍打掉他揪住自己衣领的双手,在穆青峰不敢置信的目光中,何金明走上前在严平身边蹲下,帮他解开了他身上的绳子。

"不愧是'审判者',我是怎么露出马脚了?"见已经被戳穿,路彦也不再伪装,他急忙从地上爬了起来,看向面前这人。自己眼前这人身高一米八出头,三十六七岁的模样,面色苍白,额头很宽阔,鼻梁高挺,下巴上蓄了胡须。他穿着黑皮鞋、黑裤和黑色大风衣,一身黑显得很是扎眼。

看着路彦，何金明一脸平静，他没有丝毫慌张道："虽然你给自己的脸涂黑了，还抹上了血，但我还是能大概认出你。你忘了？在吉祥酒店对面的商业广场天台口，我们不是还近距离地见过一面的吗？"

路彦点点头，他上下打量着眼前人，冷笑道："终于又见到你了。我是该叫你'审判者'呢，还是'赵钱'呢，或是'陈达'抑或'何金明'？"

"名字只是一个称呼而已，你怎么叫都行。"何金明微微一笑。

看着眼前这"审判者"淡定从容的微笑，路彦心里又不禁升起一阵不祥的预感，为什么他这个杀人犯见到自己一个警察还毫不慌张？还帮自己解开绳子？难道说他有把握不让自己活着离开？路彦扫了扫"审判者"和穆青峰，心里给自己打着气，真动起手来，带伤的自己虽然不是他们两个人的对手，但是他们想杀人灭口也没那么容易。

路彦寻思着，站在两人一旁的穆青峰则忍不住了，他急着大声问道："你们警察把我老婆孩子带走了？带到哪儿去了？"

"想知道吗？帮我逮了他，我就带你去见你家人。"路彦挤出笑容，自己身上带伤面对两个犯罪分子，他只能想办法先争取一个。果然，穆青峰扭头看向何金明，眼睛里多了些异样。

"你急啥急啊？你老婆孩子之前在韩利的人手里，但后来被警察救走了，警察再假扮成打手等着你自投罗网呢。"何金明拍拍穆青峰的肩膀看向路彦，"他们警察还能把你老婆孩子怎么样？他们又不是犯罪分子。"

穆青峰眼中的异样消失了，路彦不禁无奈地摇摇头，这个穆青峰虽然人高马大会打架，但是智商完全被何金明碾轧，被何金明控制也就不奇怪了。

何金明走到火炉边，拿起已经烧开的水壶又走到桌前，悠然自得地给桌子上三个酒杯都倒满了酒："你放心吧，我们能为达到目的不择手段，他们警察不能。这也就是为什么他们有时会输给我们的原因。"

路彦端详着何金明，这人跟自己差不多高，身材不是很健壮，面色苍白显得有些虚弱，但是路彦看着他轻松随意倒酒的模样，却猛地感觉他浑身上下涌出一股危险的气息，路彦心里不禁蹦出个直觉——这人是自己遇见过的最难对付的凶手！

顿了顿，见何金明和穆青峰一时也没有动手的意思，路彦干脆走到一旁的水池边，把自己脸上的化妆品和一摊血迹一齐洗掉。路彦又看了看一旁的穆青峰，他身材高大额头上一块刀疤异常醒目，路彦想了想道："那些黑衣打手的老大就是你吧，在浦航区的车库里，我脸被盖住了，是你走过来给我的那个手机？打开后，我发现里面录音自称他是穆青峰，并告诉我韩利出逃的轨迹。"

穆青峰点点头，一脸懊悔："是我。那个手机是何金明让我转给你们警察的，早知道我就该先看看里面是什么东西。"

路彦点点头，如此说来一切也都能解释通了。何金明悠然自得喝着酒，又把剩下两杯递给穆青峰和路彦，看着路彦皱着眉头没有接过酒，何金明摊摊手："其实我在这里，就是等你们警察来的。刚才青峰给我打电话时，说到这个情况，我就猜很可能是警方设的局。你放心，我不会在这酒里下毒的，你有什么疑问，我都建议你先喝杯酒暖暖身子，再慢慢来。"

路彦接过酒放到一边地上，心里不由震惊：这个何金明说自己在这里等警察，这是什么意思？八成是他被警方逮到后说的大话吧？自己的袜子里是藏着追踪器的，同事不久就会追到这里，既然眼前这两人不急着对自己动手，那么不管是要拖延时间还是要找出真相，有些问题都必须查清楚了。

顿了顿，路彦单刀直入地问道："我一直想不明白，你做这一切到底是为了什么？"

"我做过很多事情，你问的是哪一件？"

"你跟李菁说你杀人是为了'正义'除掉那些恶人，你真的会让自己付出抓住就会被判死刑的危险，就为了代表法律惩罚那些法律惩罚不了的坏人？"

"为什么不呢？"何金明保持着微笑。

"你撒谎还要撒多久？"路彦冷声道，"在卡迪斯酒吧，我们往舞厅厕所、厨房都部署了人，当电路被你切断没有照明的时候，在那个漆黑环境里，你是如何做到避开我们的人走进厕所还将被害人闷不作声地杀害呢？我一直在想，从灯光熄灭到我们的人在女厕门口察觉有人进入，这短短的时间里足够一个人完成杀人再割头吗？"

何金明保持微笑，他又给自己倒了一杯酒一饮而尽，穆青峰则站在一旁阴着脸看着路彦和何金明。路彦见这两人一直没有动手的意思，索性走到方桌边，在长椅上和何金明面对面坐下。

"在吉祥酒店对面的商业广场，我们面对面见过一次，你能跑掉我并不疑惑，我疑惑的是，为什么那个死者崔莉那么巧地在死前会大吵大闹被我们注意，并且再主动消失呢？从她消失到被无人机吊着撞向酒店的玻璃，这之间只有30分钟，这个时间够你杀人再把尸体吊起来吗？当时整条街包括那个商业广场都部署了警察，你是怎么做到神不知鬼不觉把崔莉杀掉再弄到商业广场的天台上的？

"众多的无法理解，让我只能得出一个结论，那就是卡迪斯酒吧女厕的那具尸体，是你提前放在那儿的，而那个商业广场天台上的那具女尸，也是你提前放在那里的。"路彦顿了顿，"这个猜测当初我自己都不敢相信，因为那尸体的尸温和尸斑乍一看也不太像死去多时，但是我又发现了你放在商业广场上和货车里的电热毯，还有你藏在车库里的抗凝血剂，我明白了你的手法，你是用电热毯保护着尸温，并用抗凝血剂延缓尸斑的出现是吗？"

"这……你说得都对……"何金明毫无惧色也毫不吃惊，反而若有所思地打量了下路彦，"还不知道你怎么称呼？"

路彦盯着赵钱的笑容，心中那股不祥的预感更深了，他不由得追问道："你把提前杀死的人的尸体放在那里，再跟我们折腾一番是想做什么？"

"什么也不做啊！就是好玩而已！"何金明张开手臂，拨弄着酒杯，"对了，那个崔莉在死前你们不是见过她吗？怎么能说是我提前杀死她再放天台上的呢？"

"这个也让我费解了很久，在来不及找到更多证据证明的情况下，我只能去做大胆的猜测，我们在吉祥酒店见到那个女人根本就不是死者崔莉，她只是穿着跟崔莉一样的衣服再带着崔莉的身份证而已，她以崔莉的身份主动地在酒店大吵大闹就是让警方注意到她，然后她再主动地消失。后来出现的死者和崔莉穿同样的衣服带着她的身份证，好让警方以为那个死者就是崔莉从而干扰警方的判断。那个假崔莉为什么要这么做，我觉得只能解释为她是你的托。"

何金明端着酒杯，沉着脸喝着酒。路彦则盯着他冷笑道："而我们发现的第一个死者，徐青，她没有职业没有父母没有配偶也没有单位，我们几乎找不到关于她的任何社会关系，而她唯一的熟人徐丽在现场被我们找到做了笔录，但是很快她竟然又失联了？这都是巧合吗？一开始我还以为徐丽也是被你杀害了，但转念一想她的消失应该也是她主动的消失，所以说她应该也是你的托。"路彦顿了顿接着说道，"而你找来这两个托，就是为了在警方面前证实徐青和崔莉的假身份是真的对吗？"

"假身份？"

"那两位女性死者根本不是徐青和崔莉！不仅如此，'职业小三徐青'和'赌场庄家崔莉'这两个身份也是你伪造出来的假身份！"

"你怎么知道是假的？"

路彦冷笑一声："何止她们俩？第二个死者我们已经找到他那丢失的脑袋了，他根本就不是你说的什么'老赖薛龙'！"

"你们已经找到了？"何金明和穆青峰交换了一个眼神，他追问着路彦，"那你们找到那个脑袋的时候，有没有发生什么比较有趣的事情？"

"有趣的事情？"路彦眉头一皱，不知道何金明葫芦里卖的什么药，来不及细问太多，路彦继续道，"第三个死者郭大年也根本不是拉皮条的！我们联系上了他的家人，郭大年就是本市的一个卖水果的小贩罢了。虽然我们还没有找到四个死者的全部真实身份，但是以此类推，他们诸如'小三''老赖''皮条客''赌场庄家'这些身份都极有可能全是你伪造出来的。"

"请注意你的措辞啊！我可没有伪造什么身份啊！"何金明无辜地耸耸肩膀，"你所说的徐青、薛龙、郭大年、崔莉他们是什么恶人和我有什么关系？"

"难道他们不是你伪造的身份吗？"

"我只跟李菁说过关于他们的一些故事，但是那跟你们警方有什么关系呢？我可从没有对警方编造过什么谎言啊！你们为什么要把我跟李菁小朋友说的每一个故事都当真呢？"

"什么？"路彦一阵愤怒，但是仔细一想，何金明的话竟然没有什么破绽。心中那不祥的预感更强烈了，路彦不禁追问道，"既然那几个死者的身份是假的，那他们的真实身份是什么？"

何金明收起了笑容，他一脸平静地说："这得麻烦你们去找了，我又不是全知全能的神！"

"你跟李菁说，你做'审判者'要处决那些逃脱法律惩罚的恶人给芸芸众生一个'训诫'，真是可笑，你连死者的身份都是编造的，还好意思说自己除去恶人给众生'训诫'？你还说你处决掉那些不择手段打破人类平等天平，有助于把公平还给人类？你跟李菁说你是癌症晚期，也是骗人的吧，一个癌症晚期的人，哪还能折腾这么多事情来？"路彦止不住地冷笑，"你这个无耻之徒，你费这么大劲制造出这么多骗局，到底是想做什么？"

"做什么？我什么都没做啊！"何金明瞪大眼睛，一脸无奈地说道，"那些话是我跟李菁说的，又不是我跟警方说的，你们不能因为我在李菁面前编个故事就要把我抓起来吧？"

"在李菁面前编个故事？"路彦皱紧眉头，他的大脑飞快地思索着，他感觉到自己的思路在飞快地拓开，他不禁想到这个何金明一个可能的动机，"你把那些尸体提前放在那里，然后故意带上李菁去假装犯罪，你编个故事对李菁说你是惩处恶人的'审判者'，好让李菁心甘情愿地跟着你，然后让警方在现场发现李菁，并且找到李菁留在那些尸体边的指纹和脚印，从而完成对李菁的栽赃对吗？你所做的这一切，都是为了把杀人罪名诬陷给李菁对不对？"

何金明抬起头，看着路彦，他用酒杯遮挡了半张脸，有些心虚地笑笑："你真的是很有想象力。"

"我们在卡迪斯酒吧女厕隔间门上、锁上、尸体上发现的那些指纹，还有在假徐青身上发现的那个指纹，和假薛龙身上发现的指纹，它们跟李菁的指纹都是完全匹配的。"路彦顿了顿，"我们很多人都以为这就是李菁犯罪的证据，直到我在你的车库里，发现硅胶、固化液、纳米指纹膜型胶那些东西，我才明白是怎么回事，它们是你来制造指纹模型的对吧？

"你很早就认识了李菁，你早就收集了李菁的指纹还有脚印，你把李菁的指纹制作成了一个硅胶指纹模型，然后把李菁的指纹留在那些尸体和现场上完成你的栽赃对吗？"

何金明没说话，他喝着酒，带着意味深长的笑容看着桌子对面的路彦和穆青峰。而穆青峰则静坐一旁，阴沉着脸看着两人。

"我们在徐青死亡现场发现的脚印和在卡迪斯酒吧女厕发现的脚印，提取后发现是身高178至181厘米，体重77到79公斤的健壮男子，李菁的身高体重正好就在这个区间里。另外，现场发现的鞋印纹路正是李菁脚上的那双鞋印出来的，印纹百分之百吻合。

"在吉祥酒店，你和李菁伪装成警察，你让李菁带着不知道是什么的仪器来到吉祥酒店503房间，不就是想让警方在犯罪现场发现他吗？你根本没走进吉祥酒店的走廊，而卡迪斯酒吧的监控你又特意避开，所以监控摄像头里只拍到一个无辜的李菁。"

一边说着，路彦一边忍不住起身，他在房间里踱步徘徊，他的语速越来越快。

"很长时间里我都不明白，凶手在尸体现场留下录音说会连杀七人，还把有些谋杀的地点和时间告诉了警方，为什么他要如此嚣张猖狂地邀请警方加入他的游戏？如果真想杀人偷偷去杀了不就好了，为什么要冒着跟一群警察斗智斗勇的危险去犯罪？难道真是为了炫耀自己的作案手法，真的是为了嘲笑戏弄警方？凶手肯定明白，如果在这些地点不慎被抓，那等待他的会是什么。所以我觉得为了炫耀和戏弄，你是不可能会让自己付出这么大的代价，你之前愿意冒这么大危险跟警方玩这个游戏，是因为这样，能把罪名完美栽赃给那个跟着你一路来回奔走的李菁，对吗？

"指纹、脚印、监控录像都把嫌疑指向了李菁，还让警方在现场看到了李菁。你为了设下这个局，不惜花钱让李菁跟着你在好几个藏尸地点来回地跑，你还留下一些'七宗罪'的卡片，还找来托拿着喇叭播放《启示录》上的一些话，一路上你用'七宗罪'和《启示录》还有'审判者'的名头来给自己的行为神秘化'正义'化，依此来对警方和李菁掩盖你的真实动机是吗？"

"哈哈哈！"何金明突然大笑起来，"警官真的好有想象力，我听得都入迷了。"

"你不承认也没关系，现在我们已经抓到你了，等待你的是什么你自己心里清楚！"路彦瞪着何金明道，"虽然还不知道你杀那四个死者的动机是什么，但是只要我们查到他们的真实身份迟早会弄清你的杀人动机的。"

何金明无辜地笑笑："我不明白，我一没杀人，二没犯罪，等待我的能是什么？"

"嗯？"路彦眉头一紧，赵钱这么说到底是什么意思，难道说……

"噢，忘了告诉你那四名死者是怎么来的了，第一名死者叫徐英，她在昨天上午的时候在市立医院里因为脑肿瘤去世了。她的家属很伤心，但是还是很情愿地把她的尸体转卖给我，我们签署了协议后，然后我就把尸体带到秦河公园让她回归大自然了。"

"因为脑肿瘤去世？"路彦不敢置信瞪大眼睛，法医在那具尸体上没找到明显的致死伤后，不由得怀疑是被人投毒致死的。法医于是重点解剖的是那尸体的胃部，尤其重点检查她的胃里看看有没有毒物，没想到死因却出现在那个从未出现的尸体脑袋里！

但是这个何金明说的是真话吗？路彦怀疑地看向他，何金明迅速读懂路彦眼中的意思。他起身走进内屋，很快又拿着一堆材料返回了，他将手中那叠材料递给路彦："那第二具、第三具、第四具尸体都是死于脑肿瘤，这是他们几人的诊断报告和死亡证明。"

看到何金明自信满满的样子，路彦不禁陷入惊骇之中，难道说那几个死者竟然都不是何金明杀害的？路彦没有伸手接过那叠材料，只是快速扫了一眼。见路彦没有接，何金明胸有成竹地摆摆手："不管你信不信都没关系，既然你说警方已经找到其中一个死者的脑袋了，那么法医或许已经发现了他们的真实死因了。你要不现在联系法医问问也行。"

路彦震惊得说不出话来，原来在关于凶手为什么必须砍头的问题上，他们推测出了七种可能，而警方推测的七种可能里前面三种竟然全是对的。秦纬觉得割尸体头是为了隐藏杀死死者的手法，何金明确实用隐藏头颅的手法阻止警方快速找到死者死因。而自己认为割头是为了隐藏死者身份和误导死者身份也竟然都是对的，何金明割掉死者的头，成功地隐藏了死者的真实身份并且也制造出了迷惑警方的假身份。难怪何金明不顾一切要割头，它起到了一石三鸟的作用。

路彦回想起20个小时前，那时自己就觉得凶手割头的行为上确实隐藏了很多的秘密。自己和同事猜测了几个凶手割头行为的可能原因，但是一直没有找到定论，这一定程度上阻碍了对案件的侦破。凶手也确实用割头行为让警方觉得凶手对死者有着极大愤怒，或是配合仪式感需要的行为，这在很大程度上误导了警方办案的思路和查案方向。从这一点上看，何金明割头的作用不止一石三鸟，简直就是一石四鸟！

真相就摆在眼前了，但是路彦隐隐觉得他错过了什么很重要的东西，那东西很重要很重要。路彦忍着心中的惊骇道:"难怪你扬言要在24小时里完成这一切,要是时间再多一点,法医迟早能发现那几具尸体上的问题,你的这些把戏早就被人拆穿了。不过我不明白,既然不是你杀的,那你是在哪儿找到这几个恰好刚死不久的尸体的?"

"十分难以理解吧?我还要告诉你,是他们的家属心甘情愿地把尸体卖给我的。"

"他们怎么可能会把自己亲人……"

"如果我给一大笔钱呢?"

给一大笔钱?路彦忍不住苦笑起来,原来这件事上,还是绕不开"钱"字。这世道,有人为了钱,连亲人的尸体都能卖。

"他们为了治疗亲人的病已经掏空了家底,留着那具已经死了的尸体有什么用?"何金明打断路彦的话,不屑地笑笑,"我有个朋友,是大学里教法医的,他们需要尸体来做解剖材料,如果我买不下来,就由他出面带着一大笔钱去购买再送给我。"

真相揭晓了,但路彦的心也不禁缓缓沉到了谷底,那四个死者竟然都不是何金明杀的!难怪他现在在警察面前如此坦然自若。可是,那他折腾这么一堆事情又是为了什么?

何金明丝毫不在意路彦的惊讶,他兀自继续说道:"我提前就跟他们谈好了,昨天他们一死我和穆青峰就去拿尸体,就像你说的,抗凝血剂电热毯什么的都用上,穆青峰和我再分别开车把尸体放到那些地点。"

"你还砍掉死者的头抹去死者的指纹,你害怕警方通过头和指纹快速找到他们的真实身份!"路彦冷笑道,"当初我们不理解为什么凶手要在死者死后还要割掉他们的头……"

"也能让尸体变得更惨一点嘛……好让你们……"何金明正想说着,忽然闭上了嘴巴。

"也好让我们以为这是死于谋杀的尸体……对吧?哈哈哈……"路彦忍不住地冷笑,"原来你留下那'七宗罪'的卡片和要杀七个人的录音,还自诩一个'审判者'的外号,甚至用上《启示录》里的话,再加上砍掉头,都是为了让这个虚假的连环谋杀变得有仪式感,也更加逼真了,以至于警方真的以为有个疯狂的杀人犯正在杀人，又加上时间紧急，我们都没能来得及弄清那尸体上的蹊跷之处，所以顺着你的设计追查了下去。"

听着路彦如此快速地分析出自己的诡计，何金明略显惊异，他上下打量着路彦道："你反应能力真快。"

"当初我还想着凶手到底是多狂妄，才敢在犯罪地点留下纸片告诉警方他下一个犯罪地点。原来那都是假杀人……"

"留下纸片是很有用的……"

"因为这样可以在24小时的紧急时间里，把警方对刚发生的凶杀案的注意力转移到阻止新谋杀上来，从而让警方来不及查清那些犯罪地点尸体上的疑点，从而也就在短时间里没有看出你的骗局。"路彦摇摇头，止不住地苦笑，其实在卡迪斯酒吧里，他就已经察觉到众多不对劲，怀疑凶手是提前把尸体放在酒吧的，但是那时吉祥酒店又不得不去。那个争分夺秒的情况下，根本就没有足够时间寻找到足够证据来证明自己的猜想。

何金明端着酒杯，一本正经道："没办法，警察有维护社会公共安全的义务嘛，你们又是这么尽职尽责的警察，职业本能已经融入你们的血液里，在那种情况下你们肯定满脑子想的都是赶紧阻止这个凶案。退一步说，就算你当时确定这是假杀人，这么多年的信念和本能，还是会让你快速追着吉祥酒店继续查下去，这样，还是会成就我后面的计划。如果你们是懒散又毫不负责的警察，反而不利于我计划的开展。"

路彦点点头，紧跟着也不禁一阵毛骨悚然，这个何金明对人性的洞悉和操纵，强到令人发指，简直就是个魔鬼。

"你没有杀人，难怪你会让穆青峰随意莽撞地把我带到这里来，难怪你们俩能这么无所畏惧站在这儿陪我说这些……"苦笑间，路彦也明白为什么何金明没对自己动手，何金明根本就没杀人，自然不愿意再袭警给自己加重罪名。

"不错。"何金明点点头，拿起酒杯一饮而尽。

"可是这么说我就更不明白了，如此说来，你根本没有杀人，那你带着李菁跟警方折腾出这一切到底是为了什么？"

何金明又给自己倒了一杯酒，他坐在桌前朝路彦举起酒杯做了一个敬酒的姿势:"我们的生活太无聊了,和朋友做点好玩事情,找点刺激不行吗?"

何金明的解释路彦当然没当回事,他皱紧眉头思索,转眼间就豁然开朗,他不由得弯下了腰,忍不住苦笑起来:"我差点都忘了,虽然前四个目标都是不确定的假身份,但你第五个目标的身份是真实而且确定的!虽然前四个都是死人假装成的谋杀,但是那个大活人是不可能拿来假冒成谋杀的。所以,你所谓的'七宗罪'要'审判'七个人都是一堆假信息,而自始至终,你有且只有一个目标——韩利!"

路彦的话音落地,何金明的酒杯也"啪"的一声跟着落到桌上,一时间,何金明黑着脸沉默着,屋子里一片寂然无声。

- 2 -

"救命啊!"浦航区的韩利别墅里,金茜尖叫着,从床边疯一般冲向卧室门边。

"轰"的一声,李菁大步上前拽住金茜的肩膀,然后猛地一发力把她抓了回来,见李菁的左手在自己的肩膀上,金茜猛地一回头对着那只手咬了一下。

李菁吃痛,猛地把金茜扯到身前,然后用力把她扔到了床上,"砰"的一声,弱不禁风的金茜跌倒在身后的床上。

"再大喊大叫的话,我用的就不是拳头而是这个了!"李菁愤怒地说道,他从挎包里掏出锋利的匕首。

金茜只穿着连体睡裙,她满脸涨红头发凌乱蜷缩在床上,恐惧地看着李菁手中的匕首。整个人的声音都在颤抖:"你……你要做什么?"

"你男朋友韩利骗走了我 28 万,还雇人打伤我女朋友。"李菁一脸狠色,步步逼近床上的金茜,"你说我要做什么?"

"韩利?怎么可能?他怎么可能骗你的钱?"

"你以为他的那些金融理财产品都是什么正经生意吗?我买了他的'长寿'理财,而他马上就要带着我们的投资款逃到国外去了,你以为他说他去国外是去做什么?他是卷我们的钱跑路再也不回来了!"

金茜像是遭到迎面一击,一下子彻底懵了:"这不可能,他不可能……"

李菁冷笑起来："事到临头，你还不相信你富豪男友其实是个骗子吧？"

金茜不敢置信地沉思着，片刻之后，她抬起头看着李菁，尖锐地喊道："就算他骗了你的钱，那跟我有什么关系？"

"闭嘴！要不是因为你给他的'长寿'理财做代言，我女朋友怎么会推荐我来买？你代言这种骗子公司，你和骗子又有什么区别？"

"我天天忙着拍戏，哪有精力和时间去查清楚那些找上门的公司是不是都是合法正规的？"金茜毫不示弱，她生气地反驳道，"我经纪人叫我去，我就去了，我怎么知道他们是骗子公司？我也是被骗的受害者好不好！"

但是李菁丝毫也听不进去了，他气愤地冲床上的金茜扑过去，掏出挎包里的尼龙绳："你都和人家老板处对象了，还说不了解人家公司？"

"我是和他们公司代言合作后，才认识韩利的！"金茜焦急解释道，她慌乱躲向床靠墙的一边，她的睡裙在慌乱中掀了起来，露出了大片旖旎风光，但是李菁已经无暇顾忌许多了，他冲上前将金茜扑倒，坐在她的大腿上把她压在身下，还不待金茜反抗，李菁抄起手中的尼龙绳将金茜的双手手腕放在她的背后绕捆起来。

"你知道我女朋友有多喜欢你吗？正因为她那么喜欢你，我们才买了那个骗子的理财，你把我们所有的希望都毁了！"李菁把金茜死死地压在身下，用绳子捆着她的双手，他咬牙切齿道，"你是不会懂的，你是永远不会懂我们这种人的感受的！"

"求求你放过我好吗？我也是被人骗了！"金茜在李菁的身下求饶道，"他那个钱我可以赔给你！"

李菁顿住了，但马上，他又猛地想起了赵钱说的那句"你难道还能打得过韩利的保镖吗"，随即摇了摇头道："韩利打伤我女朋友，他必须遭到惩罚。"

说罢，李菁从挎包里掏出黑色胶带，取下一截猛地贴在金茜的嘴上，金茜顿时说不出话来，只能徒劳发出"呜呜"声，李菁接着连忙又用尼龙绳把金茜的两只脚也绑到了一起。

做好了一切工作，李菁从金茜身上起身，他看着已经被五花大绑的金茜徒劳地哀求着自己，他不禁皱皱眉头，这是他的第一次，但是这一切比他想象的要简单很多。

接着,李菁从挎包里拿出一个麻袋展开,把五花大绑的金茜抱住扔进了麻袋里,扎好麻袋口后,李菁把麻袋扛在肩膀上快步走出了卧室。

　　冰寒的空气迎面袭来,麻袋里的瘦弱身躯在挣扎扭动着。李菁一声不吭,大步流星地走到车边,把麻袋扔在高大的SUV后座上,接着发动车,别克SUV响起一阵轰鸣后在漫漫大雪里消失了。片刻之后,别墅边响起一阵尖锐的警笛声……

第二十三章　13:00 魔鬼真容

- 1 -

宁汇区小巫山山腰上，时间也不知道过了多久，风呼呼地刮着，雪继续下着。山腰的房子里，路彦层层推理揭开了何金明的目的后，一时安静，半晌无人言语。

最后还是何金明忍不住站了起来打破沉默："既然你都知道了，那我也没啥好说的。"

见何金明直接承认了自己的推测，路彦不禁又回想之前自己和韩利的对话，他看向穆青峰道："韩利说原本安排你去给他找一个人，让那个人制造他假死的事情，好让他逃到国外对吗？"

"你还跟韩利聊了这么多？"穆青峰在一旁开口了，他惊奇地上下打量着路彦，像是第一次认识他。

"哈哈哈……他跟你是这么说的？"何金明笑了笑，"他要'审判者'在短时间里制造一个杀人案，拿别人顶替韩利死掉，并且让警方一时半会儿还发现不了那个尸体不是韩利，这样他真韩利抓住一天的时间趁机逃到国外去。怎么说呢，我觉得这种想法虽然有可行性，但总体上风险还是很大的。"

路彦盯着何金明："韩利也太低估我们警方的侦查能力了吧，他怎么就天真地以为我们不会立即发现那个假尸体不是韩利？"

"他当然知道风险，但是他毕竟只需要一两天时间就能逃到国外，所以他必须冒险。你不在他那个位子上，你不懂他的焦虑，人在一无所有的时候，不害怕任何失去，但是人在拥有了很多之后，就很难承受失去的代价了，这也是人性。"何金明摇摇头道，"韩利坐拥数十亿家产，过着锦衣玉食的生活，他知道他那骗人的商业模式迟早会暴露，但是他不害怕，因为很多他这样的人逃到国外都活得好好的。可是前段时间，他听到优鑫长租公寓的罗守义在国外被'猎狐行动'抓了回来，就无法淡定了。再加上你们经侦大队还把他传唤过去问话，律师申请取保候审才把他弄了出来，他知道经侦大队随时可能收集好证据逮捕他，在这种心急如焚的情况下，人难免病急乱投医。"

"再加你穆青峰的大力推荐是吗？我猜你肯定是疯狂吹捧'审判者'的能力，让陷入绝境的韩利想死马当活马医是吧？"路彦看向一旁沉默的穆青峰，"只可惜的是，韩利不知道自家保镖不仅不保护他，还拿着他的钱联合别人想索雇主的命，真是太讽刺了！"

"你也别把韩利想得太简单了，他也没给我多少钱办这件事情。"穆青峰在一旁忍不住开口道，"找人制造自己假死只是他潜逃出国的众多方案里面微不足道的一个，他连飞机和快艇都准备了，还请了国外的雇佣兵，其他的备选方案多着呢。"

"他还请了雇佣兵？"路彦听着一阵头大。

穆青峰点点头："韩利为了能逃去国外，什么都做得出来。"

路彦不知道穆青峰话的真假，他盯着穆青峰："可问题来了，我见韩利那两个保镖都对他忠心耿耿的，为什么你却想弄死他？"

何金明哈哈一笑，他起身走到穆青峰身旁拍拍肩膀："还能为什么啊？因为钱啊！因为我能给他远比韩利给他多得多的钱啊！"

"我从没想过要弄死韩利，联系你们警方去抓他也是何金明让我干的。"穆青峰在一旁摇头，"我只是私吞了他给我那笔雇用'审判者'的钱，又收了何金明的钱帮何金明窃听韩利而已。

"那些找'赵钱'麻烦却不小心袭击了警方的黑衣人，他们也是韩利出钱雇用的，我只是帮他联系转达他的意思而已。"说罢，穆青峰又把身上的匕首掏了出来，大大咧咧地扔在桌子上，"不过所有的事情在今天都到此为止了，我只谋财，没有害命。钱我已经赚到了，大的罪我没有。警官你现在要抓我的话，请便吧！"

路彦一阵哭笑不得，照这么说，这个穆青峰确实只谋财并没害命。看来韩利给穆青峰的那笔钱反而害了韩利他自己，穆青峰尝到天降横财的甜处后已经没有了忠诚一说。转念之间，路彦也明白了穆青峰为什么在自己面前如此坦然，原来穆青峰根本就没犯蓄意谋杀这样的大罪，他想的是拿到钱就好，根本就不怕被警察抓到后去坐几年牢。

如此一来，路彦也算彻底明白了他们两人为什么不动手，而选择陪自己长篇大论了。他们两人都自认为没有犯下特别严重的大罪，此时是绝对不愿意再袭警给自己加罪的。在整个案件中，穆青峰只是从犯，而这个何金明才是主谋。路彦清楚何金明才是这一切的源头，他决定把精力都放在何金明身上。顿了顿，路彦看向何金明道："那么你呢？你是真的想弄死韩利吧？你又是为什么？"

何金明悠然地给自己又倒上一杯，一口饮去大半杯后缓缓交代道：

"我以前是'易趣'游戏公司的老板，家里住的是别墅，出行是豪车，一家人幸福美满的，可是我被'德诚'盯上了，他们集团下也有游戏公司，他们竟然觉得我们涉嫌侵权他们注册的游戏人物的设计……"

"告你的是一家叫'金领'的公司，跟'德诚'没关系！"

"你们效率这么快！连这个都调查清楚了？"何金明有些惊讶，"'德诚'是大象，我'易趣'是小蚂蚁，大象直接和我小蚂蚁打架多跌份？'金领'就是他们'德诚'找来的打手啊！"

"原来如此。"路彦的疑问得到解答，可是转念一想又觉得不对劲，"可是如果你真的是侵犯'德诚'的知识产权，它又何必找别的公司来起诉你？不对，一定有别的原因！"

何金明没说话，他低头喝了一口酒。

"那我来猜猜你的动机。"路彦盯着何金明，"你很早就让一个叫赵钱的人来做你的企业法人代表，然后平日你也以'赵钱'的名字跟别人和员工接触联系对吧？可见，从一开始你就没想好好做游戏行业的生意，你想的就是怎么骗一笔钱就跑路，把法律责任推给那个法人代表赵钱让他给你顶包。你的'易趣'绝对不是因为侵犯知识产权，你只能是因为非法吸纳公众存款被'德诚'盯上了！"

何金明点点头，他给自己的空酒杯又倒满了酒："'德诚'虽然是个很大的集团，但是两年前他们也才刚刚开始涉及金融理财领域，他们想做这个生意，看到作为先行者的我在这个领域做得小有成绩，就想方设法地把我的'易趣'先弄死。"

路彦闻言不禁皱起眉头："竟然这样？"

"你不是生意场的人你不明白那种残酷，'德诚'的业务刚刚起步，但我的业务已经经营一年，占据了临江城一部分市场了，虽然它是巨头，但是后来者想一下击败我先行者也不是很容易。临江城的市场就这么大，要么我多点，他少点，要么他多点，我少点，就是这么你死我活。"何金明端着酒杯，走到客厅门口，他看着屋外的雪阴沉着继续说道，"不过我想，'德诚'想弄死我最大的原因还是他们自己知道这生意模式不靠谱吧，他们担心我把'易趣'理财做大又崩盘了，这会让整个理财模式在社会和公众那里失去信任，从而让他们'德诚'发不了财，所以他们要先弄死我，然后他们作为唯一的垄断者再好好收割整个市场。"

何金明看到门外的雪已经小了一点，他说完缓缓地放下了酒杯，像是没发觉路彦和穆青峰在身旁一样，神情惆怅地缓缓朝屋外走去。穆青峰见状，也一声不吭跟在何金明身后踱步出了门口。路彦见状，在两人身后快速把桌子上的匕首收进了自己衣服里，然后连忙紧跟两人的脚步走到屋子外的观景台上。

屋外的观景台上，风卷着雪，纷纷扬扬，何金明站在观景台上看着山下那被雪花笼罩住的世界，他伸手拨掉落在发梢上的残雪，声音里不禁多了很多苦涩："'德诚'为了独占整个临江城的市场，弄死了很多早期做相同业务的小公司，我的'易趣'只是其中之一。凭什么？都是理财产品的生意，为什么只能他们大公司做，我们小公司就做不得？都是一个鼻子两只眼睛的人，都是靠'庞氏骗局'发财，凭什么他韩利那么有钱还能继续靠骗人发大财，而我'易趣'就不能发这个财了？"

路彦也拍了拍落在发梢上的残雪，他看了看穆青峰，又看看何金明苦笑道："说到底，你们所做的一切，都离不开一个'钱'字。李菁还说你是想改变游戏行业的理想主义者，原来你也不过是个跟韩利一样的骗子罢了！只不过他是大骗子，你是小骗子，你们有什么区别？"

"你问我和他有什么区别？区别就是他比我更有钱，所以他骗钱可以逃到国外，而我骗钱就要去坐牢。"何金明冷笑道，"这件事情上，韩利是亲自下场干的，他动用了很多关系，让'金领'那家公司领头，从各个方面攻击和举报我的'易趣'。'易趣'被罚了一大笔钱被迫破产了，我还要去坐牢，我为了还钱，连别墅和车都卖掉了。都是做骗人的生意，凭什么我才赚那么一点点，就倒了这么大的霉？而他骗了那么多，却可以逃到国外安稳地生活？"

"什么为了'正义''裁决恶人'的'审判者'？什么人类平等？"路彦

一阵毛骨悚然后，又忍不住冷笑起来，"不过是韩利赚了你赚不了的钱，还把违法的你送进牢房，所以你就想弄死他？李菁还以为你是个什么超凡脱俗的高人，原来不过也是个为钱不顾一切的无耻小人！"

面对路彦的怒斥，何金明丝毫不生气，他认真地看着路彦，一本正经道："唯利是图，这是人性之根本，无论帝王将相还是贩夫走卒都撼动不了的人之根本，谁能撼动呢？你不能，我也不能。"

路彦冷笑地正想说话，何金明接着说道："不过我和韩利之间也远不止钱的问题这么简单。他把我送进监狱后，我的家人的精神状态也跟着遭到重创。前一刻我还在荣华富贵着，后一刻我锒铛入狱，我爱人接受不了人生的大起大落，神神道道地开始信教了。"

何金明的声音悲伤起来，他像是忘我一般接着诉说了下去，路彦没有吭声，他静静等着何金明说出更多的东西。

"一年前，我的爱人和女儿在回老家探亲的大巴上出事了，我想过很多人的责任，比如那两个罪犯的责任，比如当时在车上的那些乘客的责任，比如我的责任，但是最大的责任是在韩利身上。"

路彦心头一紧，他没想到何金明跟李菁说的那些虚假故事里的这个经历竟是完全真实的，他忍不住脱口而出："你把你妻女的死怪罪于韩利？"

"如果不是韩利弄死了我的'易趣'，如果我当时没有破产，如果我当时没有坐牢，她们可以坐飞机回娘家，或者我们一起开车回去。"何金明表情麻木，眼神空洞地看着远处的大雪，他探出手，放平手掌接着缓缓落下的雪花，声音里满是苦涩，"正因为韩利让原本富裕的我们变得一贫如洗，她们才会坐那么破烂的大巴回去，所以才会发生这一切的事情。韩利是这一切的开始。

"你懂那种在一瞬间，失去了所有的感受吗？如果只是没有钱，我以后还能赚回来。"何金明弹开了落在他眼睫毛上的雪花，但他的眼角却已经是挂着两处晶莹。不知道是他本人的泪水，还是雪花融化留下的水滴，"可是我妻子和女儿，那是永永远远都回不来了，我曾答应我的女儿小朵带她去迪士尼，等我有了这个时间和钱后，她却……"

路彦仰脖看了看天空中迎面落下的雪花，它们像是上天派下来的使者，观察着人间的悲欢和疾苦。路彦不禁苦笑起来："这么多原因加起来，怪不得你想让韩利死了。"

何金明点点头:"对,所以在我的计划里,他是非死不可的。"

北风像刀子似的猛刮着,路彦只觉得脸上一阵生疼,路彦收起苦笑,顶着满天飞舞的大雪喝道:"你的计划失败了,韩利没有死,而且你也不会再有机会谋害他了!"

何金明转过身,凝视着路彦道:"你以为我是不留底牌地站在这里陪你聊天唠嗑吗?"

"什么?"路彦心里猛地又升起那股不祥的预感,"你什么意思?"

何金明挪开目光,他转身走到观景台最边缘的护栏处,眺望着远方的城市轻轻地说道:"你觉得我站在这里,主动交代我的动机是为了什么?如果我没有底牌,我是不会站在这里安安静静地和你说话的。"

"韩利连我们都不知道他去了哪里,你还能有底牌谋害他?"

"我不能,不代表别人不能啊!"

"你什么意思?"路彦皱眉追问道,"你还有什么底牌?"

"哈哈,你再仔细想想。"

路彦瞪着何金明自信满满的笑容,他的大脑在飞快地转动着,疯狂跑路的韩利……受伤住院的英子……神秘失联的甄关西……在医院莫名消失的李菁,李菁……李……菁……

明悟的一刹那,路彦一个寒战。背上猛然一阵冰寒从头顶灌下,转眼就传到了脚跟,像是一脚踩空接着跌进了深渊,路彦惊地完全怔住了。

"你的底牌是李菁……"路彦怔住喃喃道,"这不可能,他不可能找到韩利,就算找到韩利,他也不可能动杀人之心的!"

"在我的剧本里,没有什么是不可能的。"

"你的'剧本'?"路彦盯着何金明眼神阴冷下来。

何金明转过头,居高临下俯视着山下的飞雪:"在这场戏里,我早就写好韩利和李菁的结局,并且我亲自下场导演着这一切,要不是木已成舟,我哪能这么悠闲地和你在这儿聊天?"

- 2 -

浦航区的老工业园区里,萧瑶坐在副驾驶上死死盯着手机,她身旁同事开着车,两人的车离手机地图上那个黑点的位置越来越近了,萧瑶注意到这里有很多废弃的工厂大楼,行人稀少。

甄关西啊甄关西,你到底去哪儿了?你来这个地方,是被人挟持了吗?萧瑶仔细看着前方的路,小心翼翼地看着车,终于,在拐过一个弯后,一辆银白色的别克SUV映入眼帘。

萧瑶紧张起来,她看到甄关西的那个追踪器显示的位置已经离得很近很近,应该没错了吧,萧瑶想道,然而她拿着望远镜一阵观察,那辆车上并没有看到人。

萧瑶把车开到SUV旁停下,一阵检查,突然,她听到车的后备箱里响起了"咚咚"的撞击声,原来这后备箱里有人!萧瑶一阵警觉,她看了看周围,没有人。萧瑶俯下身,又探了探后备箱,那里的撞击声仍然在继续。

萧瑶返回车上取开锁工具打开后背箱,那里面躺着的是被五花大绑堵住嘴的甄关西,他努力地在后备箱里扭动着,看到萧瑶来了如获救星。

萧瑶连忙切断了他的绳子,甄关西喘着粗气焦急道:"'审判者'!我遇到'审判者'了!"

"怎么回事,你慢慢说!"

甄关西慌里慌张朝四周探望一番,他跟着萧瑶回到警车上,把自己的事情一番交代。

"你去医院找李菁,却遇到那个凶手?"萧瑶打量着周围,"看来是他把你抓到车里的。"

"对!"甄关西一边摸索着自己全身上下,一边恐慌地打量着周围,"他肯定还在这附近!我的枪被他抢走了!"

"这地方危险,我们先上车吧!"萧瑶把甄关西拉上车,刚刚发动汽车,忽然风中隐隐约约地传来一个女人的呼喊声,萧瑶连忙拿着望远镜一阵探望,她脸色大变道,"不好,那天台边上站的那个人是李菁!"

"李菁？"甄关西一阵惊骇，甄关西接过望远镜仰望，灰白的天空下，雪花作为背景，勾勒出李菁站在大楼天台上的身架。

"他怎么会一个人站在那里，他是不是后面还有人？"甄关西一阵疑惑，"我看不到他的身后，我们把车开近点再看看。"

车开动了，慢悠悠地寻找着合适的角度看向李菁身后的天台，一旁萧瑶不住地苦笑起来："这个李菁没有自己回警局，也不像是被人控制了。看来路彦真的看错人了，这个李菁应该就是'审判者'的同伙。"

甄关西放下望远镜，他看了看一旁的萧瑶，不禁一阵胆寒又一阵羞愧，心想道：自己确实表现太差了……路彦让自己不要参与这个任务其实是对的，自己带枪去抓人，不仅被犯罪分子轻松制住，而且还被打晕、枪也被人抢去了！现在想想自己曾经的那些大侠梦，真是太可笑了，自己真是耻辱……怎么做才能洗刷这耻辱呢？

越想越羞愧，甄关西忍不住喊道："停车！"

开车的警察连忙停下车，萧瑶看向甄关西："怎么了？"

甄关西没说话，他打开车门就要往车下钻，萧瑶连忙一把拉住他："你要干什么？"

"我要去把李菁抓回去！"

"你别冲动！我来联系厅里请求支援！"

甄关西不听劝告，仍然执意打开车门："姐你知道吗？都是我在医院……"

"我知道你在医院时做错了！"萧瑶表情冰冷起来，声音也变得十分严厉，"可'审判者'可能就在这附近，他本事那么大，又抢走了你的枪，再加上李菁，我们三个人都不是他们的对手，你一个人犯什么傻？"

萧瑶把甄关西拽了回来，把门关上了。甄关西无奈地坐了回来，虽然他觉得萧瑶说的不无道理，但心里还是忍不住一阵撕扯和挣扎。

萧瑶加紧联系省厅，车开到了一个角落，风中传来的女人呼喊声更清晰了一些，甄关西拿起望远镜看向天台的方向。甄关西看到高楼天台顶，一个女人像被挂在一个铁柱上，正在风中呼喊着什么。

"那是金茜！"甄关西惊骇道，猛地，他心中那懊悔与愧疚更强烈了：自己没抓到李菁导致他现在又绑架了金茜，警察的任何一个失误都会酿成巨大的恶果……

萧瑶接过望远镜看了起来,而在她身旁,甄关西飞快推开车门往那工厂大楼走去。

"甄关西!"萧瑶在甄关西身后急忙喊道,她放下望远镜追了上来。

"路彦交给我的任务是去医院抓李菁,都是因为我才导致现在这样……"漫天大雪里,甄关西不顾萧瑶的劝阻,他头也不回地往前冲着,"是我的失职造成的,我得去挽救。"

萧瑶刚想拉住甄关西,不承想,她的手机突然急促地响起,那是秦纬来电的铃音,萧瑶连忙接通电话,电话那头传来秦纬严肃的声音。

"法医已经查明死者的死因了……"

"什么!"听到秦纬的话,萧瑶惊得伫立在原地,一动不动。

- 3 -

"怎么可能?"宁汇区小巫山的观景台上,风雪里,路彦追问着何金明,"李菁怎么可能找得到韩利?"

不料何金明只是看着远方笑而不语。路彦只得继续追问道:"所以说,李菁在'德诚'办公室袭击韩利是你指使的?并且你指使他接下来继续谋杀韩利?"

"不,我没有指使他,从始至终,对韩利出手都是他自愿的。"何金明从远方的城市上收回目光,"我为这次行动特地考察了很多人,最终我从他们中选出了李菁。他出身农村,想在大城市扎根,有迫切的发财欲望,身强体壮又年轻气盛,而且两年前从我公司离职的那些员工们,大都不知道我公司破产的真正原因,李菁和他们也都不知道后来我还坐牢了,所以从各方面看,李菁都完美符合我的选人标准。最重要的是,我查到他正好租了优鑫长租公寓的房子并购买了'德诚'的理财产品。我只要拿韩利即将跑路将导致他血本无归的事情刺激他,他就很容易陷入怒火之中,毕竟人遇到自身利益遭到损害的事情,总是很难保持冷静的嘛!"

"原来这才是你折腾出这一切的真正动机!什么'七宗罪'要裁决七个人,

什么'审判者'要在 24 小时里完成'审判',这些都不是弄给警方看的,你是弄给李菁看的!"路彦彻底顿悟的同时,也不由感到一阵深深的揪心之痛,"也正是因为法医迟早会检查出来那几具尸体非你所杀,所以你必须要在短短 24 小时里完成这一切,因为你知道,时间长了,你制造出的骗局迟早要在李菁和我们的面前被揭穿!"

"'审判者'的名号,'七宗罪'的宣言,当然也是为了'连环谋杀'在大家面前变得有仪式感,更加逼真。"何金明脸庞上抹过一丝奸笑,显得十分邪魅诡异,"不过你说的也不错,我给死者安上几个制造出来的假身份,用'审判者'替天行道以暴制暴的名头,消除李菁对行凶行为的负罪感,用在一群警察中来去自由的行动消除李菁对犯罪的恐惧感,再用残酷的现实动摇他的信仰,最后用关乎他切身利益的事情激怒他。我步步为营,一石二鸟。"

路彦强压住怒火追问道:"那英子生病住院,李菁在医院失踪也都是你干的?"

"陈英是个很好的姑娘,本来她是不用出事的,但是谁让李菁放弃了在'德诚'办公室里的那次机会呢?"何金明摇着头,深深地叹口气道,"我还是低估了李菁那小子的心理防线,在他放弃了在'德诚'办公室的那次机会后,陈英就只能出事了,只有这样,李菁才会真正一无所有地走上绝望之路……"

看着何金明若无其事的神情,路彦犹如坠入冰窟,浑身上下只有彻骨的冰寒,他不由惊得喃喃道:"你连英子都不放过?你让英子出事,再来污蔑韩利,好让李菁对韩利下手?"

"我这计划中,只有一个变数,那就是李菁在韩利办公室没有得手,还被警方抓去了。本来,我想着要是我的计划在李菁面前被戳穿,那我就只能放弃李菁,再换一个人替我完成计划了。但是我又舍不得放弃李菁,因为他实在是太完美了,完美得符合我的要求。"何金明自顾说道,他有些庆幸地微笑着,还闭上眼睛回味着,"因为我舍不得放弃李菁,所以我想利用陈英来做压死骆驼的那最后一根稻草。我本来以为李菁要被关一段时间,等他出来后会因为陈英受伤致残再回去找韩利复仇,谁想到我运气那么好,那小子竟然今天就跑了出来,而且我的计划也没有在他面前被戳穿……"

何金明面带微笑的神情彻底激怒了路彦,他走上前一把揪住何金明上衣怒吼道："你到底把英子怎么了？"

"我们遇到了一批买了'德诚''长寿'理财的大爷大妈，他们觉得陈英举报'长寿'理财伤害了他们的利益，于是群情激愤动起手来。"何金明无奈耸耸肩膀，"后来我把陈英送到医院，医生说她肾脾破裂。"

"你这畜生！那些人肯定是你找去的！"路彦猛地挥出一拳打向何金明，何金明躲闪不及，鼻子被路彦打中，路彦怒喝道，"雇凶伤人，你就等着把牢底坐穿吧！"

"那些大爷大妈一没收我钱，二不知道我这号人，三他们是听到消息后为自己的利益动手，怎么能说是我雇凶伤人呢？"被路彦一拳打到，何金明的鼻血流了下来，但是他没有动手去擦，一旁的穆青峰看路彦动手，忍不住要上前，但被何金明伸手制止。面对路彦近在咫尺的怒喝声，何金明毫无惧色道，"我有当时现场的录像，我还为保护陈英受了很多伤，我不怕上法庭，因为从法律上说陈英受伤我不可能有责任。"

"你！"路彦一阵气急，刚想喊"杀人犯"却猛地想起何金明并没有杀人，他怔了怔，后脊背一阵发凉，他在脑海里一阵搜索，接着猛喝道："危害公共安全！你犯了危害公共安全罪！"

何金明毫不示弱，抵着路彦的鼻子冷喝道："你说我犯了'危害公共安全罪'，那我肯定是造成多人伤亡或者使公私财产遭受重大损失，可是我造成什么人伤亡了？我造成什么财产重大损失了？卡迪斯酒吧和吉祥酒店丝毫未损，我那辆自动驾驶车'失控'撞上德诚大厦，也只是撞碎他们一块落地窗玻璃罢了，'德诚'也不敢拿这件事情起诉我，你说我犯了什么'危害公共安全罪'？"

"制造假线索误导警方调查，妨碍执法！"

"我那个说'要带走七个灵魂'的录音只是我放在那恶作剧玩的，又不是寄到公安局给你们警方听的，你们非要把我的恶作剧当真怪得了谁？"

"侮辱尸体罪！"路彦毫不退让，他怒视着何金明。

"这个罪不重，《刑法》有写，盗窃、侮辱尸体的，处三年以下有期徒刑、拘役或者管制。因为这个我最多坐三年牢而已，更何况那尸体还不是我偷的，我处理也是获得他们家人同意的！这种情况能判我一年就不错了。"何金明满不在乎地笑笑，伸手抹了抹鼻子下的血，"还有，既然做了，我就有心理准备，判我一两年有期徒刑又能怎样，一两年后出狱依旧荣华富贵。这么短的刑期，我根本就不怕。"

漫漫大雪里，路彦瞪着何金明一时久久无言。过了一会儿，他缓缓松开了何金明的衣领，放开了他后，路彦走到一边的栏杆边看向远处的城市楼群，他强压住内心的波涛汹涌，努力让自己平静问向何金明："李菁现在在哪儿？你告诉我，要是你帮助我们阻止了犯罪，或许可以从轻处罚你。"

"别说我不知道了，就算我知道了你觉得我可能会告诉你吗？"何金明仰起头，一脸庄严肃穆地看着头顶上空的雪花，"我陪你在这里长篇大论这么久，那边早已是木已成舟了。放弃吧，在我的剧本里，李菁早就被安排好了身份，所以他的命运早已注定。"

"他的命运？"

"李菁已经被现实的压力一步步逼到悬崖边，而我只是轻轻一推，他便坠入无底深渊。"何金明挺直胸膛，脸上抹上了一丝冷笑，"当一个人一无所有的时候，也就是无所畏惧的时候；当一个人彻底绝望和愤怒的时候，他会获得前所未有的力量。你们都以为我是那个'审判者'，你们都大错特错了，其实李菁才是那个'审判者'。从一开始，李菁就是那个真正的'审判者'！"

路彦顺着何金明的视线方向看去，远方是隐藏在风雪之后的城市楼群，李菁现在应该就在那里的某个大楼处，他在干什么？韩利和何金明都是擅长操纵人性弱点的魔鬼，他们对李菁的伤害会把李菁推到哪一步？李菁的工作没了，房子没了，存款没了，这么多的伤害叠加之下，最后英子的受伤，会不会成为压垮李菁的最后一根稻草？一瞬间，路彦明悟了，原来在这长达24小时的生死营救里，自己需要营救的根本就不是那几个已经死去的亡魂，而是那个不断往深渊里下坠的李菁。

雪仍在下着，如盐撒在路彦心上的伤口，一想到李菁他就只觉得一阵心痛懊悔。身体像是一瞬间被抽空了力气，两条腿像是再也支撑不住他的身体，他无力瘫坐在雪地里，心痛地拍打着一旁的栏杆，声音也跟着低沉了下来："如果你想害死韩利，你有一万种方法，为什么偏偏要这么做？为什么偏偏要利用那个傻孩子？"

"你以为我想这么麻烦吗？我若直接杀死他，或雇凶杀他都会被你们警方查到。"何金明的脸上闪过一丝阴狠,"我需要的,是一个能自己心甘情愿主动杀死韩利的人。只有李菁主动带着他自己的仇恨去杀掉韩利,才能跟我彻底撇清关系。李菁是因为他自己的钱和情要去杀韩利的,跟我有什么关系呢?让一个人主动去杀人,这才是最高级别的借刀杀人……只是可惜了李菁这个孩子了,某些时候,他眼里的悲怆无奈跟我当年好像好像,或许再给他十年,这世界上再多一个'何金明'也说不定。"

看着何金明若无其事地叹气摇头,路彦再一次毛骨悚然,一瞬间,他也明白了何金明跟李菁说过的那段《启示录》摘录的含义。

"'那一千年完了,撒旦必从监牢里被释放,出来要迷惑地上四方的列国,就是歌革和玛各,叫他们上来聚集争战。他们人数多如海沙。'你怎么好意思对李菁念《启示录》上的这些话?"路彦怒视着何金明,"你为杀死韩利,不惜毁灭另一个人!究竟自私凶残到什么地步的人才能做得出来?虽然你没杀人,但是你比杀人犯更加邪恶!你就是撒旦!你就是魔鬼!"

"说我是'撒旦'那也太看得起我了,'撒旦'应该是人唯利是图的私欲吧,我顶多算个'魔鬼'。"何金明轻飘飘地笑笑,"可是法律好像拿我这个魔鬼没有办法,若做一个'魔鬼'能舒舒服服活在人世间,那我便做'魔鬼'罢了。"

"是吗?"听着何金明的话,路彦抬头凝视着他,"你以为法律真的拿你没有办法吗?"

"你以为呢?"何金明居高临下打量着浑身带伤的路彦。

"咳咳,我们两个同事去你的车库调查,他们进了你的货车车厢,然后你把货车开进水湖,淹死了货车上的那两个警察。"路彦咳出两口血,轻轻道,"故意谋杀警察,你说法律会给你判什么刑呢?"

"什么?"何金明一愣,然后连忙镇定地说道,"没有的事!我听不懂你在说什么。"

"尽管你很小心地没在那辆货车驾驶室里留下痕迹,但是当你等那两个警察上车之后,再锁上货车门的时候,你还是不小心在那锁上留下你的指纹……"

"哈哈哈……那个车厢外面的锁是自动锁,压根儿不用我动手……"何金明哈哈大笑,忽然发觉有什么不对,他闭上嘴,眼神阴狠地看向路彦。

路彦的嘴角挂上一丝揶揄："所以你算是承认那是你的车，并且也是你在外面锁上门的了？"

"是我的车又怎么样？你说你两个同事被锁在车里开进了湖里，你又没证据证明当时那是我开的车。"

"是吗？那车库里有很多你使用过的毛毯和注射器，它们被及时打捞上来了，上面找到了你的指纹。还有驾驶座上，也找到你使用过的很多痕迹，可以证明那是你开的车。

"而且不凑巧的是，你当时想淹死的两个警察并没有死，他们反而很快地喊来警察及时打捞起你的车，因为打捞及时所以你的有些痕迹还能找到。更不凑巧的是，你当时想淹死的两个警察其中一个就是我，也就是说，我是你杀人未遂的人证。"路彦又往外咳出两口血，他伸手从腋窝下拿出一只小的电子装备，"这个录音器，已经把你刚才说的所有话都记录了下来。所以你谋杀未遂的罪行，现在是人证、物证、口供俱在，构成一个完整的证据链判你刑了。"

看着路彦神情虚弱的笑容，何金明忍不住道："既然你们没死，那我就不是谋杀，一个谋杀未遂，能判我多少年？"

"是吗？在警察查你车库时故意谋杀警察，虽然杀人未遂，但妨碍执法和故意杀人两个罪名，够你十年起步的了。"

何金明神情阴晴不定地打量着冷笑的路彦，以他对法律的了解，眼前这个警察所说的十年起步确实不是虚言。想不到自己小心翼翼步步为营的设计，还是不小心给警方留下了重刑的坚实证据链。

何金明忍不住捏紧拳头，自己一番设计就是为了逃避坐牢的同时达成目的。十年以上的刑期真的太长了，和其他罪一起数罪并罚刑期可能会更严重。难道说千里之堤真的溃于蚁穴？自己所做的一切也都在此前功尽弃？他带着求助的眼神看向一旁沉默观战的穆青峰，不料穆青峰只是阴沉着脸冲他摇摇头。

刹那间，何金明明白穆青峰虽然收了钱站在自己这边，但是他和自己毕竟不同，他在没有严重罪行的情况下是绝不肯帮自己对付警察的。不过他毕竟跟自己是一根绳上的蚂蚱，日后应该也不会向警方出卖自己犯罪的信息。当下的事情，需要动手的，靠自己就靠自己吧。一番纠结后，何金明看着倒在雪地里虚弱的路彦，下定决心。

看着何金明捏着拳头、带着杀气一步步逼近，而穆青峰作为第三者在一旁毫无反应围观，路彦瞪向他道："你想干吗？想杀我然后毁掉录音器，毁掉证据？"

何金明没说话，只是一步步逼近路彦，路彦连忙不甘示弱地掏出了怀里的匕首，冲着何金明晃动着："不怕死就尽管过来……"

路彦的话音刚落，何金明忽然猛地加速，一个箭步上前，飞起一脚踢向路彦，路彦受伤的身体来不及闪避，被何金明踢中后惨叫一声，匕首散落在一旁的雪地里。

"唰"的一声，何金明飞身捡起了匕首，他举起手中的匕首，那匕首反射着慑人的寒光，他心虚地挤出一丝冷笑："你真以为我不敢让你永远闭嘴吗？你很聪明，但聪明得还不够。你知道吗？活不久的，经常是你这样自作聪明的人。"

"喂！喂！"一旁的穆青峰见状忍不住冲何金明喊道，想劝阻他的行为，但是何金明置若罔闻。他看向被自己踢翻在雪地里的路彦，路彦正慌张地手脚并用，徒劳地在雪地上往后退着。

"你以为，我们在这里处理掉你，再抹掉证据很难吗？"何金明环视着荒无人烟的周围，神情十分笃定，"雪再下深点，什么痕迹都能掩住。"

话音未落，何金明握着匕首扑了上来，路彦连忙滚向一边逃避，但是身体已经被何金明压住。行动间堪堪让喉咙避开了何金明的匕首，那匕首没刺到路彦喉咙，却刺中了路彦左边肩膀，他疼得又忍不住惨叫一声。

见没有刺中要害，何金明压在路彦身体上连忙抽出刀，朝路彦的喉咙再次刺去，不料那锋利的匕首被路彦伸手直接握住。

心里笑着路彦在无用挣扎，何金明加大手中的力量，不料路彦又伸出一只手拉住他握刀的手，路彦的手如铁钳一样，一时让他握刀的手纹丝不动。那个匕首的刀尖就在路彦喉咙上的皮肤上停留着，寸步也不能向前。何金明很是诧异，他没想到这站都站不起来的路彦还有这么大的力气。

"你跟李菁提到的那段《启示录》，我记得后面还有一段话。"何金明正疑惑着路彦哪来那么大的力气，忽然听到身下的路彦低声道。

"什么？"何金明不明白路彦在生死关头为什么又提到这个，他打量着路彦，虽然声音不大，但是他感觉路彦身上陡然升起一股狠戾杀气。

"他们上来遍满了全地，围住圣徒的营与蒙爱的城，就有火从天降下，烧灭了他们。那迷惑他们的魔鬼被扔在硫黄的火湖里。"路彦猛地抬起腿，膝盖猛地顶中何金明的身体，他怒吼出最后一句，"他们必昼夜受痛苦，直到永永远远！"

何金明的身体被路彦猛地顶开，他疼得一声凄厉惨叫，松开路彦连退几步。路彦紧接着一跃而起，飞起一脚踹飞他手中的刀，何金明来不及思索刚刚还很虚弱的路彦为什么会变得如此敏捷，他连忙向一旁闪躲，但还是被路彦踢到，整个人跌倒在雪地里。

路彦摸了摸肩膀上的伤口，像是浑然感觉不到血从伤口处快速渗出，他看向倒在地上的何金明道："如果说之前你是刑期十年起步，那么刚刚你的第二次杀人未遂和妨碍执法，够你二十年起步了吗？"

风呼呼地刮，何金明骇然地久久说不出话来，雪地里一时静谧无声。一瞬间，何金明明白自己以为趁机可以抹掉证据，不料正中路彦的下怀。何金明翻身从雪地上爬起，他知道他和路彦之间已经是你死我活的局面，如果让路彦活着回去，等待自己的就是无间炼狱。寻思间，何金明弯下身体，去捡落在一旁雪地里的匕首，伺机再次袭击。

但路彦哪里再给他机会？路彦整个人像只猎豹一样射出，在何金明捡到匕首之前，他就已经扑到何金明的身前。与此同时，他的声音也高高响起，犹如审判的宣言，震着树梢上的积雪簌簌直下。

"你这种以一己之利为一切的人，你以为每个人都像你一样？我，宁愿不要了我这条命，也要让你受到法律的惩罚！"路彦扑倒何金明后又用双臂挟住他的身体，两人身体一起从空中往雪地里跌落，路彦咆哮怒吼着，"我发誓，我们一定会揪出你犯过的每一个罪！我发誓，一定会有最厉害的公诉人起诉你！我发誓，法律一定会让你的每一个罪行都受到惩罚！你一定会永永远远在受罚里度过！从现在起！到以后！永永远远！"

说罢，路彦猛地一拳击倒何金明，又使出浑身力气踹上一脚。何金明像断线风筝一般被路彦踹飞，他无力地摔倒在雪地里，疼得一时爬不起来。空旷的观景台上，风呼啸着，漫漫大雪中，路彦傲然站在原地，居高临下俯视着何金明，血从路彦的肩上流出，顺着身体流到脚边的积雪中，他所站的一块雪地已经是一片殷红。

　　一旁不远处的穆青峰见到何金明的惨状，本想上前把何金明扶起，但也被路彦不可阻挡的气势震慑住，一时竟呆站在原地，没有反应。路彦像是踢倒何金明用尽了最后的力气，以至于他死寂地站在雪地里，一动也不动。在路彦身后的不远处，警笛声大作，几辆警车正在呼啸而来……

第二十四章 14:00 最后的审判

下午14点，天空中的雪又开始呼啸而来，风像是野兽般怒吼咆哮着，挟裹着雪花摧残蹂躏着建筑和人。临江城东边浦航区的老工业园区里，天地一片苍茫，路上行人几无，车辆稀寥。一栋废旧的工厂大楼天台上，一根粗粗的铁柱竖在水泥地上，铁柱上正是被尼龙绳五花大绑的金茜。

听着金茜不停地求饶呼喊，李菁在铁柱下面无表情地久久站立，飞雪拍打在他的镜片上，模糊了他的视线。

也不知道过了多久，李菁听到身后传来激烈的跑步声，他转过身，看到一身黑色西装的韩利由远到近，正狼狈不堪地跑来。看到韩利来了，顿时金茜的呼喊声更大了起来："救命啊！"

"别怕，我来救你！"韩利在李菁身前停住脚步，他抬起头看向被绑在铁柱上的金茜，焦急地大喊，"你别怕，我一定把你救下来！"

被绑住的金茜忍不住哭了起来，她的声音变成了断断续续地抽泣，李菁擦擦眼镜，手伸进挎包里缓缓地拿出了匕首，他瞪着面前的韩利："你说够了没？"

"你说的这地方真难找……"韩利扶着膝盖气喘吁吁，他挑挑眼皮看了看李菁，像是才发现有个人站在这里，"说吧，你想要什么？"

"我想要什么？"李菁反问了一句，他提着匕首向前一步，"我想要什么，你就能给我什么吗？"

"你不就想要钱吗？"韩利轻蔑笑笑，耸耸双肩。

李菁的眼睛里射出怒火："如果我说我要你的命呢？"

韩利皱起眉头，他并没有因为李菁的这句话而恐惧，而是因为他的话而疑惑起来："为什么？你是穆青峰什么人？你之前不是已经被警方抓去了吗？"

"穆青峰？什么东西？"李菁皱皱眉头，接着冷笑了一声，"你这样的大人物，从来都看不见我这样的人，自然不明白我为什么。"

韩利抬起头看向绑在铁柱上正在抽泣的金茜，他伸出食指指着李菁威胁道："我劝你早点把人放下，否则待会儿我的飞机和人到了，我会要你死得很惨……"

"哈哈哈！"李菁忍不住冷笑得更厉害了，他猛地冲上前，一拳狠狠打到韩利的下巴上，韩利一个措手不及跌倒在身后的雪地里。

"跟我已经这么惨的人还来说'惨'？"李菁大步跨上前，坐在刚刚想爬起来的韩利的身上，韩利刚想挥拳打退李菁，但是李菁的匕首已经横在他的脖子上了。

见到匕首韩利不由一愣，原本他以为这只是一桩勒索钱财的绑架，却没想到对方一上来就直接攻击他。

"你动动手指头就能捞到我们一辈子也赚不到的钱，所以你总是对我们这种人很轻蔑是吗？"李菁发力把匕首抵在韩利的脖子上，在他的喉咙上压出一道血痕，李菁感到一种挥斥怒意的快感，"比钱，我们不可能平等。可是在死亡面前人人平等，我就不信，你还能比我多条命不成？"

李菁品尝着复仇的快意，他的匕首越压越深，那把刀已经刺破了韩利喉咙的外层皮肤，鲜血顺着匕首和韩利的脖颈流了下来。韩利大气不敢喘一下地看着李菁，生怕李菁会猛地把刀在他喉咙上重重割下去。

"别动我！"韩利不敢再大意，他死死拽着李菁握刀的手，卡着喉咙求饶地看着李菁，"你要什么我都可以给你！"

李菁抽回刀站起身，韩利见状连忙爬起，"轰"的一声，李菁猛地一脚踹到韩利的胸口上，刚刚爬起来的韩利又被踢到雪地里连翻几个跟头。

复仇的快感在胸中激荡着，李菁深深地吸了一口气，另一只手又从挎包里掏出那支手枪，他一手握着淋血匕首一手握着手枪，一步步朝韩利走去。像猫玩弄临死前的耗子一样，李菁居高临下地看向韩利，他提着武器慢慢地逼近，声音冰寒彻骨。

"你这种以吸千万人之血满一己私欲的人，既然天理给不了你惩罚，那我来代表天理来惩罚你。"

韩利挣扎着从地上爬起来，他摸了摸脖子上的伤口，沾得满手是血，他看看面目狰狞杀气腾腾地朝自己走来的李菁，又看了看被绑住的金茜，韩利不禁吓得怔住了。他顿时意识到，这个人的目的根本不是绑架金茜勒索钱财，这个人根本就是想要他韩利的命!

"饶命!"死亡的威胁真真切切地迫在眼前,韩利不再犹豫了,他俯下身子大喊着求饶道,"只要不伤害我和金茜,条件你尽管开!"

"500万!现在拿500万来!"李菁居高临下喝道。

韩利稍稍一愣,他原以为李菁报出的数字要比现在多一两个零的,但是猛地他又头疼起来,他想起自己身上很早就不带现金了,他掏出手机,却发现那是李武的手机,韩利顿了顿,抬头看向面前的李菁哀求道:"我身上没带钱。"

还不待李菁反应过来,韩利连忙从西服内袋里掏出钱包,把一张钞票也没有的钱包打开给李菁看:"我这里面就几张卡,你拿一张卡,我告诉你密码,你可以取到比500万多得多的钱……"

"哈哈哈!"李菁举起匕首大笑道,"你以为我是傻瓜吗?你拿着卡随便说个密码就能打发我?"

韩利一阵抓狂:"那你说怎么办?"

"你身上总有一些值钱的东西吧?"李菁端详着韩利,他的嘴角浮起一些揶揄的嘲笑,"不行你把你的全身行头都脱给我吧。"

风雪中,韩利一阵咬牙切齿,他看了看哭喊的金茜,无奈摇摇头,他脱下自己的西服外套递给李菁:"定制的布里奥尼牌西装,人民币30万。"

"就这一件西服比我所有积蓄都要贵?"李菁端详着西服出了神,他看向韩利,"可是这还不够500万啊!接着脱吧,把裤子也脱了,我看看能值多少钱。"

"你这个哪里冒出来的小子,你是不是想……"韩利不堪受辱,恶狠狠骂道,但是看到李菁手里的枪,不由把说到一半的话给咽了回去。李菁见他没了声音,走上前飞起一脚将韩利踹飞在地。

"我朝金茜开一枪,她就解脱了。"李菁一手拿枪,一手拿匕首对着韩利冷冷地说道,他又晃了晃枪口,"或者我朝你胸口打一颗子弹,你也就解脱了。"

韩利抬头,看了看李菁对着自己的黑漆漆的枪口,气急败坏又无可奈何之下,他颤巍巍地把自己的长裤脱了下来。刚脱下裤子,他像是想起了什么,连忙把手表摘下来扔给李菁:"罗杰杜彼牌手表,'致敬'系列,自动机械,表壳材质是18K玫瑰金镶钻和全铺镶长方形切割钻石,我440万元买的!"

一想到韩利买手表的钱里可能就有自己的那些存款,李菁心里就忍不住一阵怒火。他把手表拿在手上一阵琢磨,又抬起头看着韩利:"我怎么证实这表到底多少钱,还不是你说了算?"

"你个乡巴佬!你不会自己上网去查吗?"韩利气急败坏道。

"说谁乡巴佬呢?"李菁一手举着枪,一手收起手表上前又飞踹一脚,韩利惨叫一声向身后飞去,被绑在铁柱上的金茜也忍不住大喊着"住手"。

"给我接着脱!"李菁拿着枪指着韩利怒吼着。

韩利无奈,在李菁的逼迫下,他被迫继续脱着衣服。片刻之后,韩利全身上下的衣服连皮鞋都被脱掉了,他只剩一条内裤和一双袜子,光着身子在寒风中瑟瑟发抖,李菁打量着地上那些衣物,摇了摇头:"可是……你这些加起来也不够啊!"

"这些东西加在一起差不多有500万……"

"可是你是二手的,总得要打个对折吧?"

"你……你到底还想怎样?你赶紧把金茜给我放下来!"近乎赤身裸体的韩利蜷缩着抱着胳膊,气到忍无可忍。

"刚刚你问我哪里冒出来的小子?"李菁握着枪飞起一脚将韩利踢倒在地,又接着恶狠狠在他膝盖后方一端,韩利一下子忍不住双膝跪地,"你带着那么多的投资人买理财的钱准备跑路去国外,你问我是哪里冒出来的?"

韩利抹了抹嘴边的血,焦急问道:"是穆青峰告诉你我要去国外的吗?你买了'德诚'的理财产品?"

韩利赤裸着上身,胸部被李菁踢得青一块紫一块的,他喉咙上伤口溢出的鲜血滴到胸脯上,一双膝盖跪在雪地里,两只光溜溜的腿在寒风里不停打战。李菁正要再开口,忽然上方传来金茜尖锐的女声:"你走吧,你快走吧!"

韩利抬起鼻青脸肿的脸朝上方看去,金茜正对着自己哭喊着,韩利连忙急呼道:"我不走!我就是死也要救下你!"

金茜在上方哭喊道:"那你为什么要骗我?你为什么要骗人?"

"我要说了实话,我们俩之间就完了啊!"

"你一个人去国外,我们两个也是完了!"

"我那是要流亡国外了,你跟我不一样啊。"韩利痛心地大喊,"你在国内还有大好的前途,我带上你只会毁了你的前途啊!"

"你都没问我,你怎么知道我就不愿意?"

金茜尖锐的喊叫声在上空盘旋,韩利呆呆仰着头,久久不敢置信。一旁的李菁猛地飞起一脚,将他踹飞到旁边的雪地里,韩利裸露的皮肤滚到雪地迅速被冻得发红发紫了,李菁狞笑道:"看你们俩这可怜的样子,想不到你也有今天?"

韩利在雪地里连滚了几圈才止住了身体,他连忙俯下身子央求李菁道:"你怎么对付我都行,求求你,赶紧先把金茜放下来吧!"

"现在你也会求我了?当你的人快要打死我女朋友的时候,我能求谁呢?"

"什么?我什么时候打……"

韩利的话还没说完,远处传来一声呼喊打断了两人的对话,两人放眼望去,天台的楼梯口边,一个二十多岁白白胖胖的小伙子正大步走过来。李菁和韩利都认识那是年轻警察甄关西,顿时,两人的脸色一齐黑了下来。

"快把金茜放下来,要不然我们的大明星就快要冻死了。"甄关西转眼走上前来,他抬头看了看被绑在铁柱上的金茜开口道。

"你说放我就放?"见到警察来,李菁慌乱了下,但看到甄关西是一个人来的又不由得安下心来。

"你不是就需要个人质吗?"甄关西看着李菁平静地说道,"我来做你的人质。"

韩利和李菁一下都没明白甄关西的意思,但是甄关西已经把手伸向衣服的内袋里去掏什么东西,李菁下意识想到他掏的是手枪,于是李菁赶紧把枪指向了甄关西。

不料甄关西掏出来的却是个钱包。

李菁和韩利都愣了,甄关西一只手举着钱包,另一只手缓缓打开钱包,抽出了里面的那张合影。

"这是我的大伯,我想你们都认识他是谁吧。"甄关西举着照片摆给李菁仔细看了看。

李菁和韩利惊得都说不出话来，甄关西面对着李菁的枪口平静地向前一步，胸膛近得快要抵在李菁的枪口上，这一次他没有害怕，腿也没有颤抖。这24小时里他和路彦一起经历了数次生死，被"审判者"制伏打晕后又被李菁拿枪指着。他发现警察其实就是普通人，并不是那些能神乎其神的大侠。与此同时，他也明悟了路彦说的那些话，有梦想其实不算什么，重要的是为追求这个梦想敢于去牺牲舍弃些什么。他挺直胸膛，举着照片无畏地看向李菁。

"你看，我觉得我的重要性也不低于金茜，大家也会很重视我的安全，你绑架了我，照样也能得到你想要的东西。快，把金茜放了，我来做你的人质。"

韩利和李菁都疑惑地皱起眉头来，两人一时都摸不清甄关西葫芦里卖的什么药。李菁摇头冷笑道："你觉得我会相信你吗？"

"为什么你不能相信我？"

"你凭什么会让自己冒着危险，来和金茜交换做我的人质？别耍我，这不符合人性！"李菁冷笑着。

甄关西一愣，一时间不知道该如何回答李菁的问题，想了想，当初入职时宣誓的誓词脱口而出："因为，因为我志愿成为中华人民共和国人民警察，献身于崇高的人民公安事业，坚决做到对党忠诚、服务人民、执法公正、纪律严明……"

李菁一惊，推动枪口抵着甄关西胸部，逼着他连连后退："别跟我玩这种把戏，你准备耍什么诈，身上藏着什么东西准备逮我呢？"

甄关西无奈地摇摇头，他打量了下一旁脱得只剩下内裤和袜子的韩利，顿了顿他也行动起来，甄关西缓缓地脱掉自己的外套扔到雪地里，然后又脱掉毛衣，接着张开双臂对着李菁："看吧，我身上没有藏武器。"

甄关西张开双臂，手指上揉皱的那张照片随风飘去，他再一次面对李菁的枪口步步向前，李菁持着枪瞪着他惊疑不定地步步后退。见李菁被甄关西缠住，一旁的韩利反应过来，他连忙冲到铁柱边，抓紧时间解救金茜。

"你到底想干什么？"李菁把枪口抵在甄关西的胸口，"再往前走我就不客气了！"

"我要救你！"甄关西平静地抵着枪口前进着，"因为路彦跟我说过你的事情，而且也是他要我去医院把你带回去的。"

听到路彦的名字，李菁猛地一怔，他瞪着甄关西没说话。

"上次见面的时候你跟我说你叫'金利'，把名字倒过来念很好玩吗？"甄关西丝毫不惧危险，他轻轻地带着玩笑口气说道，"我们是来救你的！放手吧，跟我们回去。"

"你闭嘴！"李菁持着枪暴跳起来，他一脚踢开甄关西，"你们这些什么都有的人跟我谈什么'救'？老子不需要你们拯救！"

李菁把头扭向一边，他看到韩利已经把金茜从铁柱上解救了下来，李菁见状暴怒地把枪指向韩利的方向。在李菁扣动扳机前，甄关西连忙朝李菁扑了过去，他死死地拽住李菁持枪的手往别的方向推去，"砰砰"两声，枪口已经被甄关西推歪了，子弹打到离韩利几米外的水泥地上。

漫漫大雪中，韩利和金茜都吓得蜷缩起来，在甄关西的努力下，子弹没有击中他们。甄关西死命钳住李菁握枪的手臂，不让他有机会持枪对向韩利和金茜。他扑身上前，拿身体撞倒了李菁，两人一起跌倒滚落到雪地里。

"住手！"远处又传来几声呼喊，听到这个声音，李菁和甄关西一怔，两人连忙朝那天台楼梯口看去，那里传来了密集的脚步声，一群警察正在快步跑来，两个警察搀扶着浑身是伤的路彦也冲在队伍之中。

看到浩浩荡荡赶到的警察，李菁连忙从地上爬了起来，他左手架住甄关西的脖子，右手持枪指着甄关西的太阳穴，他冲着警察们大喊："不要过来！你们都不要过来！"

众警察连忙持枪对准李菁严阵以待，但是顾忌到甄关西的性命，没有人抬步上前。

"快住手！"路彦忍着疼痛冲着李菁大喊，"一切都结束了，'赵钱'已经被抓了！他是骗你的！他都是骗你的！"

李菁死死攥着手枪抵着甄关西的脑袋，路彦的声音如大雪里出现的晴天霹雳，还不待他细想，路彦继续喊道。

"根本就没有什么'审判者'！那个'赵钱'头几个杀死的人其实都是早就死去的人，那些'恶人'的身份都是赵钱编造出来欺骗你的！'赵钱'真名叫何金明，他和韩利的保镖穆青峰相互配合，就是想找个人帮他杀了韩利，他找上了你，给你设各种局骗你去帮他杀韩利。英子也是他故意设局带人打伤的，然后他再故意跟你说是韩利派人打伤，目的就是激怒你去杀韩利！"

路彦声嘶力竭地喊完，一时间信息密集让李菁理不清头绪，但厘清之后，李菁陷入一阵惶恐之中，空气中很安静，忽然响起韩利的大喊声："我根本没有派人碰过你女朋友，我压根儿不知道你女朋友是谁！你肯定是被人骗了！"

李菁瞪大眼睛，不敢置信喃喃道："这不可能！"

"你不相信别人可以，你难道不相信我吗？"路彦放开身旁搀扶他的两人，他努力地挪动脚步走上前看着李菁。

"赵钱在医院给我看过英子被人袭击的录像，赵钱在现场也跟那些人打起来了，那些人怎么可能是他找来的？还是他把英子送进医院的⋯⋯"

"那些人是那个假赵钱找来的，然后他自己也装作样子在现场跟那些人对打，英子也被他一起骗了！你想想他为什么还要把视频给你看？他不心虚有必要这么做吗？他把英子打伤再送进医院，是因为他本来就是把英子作为激怒你的工具。"路彦心急如焚地再向前一步，"我们认识有十年了！你是相信我，还是相信那个假赵钱？"

"不⋯⋯不⋯⋯"李菁痛苦地叫出声。

甄关西也苦笑了下，他一动也不敢动，在李菁的挟持下轻轻说道："你手上这把92式手枪是我的⋯⋯它是那个'赵钱'给你的吧？我之前去市立医院找你时被他击晕了，醒来时枪已经不见了⋯⋯"

众人的话如一块块硬邦邦的石头，不断地在李菁的心理防线上添砖加瓦，终于甄关西的话成了压垮李菁防线的最后一块砖石。

暴风雪好像在此时静止了，李菁一直在发愣出神，久久地，他看向一旁已经把衣服穿起来的韩利，又看向路彦道："可是这个韩利确实带着我的钱想要出国逃跑，这是不争的事实！"

"他敛财骗钱，一定会被法律制裁的！让我们警察帮你解决！"路彦吃力地朝李菁伸出手，"我承诺，我们一定会帮你追回你的损失！"

看着路彦伸过来的手，李菁有些恍惚，他不禁想起了十年前路彦和另一位哥哥也是这么对他伸出手，对他说会定期汇钱给他，叫他放心读书。李菁还记得当时那个夏天的太阳很温暖，当时他们对自己笑得也很温暖，不像十年后的现在，有的只是漫天冰雪。回忆汹涌袭来，此时带给李菁的却是钻心的疼痛，虽然他不相信他们，但他相信路彦。

可是他也知道，一切都已经太迟了。

绑架金茜，谋杀韩利未遂，他知道这两个罪名已经可以让他的未来彻底底地在此终结，那些曾经憧憬过的美好人生远景，那些曾经关于成功和幸福的遐想描绘，都在此时灰飞烟灭。当被人欺骗的真相来临之时，李菁发现那绝望禁锢着自己快要窒息。

"放开人质好吗？"路彦又上前一步开口道，"你还有什么想法，我们可以谈。"

看着路彦那强挤出来的善意微笑，李菁的眼泪"唰"地一下流了下来，他无数次地幻想过自己做出一番成就后和路彦、张霖重逢时的样子，他无数次地幻想过两位哥哥看着他事业有成时欣慰的笑容，但是，他知道，那是永远都不可能实现的了……

警察中有两人走了出来，向着离李菁不远处的韩利和金茜走去，李菁绝望地大喊道："不准过来！不要过来！要不然我就开枪了！"

那两个警察连忙停止了脚步，李菁带着哭腔大喊道："警察们先退到天台下面去！警察就留你一个！"

路彦僵住了身子，他看了看李菁，又返回警察队伍中，萧瑶凑上来递过一只耳机说："秦队下命令了。"

路彦戴上一只耳机，里面传来秦纬的声音："李菁的情绪很不稳定，我们必须不惜一切代价救下甄关西保护我们同事的安全，狙击手过五分钟就能在附近的大楼部署到位，如果李菁情绪失控，我们……"

路彦一惊，他忍不住抬起头，看向远处在风雪中持枪挟持着甄关西的李菁，路彦想起之前的审问里，自己就在李菁身上感受到那种被现实无情碾压的屈辱感，还有那种对未来不抱希望的幻灭感，以及那种被伤害后的绝望感。它们满满地堆积在李菁身上，而自己却忽视了它们对李菁的影响和伤害……自己怎么能就这么忽视……

"不需要狙击手，我能救下甄关西。"路彦回答道，还不待秦纬那边再次开口，他就已经摘下耳机还给了萧瑶。他深吸一口气，看了看面前这些拿着武器严阵以待的同事们，开口说道："大家先退到天台下面去吧，我来和他谈判。"

同事们一阵骚动，纷纷议论起来，路彦提高音量道："这是秦队的命令！"

"路彦！你干吗！你不要被感情冲昏头脑！"萧瑶在一旁低声急道，"我知道李菁跟你的关系，但是你要考虑这种情况下甄关西的安全。"

"谁说我不考虑关西的安全？如果要击毙李菁，那我亲手来最好不过了。"路彦面无表情地说道，他拍了拍一旁警察的肩膀，把他腰间的手枪拿了过来，那警察会意，快速点头离去了。

萧瑶看着路彦愣住了，忍不住苦笑起来："我还是帮你跟秦队在处罚问题上好好求情吧。"接着她转身跟着警察队伍向天台下走去。

在李菁身旁的不远处，金茜躺在韩利怀里抽泣着，她看着向天台下退去的警察们，不禁开口道："我们……我们快跟警察下去啊！"

"不，我不跟他们下去。"韩利肯定地说道，"放心吧，我有别的办法安全离开这儿。"

警察们暂时地退了下去，整个天台的楼梯处空荡荡的，只剩路彦一个人，他握着手枪，忍着腿上的疼痛，一步一步慢慢地向李菁挪去，他的左肩膀刚刚在和何金明的决斗中被捅了一个血洞，此时已经疼得让他完全抬不起左臂了。路彦感觉自己每走一步完全都是靠着意志力在支撑，他只能用右臂握着手枪，左腿和左臂上的伤口在来的路上虽然有过一些简单的处理，但此时还在不断流血。路彦每走动一步都会让身上很多地方跟着一起疼痛，但他还是在不屈不挠地挪动着脚步，用尽全身力气慢慢走到李菁的面前。每挪一步都会有血滴落在雪地里，渐渐地，他在雪地里行走出一条长长的红色血路。

"他们都撤了，你也赶快把人放了吧。"路彦缓缓地踱步到了李菁面前几米处。

"我还有个条件！"李菁用枪死死地指着甄关西，看向韩利焦急地说道，"让韩利现在赔我那28万，我现在就需要！英子治病现在就需要！"

"我向你保证，我们一定会把韩利抓起来，我们已经掌握了关于他的一些证据，那个钱我们会肯定帮你追回的。"路彦看了看韩利，耐心地柔声道，"只不过这需要一些时间，请相信我们好吗？"

"不行，我在网上看到过，那些老板跑路的理财产品，好多最后都不了了之了！"李菁颤抖着身体，他的枪口在甄关西的太阳穴上晃动，"我等不及了，我真的等不及了！我现在就需要，现在就需要！"

看着李菁癫狂偏执的样子，路彦只觉得心里一阵绞割般的疼痛，他想再劝解一下，但是他也知道没时间了，他知道秦纬肯定等得十分焦急，他也很清楚"不惜一切代价保护同事"和"狙击手准备就绪"的意思。李菁的状态太失控了，没时间了，真的没时间了。

路彦右臂握着手枪缓缓地抬了起来，他用这枪指过一些犯罪分子，但这一次，是他最艰难的一次。他感到右手臂仿佛有着千斤的重量，但他还是平直地抬起它，把枪口对准了李菁。

"放开他，要不然我就开枪了。"路彦让自己平静地说道。

李菁没有回答，可能也已经忘了该怎么回答。李菁举着枪对着甄关西，路彦举着枪对着李菁，风和雪拍打着他们的身体，时间好像在此刻凝固了。恍惚间，路彦觉得19岁的自己和19岁的张霖就站在自己的面前，就站在此时疯狂的李菁的身后，他再一次感到与青春诀别的疼痛。

路彦举着枪打量着被李菁拿枪指着脑袋的甄关西，两人眼神交汇着，路彦从甄关西的眼睛里读出了勇敢和坚定，他突然对这个才熟悉不到一天的年轻警察多了很多亲近和信任，他意识到，这一次甄关西可能真的能成熟一点了。

路彦又看向李菁那疯狂的眼神，他明白自己和假赵钱的决斗仍未结束，它仍以李菁为战场在激烈交锋着。当年自己和张霖努力地帮李菁从山村走向城市，帮助他去见到了更大的世界，然而在那更大的世界里，假赵钱把世界和人性的黑暗面对着李菁狠狠撕裂剥开后，李菁就倍感绝望地坠入无底深渊。路彦感受到一股深深的挫败感，他们当年努力带给李菁的真善美此刻已经遥远，假赵钱不费吹灰之力轻易地打败了他们。难道说，此时此刻的李菁，真的已经变成了一个穷凶极恶的凶犯了吗？

当李菁的人性里只能看到黑暗面的时候，自己，真的只能这样做了吗？

路彦苦笑着，他发现到了这个时候，自己还是想赌一下李菁的人性。

他扣动扳机。

"砰"的一声枪响，甄关西的右腿被枪击伤，他疼得一个趔趄，整个人的身体向地上倒去，李菁仅凭一只左臂无法再架得住甄关西全身的重量，他想拖动甄关西却拖得很费力，开枪不是，不开枪也不是，他顿时手忙脚乱起来。

"收手吧！我答应你，我们一定会把韩利绳之以法的！"路彦踉跄地上前，他一个站不稳，整个人只能弯下腰蹲在李菁的面前，路彦发现自己已经很难站起来了，他伸出手撑在地面上，"相信我们好吗，相信我……"

李菁呆呆地说不出话来，他放下了枪，松开了甄关西。甄关西一屁股坐到一旁的雪地上，疼得大叫一声，而李菁则呆呆地跪倒在雪地里。路彦一步步挪动上前，关切地问向甄关西："你没事吧？"

"我没事，只是腿上划破点皮！"甄关西知道路彦是用击伤人质的方法解救人质，一时间他也来不及喊痛，只是捂着渗血的大腿喊道，"快！你快逮了他！"

看着甄关西捂住大腿流出的血，路彦知道虽然子弹没有打到甄关西的腿内，但是恐怕也不止他说的那样轻巧。好在他确实性命无忧，路彦也放下心来。路彦看向一旁的李菁，那把枪已经被他扔到一边，他正跪倒在雪地里，不知道什么时候，已泪流满面。

路彦伸出手，刚想上前逮捕李菁，突然发现天上传来"呼啦啦"的声音，那声音越来越近，越来越大，转眼间大得简直快要震耳欲聋。四周也突然跟着狂风骤起，空气好像都在震动。

路彦放眼向前方望去，一辆红白蓝相间的大型直升机正由远至近顶着风雪破空而来，转眼就到了不远处。

路彦认得那是一辆国产的 AC313 大型直升机，片刻之后，那直升机带着呼啸的风扇声已经悬停在天台的上空，直升机上放下两条绳子，四个戴着口罩、膀阔腰圆的壮汉从直升机上跳了下来，落到韩利的身边。韩利跟他们打着招呼，露出了爽朗开心的笑容。

"韩利，你要做什么？"路彦见状心中一紧，他挣扎着从地上爬起来大喊道，"不要做无谓的挣扎了！"

"你以为我跑到这里跟你们浪费这么多时间是干什么？"韩利看向路彦恶狠狠地笑道，他拍了拍身旁戴着口罩的壮汉，"你以为我没有底牌，赤手空拳地过来的？"

"搞这些名堂你还是跑不掉的！"路彦看了看那架直升机，"何必呢？"

"是吗？那我们就打个赌，看我能不能走掉。"韩利不屑地笑着。

看着韩利那自信的笑容，路彦不禁心沉入谷底，果然如穆青峰所说，韩利有不少底牌。但是韩利的笑容并没有持续多久，路彦身后的天台楼梯口传来"哗啦啦"的脚步声，路彦的同事们纷纷持着枪回来了，他们掏出枪严阵以待，包围着韩利等人，一时间气氛又剑拔弩张起来。

"韩利，你因为涉嫌经济犯罪，现在被我们公安传唤了，请跟我们走一趟！"一个警察从队伍里走出来对着韩利大喊道。

韩利脸上的笑容凝固了，他低下了头，思考着应对的办法。

"韩利，不要负隅顽抗了，难不成你找几个打手，就想从我们手中溜掉吗？"另一个警察大喝道，他一声令下，众警察开始朝韩利等人冲来。

韩利脸上一阵惊恐，他看向站在自己旁边的金茜，顿时计上心头，但转眼间他又陷入矛盾中，到底是女人重要，还是逃命重要？算了，还是暂时先委屈一下她吧。电光石火之间，韩利一把拽住站在身旁的金茜，接过旁边大汉的匕首抵在金茜脖子上冲着众多警察大喊着。

"你们站住不要上前！否则我就刺下去了！"

路彦和众警察连忙看向韩利，只见他满脸狰狞，脖子和手臂上青筋暴起，握着匕首的样子一点也不像是演出来的，被他拽到怀里当作人质的金茜一阵呆滞后正在拼命地挣扎，众警察停在原地，进退两难起来。

"不怕金茜死就上来！"韩利凶神恶煞地喊道，他把怀里不断挣扎的金茜塞给旁边的大汉，那人一只粗大的手一把拽住金茜，往她脖子上又架了一把匕首。金茜疼得无法挣扎，韩利的匕首跟大汉的匕首一边一把一起抵在金茜的脖子上，韩利冲着众多警察大喊着："你们所有警察，都撤出去，要不然我就杀死金茜！"

"韩利，别使这些手段了，我不相信你会动手！"路彦挣扎着从地上爬起来，"那可是你的女人！"

"是吗？我的女人又能怎样？"韩利握着匕首大喊道，他无视一旁金茜看向自己的视线，手腕发力，匕首迅速划开金茜脖子上娇嫩的肌肤，那鲜红的血顺着匕首流了下来。

众人惊住了，金茜也彻底吓呆了，韩利恶狠狠地说："我的要求很简单，只要你们放我走，我就不杀金茜！"

警察们和韩利等人沉默地对峙着，韩利又从身旁大汉身上拿出一个黑色的球形物体，他示威般地大喊道："这是一枚炸弹，我们每个人都有一颗！要是你们开枪冲上来，我们就引爆炸弹，大家一起完蛋！"

双方僵持着，谁也没主动先采取行动，也没人能判断出疯狂的韩利说的炸弹是不是真的，萧瑶走到路彦旁边把他扶回警察人群中，把耳机递给他。

路彦戴上耳机，里面传来秦纬的声音："领导和我们考虑了一下，你们还是先撤回来。"

"队长，您刚刚说的狙击手呢？"

"韩利犯的又不是死罪，哪能在这儿直接击毙呢？这里先放他走也没事，他也跑不掉，我们可以在路上拦截他。"

路彦抬头看了看那辆呼啸的直升机："可是我们放了他的话，以这个直升机时速三百多千米的速度，他们可以很快飞到临江城外的海上，到时候他们再登上接应的船驶入公海，我们就不好抓人了！"

"金茜是他女朋友，放走他们后，他也不会真的伤害金茜。那炸弹距离远我们也不好分辨真假，现在不可能仅仅为了阻拦他们离开，就让你们所有人冒着可能付出生命的代价。"

"他那炸弹八成是假的！那种东西他们怎么可能弄到我们国内来！"路彦咬咬牙，他还是想争取下，"而且今天天气这么恶劣，在路上不好拦截的。"

"只能说尽力去拦截。"秦纬的语气越来越重，语速也越来越快，"你很清楚韩利不是一般人，他身上还有很多疑点，后续我们需要调查问他的事情还很多，我们不可能在这个时候采取极端手段的。"

路彦无奈地放下耳机，向众警察传达着秦纬的命令，众警察无奈地收起枪支，纷纷往下面走去，四个警察上前，押住李菁扶起甄关西跟着人群一起向楼道口走去。

"等等！"韩利忽然又是一声大喊，他指向李菁喝道，"他留下，我要教训他几下。"

路彦心一阵揪痛，他上前挪动几步，挤出一丝笑容："留下他做什么，我这个废人留在这儿让你教训教训就好啦！"

李菁呆呆地看着一旁的路彦，李菁没想到这个时候路彦大哥还在尽力地保护着自己……无尽的心痛和悔恨袭上心头，李菁看向大雪里呼呼作响的直升机和挟持了金茜的韩利，李菁吸吸鼻子，他想做点什么。

另一边，直升机旁边的韩利听了路彦的话，依然不依不饶："我就要他留下，要不然我们就杀死金茜！你们也别担心什么，我不会把他怎么样的，我教训他几下就让他滚蛋！"

路彦捏紧拳头，一旁的萧瑶和一个警察上前轻声跟路彦说："秦队的意思，是暂时先答应他的要求，然后再见机行事。"

"那好，你们撤，我留下来见机行事。"路彦淡淡地说道，他把枪收到腰间藏住。

萧瑶一愣，路彦突然没有了对上级意见的不同意见，他只是淡淡地看着韩利的直升机，风吹起他的头发，划过他的脸，他一脸平静，眼神里毫无波动。

"你要干什么？"萧瑶急了，声音尖锐起来。

"什么也不干。"路彦看向风雪中的前方众人，挤出一丝微笑道，"我这辈子，还有那么多美食没吃够，还有那么多美女没看够，我可不愿意就在这里牺牲掉。"

萧瑶一愣，她没想到路彦在这个紧张时刻还能开起玩笑来，但看着他那不屈不挠的眼神，萧瑶又莫名有了一丝信心，她相信路彦绝不会就这样被打败的。

众警察带着甄关西从天台上撤离，天台上除了韩利等人就只剩下路彦和李菁。韩利来不及顾及不远处的路彦了，他把金茜交给身旁的人，自己则气冲冲地冲到李菁面前，猛地一脚踢倒李菁。

"你个小畜生！刚才踢我踢得很舒服是吗？"韩利恶狠狠问道。

李菁爬起来，他擦了擦嘴上的血，还没来得及说话，韩利又是猛的一脚，把他踢向天台的边缘，李菁在雪地里翻滚几下了，滚到了天台的边缘才堪堪止住。

与此同时，不远处戴着口罩的打手们在韩利的吩咐下，松开了早已不再挣扎的金茜，想带着她一起登上飞机，不料金茜怒骂着一把挣脱。她呆呆地向前走着，像是毫无痛觉地任凭血从脖子的伤口一直流到了胸口，她一直走到趴倒在地的李菁旁边，站在天台的边缘向高楼下方眺望着。

"你干什么？"韩利看着金茜背影追问道，"我们一起坐飞机走啊！"

金茜没有回答韩利的话，她一声不吭地慢慢转过身来。

"都是假的，都是骗我的……"金茜看向韩利，惨笑了起来，寒风里，她笑得像一朵凄美的花。

还不待韩利做出反应，金茜纵身向天台下一跳，说时迟那时快，时间像是凝固了起来，很多事情在同时发生了，离金茜最近的李菁一个箭步冲了过去，伸出手一把拉住了她的手，李菁趴在天台边缘的地上，右手死死地拉住下面的金茜。而另一边，路彦以迅雷不及掩耳的速度奋力冲到直升机的旁边，他拔出腰间的藏枪对准驾驶座前的仪表盘和操作仪器，"砰砰"两声，一颗子弹击碎了驾驶座左侧的玻璃，另一颗子弹穿过玻璃后，又击中驾驶座上的仪表盘，那飞机驾驶员见状吓得啊啊大叫，连忙打开另一边舱门跳了出去。

听到枪声，韩利大叫不好，一时间来不及管金茜了，他带着打手们朝路彦冲来。看到驾驶座上的仪器砰砰作响，路彦毫不手软地继续开着枪，把枪里的子弹全部打出，那些子弹精准地击中驾驶座的仪表盘和控制器，控制器上火星四溅。

听到韩利和打手们不敢置信的怒吼声，路彦满意地点点头，他正想再上前确定一下，打手们冲上前来飞起一脚将他踹倒在雪地里，路彦倒在雪地里彻底起不来了，韩利带人上前将他死死围住。

另一边，在天台边缘上，李菁拼尽全力把金茜往上面拉，他感觉自己的手臂都快要被扯下去了。

"为什么要救我？"金茜抬起头，不敢置信地看着李菁哭喊道。

李菁没有吭声，他使出全身力气把金茜又往上拉高了十几厘米。

"放手！"金茜绝望地大喊着。

"救救我！"李菁一声怒吼，猛地一拉，金茜被他硬生生扯了上来，李菁一把死死抱住挣扎的金茜，两人一起滚到天台的安全地带。

狼狈不堪地坐稳后，金茜不停地喘着气，她愣愣地看着李菁，只觉得一阵莫名其妙。李菁也坐正了身子，正在旁边对着她咧开嘴笑着，金茜发现那是一种很奇怪很单纯的笑容，迅速给人一种温暖和希望的力量。

"为什么要救我?"金茜问道。

李菁没有回答,他正看向路彦的方向苦笑道:"我让他失望了……"

"什么?"金茜没有听清李菁在说什么。

李菁扭回头,他看向金茜认真道:"可以拜托你一件事情吗?"

金茜一脸茫然没说话,李菁接着说道:"我女朋友英子是你的粉丝,她现在生病住院了,你能帮我去医院看望照顾她吗?"

金茜还是很茫然,但她还是不知所措地点点头。李菁放心地笑了,他爬起来,看向被韩利等人围住的路彦,李菁弹了弹身上的雪,迈开脚步朝他们走去。金茜在身后呼喊着什么,但李菁已经听不见了。他迈开脚步向前冲去,风雪中,再也没有回头。

不远处,几个打手壮汉踢翻了路彦,夺走了他手中的枪,将他压在身下。韩利站在直升机下看着控制器和仪表盘被路彦打成一团乱糟,一时间直升机很难顺利操作起飞了。他气得一阵抓狂,转过身,猛地拎起倒在地上的路彦:"为什么?到底是为什么!"

两个打手回到直升机上查看仪器的情况,剩下两人一人抓住路彦的一只手臂,把路彦从地上架了起来。

"因为这样你就跑不掉了啊……"路彦努力睁开眼睛,他虚弱地笑着,可身体已经毫无知觉,完全动弹不了了。

"你……"韩利一瞬间从希望又掉入了绝望,他一阵气急地抢过路彦的枪,把它抵在路彦血淋淋的额头上,"我看你是想找死!"

"我答应……答应他一定要抓住你的……"路彦满嘴都是血,他看着韩利咧开嘴笑着。

韩利愣住了,他扭头看直升机上两个人正在试着发动直升机,但是直升机一时半会儿没有什么反应。而在天台的另一端,警察们又纷纷从楼梯口冲了回来。韩利彻底绝望了,顿了顿,他又看向路彦,恶狠狠地说道。

"你知不知道我为了今天,付出了多少?"韩利把路彦的枪死死抵在路彦的额头上,他的食指搭在了扳机上。

"打死我,就有理由判你死刑了。"路彦丝毫不惧,他头顶着枪管轻轻一笑,声音轻轻弱弱弱道,"噢,对了,我们还有狙击手埋伏在这附近……"

"那就一起死吧！"韩利大吼一声，他暴跳起来，右手带着枪不停颤抖着，就在他要扣动扳机的时候，一个黑影从旁边像子弹一样快速射出，他猛地扑到了韩利的身上。那个黑影把韩利扑倒之后，死死地抱住了他，带着他的身体在雪地里飞速地朝天台边缘翻滚着。

"不，不要！他那枪里没有子弹！"路彦明白了李菁的意图，他撕心裂肺地大喊，"不要！"

韩利怒吼着想反抗，但是李菁身体爆发出惊人的力量，抱死韩利毫不减速地向天台边缘滚去，架住路彦的两个人也行动了，他们两人放下了路彦，刚想冲向倒地的韩利李菁两人，呼啸而来的警察们将他们俩控制在地。几个警察飞速追向倒地的李菁和韩利，想试图阻止他们向天台下方滚落。

一时间，飞速涌到的警察围住了直升机，把剩余的打手们全控制住了。来不及在意其他，路彦急忙看向李菁，李菁死死抱着韩利已经飞速地翻滚到天台的边缘，几个警察拼命地想追上阻止倒地的两人，但是都是徒劳的，在警察们离他们还有几米远的时候，他们就翻滚到了天台的边缘。路彦眼睁睁地看着他们在边缘处直直地一起掉落下去，他努力想站起来，但是完全站不起来了，他伸出一只带血的手，抓着雪地，配合还能动一点点的右腿，慢慢地爬到天台边沿。

路彦趴在天台的边沿向地面望去，一片洁白的雪地里躺着一动不动的两个人，两摊血从他们的身体下静静地流了出来，迅速染红了雪地，从高处望下去，犹如一张雪白的宣纸上出现了两抹异常扎眼的红。路彦呆呆地看着，同事们冲到他的旁边都毫无知觉。

路彦被两个同事抬了起来，他平躺着面对着天空，看着晶莹的雪花像轻盈的玉蝴蝶在翩翩起舞，洒在自己的脸上，那雪花像白羽毛一般轻盈，像玻璃屑一样坚硬，又像梨花瓣一样飘零。

辗转楼道之后，路彦被抬到了地面，一群警察已经围住坠楼落地的两个人。路彦被抬到李菁的面前，李菁努力睁开眼睛并张开嘴巴，看到路彦，他的眼睛多了点神采。

路彦被放下来，他趴伏在李菁旁边，伸出手臂，带血的五指抓划着李菁的身体，又捶打着雪地嘶哑道："他那枪是我的……没有子弹了啊！没有子弹了啊……"

李菁也不知道听没听见路彦的话,他挣扎地看着路彦,他嘴唇喏嚅着颤抖着,血从他的嘴里、脸上蜿蜒流下。李菁努力地挪动着他裤子口袋边的另外一只手,伸出颤抖的食指,无力地划着旁边的口袋,路彦会意,伸手将那个李菁裤子口袋里的东西拿了出来。那是一部手机,路彦看了手机一眼,又把它放下了。

放下手机后,路彦张张嘴,他刚想再跟李菁说话,但李菁那口被吊住的气在一瞬间迅速掉了,他垂下了眼皮,整个人躺在地上完全没有了气息。

北风和雪花,在这一刻似乎也屏住了它们的呼吸,世界像是悄然安静了下来。路彦呆坐在原地,几个医护人员上来要给路彦处理伤口,他却没有反应,两个同事要把他抬上救护车,他也没有动弹。

都结束了,一切都结束了,路彦静静地坐在雪地里,看着众人把没有了气息的李菁抬上车。看着失魂落魄的金茜注视着没有气息的韩利也被人抬上车。看着甄关西在医护人员的帮助下处理着他腿上的子弹擦伤。萧瑶则帮金茜处理了下她脖子上的伤口,在把她往救护车上搀扶,上车前,金茜又看了看被抬上车的李菁,不由低声问着萧瑶。

"那个李菁……他女朋友在哪个医院……"

"在市立医院,我可以带你过去。"

"你说,他为什么……非要拉我起来……"

萧瑶摇摇头,她沉默了。

听着金茜和萧瑶的低声对话,路彦向更远方看去,目光所及之处大都是白色,那茫茫雪地里,只有一条马路划开雪白通向远方……路彦看到那马路上,一辆载满乘客的长途大巴车正朝远方行驶着。还有两天就是大年三十了,是哪些要归家的游子搭乘这辆车,驶向哪里的故乡?李菁或许本来也会坐上这辆车,和他的家人团圆,可是现在,他却永远也上不了车了。

那个在月光下矫健奔跑的少年,在他后来的人生路上也是一路冲刺奔跑,人生路上的左边是梦想远方,右边是命运阴影,而李菁就在路中间扛着众多担子头也不回地奔跑。那个追着大巴车狂奔不止、誓不放弃的少年,经过十年荏苒光阴里的奔跑后,竟最终永远地停在了这片雪地里。多年前,路彦曾猜想过几次自己和张霖、李菁的种种未来人生，但是，他却从未想过，李菁有天会不在。到头来，当初畅想过的一切未来，不过是大梦一场空。

　　风雪中似乎有人在轻声呼唤，好像又有人在路彦耳边细语低吟。路彦坐在雪地上，抬头看向天上漫漫而下的雪。

　　我看到希望之树上开出花骨朵，然而还没等到春天的来临，他们就都枯萎了。我看到热血身躯经历了长夜，穿行过黑暗，守到了黎明，然而在天亮前一刻，血液却都冰冷了。我看到梦想跨过高山和大海，迈过了山谷和河流，然而还没去到它们想去的地方，就全都烟消云散了。

　　一年前的她，一年后的他。那个永远永远也去不了的圣托尼里，那个怎么怎么也看不到的斐济海藻。

　　路彦蜷起了伤腿，抱住了脑袋，泪水流了下来。

　　对不起，撒旦早已降临，但我却没能当好保护你们的骑士。

　　不知道过了多久，惊魂未定的甄关西从一旁带着两个医护人员凑了过来，他摇晃路彦的身体絮絮叨叨道："你知道吗，韩利的那些炸弹果然是假的……哎，哥你这是怎么啦？赶快上车去医院啊！

　　"哥，我不怪你啊，我这腿就是蹭破点皮啊！

　　"哥，你别哭啊……"

　　甄关西在一旁不停地劝慰着，但路彦已经听不进去了，他不记得自己上一次流泪是什么时候了。路彦呆滞地拿起李菁的手机，那手机是关机的，一片黑屏，路彦按下开机键，手机屏幕亮了，显示出屏保壁纸，那是一张十年前路彦和同学们在支教结束时候和孩子们的合影，路彦举起那智能手机仔细看了看那张合影。那张支教合影里，自己和张霖站在人群第一排的中间，而少年李菁站在第二排的边上，冲着镜头羞赧地笑着。

　　原来李菁想让自己看的就是这个，原来他一直记得那个夏天，回想起来，那个夏天，阳光明媚，青春灿烂，好像他们所有人都在。路彦把指甲攥进肉里，当时的光景都随着这张照片一一浮现在眼前。时间真是个脚底抹油还欺世盗名的魔鬼，转眼间，大雪漫飞，他们都已离开……

　　路彦像是第一次才认识的那样，盯着李菁那张青涩的脸。泪眼蒙眬中，他像是又回到了10年前。他看到那个被滂沱大雨覆盖住的教室里，15岁的少

357

年李菁在众人的围观下，在一阵喧闹声里，在自己和张霖的期待中，在他高昂激动的情绪里，涨红着脸大声卖力地背诵着，带着对世界的赤忱与热爱，带着对人生的希冀与憧憬。一时间，他那清脆的琅琅读书声跨过悠悠岁月而来。

"若我少年者，前程浩浩，后顾茫茫，中国而为牛、为马、为奴、为隶，则烹脔鞭棰之惨酷，惟我少年当之；中国如称霸宇内，主盟地球，则指挥顾盼之尊荣，惟我少年享之……故今日之责任，不在他人，而全在我少年。少年智则国智，少年富则国富，少年强则国强……红日初升，其道大光；河出伏流，一泻汪洋。潜龙腾渊，鳞爪飞扬；乳虎啸谷，百兽震惶……天戴其苍，地履其黄。纵有千古，横有八荒。前途似海，来日方长！前途似海，来日方长。前途似海，来日方长……前途似海，来日方长……"